KB093015

호접몽전

호접몽전

2부
왕들의 시대

10
영걸들의 충돌

청빙 최영진 장편소설

폭스코너

• **허저 중강** 위나라의 무장. 강인한 힘과 우직한 성품으로 조조의 총애를 받아 경호를 맡았으며 여러 전장에서 용맹을 떨쳤다. 197년에 무리를 이 끌고 조조에게 임관, 도위(都尉) 직을 받아 그때부터 호위를 맡았다. 당시 곁에서 조조를 모시던 서타(徐他) 등이 암살을 모의했는데, 허저가 두려 워 감히 실행하지 못했다. 이에 그가 쉬는 틈을 타 조조의 막사를 덮쳤으 나, 수상한 낌새를 채고 즉시 돌아온 허저에 의해 그 자리에서 죽었다. 이 후 조조의 신임은 더욱 두터워져 늘 곁을 떠나지 못하게 했다. 이 책에서 도 조조의 수하로서 충실히 경호 임무를 다하고 있다.

• **곽가 봉효** 조조의 책사로, 희대의 천재. 정사에서는 '군략에서 엄청난 재 능을 발휘하여, 그의 예측은 한 번도 빗나간 적이 없다'고 기록하고 있다. 희지재를 잃고 상심하던 조조에게 순욱이 곽가를 추천하니, 곽가 또한 원소 대신 조조를 택했다. 여포 토벌 및 관도대전 등에서 적확한 조언과 책략으로 활약했으며 손책이 암살당할 것을 예견하기도 했다. 이 책에서 는, 순욱을 먼저 얻은 용운이 곽가마저 차지하여 책사진의 한 축을 이루 었으며, 현재는 용운 세력의 유일무이한 총군사가 되었다. 흑산 토벌전 과 원소와의 전쟁 등에서 활약했다. 여전히 용운에게 거침없이 진언하는 충신이다. 다만, 술을 좋아하고 몸이 약한 것이 흠이라 용운이 늘 걱정하 고 있다.

• **하후돈 원양** 위의 장수로, 조조의 심복이자 사촌. 조조가 처음 거병했을 때부터 따랐으며 죽을 때까지 함께 행동하였다. 《삼국지연의》에서 조조 군을 대표하는 맹장 중 하나로 묘사되나, 정사에서는 내세울 만한 군공

이 없다. 그럼에도 수하들을 다스리는 데 능숙하고 한결같은 충성을 보여, 조조와 같은 마차에 타고 침실까지 자유롭게 출입할 정도로 절대적인 신임을 받았다. 의심 많은 조조가 진심으로 형제이자 벗이라 믿은 유일한 사내다.

- **가후 문화** 후한 말의 책략가로, 위나라의 대신을 역임했다. 처음에는 동탁을 섬기다가 이각과 곽사를 도왔으며, 두 사람이 반목할 때는 황제를 보호하면서 서량 출신 병사들을 탈영시켜 전력을 약화시켰다. 그 후 장군 단외 밑에 들어갔다가 장수의 모사가 되어, 기세 높던 조조를 수차례 격파했다. 그러고서도 장수를 설득해 이번에는 조조 밑에 들어가는, 신기에 가까운 처세술의 소유자다. 이 책에서는 여포를 따르던 중, 결정적인 순간에 배신하고 원술 밑에 들어가 여포와 주무를 좌절시킨다.

- **팽기** 전 위원회 소속으로, 지살 제43위. 지살위만으로 따지면 일곱 번째이니 상당한 강자다. 스스로 초선이 된 호삼랑 및 게이 씨름꾼 초정과 더불어 일찌감치 여포를 보좌했다. 주무가 위원회에서의 분리를 택하면서 여포의 수신호위가 되어 늘 함께 해왔다. 입은 거칠지만 사실 마음은 따뜻하다. 특수부대 출신의 전역 군인이며 비록 지살위지만 천강위도 무시할 수 없는 '공간왜곡'의 천기를 가졌다.

- **구문룡 사진** 위원회 천강 제23위로 삼합회의 행동대장 출신. 한마디로 조폭이었다. 몸에 아홉 개의 용 문신이 새겨져 있으며 각각의 문신은 고유의 효과를 지녔다. 심지어 부활도 가능한데, 일회용인지라 진한성한테 죽었을 때 소모해버렸다. 본래 보스 기질이 있는 노준의를 따랐으나, 그가 죽은 뒤 송강에게 돌아갔다가, 관승의 병마용군 궁기를 없애라는 명을 받고 이행하려다 실패했다. 현재는 어느 세력에 가담할지 고민하며, 연모하는 관승의 주변에서 지켜보는 중이다. 병마용군은 어릴 때 헤어진 누나였던 린.

- **화타 원화** 후한 말의 명의. 동시대의 '동봉(董奉)', 《상한론》의 저자 '장

중경(張仲景)'과 더불어 통칭 '건안삼신의(建安三神醫)'라고 불린다. 패국상 진규가 효렴으로 천거하는 등 관직에 나갈 기회가 몇 차례 있었으나 모두 거부하고 재야에서 의술에 몰두하였다. 이 책에서는 용운이 조개의 암살 시도로 중상을 입었을 때 치료해준 인연으로 합류, 벽옥접상에서 비롯된 특이체질에 흥미를 가지고 곁에 머물렀다. 이미 그의 진가를 아는 용운은, 의술 학교인 청낭원을 세우는 등 아낌없는 지원을 베풀었다. 화타 또한 일반 백성들에게까지 의술을 전파하고 의료 혜택을 주려는 용운에게서 진정한 왕의 그릇을 보고 가신이 된다. 그 후 주요 장수들의 부상을 치료하고 곽가와 희지재의 병을 돌보는 등 조용히 활약하고 있다. 특히, 그가 지어주는 보약은 용운 진영의 사람들에게 매우 큰 힘이 된다.

- **감녕 흥패** 후한 말, 오나라의 무장. 조조에게 장료가 있다면 손권에게는 감녕이 있다고 하는 맹장이다. 이 책에서는 고향인 익주에 있던 시절, 노준의에게 싸움을 걸었다가 패배하고 달아난다. 이에 역사대로 형주로 향하려 했으나, 도중에 여포에게 마음이 끌려 그에게 의탁했다. 그 뒤로는 큰 활약을 보이지 못하다가, 여포가 용운에게 귀순한 것을 계기로 형주 전투에서부터 두각을 드러내기 시작한다. 특유의 불량스러운 성격 탓에 유주의 장수들과 종종 충돌을 빚는다.

- **몰면목 초정** 지살 98위로, 원래 위원회의 일원이었다. 수호하는 별은 지악성(地惡星). 뛰어난 솜씨를 가진 체술가이며 중국식 씨름에도 일가견이 있다. 상남자 같은 외양과는 달리, 상당히 여성스러운 취향과 감성을 가졌으며 남녀불문하고 아름다운 이를 사랑한다. 그 탓에 팽기한테 늘 욕먹고 구박받지만 그다지 개의치 않는다. 팽기, 초선과 함께 여포의 3대 경호장 중 하나. 특히, 여포와 주무를 진심으로 존경하고 있다.

- **쌍편 호연작** 위원회 소속, 천강 제8위의 무투파. 그 비공식적인 무력 서열은 노준의, 관승, 임충에 이어 진명과 더불어 공동 4위지만, 정신적 문제로 인해 진명보다 한 단계 낮은 순위에 랭크되었다. 특수 합금으로 제

작된 두 자루의 철편을 사용하며, 전신을 검은 철갑으로 감싼 채 돌격하는 연환갑마(連環甲馬)란 천기를 쓴다. 여린 소녀 같은 겉모습과는 달리, 내면은 그야말로 혼돈과 흉악 그 자체. 어떤 면에서 그 흉악성은 이규조차 능가한다. 원소 세력에 속한 상태로 처음 모습을 드러내어, 용운 진영에 천강위의 공포를 뼛속 깊이 새겨주었으며 사천신녀도 감당키 어려운 상대가 있음을 알려준 장본인이다. 아름다운 것을 파괴하는 데서 쾌감을 느껴, 늘 용운의 얼굴을 짓이기고 싶어 했다. 산양성 전투에서, 병마용군 백금을 잃고 검후의 사력을 다한 검에 얼굴을 깊게 베였다. 그 후 쭉 행방불명인 상태.

- **벽력화 진명** 위원회 소속, 천강 제7위. 육체적 능력은 한 단계 아래의 호연작에게 뒤지지만, 비교적 온건한 성품과 강력한 천기 덕에 7위 자리를 받았다. 개조한 일본식 교복 차림과 만화 같은 헤어스타일에서도 알 수 있듯, 전형적인 중2병의 소유자. 현대에서도 애니메이션에 빠진 고등학생이었다. 그렇다 보니 애국심이나 사명감보다는, 만화에서처럼 강적들을 상대하는 히어로가 된 듯한 기분에 젖어서 싸운다. 천기인 흑염룡기는 검은 용 형태의 불꽃을 자유로이 다루는 기술로, 바위조차 증발시켜버린다. 호연작에게 호감을 가진 듯하나 이성으로서는 아니고 전우애에 가깝다. 산양성 전투에서 용운을 향해 흑염룡기를 쐈다가, 반천기로 반사당하는 바람에 오히려 왼팔을 잃었다. 그때 도주한 뒤 쭉 행방불명 상태였는데, 하비성에서 모습을 드러냈다.

- **흑영대원 4호(원수화령)** 개인 신상이 잘 알려져 있지 않은 흑영대원들 중에서도, 더더욱 베일에 싸인 인물. 고향은 물론 정확한 나이도 모르는데, 그나마 본명 또한 원래 이름인지는 알 수 없다. 간혹 용운이 실수로 내뱉는 21세기의 언어를 아무렇지 않게 알아듣고 넘어가는 등, 수상쩍은 면모들을 보인다. 그래도 능력만은 확실해서, 오용이 보낸 암살자에게 살해당할 뻔한 어린 제갈량을 구해오는 등 굵직한 임무를 여러 번 성공시켰다.

- **표자두 임충** 위원회 소속, 천강 제6위. 강인하고 냉철하여 무투파의 지주라 불릴 만한 사내다. 현대에서는 세계 각국의 분쟁지역을 떠도는 외인부대 출신 용병이었다. 원래도 단도 한 자루만 있으면 일반인 수백 명을 참살할 수 있는 무력을 가졌다. 천기는 벤다고 생각한 것을 베며, 멀리 날려 폭발시킬 수도 있는 검기의 일종, 절대심검. 병마용군은 절대십천 중의 하나로 '광기에 차 웃는 바람'이라는 별명을 가진 미령이다. 그 막강한 무력으로 용운과 사천신녀를 위기에 몰아넣기도 했으나, 산양성에서의 결전 때 둘 다 사망했다.

- **화화상 노지심** 천강 제13위. 체구가 작은 여인으로, 강철로 된 지팡이 선장을 들고 있다. 말이 거의 없고 표정 변화도 없는 편.《호접몽전》에서는 1부 후반부에 등장하여, 천기 등도 거의 알려지지 않았다. 현재는 원술군에 가담해 있다.

- **행자 무송** 천강 제14위. 관승과 더불어 천강위의 육체파 여인 쌍두마차. 단, 언월도를 쓰는 관승과 달리 무송은 권사로서 순수하게 강인한 육체로 승부한다. 그 강력함은 지살위의 여권사인 호삼랑(현재 초선)의 수십 배에 달한다. 노지심과 죽이 잘 맞는지 늘 같이 다닌다. 그녀와 마찬가지로 현재 원술군의 장수로 활약 중.

- **유엽 자양** 양주 출신으로 먼 황실의 일원이다. 노숙의 친구라 함께 회남의 정보를 따르길 권유했으나, 노숙은 주유의 설득으로 손책을 택했다. 유엽은 정보가 백성들을 겁박하는 행위에 앞서길 강요하자, 술자리에서 그의 머리를 베고 병력을 여강태수 유훈에게 넘겨주었다. 유훈이 손책에게 격파된 후에는 조조 밑으로 들어갔다. 이 책에서는 조조가 진규에게 의탁해 있을 무렵에 임관, 망탕산에 주둔해 있던 지살위 여방의 부대를 토벌하는 데 공을 세웠다. 이후 쭉 조조를 따르며, 정사에 비해 책사가 극도로 부족해진 조조에게 소중한 인재가 된다.

- **정립 중덕(정욱)** 연주 동군 출신. 8척(약 184센티)에 이르는 장신에, 길고 아

름다운 수염을 가졌다고 전해진다. 연주자사 유대가 초빙했지만 응하지 않고 계책만 알려주다가, 유대 사후 순욱의 천거로 조조에게 임관하여 여러 전투에서 공을 세웠다. 이 책에서는 조조를 만나지 못해 화흠의 초빙을 받고 원술 밑에서 책사로 있다. 뛰어난 지략으로 용운의 행로를 예측해내어, 상당군에서 위기에 몰아넣기도 했다. 진류성을 빼앗기고 퇴각한 끝에 현재는 신급현에서 가후와 합류, 여남을 직접 노리는 조조군 별동대를 맞아 싸우고 있다.

- **우길(2대 공손승)** 천강위의 일원인 공손승으로 등장했으나, 위원회와 함께 행동하지 않고 멋대로 천하를 떠돌았다. 정체를 정확히 알 수 없어 회내에서도 고스트라 불리기도 했다. 그 본질은 '우길'이란 이름을 가진 불사의 신선. 죽음이 형상화한, 일종의 초월적 존재에 가깝다. 우길이 가는 곳마다 전염병이 돌거나 전쟁이 일어나 죽음이 횡행하지만, 사실은 죽음이 예정된 곳으로 그가 찾아가는 것이다. 언제부터, 얼마나 살아왔는지 자기 자신도 정확히 알지 못하며 무한한 삶에 권태를 느낀다. 처음으로 흥미를 느낀 대상인 병마용군 월영에게 집착, 그녀를 따라 시공을 이동해버렸다.

- **순욱 문약** 용모가 수려하고 재주가 뛰어나, 어릴 때부터 왕을 보좌할 재목이라 칭송받았다. 한복의 초빙을 받아 기주로 오던 도중, 원소가 기주를 빼앗는 바람에 그의 밑에 들어갔다. 원소는 순욱을 귀빈으로 예우했고, 형 순심 및 같은 고향의 신평, 곽도 등이 원소를 섬겼으나, 순욱은 원소의 사람됨이 대업을 이루기에 부족하다고 여겨 그를 떠나 조조에게 임관했다. 이 책에서는 순욱이 인재 획득의 중심이 될 것을 일찌감치 알고 있던 용운이 기주에서 가로채어 가신으로 삼았다. 과연 용운의 기대는 헛되지 않아서, 곽가, 정욱, 순유, 사마랑 등의 인재를 줄줄이 얻게 되었다. 뿐만 아니라 용운을 대신해 유주국의 정치와 행정을 사실상 전담하는 재상 역할을 역임 중이다. 조운과 더불어 용운이 가장 신뢰하는 가신이기도 하다.

차례

1

공작의 배후

'암살 건을 안다는 것은…. 거기까지 내 뒷조사를 한 건가?'

수상히 여긴다는 것은 경을 통해 알고 있었다. 하지만 여기까지 준비하고 진행된 줄은 몰랐다. 내심 자신에 대한 조조의 마음을 믿었기 때문이다.

'날더러 배신자라고? 날 죽인다고?'

오용은 숨이 막힐 것 같았다. 그가 주위를 둘러보았다. 온통 두려움, 경멸, 의심 가득한 시선들이었다. 문득 울컥 화가 치밀었다. 성심을 다해 조조를 보좌한 내가 왜 이런 대접을 받아야 하는가.

"주공, 저는…."

오용이 조조에게 한 걸음 다가섰을 때였다. 허저가 재빨리 조조의 앞을 막아서며 말했다.

"쉬이이, 더 다가오면 벨 것이오, 오용."

그의 대도는 이미 반쯤 검집에서 빠져나와 있었다.

"벤다?"

오용은 넋이 나간 듯 그 말을 읊조렸다. 이어서 앞으로 성큼 발을 내딛으며 말했다.

"어디, 베어보시게."

"이러지 마시오, 오용."

"벨 수 있다면 베어보시게나. 그리고 주공!"

오용이 피를 토하듯 외쳤다.

"제게 어찌 이러십니까? 모두 주공을 위해 한 일이거늘…."

조조는 싸늘하게 응대했다.

"날 위해서, 아버님을 해쳤다고?"

"주공이 모든 것을 걸고 업성을 치도록 해야 했습니다. 어차피 일어날 일이었습니다!"

이는 자신이 조숭을 해쳤음을 인정하는 말이나 마찬가지였다. 장내가 경악으로 술렁였다.

"나 또한!"

조조가 태사의에서 벌떡 일어서며 내뱉었다.

"어차피 업성을 치려 했었네. 허나 네놈 덕에, 복양성에서 하지 않아도 될 대학살을 벌이고 말았지. 복수에 눈이 멀어서!"

"그것도 원래 주공께 주어진 운명입니다. 저는 그 일을 조금 앞당겨, 주공을 하루라도 빨리 왕으로 만들려 한 것뿐입니다."

"오용, 오용."

조조의 목소리가 점차 가라앉더니 처연한 기색마저 띠었다.

"자네처럼 똑똑한 사람이 어째서 모르나? 나 조맹덕은, 누구의 뜻대로 움직이는 꼭두각시가 아니라는 것을. 책사들의 의견을 많이 듣고 존중하긴 하지만, 그건 내 생각을 정리하는 데 도움을 받으려는 것이지, 하라는 대로 고스란히 따르기 위해서가 아니란 말일세. 한데 자네는 내가 모르는 곳에서 멋대로 내 행동을 판단하고 결정했으며 결국 용서할 수 없는 일을 벌였네."

"주공…."

"최종적으로 결정하는 건 어디까지나 나야. 이 조맹덕은 오직 조맹덕의 뜻으로만 움직인다. 그게 바로 나다!"

순간, 오용은 머리를 강하게 맞은 듯한 충격을 받았다. 애초에 이 남자를 내 뜻대로 움직이려 한 게 잘못이었다는 건가? 그가 뭔가 갈구하듯 손바닥을 펴 앞으로 내밀었다. 그 동작에, 허저가 움찔하며 경계했다. 오용은 내민 손바닥을 가만히 쥐더니, 힘없이 내렸다. 그의 야망이, 조조 곁에서 보낸 시간들이 손가락 사이로 스르르 빠져나갔다.

'조언 정도에서 그치고 흘러가는 대로 놔뒀어야 했나. 하지만 그랬다가는, 주공은 원래 제 것이었어야 할 책사들뿐만 아니라, 청주병까지 얻지 못하고 오래전에 몰락했을지도 모른다. 그래, 난 틀리지 않았다.'

그는 결심을 위해 고개를 푹 숙였다.

'내 방식이 틀리지 않았다면, 상황이 이렇게 된 원인은 하나다. 바로, 왕의 후보를 잘못 택했다는 것이다. 잘못된 선택은….'

이어서 숙였던 얼굴을 다시 천천히 들었다.

'여기서 지우리라. 지금.'

순간, 허저가 한 소리 고함을 지르며 대도를 뽑아 휘둘렀다.

"오요오오오옹!"

"다 죽여라, 경."

팟! 파파팟! 콰아앙! 난반사된 빛줄기가 허저의 검에 맞아 사방으로 튕겨났다. 그 서슬에 허저가 휘청대며 뒤로 물러났다. 조조는 경악한 얼굴로 중얼거렸다.

"이게 대체 무언가?"

주변에 서 있던 애꿎은 병사와 신하들이 튕긴 빛줄기에 맞아 우르르 쓰러졌다. 말 그대로 빛이다. 빛의 속도이니 피하지 못한다. 허저도 보고 막은 게 아니라, 섬뜩한 기분에 도를 마구 휘둘러댄 것에 불과했다. 고수의 도막(刀膜, 도를 휘둘러 만들어낸 장막)이었기에 경이 발한 빛줄기를 막을 수 있었다.

픽! 푸슉! 다시 죽음의 빛이 사방으로 산란했다. 진등이 양손으로 목을 부여잡고 뒤로 넘어갔다. 만총도 한쪽 무릎을 꿇으며 주저앉았다.

"멈춰라, 이놈!"

허저가 이를 갈며 덤벼들려 할 때였다.

"와아아아아!"

급보를 받은 근위대가 대전으로 몰려왔다. 오용이 서릿발 같은 얼굴로 중얼거렸다.

"버러지들이 감히 나를?"

그가 검은 철부채, 묵철천상선(墨鐵天上扇)을 머리 위로 집어던졌다. 빙글빙글 돌던 철부채가 허공에 뜬 채 정지했다. 경이 거기에다 대고 잠시 빛줄기를 쏘았다. 검은 철부채는 빛줄기를 고스란히 빨아들이며, 점점 붉게 달아올랐다. 마치 부채가 작은 태양으로 변화하는 듯한 광경이었다. 멍하니 그것을 바라보는 근위대에게 허저가 외쳤다.

"넋 놓고 있지 말고 반역자를 잡아라!"

오용을 포위한 근위대 병사들이 일제히 달려든 순간, 다수 살상 전투용이며 병마용군 '경'과의 합체기이기도 한, 오용의 세 번째 천기가 발현되었다.

비기, 천변광풍(祕技 天變光風, 예측할 수 없는 빛의 바람)

번쩍! 부채는 그때까지 흡수했던 빛줄기를 단숨에 사방으로 방사했다. 그 한 수에 근위대의 절반이 타서 재가 되었다. 비록 무력이 아닌 지식과 책략 그리고 날씨를 바꾸는 특수한 능력으로 천강위의 세 번째 자리에 올랐다곤 하나 그래도 천강위이자 3위였다. 경과 더불어 마음먹고 손을 쓰니 조조의 근위대도 속수무책이었다. 그래도 근위대원들은 부나방처럼 몸을 던지고 산화해갔다.

"피하십시오, 주공!"

허저는 상황이 매우 급박함을 깨달았다. 머리 좋은 노인으로만 여겼던 오용은 무서웠다. 설상가상 공교롭게도 대부분의 장수들이 원술 공격에 나서서, 맞서 싸울 만한 이가 없었다.

'빌어먹을, 백녕(伯寧, 만총의 자)이 너무 서둘렀어. 채문희의 소식을 알리는 것도, 오용을 추궁하는 것도 원술과의 싸움이 끝난 뒤에 처리했으면 좋았을 것을. 하긴, 일이 이렇게 될 줄 누가 알

왔겠는가. 이제부터는 나의 몫이다.'

허저는 조조를 끌어당겨 제 몸으로 가리며 다급히 대전 밖으로 달려 나갔다. 되돌아온 부채를 회수하고 뒷짐 진 오용이, 천천히 그 뒤를 따르며 말했다.

"소용없다. 날 거부한다면, 내게서 받은 것도 마땅히 내놓아야 할 터. 내가 뿌린 씨는 내가 거두리라."

허저는 조조를 들쳐 업고 허리띠로 자신과 한꺼번에 단단히 동여맸다.

"주공, 제게 꽉 매달리십시오."

"면목 없군. 부탁하네, 중강."

"전 주공의 경호대장 아닙니까."

태연한 척했지만, 허저의 이마에는 땀이 맺혔다. 뒤로 무시무시한 살기가 따라오는 게 느껴졌다. 그가 이제까지 한 번도 느껴 보지 못한, 지극히 격하면서도 오싹하리만치 정제된 살기였다. 광폭한 불같은 살기가 아니라, 벼리고 또 벼린 명검의 날 같은, 그런 살기였다.

'오 군사는 지금껏 정체뿐만 아니라 본신의 무력도 숨겨왔던 것인가.'

이런 생각을 떠올렸던 허저가 고개를 저었다.

'어디로 가야 하지?'

그는 전형적인 육체파라 영리한 편은 아니었다. 한 번에 여러 가지 생각을 하면 사고가 꼬인다. 지금은 오직, 한 가지 생각에만 집중할 때였다. 바로, 자신의 주인을 살리는 일이 그것이었다.

"내가 괴물을 품 안에서 키웠구나."

조조가 나직하게 탄식했다. 그 탄식에서 두려움의 기색을 느낀 허저는 가슴이 덜컥 내려앉았다. 업성의 불지옥에서 탈출할 때도, 장남 조앙이 이해 안 가는 배신을 했을 때도 이렇게 낙담하고 두려워하는 모습은 보이지 않았었다. 이건 그의 주인 조조에게 어울리지 않았다. 허저는 쉼 없이 달리면서 머리를 쥐어짰다.

'생각해, 생각해내라. 주공을 살릴 방법을.'

그때 한 가지 수가 퍼뜩 떠올랐다.

'그거다!'

현재 이들이 주둔해 있는 외항현은 강과 인접한 위치였다. 그렇다 보니 남쪽 성벽 앞의 해자에는 아예 강으로 연결된 작은 수로가 있었다. 해자를 채울 물을 쉽게 끌어들이기 위해서였다. 거기에다 작은 나룻배 한 척을 띄워놓았다. 해자에 빠져 죽은 사람과 짐승을 건져내거나, 해자 안쪽 벽을 보수할 때 타는 배였다.

'그 배를 타고 곧바로 강을 따라 달아나면 쫓아올 수 없을 것이다.'

허저는 방향을 바꿔서 남쪽 성벽으로 달렸다. 오용이 여전히 그 뒤를 끈질기게 추격해왔다. 서두르지도, 크게 뒤처지지도 않는 속도였다.

'이런 위압감이라니. 빌어먹을 늙은이!'

허저는 계단을 따라 성벽 위로 뛰어올랐다. 끝에 서서 아래를 내려다보니, 해자 안에 과연 작은 나룻배 한 척이 보였다. 막다른 곳에 몰아넣었다고 여겼는지, 뒤쪽에서 오용이 비웃듯 외쳤다.

"자살이라도 하려는 셈인가? 허 장군?"

"…주공."

허저의 생각을 알아챈 조조가 단호히 말했다.

"안 되네."

"크크, 주공마저 이 호치를 얕보십니까? 설마 제가 저런 늙은이 하나 못 이기겠습니까?"

호치(虎痴)란 호랑이처럼 용맹하다 하여 허저에게 붙은 별명이었다.

"중강."

"주공이 방해되어 달아난 것뿐입니다. 그러니 주공께서 비켜주시면 충분히 이길 수 있습니다. 제가 싸움에 온전히 집중한다면 말입니다."

그는 띠를 풀더니, 조조를 위로 들어올렸다.

"무례를 용서하십시오, 주공. 그리고 부디 만수무강하시기를."

"안 된다, 중강!"

휙! 다음 순간, 허저가 조조를 망설임 없이 성벽 아래로 던졌다. 조조는 정확히 나룻배 바로 옆에 풍덩 빠졌다. 떨어진 충격으로 잠깐 가라앉았지만, 곧 떠올라서 나룻배에 매달렸다. 거기까지 본 허저가 고개를 돌렸다. 어느새 오용이 바로 뒤까지 다가와 있었다. 허저는 대도를 겨누는 자세로 말했다.

"영감, 너무 음흉한 거 아니오? 이런 사술을 감추고 있었다니."

오용은 무표정한 얼굴로 대꾸했다.

"쭉 책사로서 살길 원했건만, 드러내게 만든 건 그대들이라네."

"애초에 주공에게 접근한 이유가 뭐요?"

"말하지 않았나. 나는 그분을 왕으로 만들고 싶은 것뿐이었다고. 그래서 그분으로 하여금 새로운 세상을 열게 하고 싶었다네."

허저는 침을 퉤 뱉더니 피식 웃으며 말했다.

"후, 아아, 이놈 쓸 만하겠다 싶어서 주공을 점찍고 밀어줬다 이거요? 영감 뜻대로 움직이는 왕? 그럼 그건 왕이 아니라, 그냥 영감의 대리 아뇨? 주공의 사람과 재물과 병사를 가지고, 정작 영감이 왕 놀이 한 거 아니냔 말이오."

"싸움만 아는 무인인 줄 알았더니 혀가 제법 맵구먼."

"바꿔 말하면 나처럼 무식한 놈도 바로 떠올릴 수 있는 생각이라는 거지. 그러니 주공이 그걸 알고도 배겨내시겠소? 배알이 뒤틀려서."

"나도 그 부분이 아쉽군."

"백번 양보해서 영감이 하자는 대로만 하면 천하의 주인이 될 수 있으니 따라준다 쳐도, 그 장기말로 주공의 선친을 쓰고 버린 건 너무 나갔소, 영감."

"진용운, 그자 때문에 내가 조급했음을 인정하네. 하지만 어차피 벌어질 일이었다네."

오용은 검은 쇠부채를 손에 펴들고 섰다.

"그럼, 얘기는 이쯤 하세. 시간 끌려는 거 다 아니까."

"쳇. 표가 났소?"

"조조의 세력이라는 내 실패작을 내 손으로 지우고 싶구먼."

"완전 미치셨군그래. 내가 영감을 여기서 지워드리지. 타아앗!"

허저는 오용을 향해 맹렬히 돌진했다. 그를 마주한 쪽 피부가 저릿할 정도의 투기. 오용이 뒤로 물러나고 그 자리를 경이 대신했다. 쩡! 허저는 투명한 뭔가에 관자놀이를 제대로 맞고 휘청했다. 하지만 그러면서도 기어이 몸을 비틀어 대도를 내리쳤다. 아무것도 없는 허공에서 불꽃이 튀었다. 자세를 바로 하고 선 허저가 이죽거렸다.

"귀신까지 키우시나?"

"으음."

오용의 얼굴이 조금 굳었다. 무방비상태에서 병마용군의 힘으로 관자놀이를 맞았는데도 버텨내는 인간이라니.

'역시 지워야겠어.'

그가 그냥 떠나버리지 않고 굳이 조조와 그 수하들을 죽이려는 건, 단순히 분노 때문만은 아니었다. 또한 실패를 덮기 위해서만도 아니었다. 이제 그들이 앞으로의 행보에 강력한 적이 될 것이기 때문이었다. 가장 가까운 곳에서 봐왔기에 잘 알았다. 조조를 적으로 돌리면 얼마나 괴로울지를. 장애물은 진용운 하나로도 차고 넘쳤다.

"가거라, 경."

"크앗, 귀신이든 뭐든, 나와 한쪽이 죽을 때까지 싸워보자!"

허저와 경이 재차 격돌했다.

충직한 수하가 목숨 걸고 시간을 벌어주는 사이, 조조는 뒤도 안 돌아보고 필사적으로 노를 저었다. 그게 그들의 희생을 헛되이 하지 않는 길이었다. 아무리 핵심 장수들과 정예병들이 빠져나갔다곤 하나, 단 한 사람에 의해 진영이 이토록 풍비박산 났다는 사실이 믿기지가 않았다.

'성혼단이라는 놈들의 힘이 이 정도였는가.'

조조는 이제 오용이 성혼단의 일원일 거라고 거의 확신하고 있었다. 그러면 전혀 알려지지 않은 오용의 과거와 그가 꾸준히 성혼단과 접촉한 것, 정체가 드러나자 보인 기괴한 사술, 조숭을 해치고 그 일을 조자룡에게 덮어씌운 뒤 대학살을 일으키도록 유도한 이유 등이 모두 설명되었다. 이는 만총이 구해온 성혼단의 교리와도 통했다.

— 성혼단은 별을 섬겨 그 힘을 받는데, 사람이 죽으면 하늘로 올라가 별이 된다고 생각합니다. 거기에는 전쟁과 재앙, 질병, 사고로 죽은 자들도 모두 포함되므로 끊임없이 전란을 일으키려 시도합니다. 많은 사람들이 죽을수록 자신들의 힘이 커진다고 여기기 때문입니다. 궁극적으로 성혼단의 교주가 세운 나라로 하여금 천하를 다스리게 하는 것이 그들의 목표입니다.

'안 그래도 혼란한 세상을 더욱 어지럽히는 미친 자들.'

조조는 깊은 한숨을 내쉬었다. 자신이 처한 현실과 앞으로의 일이 막막했다.

'아니다. 난 이미 모든 걸 잃다시피 한 상태에서 일어선 적이 있지 않은가. 그때에 비하면 지금은, 아직 복양성과 업성도 건재

하고 주력들도 고스란히 남아 있다. 한데….'

조조는 가신들의 죽음에 눈물지었다. 바로 앞에 시립해 있던 진등의 목이, 기괴한 빛줄기에 꿰뚫리던 광경이 떠올랐다. 만총 역시 어딘가를 맞아 주저앉는 걸 봤다. 허저 또한, 아마도 살아남기 어려울 터였다. 근위대원들은 숫제 몰살당하다시피 했다.

'한데 너무도 마음이 무겁구나. 원룡(元龍, 진등의 자), 백녕, 중강…. 그리고 나의 병사들이여. 내 자네들의 복수는 반드시 해주겠네. 몇 십 년이 걸려서라도 성혼단이라는 놈들의 씨를 말려버릴 것이야. 그리고 원룡, 자네의 마지막 책략으로 꼭 원공로를 무너뜨릴 것을 맹세하네. 지켜봐주게….'

조조는 이제 제법 멀어진 성벽 위쪽을 바라보면서, 노를 잡은 손에 힘을 주었다. 진작 붙잡아 죽이거나 내칠 것을, 그 재주가 아까웠고 별로 위협적이지 않다 여긴 게 실수였다. 그는 만총이 오용에 대해 보고했던 내용을 돌이켜보았다.

'내게 힘을 보태어 세력을 키워주고 신뢰를 얻은 후, 그 세력을 자신들이 차지하려는 수법으로 추정된다고 했지.'

일찍이 황건적들이 조정에 사람을 심어놓고 내응하여 반란을 일으키려던 것과 비슷했다. 하지만 그 일을 위해 자신에게 충성을 바치며 십 년 가까운 세월을 기다렸다는 점에서 더욱 무서운 자들이었다. 조조는 필히 성혼단을 멸하기로 재차 다짐했다.

'되었다. 강이 보이는군. 일단 강을 따라 안전한 곳으로 피한 후, 복양성으로 돌아가자.'

강에 들어선 나룻배는 물살을 따라 저절로 움직이기 시작했다.

조조는 노를 놓고 배 가운데에 벌렁 드러누웠다. 하늘은 마치 아무 일도 없었다는 듯 투명하게 새파랬다. 너무 격하게 노를 저은 모양이다. 안 해본 일을 해서인지 몸 구석구석 쑤시지 않는 곳이 없었다. 정신적·육체적 피로가 급격히 밀려와서, 조조는 가만히 눈을 감았다.

진용운이 보낸 암살자에게 오용이 크게 다쳤을 때, 분노하고 노심초사했던 일이 떠올랐다. 복양성에서는 오용이 천기를 읽어, 날씨를 미리 파악한 덕에 진용운에게 이길 수 있었다. 그 밖에도 그가 활약했던 일들이 하나둘 떠올랐다.

'주공의 천하를 보고 싶습니다.'

처음 임관하던 날, 오용이 한 말은 아직 생생했다. 그와 보낸 몇 년의 시간은 조조에게도 결코 가볍지 않았다. 그게 정말 다 연극이었단 말인가?

'피곤하다…. 조금만… 쉴까.'

조조는 눈을 감은 채 나룻배에 몸을 맡기고 강 하류로 천천히 떠내려갔다.

조조의 추측과는 좀 달랐지만, 성혼단으로 대변되는 위원회가 확실히 무서운 집단이긴 했다. 그러나 그들보다 더 무서운 자는 따로 있었다. 아비규환의 상황 속에서 만총이 누군가의 도움으로 그 자리를 빠져나가는 것을 조조도, 허도도, 그 둘을 쫓느라 정신이 팔린 오용도 전혀 눈치채지 못했다.

만총을 구해서 나간 자는 기이할 정도로 존재감이 없는 복면의 사내였다. 그는 조조 등과 반대 방향인 북쪽으로 움직였다. 복면 사내는 만총을 업은 채 내성을 벗어나, 외곽 쪽의 인적 없는 민가로 들어섰다. 거기서 만총을 조심스레 내려놓은 그가 말했다.

"부대주, 다친 곳은 괜찮으십니까?"

"괜찮네. 덕분에 살았어. 오용, 그자가 설마 그렇게 갑자기 사술을 쓸 줄이야…. 자네가 날 재빨리 잡아당기지 않았다면, 어깨를 스친 정도가 아니라 나도 원룡처럼 목에 구멍이 나서 죽었을 걸세."

"천만다행입니다."

"그간 여러 차례 위기가 있었지만, 자네가 늘 곁에서 날 보호해준 덕에, 오용을 조사하는 사이 성혼단원들에게 죽임당하지 않고 무사할 수 있었네. 그것까지 해서 다 고맙네, 4호. 아니, 원수화령."

"제가 당연히 해야 할 일입니다."

흑영대의 4호이자, 전예를 제외하고 유일하게 이름을 가졌던 자. 그간 만총의 곁에서 그를 은밀히 지켜왔던 원수화령은 치하에 겸손하게 답했다.

"이제 어쩌실 계획입니까? 유주성으로 가길 원하신다면 그리해드리겠습니다."

"아아, 유주성. 전하께서 계신 곳…. 거기가 그리도 살기 좋다던데 정말인가?"

"정말입니다."

"여름은 있는 둥 마는 둥 하고 가을만 되면 벌써 혹한의 추위가 닥치는데도?"

"그래도 살기 좋습니다. 마음이 편하니까요."

"정말 가보고 싶군. 너무나."

씩 웃은 만총이 말했다.

"이틀 후 복양성으로 가세. 자네에게 미안하군."

"아닙니다. 그러실 줄 알았습니다."

"오용과 조조가 갈라섰으니, 곧 새로운 임무가 내려오겠지. 전하께서 돌아오라 명하시기 전까지는, 난 이곳에 머물러야 하네. 조맹덕이 죽었는지 살았는지도 확인해야 하고."

"알겠습니다. 그럼 전하께 서신을 전하지요."

4호는 만총의 부상을 돌보기 시작했다.

만총이 보낸 비밀 서신을 용운이 받은 것은 그로부터 닷새 후였다. 그는 침상에 앉아 서신을 읽으며 생각했다.

'궁지에 몰리자 드디어 본성을 드러냈구나, 오용. 조조의 생사가 불분명한 건 좀 아쉽네. 만화나 영화에서 보면 이런 경우 대개 살아 있던데…. 하긴, 그 조조가 이렇게 싱겁게 죽진 않겠지.'

그랬다. 오용을 궁지로 몰아, 끝내 조조와 결별케 한 사건. 이 모든 일을 꾸민 사람은 바로 용운이었다. 긴 시간에 걸쳐 치밀하게 준비한 계획이었다. 그 시초는 오래전에 만총을 등용한 것이었다.

본래 만총은 18세 때 군의 감찰관 자리에 올라 대쪽같이 업무를 수행했다. 고평현 현령을 지내는 동안에도 한 탐관오리를 붙잡아 처벌했는데, 그가 고관대작의 친인척인지라 그대로 관직을 버리고 귀향했다.

정사에서는 그 뒤로 쭉 고향에 머무르던 만총을 유엽이 천거하여, 조조가 불러 발탁한다. 그러나 이 세계에서 만총이 조조에게 합류한 때는 정사와 달랐다. 조조가 업성을 공략하다 사마의의 화공에 당하여 아끼던 전위마저 잃고 퇴각할 때였다. 당시 만총은 조조의 패잔병을 수습해서 그를 구출하며 눈도장을 찍었다. 마치 자신을 필요로 할 것을 기다렸다는 듯. 경계심 많은 조조였지만, 위급할 때 자신을 구해준 만총까지 의심하진 않았다. 가뜩이나 한 사람의 책사도 아쉽던 차였다. 그렇게 만총은 조조 진영에 자연스레 합류했다.

만총의 고향은 연주 산양군 창읍현, 즉 산양성이었다. 귀향 시기 또한 용운 세력, 정확히는 종요가 아직 산양성을 점거하고 있던 기간과 일치했다. 용운은 산양성을 차지하자마자 성내를 샅샅이 수소문하여 만총을 찾아냈다. 그런 뒤로는 곁에 두고 극진히 아끼되, 외부에 드러나지 않게 했다. 그가 첩보와 감찰 일에 뛰어난 재능을 가졌음을 깨닫고 전예의 부관 격으로 임관시킨 까닭이었다. 원칙주의, 완벽주의자인 만총에게 딱 맞는 직책. 전예의 업무가 과중하던 차에 잘된 일이었다. 당연히 정보 요원은 드러나지 않을수록 좋았다.

'사실 만총이 조조 곁에 머무르게 된 것까지는 사마의의 계략이었지. 그걸 이용해서 오용을 쳐내야겠다고 마음먹은 게 나고.'

조조의 대대적인 침공 당시, 사마의는 조조군의 규모와 기세가 심상치 않음을 보고 만일을 대비해야겠다고 생각했다. 두 겹의 성벽을 이용한 화공이 성공했지만, 같은 수법에 또 당하지는 않을 터였다. 이에 조조가 퇴각할 때, 만총을 내보내서 지금 막 업성에 닿은 것처럼 꾸몄다. 위험한 임무였지만, 덕분에 업성이 함락될 때도 만총은 무사했고 조조로부터 포상과 관직까지 받았다.

업성 함락 후 만총이 처음 맡은 임무는, 조조군의 물자 상황과 동태 그리고 채염의 안위 등을 알리는 것이었다. 그러던 중 용운이 새로운 지령을 내렸다. 바로 조조의 의심을 부채질하여 그와 오용이 대립하게 만들라는 것이었다. 맨 처음 조숭이 죽은 장소로 사람을 보냈을 때만 해도, 만총은 그 일 자체를 오용이 꾸몄다는 것까지는 몰랐다. 그러다 자신의 수하들이 성혼단에 의해 살해당하자, 뭔가 음모가 숨어 있음을 깨달았다. 조운이 조숭을 죽인 게 사실이라면, 성혼단이 굳이 그 사실을 숨기려고 만총의 정보원들을 제거할 필요가 없기 때문이다.

'그 후로는 오히려 홀가분했을 거야. 사실을 있는 그대로 조조에게 보고하기만 하면 되었으니까.'

오용이 성혼단과 깊은 연관이 있는 듯하다는 만총의 보고. 또 오용이 조조의 동태를 신경 쓰는 듯하자, 일부러 그가 들을 만한 곳에서 노골적으로 의심하는 발언을 한 일. 오용의 수하 동평이 조숭의 마부로 일했던 것을 본 목격자를 찾아낸 일. 이 모두가 용운의 지시를 따른 것이었다. 만약 오용이 한 번만 발상을 바꿔서 만총의 마음을 심안으로 탐색했다면 발각되었으리라. 그의 생각, 시선, 마음 등 모든 게 오직 조조만을 향해 있었던 게 오히려 화가 되었다.

몇 년에 걸쳐 차차 커져가던 오용과 조조 사이의 틈은, 마침내 거대한 균열이 되어 둘을 완전히 쪼갰다. 다시는 하나로 합쳐질 수 없는 균열이었다. 이로써 용운은 위협적인 두 적을 갈라놓음과 동시에, 조조의 세력에도 타격을 입히는 데 성공했다. 만총이 보낸 서신은 그 사실을 알려주고 있었다.

"용운 님."

용운은 귓가에서 들려오는 달콤한 목소리에 서신을 내려놓았다. 다 읽은 지 오래였는데도 생각에 빠져 한동안 들고 있었던 모양이다. 그는 목소리의 주인을 향해 부드럽게 답했다. 어젯밤부터 침소에 함께 있었던 사람이었다.

"문희, 왜요?"

"무슨 서신이기에 그렇게 무서운 표정을 짓고 계신 거예요?"

용운은 채염을 품으로 당겨 안고서 말했다.

"내가 그랬어요?"

"네. 눈이 막 번쩍번쩍했어요."

"하하, 미안해요. 무섭게 하려던 건 아닌데."

"뭔가 나쁜 일이 생긴 건 아니죠? 그…."

말끝을 흐리는 그녀에게, 용운이 가만히 물었다.

"덕조(德祖, 양수의 자)의 일 같은?"

채염은 고개를 끄덕이며, 용운의 가슴에 기대앉아 그의 반짝이는 은발을 만지작거렸다. 그녀가 유주성에 와서 가장 놀라고 슬퍼했던 소식은 양수의 배신이었다. 그녀는 양수 덕에 왕윤의 살해 위협에서 벗어났고 용운과도 만날 수 있었다. 또 그는 현명하고 학식이 깊어 즐거운 대화 상대이자 좋은 친구, 오라버니이기도 했다. 그런 양수가 용운을 배반하고 그 무섭다는 성혼단과 결탁한 일은 그녀에게 큰 충격을 주었다.

"아니에요. 나의 적들에게 내분이 일어났다는 소식이었어요. 그러니 우리에게는 희소식이죠."

"그랬군요."

"일은 할 만해요, 문희?"

"네. 그냥 외우기만 하면 되는걸요."

"그래도 너무 무리하진 말아요."

채염은 용운을 올려다보며 생긋 웃었다.

"용운 님이야말로 무리하지 마세요."

"문희…."

그 미소가 너무 예뻐서 용운은 채염을 지그시 내려다보았다. 뭔가를 느낀 듯 얼굴이 붉어진 채염이 살짝 눈을 감았다. 용운의 입술이, 위에서부터 그녀의 입술에 가만히 내려앉는 순간이었다.

"전하."

"…아! 깜짝이야!"

불쑥 나타난 전예가 부르는 바람에, 용운은 화들짝 놀랐다. 채염도 깜짝 놀라 얼른 그에게서 떨어져 앉았다.

"국양! 그렇게 소리 없이 불쑥 들어오지 좀 마요. 더구나 침소에!"

"중요한 일이 있으면 아무 때나, 설령 측간에 있더라도 들어오라고 하셨는데요."

그제야 용운은 굳이 전예가 직접 찾아왔음을 깨달았다.

"무슨 일이죠?"

분위기가 심상치 않음을 깨달은 채염이 얼른 매무새를 가다듬었다. 그리고 조용히 일어나서 방을 나갔다. 그녀는 문 앞에 잠깐 멈춰 서서 두근거리는 가슴에 손을 얹었다.

'또 전쟁이… 일어나는 걸까?'

이 두근거림이 용운의 입맞춤 때문인지, 아니면 다가오는 전란의 그림자를 예감했기 때문인지 잘 구분이 가지 않았다.

2

원군 요청

채염이 나간 뒤, 전예가 불쑥 말했다.

"현명한 분입니다. 아름답기만 한 게 아니라요."

용운은 어깨를 으쓱했다.

"문희가 좀 아는 게 많죠."

"그 현명함이 아니라, 덕(德)을 말하는 겁니다."

"잠깐, 지금 잔소리하려는 것 같은데….'

막는 게 조금 늦었다. 폭풍 잔소리가 쏟아졌다.

"전하, 벌써 서른이 한참 넘으셨습니다. 그런데 후사는커녕 아직 혼례조차 안 올리시다니요. 전하께서 언제까지나 청춘일 줄 아십니까? 더 늦기 전에 저분을 왕후로 맞이하십시오. 어느 모로 보나 전하께 잘 어울리는 분입니다."

청몽이 여전히 곁에서 경호를 하고 있었다면, 전예도 이런 얘기를 꺼내기 어려웠을 것이다. 그는, 처음에 주모가 되리라 여겼던 청몽에 대한 미안함과 안쓰러움 같은 감정이 남아 있었다. 그러나 용운은 업성에 혼자 다녀온 뒤부터 자신에 대한 밀착 경호를 해제했다. 그사이 어떤 힘에 확실히 눈을 뜬 모양이었다. 또 이는, 청몽에 대한 용운의 마음이 어떤 형태로든 정리됐음을 보여주는 것 같기도 했다.

'하긴, 두 분 사이에 아무 진전 없이 십 년이란 세월이 흘렀지.'

평범한 남녀였다면 대여섯 번은 헤어졌다가 새로운 사람을 만날 시간이었다. 이제 정세도 안정됐으니, 여태 홀몸인 용운을 돌볼 때였다. 그럴 일은 없겠지만 이러다 만에 하나 그에게 무슨 일이 생기기라도 하면 어찌 될 것인가.

야심만만한 사마의를 중심으로 한 사마 가문은, 서서히 유주국의 실권을 장악하려 들었다. 청무관 출신자들과 태학 출신자들 사이에도 알게 모르게 파벌이 생겼다. 용운이 가운데서 중심을 잡는데도 이 모양이었다. 장차 유주국의 안정을 위해서라도 후사는 반드시 필요했다.

입맛을 다시며 듣고 있던 용운이 손을 내저었다.

"그 얘기는 나중에 해요. 설마 그것 때문에 찾아온 건 아니죠?"

전예는 가볍게 한숨을 내쉬었다.

'또 회피하시는군. 반대파들 때문에 골치 아프신 건 알지만. 주변에서는 전하께서 철혈의 왕이 되었느니 어쩌니 해도, 여전히 자기 사람에게는 여리시니….'

반대파란, 용운 자체를 거부하는 게 아니라 그의 혼인 절차에 대해 일부 반대하는 무리였다. 그 반대파에 순욱 같은 사람이 껴 있는 게 문제였다. 반대의 이유는 간단했다. 왕위의 세습을 우려하는 것이다. 그리 되면 용운은 천자가 엄연히 있음에도 불구하고 진짜 독립적인 왕이 된다. 혼인 반대파들이 요구하는 내용은, 용운의 반려를 굳이 '왕후'라 칭하지 말고 그냥 본처로서 맞이하라는 것이었다.

반면, 곽가와 사마 가문으로 대표되는 찬성파들은, 용운이 유주왕인데 그 본처를 어찌 왕후라 칭해서는 안 되느냐고 맞서는 중이었다. 언뜻 사소한 것 같지만 매우 예민한 문제이기도 했다. 전예는 평소 존경하는 순욱이 이 문제에 한해서만은 조금 원망스러웠다.

'어차피 후한의 운명은 다했다. 문약(文若, 순욱의 자) 님은 어째서 그 껍데기를 끝까지 포기하지 못하는가. 전하 같은 성군을 눈앞에 두고서도.'

그는 살짝 고개를 젓더니, 밀봉된 작은 통을 품에서 꺼냈다.

"2등급 밀서입니다."

2등급이란 말에 용운의 얼굴이 심각해졌다. 유주에 기반을 다진 뒤, 전예는 흑영대 및 정보부를 대대적으로 개편한 바 있었다. 그때, 들어오는 정보를 중요도에 따라 다섯 단계로 나누었다. 일의 효율성을 위해서였다.

5등급은 전예에게까지 올라오지 않아도 되는 일. 4등급은 전예가 직접 관여해야 하는 일. 3등급은 전예 자신뿐만 아니라, 순욱과 곽가 등 책사들도 알아야 하는 일. 2등급부터는 긴급하다 판단되어, 곧바로 용운에게 보고하고 결정을 기다려야 하는 일이었다. 1등급은 곧바로 비상을 걸고 병력을 소집해도 무방했다.

"오늘 새로운 소식이 연달아 들어오네요."

용운이 짐짓 농을 하며 밀서를 확인했다. 천천히, 주의 깊게 내용을 본 그는 한동안 생각에 잠겼다. 전예는 용운의 생각을 방해하지 않도록 조용히 서 있었다. 잠시 후, 용운이 입을 열었다.

"응해야죠."

"그러실 줄 알았습니다."

"백부(伯符, 손책)는 돌아가신 아버님의 제자이자 내 벗이기도 해요. 조조와 싸웠을 때도 직접 원군으로 와줬고요. 안 그래도 오랫동안 유표와 전쟁을 치르면서 어려움을 겪고 있음을 알았는데, 내 코가 석 자라 돕지 못한 게 늘 마음에 걸렸어요."

"자존심 강한 손백부가 밀서까지 보내 도움을 요청한 걸 보면, 상당히 다급한 상황에 처한 듯합니다."

"그렇겠지요. 이제까지 잘 버텨왔는데…."

"형주목(유표의 관직)의 세가 만만치 않습니다. 우리가 원소며 조조, 유비 등과 연이어 싸우는 동안, 그자는 착실히 힘을 비축해왔습니다. 형주는 가뜩이나 땅이 비옥하고 인재도 많아서, 그 저력은 상상을 초월합니다. 쉽지 않은 전쟁이 될 겁니다."

"어차피 언젠가 싸워야 할 상대였어요."

용운은 말끝에 덧붙였다.

"유비 현덕의 잔존 세력이 그에게 가세했으니까요. 아마 손백부가 급격히 밀리기 시작한 것도 그때부터겠죠."

"옳으신 말씀입니다. 그 부분 또한 변수입니다. 관운장과 장익덕 그리고 화영이라는 장수들의 무력은 유비에게 놔두긴 아까울 정도입니다. 아군 또한 최상의 전력을 편성해야 할 것입니다."

"당장 긴급 전체 회의를 소집해야겠군요."

"그렇게 명하겠습니다."

"문약에게도 전달해주세요."

"옛."

정중히 포권한 전예가 침소를 나갔다.

보름 후, 유주국에 긴급 전체 회의가 열렸다. 주요 가신들을 모두 소집하여 여는 회의였다. 보름이라는 기간은 가신들이 모일 틈을 주기 위해서였다. 각 군에 나가 있던 지사들도, 잠시 부지사에게 업무를 맡기고 모두 유주성으로 모였다. 용운은 각 지역의 지사들에게 각기 다른 문장을 부여한 바 있었다. 이는 그가 지사를 맡은 가신들을 절대적으로 신뢰하며, 몇 가지 사항을 제외하고 해당 지역에 대한 통치를 위임한다는 표시였다.

또한 그 문장들은 각 가신의 개성을 나타냄과 동시에, 그들의 자부심을 북돋워주기도 했다. 갑옷과 깃발 등에도 문장을 사용하는 것이 허용되었다. 단, 옆에 유주국의 문장을 함께 표시해야 했다. 유주국의 문장은 푸른 나비였다. 이에 '청호접문(靑蝴蝶紋)'이라고도 불렸다. 용운을 적대시하는 자들은 비웃음을 담아 백마문(白魔紋, 흰 악마의 문장)이라 부르기도 했다.

독특한 문양이 달린 사두마차들이 차례로 입성하는 광경은 그야말로 장관이었다. 백성들뿐만 아니라, 사천신녀들까지 성문 근처에 모여서 마차와 문장을 구경하기 바빴다.

"오오, 저 검은 호랑이 문양은 장료 님 거네."

이랑의 감탄에 뭔가 분해하던 사린이 외쳤다.

"저거! 저건 내가 맞힐 거야. 마초 맞지?"

"그래…. 멀리서도 확 눈에 띈다. 은색 사자라니 화려하기도 하지."

함께 있던 성월도 한마디 거들었다.

"저 붉은 매는 준예(장합) 씨다."

그 말에 이랑과 사린이 동시에 그녀를 쳐다보았다. 성월이 당황해서 물었다.

"뭐, 왜?"

"아니, 그 마차는 한참 뒤쪽에 있는데 딱 그것부터 눈에 들어오는 게, 역시 연인이다 싶어서요."

이랑의 말에 사린이 맞장구를 쳤다.

"맞아! 연인이라니, 멋져부러. 끄앙…."

"소문으로는 매는 준예 님이고 적색은 성월 언니를 가리키는 거라던데, 맞아요?"

"누, 누가 그런 소리를…."

성월은 입고 있던 무복의 색깔만큼이나 얼굴이 붉어졌다. 그때, 잠자코 있던 청몽이 길게 한숨을 내쉬었다.

"하아아아…."

성월과 사린, 이랑 등은 일제히 입을 다물었다. 채염이 온 뒤부터 청몽은 영 심기가 불편했다. 마음에서는 이미 용운과의 사이를 정리했다. 그의 호위이자 가장 가까운 친구로서 살자고. 그럼 이별 따위 없이 계속 곁에 머무를 수 있다고. 그래도 뭔가 서운하고 안타까운 마음은 억누르지 못했다. 거기다 한 번씩 들려오는 원래 세계의 소리도 그녀를 힘들게 했다.

'짜증 나. 엄마랑 아빠 보고 싶어. 집에 가고 싶어.'

청몽은 무릎 사이에 얼굴을 파묻었다. 그때 주위가 이상하게 시끄러워지더니 누군가 그녀의 어깨를 톡톡 쳤다. 청몽은 얼굴도 들지 않고 중얼거렸다.

"나 좀 놔둬라, 사린아."

"언니, 그게 아니라."

"언니 기분 별로다."

뒤이어 들려온 목소리에 그녀는 깜짝 놀라 고개를 들었다.

"왜 기분이 별로요?"

어느새 후리후리하게 큰 키의 사내가 앞에 와서 서 있었다. 떡 벌어진 어깨에 허리는 가늘고 입술은 붉었다. 머리에는 속발자금관(束髮紫金冠, 영롱한 구슬과 깃털로 장식된, 상투 위에 쓰는 형태의 자줏빛 도는 금관)을 쓰고 검은 갑옷에 붉은 요대를 착용한 위풍당당한 모습. 바로 여포였다. 세 자매는 흔적도 없이 사라진 후였다.

'이것들이….'

이상하게 긴장됐다. 청몽은 애써 태연한 척 말했다.

"어, 언제 왔어요?"

"지금."

"아아, 네…."

딱히 할 말이 없는데, 왜 안 가고 버티고 서 있는지 모르겠다.

"그 머리, 더듬이 같아요."

"그렇소?"

"…."

청몽은 어색함을 타파하려고 주위를 둘러보았다. 그때 여포의 것으로 보이는 마차가 그녀의 눈에 띄었다. 마차는 성문 바깥쪽, 두 사람 가까이에 서 있었다. 흑철기의 수장 아니랄까봐 온통 검게 칠한 마차를 철갑으로 부분부분 덮어놓았다.

'꼭 현대의 장갑차 같네.'

그게 여포의 마차임을 알아본 건 옆에 서 있는 적토마 때문이었다. 아마도 여포는 마차를 타지 않고 따로 적토마를 타고 온 듯했다. 마차의 문장을 본 청몽이 고개를 갸웃거렸다.

"그쪽 마차의 저 이상한 문장은 뭐예요?"

"낫이오. 이상한 게 아니라. 흑겸문(黑鎌紋, 검은 낫 문장)이라 하오."

"아니, 그러니까 왜 하필 낫이냐고요. 무슨 저승사자도 아니고."

"저승사자라는 뜻이오? 낫이?"

청몽은 아차 했다. 그건 서양의 개념이었다.

"그, 낫으로 사람 목을 숭덩숭덩 베니까… 꼭 저승사자 같잖아요!"

"맞군. 바로 그거요. 저승사자 같소, 그대는."

"네?"

이건 칭찬인가 욕인가.

"저 낫은…."

잠시 우물쭈물하던 여포가 입을 열었다.

"그대를 상징하는 거요."

"…뭐라고요?"

청몽은 울어야 할지 웃어야 할지 알 수 없었다. 다만, 하나 확실한 건 굉장히 부끄러웠다.

"그, 그럼, 가보겠소. 난."

"네. 얼른 가세요."

그렇게 어색한 대화는 끝을 맺었다.

여포의 수하이자 경호대장 팽기는 마차 안에서 둘의 대화를 듣다가 속이 터졌다. 그는 특유의 험한 말투로 탄식했다.

"하아, 미친. 저따위로 고백하다니. 주공은 아직 멀었구나."

마부 겸 경호원으로 동행한 근육남, 지살위 초정이 조심스레 말했다.

"팽기 형님, 조용히 해요. 마차 밖에까지 다 들려요."

"닥쳐, 인마. 넌 옷이나 좀 입어."

"어머, 모처럼 보는 눈이 많을 때 이 아름다운 근육을 드러내야죠."

"이 동네 지금 엄청 춥거든? 다들 널 변태 취급하고 있다고."

"부러워서 그러는 게 아닐까요? 호호."

"내가 말을 말자."

여포 일행은 여러모로 사람들의 시선을 끌고 있었다. 이후로도 지사들을 태운 마차는 속속 입성하여 백성들의 좋은 눈요깃거리가 되었다.

다음 날, 아침 일찍부터 회의가 시작되었다. 손책을 도울 원군을 보낼 것인지, 거절할 것인지가 안건이었다. 오랜 시간 토론하고 투표한 결과, 찬성 11표, 반대 2표의 압도적인 결과로 원군 파병이 결정되었다. 다만, 거기에는 몇 가지 조건이 있었다.

"소수정예라…."

용운은 다소 고민스러운 표정으로 중얼거렸다.

그 의견을 최초로 내놓은 어양군 지사, 진림이 재차 주장했다.

"큰 전쟁을 두 번이나 연이어 치렀습니다. 그중 한 번은 이 년 남짓밖에 되지 않았고요. 새로 편입한 남피와 평원 등이 어느 정도 안정되었다곤 하나, 또 대대적으로 병력을 편성하면 그 부담은 고스란히 백성들에게 돌아가게 됩니다. 1차는 소수정예로 우선 성의를 보이고 전황을 봐가며 순차적으로 추가 병력을 보내는 편이 낫습니다."

백성들을 힘들게 하고 싶지 않은 마음은 용운도 마찬가지였다. 다만, 이제 그의 백성은 유주국 사람들로 한정됐다. 세상 모두를 지킬 수 없음을 깨달아서였다. 또한 이 시대에서 단순히 생존하는 걸 넘어서서 잘 살기 위해서는 전쟁이 필요하다는 것도. 용운은 세금을 적게 거두거나, 전사자 유족들을 돌봐주거나, 교육과 의료, 일자리 등 다양한 복지를 제공하는 것으로 백성들에게 보상했다.

군사적 방위도 그중 하나였다. 자신의 영토 안에 있는 이들을 도적떼나 맹수, 혹은 타 세력의 공격으로부터 보호하는 건 가장 중요한 일이었다.

그렇다 보니 용운이 다스리는 지역은 '안정화'의 기준이 매우 높았다. 어느 정도 안정됐다고 표현한 남피성과 평원성이, 후한 제국 전성기 때의 수도보다 상황이 좋을 정도였다. 그래도 출병과 동시에 백성들의 고통이 시작되는 건 사실이었다. 규모가 크면 클수록 더. 그걸 잘 아는 용운이 망설이는 이유는 아무리 정예라 해도 수가 적어지면 전투에서 불리해지는 까닭이었다. 괜히 병력을 아끼려다가 누구 하나 소중하지 않은 이가 없는 가신을 잃을까 염려된 것이다.

"다들 같은 의견인가요?"

용운의 물음에 유주군 총군사이자 군부의 최고 권력자인 곽가가 입을 열었다.

"군사적 측면에서만 봐도 이번에는 소수정예를 파견하는 쪽이 낫긴 합니다."

"좀 더 구체적으로 말해봐요, 봉효."

"예. 우선, 형주까지의 거리는 상당히 멉니다. 그만큼 보급선도 길어진다는 뜻입니다. 대군을 파견할 경우, 그 길고 생소한 보급선을 따라 어마어마한 양의 물자를 운반해야 합니다. 한 번이라도 삐끗하면 피해가 그만큼 커집니다."

"음…."

"또한 형주를 포함한 남쪽은 이제까지 아군이 출진해본 적이 없는 지역입니다. 지형도, 풍토도 낯설지요. 전하의 병사들은 역량이 천하제일이긴 하나, 추운 지방의 기후에 익숙해져 있어서 적응하기 전까지 본래 힘을 다 내지 못할 것이고 병이 돌기도 쉽습니다. 병력의 규모가 커질수록 그런 부분에 더 취약해지고요."

"그럼, 어떻게 하는 게 좋겠어요?"

"공장(孔璋, 진림의 자)의 말대로 소수정예를 편성하되, 정말 최강의 전력으로 꾸려야 합니다. 또한 마땅히 화타 님을 동행시켜 부상과 질병에 대응토록 해야 하겠지요."

화타가 미미하게 고개를 끄덕여 찬성을 표했다.

이어서 곽가는 마치 용운의 마음을 꿰뚫어본 듯 말했다.

"분명, 병력이 적으면 위험부담이 커집니다. 대신, 정보 수집과 정찰을 충실히 하고 정면 대결이 아니라 치고 빠지는 식으로 대응한다면, 오히려 훨씬 적은 피해로 적을 괴롭힐 수 있습니다. 이 전쟁의 주체는 우리가 아니라 어디까지나 손가라는 걸 잊으시면 안 됩니다."

돕는 건 좋으나 책임까지 지려 하지 말라는 뜻이었다.

그 말에 용운은 마음을 정했다.

"좋아요. 그렇게 하죠."

"마지막으로, 이번 전투에 절대 포함시켜서는 안 되는 장수가 한 사람 존재합니다. 이 문제가 선행되어야 병력을 파견할 수 있습니다."

"그게 누구죠?"

"바로 전하이십니다."

"…"

"확실히 이번 전투는 위험합니다. 따라서 적에게 포위되거나 매복당해도 본신의 힘으로 극복할 정도의 강자를 선별하여 보내야 합니다. 물론, 전하가 그 정도로 강하시다는 건 압니다. 또 전하께서 직접 지휘하시면 사기가 훨씬 오르리라는 것도 예상 가능합니다. 그럼에도 불구하고 이번에는 참전하실 수 없습니다."

"어째서요?"

"앞서 말씀드렸듯 위험하니까요."

"백부님이 서운해하실 텐데…."

"백부 아니라 천자가 서운해해도 안 됩니다."

곽가는 거침없이 말했다. 황제보다 용운이 훨씬 중요하다는 듯한 그의 어조에 몇몇 가신들이 눈썹을 찌푸렸다. 소수정에 파견에는 의견이 다르던 가신들까지 용운의 참전 금지에는 찬성했으므로, 그는 마지못해 수락하고 말았다.

"휴, 알겠어요. 난 이번에는 빠지죠. 그럼, 누가 원정군으로 참전할 건가요?"

그 말이 끝나기가 무섭게 한꺼번에 모든 사람이 손을 들고 외쳐댔다. 용운은 소리를 질러서 장내를 진정시켜야 했다.

"아니, 다들 왜 이렇게 못 싸워서 안달이에요? 전쟁광들입니까? 됐어요. 내가 지정할 테니, 싫은 사람만 빠지는 식으로 해요."

"알겠습니다."

듣고 있던 이랑이 가만히 손을 들었다.

"송구하지만, 저는 반드시 참전하고 싶습니다."

"이랑이? 왜죠?"

"손책 백부와 깊은 인연이 있어서입니다. 또 저는 형주 근처에서 오랜 시간을 보냈습니다. 유주군 내에서는 그쪽 지리나 풍물에 가장 익숙할 거예요. 뿐만 아니라, 손가의 총군사 겸 도독인 주공근(주유)과도 친하니, 여러 가지로 도움이 될 거고요."

거기에 더해 인형 같은 외모와는 달리 이랑의 무력이 엄청나다는 사실은 다들 아는 바였다.

"이랑 님께서 참전해주시면 감사하지요. 소수정예라는 말에 훌륭히 부합하는 분이니."

곽가의 말에 이랑은 살짝 고개를 숙였다.

"과분한 칭찬이십니다."

"그리고 저도 갈 겁니다, 전하."

곽가가 바로 이어서 내뱉는 바람에 용운은 잠깐 당황했다.

"봉효가? 안 돼요."

"명색이 총군사인데 왜 안 됩니까!"

"몸이 약해서요. 먼 원정을 떠났다가 아프기라도 하면 큰 손해예요."

가신들이 소리 죽여 웃었다. 곽가는 얼굴이 벌게져서 외쳤다.

"아 진짜, 이러다가 실전 감각 다 녹슬겠다고요! 과보호 좀 그만하세요!"

"그러게 누가 허약하래요?"

사마의가 곽가를 놀리듯 용운을 거들었다.

"전하 말씀대로 저도 걱정이 되네요. 영감님께서 가시기에는 너무 먼 길이니, 저 같은 팔팔한 젊은이가 대신 가도록 하겠습니다."

"중달 이놈! 누가 영감이야?"

회의장에는 잠깐 소란이 벌어졌다. 불쾌한 느낌이 아닌, 다들 웃고 떠드는 소란이었다.

동평군 지사 이통은 멍하니 그 광경을 바라보고 있었다.

그의 옆에 앉아 있던 장료가 웃으며 말했다.

"동평(연주 동평군)지사, 적응이 잘 안 되오?"

"아, 문원 님! 예, 솔직히 좀 당황스럽습니다. 이 커다란 원탁도 신기했는데, 저 곽봉효라는 분은 전하께 앙탈부리듯 소리 지르질 않나, 그런데도 다들 웃고 떠들지를 않나….."

"앙탈이라, 하하! 그렇지, 앙탈이 맞소. 전하와 봉효는 유주국이 생기기도 전부터 함께 사선을 헤쳐 나온 사이거든. 원소를 격파할 때도 마지막까지 함께했고 말이오. 봉효가 크게 앓았을 때에는 전하께서 직접 간호하시기도 했소. 그는 전하 앞에서 어떤 말이나 태도를 취해도 허락되는, 몇 안 되는 가신 중 하나요."

"그랬습니까."

이렇게 말하는 장료 또한 그런 가신 중에 포함되어 있었다. 이통은 이와 같은 군신관계는 듣도 보도 못했다. 그사이 소란이 조금씩 가라앉고, 다들 용운이 자신을 원군으로 지명해주길 기다리고 있었다. 이통은 뭔가 골똘히 생각하다가 중얼거리듯 불쑥 말했다.

"부럽습니다."

"응?"

"자랑은 아니지만, 저는 일찍부터 독립된 세력을 가지고 움직였습니다. 이해관계에 따라 잠깐 의탁한 적은 있어도, 진정으로 누군가의 가신이 된 건 이번이 처음입니다. 한데 이 분위기를 보니 좀 더 일찍, 오래전에 전하를 알았더라면 하는 생각이 듭니다. 다들 서로 신뢰하고 가족처럼 끈끈한 이 분위기가 부럽습니다."

"이제부터 동평지사도 그렇게 되면 되지 않소. 적오(주태의 별명)를 도와 길을 열어주었던 순간부터, 그대도 우리 가족이나 마찬가지요."

부드러운 장료의 말에 이통은 가슴이 벅차 말을 이어갈 수가 없었다.

이윽고 용운이 첫 번째 장수를 지명했다.

"조운 자룡."

맨 처음으로 조운의 이름이 나오자, 다들 순순히 수긍하는 분위기였다. 유주군 총사령관이자 유일한 대장군이며 오대장군의 필두. 그가 아니면 누가 정예겠는가. 조운은 자리에서 일어서며 힘차게 답했다.

"예, 전하."

"늘 고생시켜 죄송합니다. 이번에도 수고 좀 해주세요. 우리 군 최강인 그대를 도저히 빼놓을 수가 없네요."

원래는 여전히 꼬박꼬박 형님이라 칭하는 용운이었지만, 공적인 회의인 터라 자제했다. 괜히 조운이 공격받게 만들 우려가 있었다.

"하하, 제 얼굴에 너무 금칠을 하시는군요. 전 전하께서 명하시면 언제, 어느 곳이라도 나아가 싸울 뿐입니다."

이제 모두 숨죽인 채 용운의 입을 주시했다. 흡족하게 고개를 끄덕인 그가 두 번째 장수를 골랐다.

"봉선 공."

여포도 천천히 일어나며 대꾸했다.

"예."

"가서 형주군에게 흑철기의 힘을 보여주세요."

"따르겠습니다. 기꺼이."

조운에 이어 여포가 호명되었다. 그러다 보니 분위기가 조금 이상해졌다. 마치 용운의 입을 통해 누가 유주군의 강자인지를 판별 받는 듯한 상황이 된 것이다.

"다음, 준예."

"장합 준예, 전하의 명을 받듭니다."

"다음은 문원."

"예, 전하. 장문원 여기 있습니다."

"다섯 번째는, 장연."

"으하핫! 드디어 제가 나설 때가 오는군요."

장수들의 면면으로만 보자면 어떤 부분에서는 유비와 싸울 때 보다도 더 막강한 구성이었다. 용운은 말 그대로, '최강의 소수 정예'를 보내기로 마음먹은 것이다. 장내의 공기가 서서히 달아 오르기 시작했다. 이제 마초 같은 장수는 자신을 부르지 않으면 자살이라도 할 기세였다. 그는 눈빛을 쏘고 엉덩이를 들썩이며 온몸으로 불러달라는 무언의 외침을 쏟아냈다.

'하아, 저 인간….'

용운은 본래 마초와 그 형제들로 하여금 유주국 세력의 중앙 지역 방어를 맡길 생각이었다. 하지만 워낙 간절하게 바라보니 계속 외면하기가 어려웠다. 견디다 못한 그가 체념하듯 말했다.

"여섯 번째는 마초 맹기."

"오오옷! 전하, 제가 가서 손백부를 핍박하는 형주 것들을 다 쓸어버리겠습니다!"

"거참, 다 형주로 가버리면 유주는 누가 지킵니까?"

"조조 놈은 원술과 싸우느라 바쁘고 북쪽에는 이미 적이 없는데, 누가 감히 유주국을 넘보겠습니까? 게다가 장수로는 아직 서공명(서황) 님과 이통이 남아 있고 오환군도 있으니 염려하지 마십시오."

하긴 그랬다. 용운은 새삼 유주국이 얼마나 강한지 실감했다. 그때 내내 잠잠하던 청몽이 일어서서 선언했다.

"저와 다른 자매들도 보내주세요, 전하."

"청몽? 아니, 그럴 필요는….."

"저희가 참전할 경우, 이만 명 이상의 병사를 아낄 수 있습니다."

듣기에 따라 오만한 말이었지만, 이 자리에 있는 가신들은 모두 그게 사실임을 알고 있었다.

이통 같은 신참만이 어리둥절해할 뿐이었다.

'왜지? 형주에 연이라도 있는 여자인가?'

청몽은 잠시 뜸들이다가 말을 이었다.

"그리고… 이제 여기서는 제가 할 일이 없지 않습니까."

"청몽….."

청몽은 고개를 숙이고 주먹을 꽉 움켜쥐었다. 그런 미안해하는 눈빛으로 날 보지 말라고. 분위기가 묘해지자 성월이 얼른 끼어

들었다.

"사실, 저도 준예(儁乂, 장합의 자)랑 같이 가고 싶어서 말이죠. 떼좀 썼어요."

이제 둘 사이를 모르는 사람은 없었다. 유주에서는 노래로도 만들어져 유행할 정도였다. 자리에 있던 장합의 얼굴이 살짝 붉어졌다.

'음…. 확실히 사천신녀가 동행하면 장수들의 생존 확률이 몇 배나 올라간다. 혹시나 천강위가 나타나도 맞서 싸울 수 있고. 이제 거리에 따른 힘의 제약도 없어졌으니….'

용운은 고민하다가 고개를 끄덕였다.

"좋아. 사천신녀도 참전한다. 조심해서 잘 다녀와."

사린이 신나서 팔짝팔짝 뛰었다.

"아싸! 형주랑 강남 음식은 못 먹어봤는데!"

그런 그녀에게 성월이 찬물을 끼얹었다.

"너 매운 거 못 먹잖아."

"…형주 음식 매워?"

"매울걸?"

"흐에에에엥."

"그리고 거기 엄청 더워. 너, 더위에도 약하잖아."

"우에에에에에엥."

아무튼 한동안 떨어져 있게 되었다. 이제 용운을 가까이에서 보는 일이 조금은 괴로웠는데 잘되었다. 한숨을 쉬며 자리에 앉던 청몽은 강렬한 시선이 느껴져서 주위를 둘러보았다. 시선의 주인은 곧 알 수 있었다. 여포가 그녀를 뚫어져라 바라보는 중이었다. 평소 늘 무표정하며 무뚝뚝해 보이는 그의 얼굴로 천천히, 아주 서서히 빛이 퍼져나갔다. 그것은 진심 어린 기쁨의 미소였다. 청몽이 함께 싸우러 간다는 사실에 기뻐하는 것이다.

'저렇게 아이처럼 웃다니.'

청몽은 이상하게 얼굴이 뜨거워져서 급히 시선을 돌렸다. 그녀가 작게 중얼거렸다.

"멍청이."

이렇게 해서 손책을 도우러 보낼 원군의 장수가 정해졌다. 총사령관은 조운이고 부대장은 여포로 정해졌다. 그 아래로 장료, 장합, 장연, 마초 등이 있었다. 이 구성만으로도 막강하지만 이게 다가 아니다. 여포에게는 팽기와 초정이 따라붙을 것이며, 마초는 마철, 마휴, 마대 등의 형제들과 충실한 부장 방덕, 거기에 조개까지 동행할 예정이었다. 덕분에 실제 장수급 무인의 숫자는 열 명이 넘었다. 마지막으로 사천신녀까지 합류했으니, 이들만으로도 수만의 군대를 능히 감당할 만했다. 책사진으로는 곽가와 사마의가 참모를 맡은, 그야말로 최상의 전력이었다.

병력이 적어서 좋은 점은 또 한 가지 있었다. 바로, 준비를 빨리 마칠 수 있다는 것이었다. 전예를 비롯한 흑영대는 이미 회의가 시작되기 보름 전부터 형주에 대한 정보를 정리해왔다.

"닷새 뒤, 다음 달 초에 출진합니다."

용운의 선언으로, 204년 9월을 기해 손책과 유표의 싸움에 유주군이 가세하게 되었다. 이 파병은 사가들이 구분하는, 천하대전이 2차로 넘어간 시발점이기도 했다.

3

진류성 전투, 종장

하후돈은 진류성을 노려보며 이를 갈았다.

"저 괴물 같은 늙은이."

이번 전투에서 생각 이상으로 시간을 허비했다. 바로 수성 중인 진류태수가 원인이었다. 이제 하후돈도, 아니 조조군의 장수모두가 그에 대해 알고 있었다.

정립 중덕. 8척 2촌(약 197센티미터)의 키에, 놀랄 만큼 비쩍 말랐으며 길고 아름다운 수염을 가진 사내. 올해로 예순셋이라는 적지 않은 나이였으나 그만큼 노련하고 신중했다.

조조가 정욱이라는 이름을 내려, 후대에는 그 이름으로 널리알려졌다. 그러나 이 세계에서는 화흠의 설득으로 원술에게 임관했다. 따라서 본명 그대로 정립이라 불리고 있었다. 비록 이름은 원래 역사와 달라졌으나 날카로운 지략은 변함없었다.

희지재, 곽가, 가후, 순욱, 순유, 사마의. 모두 원래는 조조가 거느렸던 책사들이다. 정립은 저 천재들 틈에서도 공을 세우고 두각을 드러내 제후의 반열에 올랐다. 당연히 원술 휘하에서는 더욱 빛을 발했다. 이곳, 진류성 공방전에서도 마찬가지였다. 단언컨대 조조군 장수들이 책사 한 사람에게 이토록 곤란함을 느낀 건 처음이었다. 마치 마음속을 읽히는 기분이라고나 할까.

정립은 조조군이 해자를 메우자, 성벽 안쪽에다 새로 해자를 파서 막았다. 충차로 성문을 부수려 하니 낙석으로 대응했다. 사다리를 걸어 기어오르면 뜨거운 물이나 끓는 기름을 퍼부었다. 견디다 못한 조조군이 물러나면, 정확한 때에 재빨리 기병을 내보내 후방을 치고 돌아오게 했다. 그래서 후미에다 정예를 배치했더니 이번에는 눈치채고 쫓아 나오지 않았다. 조조군 진영에서 밥을 지으려는 기미가 보일 때는, 요란하게 북과 징을 쳐서 긴장시키고 식사를 방해했다. 몇 차례 속은 조조군이 무시했더니 이번에는 진짜로 병력을 출진시켜 피해를 입혔다. 성내의 수비병들은 정립의 명대로 철저하게 교대로 휴식하면서 한쪽은 늘 조조군을 교란했다.

결국, 조조군 병사들은 제대로 먹지도, 잠을 자지도 못했다. 치명적인 타격은 아니지만 피곤하기 짝이 없는 소모전이었다. 이런 일이 계속 반복되자, 하후돈을 비롯한 조조군 장수들은 화가 머리끝까지 치밀어 올랐다.

"그것도 오늘로 끝이다."

정란(井欄)이 완성되면서 전황은 급격히 조조군 쪽으로 기울었다. 정란은 나무로 만든 이동식 망루인데, 각 층이나 꼭대기의 공간에 병사를 태울 수 있었다. 이때 주로 궁병을 탑승시켜, 성벽을 수비하는 적 병사를 공격하는 용도였다. 조조군은 후방에서 조금씩, 끈기 있게 작업하여 여러 대의 정란을 만들어냈다.

한 사람의 병력도 아쉬운 원술군에게, 정란에서부터의 사격은 가장 까다로운 공격이었다. 이 정란 공격에 원술군 병사들이 납작 엎드려 있으면 그 틈에 성벽이나 성문을 두들겼다. 정립은 정석대로 불화살로 대응했지만, 놀랍게도 조조군의 정란에는 불이 잘 붙지 않았다.

'저건… 나무 표면에 진흙을 개어 바른 것인가?'

정란을 자세히 살펴본 정립은 처음으로 낭패한 표정을 지었다. 걸쭉한 진흙을 발라서 굳힌 표면에 불화살이 꽂혀봐야 곧 불이 꺼지기 일쑤였다. 설령 발화된다 해도 퍼지기까지 시간이 걸렸다. 그동안 모래를 들고 정란에 타고 있던 병사들이 불을 꺼버렸다. 조조군은 물에 의해 진흙이 씻겨 내려갈까봐 모래를 준비하는 철저함을 보였다. 이는 조조군의 공성병기 전문가인 유엽의 발상이었다. 조조군에도 결코 사람이 없지는 않았던 것이다.

'물을 퍼부어 진흙을 씻겨 내려가게 하자니, 그 어마어마한 양을 감당하기에는 식수도 부족한 데다, 불이 붙을 정도로 마르기까지 또 시간이 걸릴 터.'

결국, 정란에 탄 병사들에게 마주 화살을 쏘는 게 유일한 방법이었다. 얼마 후, 화살뿐만 아니라 성안의 물과 식량도 바닥을 보이기 시작했다. 씻지 못한 지도 오래라 성내에 악취가 진동했다. 원술군은 이래저래 사기가 곤두박질쳤다. 보다 못한 장수 뇌박(雷薄)이 나서서 건의했다.

"태수님, 이러다 성이 무너지겠습니다. 이천의 병력만 내어주시면 제가 출격해서 정란을 부수고 돌아오겠습니다."

정립은 특유의 무표정한 얼굴로 고개를 저었다.

"아니 되오. 너무 위험하오."

"허나 이대로 있어도 위험해지긴 마찬가지입니다."

"으음…."

또 다른 장수인 진란이 뇌박을 거들었다.

"정란을 부수는 동안 제가 엄호하겠습니다."

정립은 조조군의 맹공을 막는 동시에, 관도와 옹구현, 개봉 등으로 두루 원군을 요청했다. 또 멀리 허창과 양성 쪽에도 사람을 보냈다. 하지만 어느 한 군데 응해오는 곳이 없었다. 뭔가 전선에 이상이 생겼거나 그럴 여유가 없다는 의미였다.

'성에 발석차를 만들 재료가 없으니, 직접 나가서 부수는 게 유일한 방법이긴 하다. 노지심과 무송, 둘 중 한 사람만 와줘도 이 난국을 타개할 수 있을 터인데.'

그는 고심 끝에, 결국 두 장수의 출진을 허락했다.

"알겠소. 단, 여의치 않다 싶으면 즉각 포기하고 돌아와야 하오. 그리고 진란, 그대는 뇌박을 도울 수 있는 태세를 갖추되, 언제든 귀환할 수 있도록 성문에서 일정 거리 이상 멀어지지 마시오."

"그리하겠습니다."

입을 모아 답한 두 장수는 각기 삼천씩의 병력을 거느리고 성문 밖으로 나섰다. 이른 새벽, 싸움이 잠시 소강상태일 때였다.

"알겠느냐? 욕심내지 말고 각자 목표한 한 대만, 되는 데까지 부수는 것이다."

"옛, 장군."

수하들에게 당부한 뇌박은, 성문이 열리자마자 재빨리 정란을 향해 돌진했다. 말발굽을 미리 천으로 감싸두어 소리가 적게 나도록 해두었다. 말의 입에도 재갈을 물렸다. 최대한 가까이 접근할 때까지 발각되지 않기 위해서였다.

하지만 은밀히 움직이는 데는 한계가 있었다. 거리가 가까워지자, 성 쪽을 감시하던 조조군 병사들이 접근을 눈치챘다. 조조군 진영에 즉시 고둥이 울려 퍼졌다.

"횃불을 던져라!"

뇌박은 다급히 외침과 동시에, 기름 먹인 횃대를 정란 한 대에 던졌다. 횃대 자체에 듬뿍 묻은 기름을 이용해서, 진흙 덮개를 깨뜨리고 불을 붙여보려는 의도였다. 그러나 허둥댄 탓인지, 횃대는 정란에 미처 이르지도 못하고 주변에 떨어졌다. 혀를 찬 그가, 소유하고 있던 철퇴로 정란의 기둥 축을 내리치려고 다가갔을 때였다. 머리 위에서 거칠고 섬뜩한 목소리가 들려왔다.

"쥐새끼들이 여기까지 기어 나온 걸 보니, 어지간히 급하긴 급했나 보구나."

"헉!"

소스라치게 놀란 뇌박이 숨을 들이켰다. 웃통을 벗은 사내 하나가, 정란 2층 난간에 매달려 그를 내려다보고 있었다. 우람한 가슴과 팔뚝에 털이 무성해서, 마치 한 마리의 야수를 연상케 했다. 그중 기이하게도 턱수염만 누런 금빛을 띠었다. 그 사내의 정체는 바로 조조의 넷째 아들인 조창이었다. 조창은 정란도 지킬 겸, 막사가 답답하다는 핑계로 대담하게도 정란 꼭대기에서 잠을 청했었다. 뇌박은 하필 그가 자고 있던 정란을 부수려 한 것이다.

"넌 뒈졌어."

조창이 히죽 웃으며 뇌박에게로 뛰어내렸다. 기겁한 뇌박은 그를 향해 철퇴를 휘둘렀다. 턱! 왼손으로 가볍게 철퇴를 막은 조창은, 오른 주먹을 뇌박의 얼굴에 냅다 꽂았다. 그 충격에 뒤로 팅겨나가려는 뇌박의 머리를 왼손으로 붙잡아 고정시키고 이어서 또 한 번. 퍽, 퍽!

곰도 견디지 못한 조창의 주먹이었다. 한 방에 뇌박의 코가 내려앉고 두 번째에는 안면이 함몰되었다. 조창이 세 번째 주먹을 먹이려 할 때, 뇌박은 축 늘어진 채 말에서 떨어졌다. 이미 숨이 끊어진 후였다.

"쳇."

조창은 모처럼 싸운 상대가 허무하게 죽어버리자 아쉬워했다. 그는 뇌박의 말을 빼앗아 타고 원술군 쪽으로 몰았다. 눈앞에서 자신들의 대장이 맞아죽는 꼴을 본 병사들은 기겁하여 뿔뿔이 흩어졌다. 멀리서 이 광경을 본 진란이 비통하게 외쳤다.

"뇌박!"

진란은 뇌박을 엄호하기 위해, 많지 않은 궁기병들을 데리고 성문 앞쪽으로 나와 있던 차였다.

'이 털북숭이 놈, 죽여버리겠다.'

원술군 사이를 헤집고 다니는 조창을 보며 이를 갈아붙인 그가 막 일제사격을 명하려 할 때였다. 피잉! 퍽! 어디선가 날아온 강력한 화살이 진란의 목을 꿰뚫었다. 그는 한 손을 들려던 자세 그대로 말에서 거꾸로 떨어져 절명했다. 화살을 쏘아 진란을 낙마시킨 하후연이 외쳤다.

"적장이 죽었다! 전군 돌격!"

조조군은 정란 한 대에 불이 붙어 살짝 당황하고 있었다. 그러다 하후연의 외침으로 일시에 기세가 올랐다. 와아아아아! 거대한 함성과 함께, 조조군이 진류성을 향해 돌격하기 시작했다. 그 선두에 조창이 있었다. 이제 더 이상 정란은 필요 없었다. 공격을 지휘하던 하후돈도, 수비 중이던 정립도 그 사실을 깨달았다.

"쯧."

정립은 가볍게 혀를 차며 수염을 쓰다듬었다. 뇌박과 진란의 무공에 큰 기대는 하지 않았다. 그래도 정란 두세 대 정도는 부수고 돌아올 줄 알았는데.

"피하셔야 할 것 같습니다."

정립을 경호하던 부관이 신중하게 말했다. 그는 성혼교의 신도로, 정립과 화흠 그리고 가후 사이의 연락 총책이기도 했다.

"어차피 빼앗길 성이라면, 마지막으로 한 방 먹이자꾸나. 이대로 내줬다가는 자어(子魚, 화흠의 자)와 문화(文和, 가후의 자)를 볼 면목이 없으니. 그리고 개봉으로 후퇴해서 후일을 도모해야겠다."

"바로 준비하겠습니다."

이미 최후의 수단으로 마련해둔 게 있었기에, 부관은 정립의 말을 한번에 알아들었다. 곧 그는 어둠 속으로 조용히 사라졌다.

이날, 마침내 진류성이 조조군에게로 넘어갔다. 하후돈은 성내가 아닌 아군 막사에서 분통을 터뜨리고 있었다.

"제기랄, 이 씹어 먹어도 시원치 않을 놈이!"

진류성을 함락한 것까지는 좋았다. 한데 내성으로 들어서는 순간, 갑자기 무서운 기세로 불길이 솟구쳤다. 남아 있던 성혼단의 일원 몇 명이 목숨과 맞바꿔 불을 지른 것이다. 순심이 남피성에서 용운에게 가한 일격을 모방한 것이었다. 이미 내성 안은 역청 등의 인화성 물질과, 잘 타는 나무며 옷가지로 가득했다. 이 예기치 못한 화공에 많은 병사가 목숨을 잃었다. 게다가 성안에 남아 있던 식량도 한꺼번에 다 타버렸다.

'그런 거야 주변에서 조달해도 되지만….'

제일 뼈아픈 손실은 앞장서서 돌격하던 조창이 심한 화상을 입은 거였다. 정작 조창은 화상보다 턱수염이 탄 것에 더 분개했다. 다행히 목숨이 위태로울 정도는 아니었으나 당분간 참전하기에는 무리일 듯했다. 게다가 태수이자 적 책사인 정립이라는 자는 감쪽같이 빠져나가 달아나버렸다.

'태수라는 자가 성에다 불을 지르고 도망쳐?'

생각할수록 어이없었지만 효과적인 반격이었다.

"비록 황수아(黃鬚兒, 누런 수염 아이, 조창의 별명)가 중상을 입었지만, 병사들이 숨만 돌리면 바로 움직여야 할 것 같수다. 아시다시피 여기서 너무 많은 시일을 허비해서 말이오. 자칫 적의 원군으로 인해 작전이 틀어질 수 있으니, 곧장 진군하는 게 어떻소?"

조인의 말에, 하후돈은 무거운 표정으로 고개를 끄덕였다.

"그래야지. 그리하세."

진류성은 얻었지만 이득보다 손해가 컸다. 그렇다면 진류성을 얻음으로 인해 앞으로 생길 이점이라도 최대한 살려야 했다. 바로 등 뒤를 걱정할 필요가 없다는 것이었다. 최소한 원술의 원군이 오기 전까지는.

"뒤는 돌아보지 않는다. 전군, 여남으로 향한다. 병사들을 수습하게."

"그리하겠습니다."

그새 해가 져, 주변은 어둠에 싸여 있었다. 얼마 안 가 조조군은 소수의 병력만을 남긴 채 불타는 진류성을 뒤로하고 이동하기 시작했다.

진류성에서 몸을 빼낸 정립은, 멀지 않은 야산에 숨어 조조군의 동태를 살피고 있었다. 개봉성으로 가기 전에 적군의 움직임을 눈으로 봐두려는 생각이었다. 아니나 다를까, 조조군은 성에 머무르거나 근처에 숙영지를 만드는 대신, 곧장 남쪽을 향해 진군하는 게 아닌가. 바라보던 그의 눈이 예리하게 빛났다.

'진류성을 저리 쉽게 포기한다는 건가? 역시 이건 점령이 목적이 아닌, 다른 뭔가가 있다. 설마….'

조조군이 향하는 곳에는 개봉성이 있었다. 이제까지와 달리 전선으로 이어진 옹구나 하내 쪽을 노리는 게 아니라, 남하하려는 것이다.

'혹 개봉성을 차지해서 전선의 형태를 바꿔보려는 생각인가?

무모하긴 하나 효과적일 수도 있다.'

정립은 생각을 바꿔, 개봉성으로 가는 대신 양하현으로 가기로 마음먹었다. 괜히 개봉성에서 조조군과 맞닥뜨렸다간 좋은 꼴을 못 볼 것이다. 양하현에는 곧 그가 아는 가장 위험한 사내가 도착할 예정이었다.

'가후 문화.'

가후는 노지심과 무송을 거느리고 패국 정벌에 나섰다. 패국은 힘없이 무너지고 패국상 진규는 포로가 됐다. 이제 전후 수습도 일단락되어 먼저 출발했다는 전갈을 받은 터였다. 그와 가후가 힘을 합쳐 양하에서부터 개봉을 공격한다. 동시에 허창에 주둔해 있는 장패의 군대 또한 개봉을 치도록 한다. 그러는 사이 진류성에 원군이 늦게라도 도착한다면? 조조군은 그야말로 그물에 갇힌 짐승 꼴이 되어 궤멸할 수밖에 없을 것이다.

말을 달리며 생각하던 정립은 문득 깨달았다.

'분해하고 있었군, 내가.'

고삐를 잡은 손이 미미하게 떨리고 있었다. 냉정을 유지하고 있다고 믿었는데, 그와는 별개로 분했다. 잘 지켜오던 성을 조조군에게 빼앗긴 것이. 그 성에 불을 지르라고 직접 명해야 했던 것이.

'이 원통함은 고스란히 되갚아주지.'

정립은 밤길을 달리며 차갑게 웃었다.

조조의 정예부대와 원술군이 일진일퇴의 격전을 벌일 무렵. 용운은 유주성 집무실에서 곽가 및 사마의와 함께 머리를 싸매고 있었다. 도저히 가늠하기 어려운 한 가지 변수 때문이었다. 지도를 뚫어져라 들여다보던 사마의가 변수의 실체를 중얼거렸다.

"익주. 천강위와 성혼단의 본거지라….."

그간 용운은 유당과 주무를 통해, 위원회가 어떤 상태인지는 대충 들었다. 두 사람의 말에 의하면 천강위와 지살위는 완전히 분리되었다. 천강위 내에서도 1인자이자 위원장인 송강과, 2인자이면서 무투파의 수장인 노준의로 파벌이 갈렸다. 그 노준의가 아버지 진한성의 손에 죽는 바람에 권력이 다시 하나로 합쳐지긴 했다. 하지만 노준의 밑에 있던 자들이 다 돌아간 건 아니어서, 위원회는 상당한 전력 손실을 입었다. 그나마 다행스러운 일이라고 용운은 생각했었다. 그 때문일까. 위원회는 노준의 사후 이상할 정도로 잠잠했다. 마치 흔적도 없이 사라져버린 것처럼.

'이놈들, 대체 뭘 꾸미고 있는 거지?'

최근에 접한 천강위라고 해봐야 동평이 유일했고 정보를 들은 것도 개별적으로 행동하는 오용과 서령 정도가 다였다. 오용은 조조 밑에 있다가 용운의 계략으로 떨어져 나왔다. 서령은 유표 아래에서 오랫동안 암약해왔음이 뒤늦게 밝혀졌다. 산양성에서 크게 싸우고 달아났던 자들 중 이규는 제어 시술을 받아 용운 밑에 들어와 있다.

'진명, 호연작, 화영, 관승 등 위험한 자들 다수는 행방이 묘연.'

그중에서도 전혀 정보가 없는 게 익주 쪽이었다.

"익주는 여전히 흑영대원들을 보내는 족족 행방불명됩니다. 스무 명째에서부터는 국양(전예)도 손을 놨습니다. 흑영대원은 그 특성상 키우기가 쉽지 않은데, 파견했다 하면 잃게 되니 말입니다."

곽가의 말을 이제 어엿한 청년이 된 사마의가 이었다.

"더 염려스러운 건, 그 사라진 흑영대원들이 행여 위원회에게 붙잡혀 성수를 마시지나 않았을까 하는 부분입니다. 그렇다면 차라리 죽은 것만 못합니다."

"으음…."

용운은 생각하기도 싫은 가정에 침음을 내뱉었다.

"흑영대 내부에서도 자체적으로 보안과 감시를 강화해야겠군."

이제 심복들, 특히 책사들에게는 위원회와 천강위에 대한 것들을 대부분 알려주었다. 그래야 돌발 상황에서도 대처할 수 있기 때문이다. 그들이 미래에서 왔다는 사실과, 병마용군은 짐작조차 하기 어려운 기술로 만들어진 일종의 안드로이드라는 것 외에는 다 얘기한 거나 마찬가지다.

그중에는 성수에 대한 내용도 있었다. 사술로 만들어져 사람을 홀리는 약물 정도로 말해뒀다. 당장 술만 마셔도 광폭해지는 사람이 있다. 가깝게는 아편 같은 마약도 있으니, 책사들은 그 부분을 어렵지 않게 받아들였다.

"골치 아프네. 익주의 전력은 불명확. 도발해올지의 여부도 불분명. 그렇다고 완전히 무시할 수는 없고 먼저 쳐들어가기에는 명분도, 정보도 없어. 또 그쪽만 지나치게 대비했다가는, 백부 님에게 파견할 병력과 조조와 접한 남부, 그리고 중앙 수비 쪽이 약해질 테니…."

용운의 한탄에 곽가가 물었다.

"전하, 북부의 지사들과 오환족만으로는 익주를 대비하기에 부족합니까?"

"예."

단정한 용운이 한마디를 덧붙였다.

"정확히는 그들을 이끌 인물이 부족해요."

"인물이라…."

"그래요. 단순히 병사만 놓고 따지자면 용맹한 오환족으로도 충분하지요. 성을 지키는 데 서툴러서 문제라는 점을 빼면요. 그들을 제대로 지휘할 사람이 없어요."

"솔직히 우리만큼 인물이 많은 세력도 없다고 생각하는데요."

"그 인물 중에 장수와 책사, 이왕이면 이 둘을 겸할 사람이 적다는 겁니다."

"장수와 책사를 겸하는 자라면 문무 겸비의 인재를 말씀하시는 겁니까?"

"비슷한데 조금 달라요. 문무 겸비이면서 좀 더 전쟁 쪽에 기울어졌다고나 할까요. 충분한 무공을 가졌으면서, 학식이 풍부하고 책략에도 뛰어난 장수. 앞으로는 그런 특징을 가진 인재들이 활약할 겁니다. 우리 유주국에서 그런 인재를 꼽으라면, 으음… 여자명(子明, 여몽의 자) 정도가 있겠네요."

그 말에 곽가와 사마의가 동시에 놀랐다.

"자명이?"

"흠, 검술은 좀 하지만 그냥 머리 나쁜 수다쟁이처럼 보이던데요. 아! 그러고 보니…."

"중달, 뭔가 생각나는 게 있어?"

용운은 오랜 습관 때문에 곽가에게는 여전히 존대했지만, 어릴 때부터 보아온 사마의에게는 편하게 말했다.

"전하의 말씀을 듣다 보니, 얼마 전에 자가(子家, 노육의 자) 녀석이 한 말이 생각나서요."

노식의 넷째 아들 노육은 아버지를 여읜 뒤 오랫동안 용운의 보살핌을 받았다. 그는 학자가 되어 그 은혜에 보답하기로 마음 먹었다. 처음에는 군사에도 뜻이 있었으나, 가까이에서 제갈량과 사마의라는 두 천재를 접하며 마음을 접었다. 그중 한 사람은 이제 떠나버렸지만. 또 군사가 되기에 그는 지나치게 마음이 여렸다. 군사는 때로 아군의 희생을 감수하고서라도 이기기 위한 책략을 내놓아야 하는데, 노육은 병사를 최대한 희생시키지 않는 방향으로 작전을 짰다. 그 탓에, 태학의 군략 과목에서 낙제하고 말았다.

그러고 보면 용운 진영에서 제일 부족한 종류의 인재는 의외로 순수한 학자였다. 책사와 행정가, 정치가는 많았으나 학문 그 자체를 연구하는 이는 부족했다. 이에 노육은 열심히 공부하여 훌륭한 학자로 성장했다. 이제 갓 약관을 넘긴 나이에도 불구하고 유학뿐만 아니라 온갖 종류의 경전과 학문에 통달한 현인으로서 천하에 명성을 떨치고 있었다. 개중에는 그가 용운의 밑에 있다는 이유로 헐뜯는 선비들도 있었지만, 그보다는 '진용운은 싫지만 노자가는 존경한다'는 부류가 훨씬 많았다.

그사이 사람을 보는 노육의 눈은 더욱 발전해서, 이제 제갈량에게 뒤지지 않을 정도가 됐다. 그 노육이, 여몽을 두고 뭔가 말한 모양이었다. 용운은 그 내용이 궁금해졌다.

"육이가 뭐라고 했는데?"

"자명을 두고 괄목상대의 대상이라 하더군요."

"괄목상대라. 하하!"

용운은 재미있으면서도 신기하다고 느꼈다. 괄목상대(刮目相待). 눈을 비비고 다시 본다는 뜻이다. 남의 학식이나 재주가 예상을 뛰어넘어 진보했을 때를 표현하는 말인데, 원래부터 여몽에게서 유래한 고사성어였다. 다만, 정사에서 그 표현을 쓴 사람은 노육이 아닌, 여몽 자신이 노숙과 대화 중에 한 말이었다.

오나라에 있던 노숙은 주유를 대신해 부임지로 가던 중, 주변에서 "여몽이 훌륭한 이가 됐으니 만나보라"는 말을 들었다.

그러나 노숙은 예전에 매부 등당을 따라다니며 싸움을 일삼던, 무식한 여몽만을 기억했기에 속으로 가벼이 여겼다.

한데 직접 만나서 대화를 나눠본 결과, 깊은 식견을 보이는 여몽에게 감탄하여 "예전에 오나라에 있을 때의 여몽이 아니다(非復吳下阿蒙)"라고 놀라워하자, 여몽은 "선비는 헤어져 있다가 만났을 때는 눈을 비비고 다시 볼 정도로 달라져 있어야 하는 법(士別三日, 卽當刮目相待)"이라고 답했다.

사실, 여몽은 원래 무식하기 짝이 없었다. 그러다 용맹함뿐만

이 아니라 학문을 익혀야 진정 훌륭한 장수가 될 수 있다는 오나라 군주 손권의 충고로, 전장에서도 책을 놓지 않았을 정도로 공부에 매진했다. 그 결과 노숙도 놀랄 정도의 학식을 갖추게 됐다. 여기서 비롯되어, '오하아몽(嗚下阿蒙, 오나라에 있을 때의 여몽)'은 말할 수 없이 무식한 사람을, '괄목상대(刮目相待, 눈을 비비고 다시 봄)'는 짧은 기간에 부쩍 발전한 사람을 이르는 말이 됐다.

'이제 상황과 장소는 바뀌었지만, 여몽은 결국 같은 말을 다른 이에게서 들었군. 이것도 시간의 힘이라고 해야 하나?'

용운은 노육이 대견했다. 괄목상대라는 것도 결국 더 뛰어난 사람이 내리는 일종의 평가다. 학생이 선생을 두고, '오, 선생님. 오랜만에 뵈었더니 많이 발전하셨네요'라고 하진 않는다. 노육은 그런 평가를 내릴 정도의 학자로 성장한 것이다.

'차기 태학 학장 자리에는 노육을 앉혀도 되겠어.'

본론으로 돌아가서, 각 성의 지사들을 제외하고도 익주, 그러니까 위원회의 본신으로부터 유주국을 방어할 인재가 아예 없는 것은 아니었다. 자신은 통치에 재능이 없다며 지사 자리를 사양한 주태도 있고 상태가 많이 안정된 이규도 있다. 또 방금 언급한 여몽도 있었다. 책사로는 희지재가 남았고 정 어려워지면 순욱과 순유가 거들 터였다. 실전에서 제법 활약했던 태학 출신의 설환도 책사로서 한몫을 할 것이다.

'그런데 계속 뭔가 부족하다는 느낌이란 말이지. 그만큼 위원회를 경계해서 그런가? 아무튼 내가 원하는 건….'

곽가에게 설명한 문무를 겸비한 인재이면서 한 가지 재주에 더

특화된 자가 필요했다. 그것은 철벽을 연상케 하는 장수. 현대식으로 표현하자면 '방어의 스페셜리스트'를 원했다. 그만큼 많은 전력이 유주국에서 빠져나갈 예정이며, 지켜야 할 범위도 넓어졌기 때문이다. 출정한 지사들로 인해 약해진 지역은, 여차하면 주태와 이규, 여몽 등이 출격해서 지켜야 했다.

'영천 사람들부터 시작해서 나중에는 강남 쪽까지. 최대한 인재를 쓸어 담았다고 생각했는데, 여전히 부족하구나. 이것도 다 내 능력이 모자란 탓이겠지. 제갈량 녀석을 어떻게든 다시 데려오고 싶은데…. 후, 그 일은 나중에 생각하자. 그 녀석만큼은 다른 사람을 보낸다고 통할 상대가 아니니까, 한 번은 내가 직접 가야겠지.'

용운은 다시 지도에 시선을 주었다. 핵심 지점은 익주에서 유주로 통하는 길목. 그곳을 단 몇 천의 병사로 십만 대군을 상대하게 된다 해도 능히 막아낼 수 있는 장수. 즉 용운은 수성전의 천재를 찾는 것이었다. 실은 이미 그런 인재를 얻기 위해 사람을 보내둔 상태이기도 했다.

"혹시 얼마 전에 2호도 그 일로 보내신 겁니까? 어지간히 중요한 임무가 아니고서는 밖으로 잘 안 내보내는 요원이 아닙니까."

곽가의 물음에, 용운은 고개를 끄덕였다.

"그래요. 이제 곧 돌아올 때가 되었어요. 생각보다 멀지 않은 곳에 답이 있거든요."

그의 눈길은 이제 태원군 쪽을 향하고 있었다.

4

철벽의 사내, 애민의 선비

병주 태원군 진양현.

변방의 분지에 위치하긴 했지만, 황하의 지류인 곡수(谷水) 가에 있으며 들판이 넓어, 제법 많은 사람들이 모여 살고 있었다. 예전, 용운의 이동 경로를 알게 된 정립이 원술의 명으로 그를 공격했던 장소이기도 했다. 그 진양현의 부곡(촌락의 단위) 근처를 한 사내가 걷고 있었다. 비교적 단정한 생김새였지만 키도, 옷차림도, 분위기도 평범했다. 모든 게 너무 평범해서 한 번 보고 지나쳤다 하면 그대로 잊어버릴 법한 사내였다. 과연, 이 진양현에서도 누구 하나 그에게 신경 쓰지 않았다.

이게 바로 흑영대원 2호의 가장 큰 재능이었다. 흑영대 내에서도 2호의 이름과 내력을 아는 사람은 아무도 없었다. 그는 탁월한 대인 경호능력과 잠복, 은신, 무공실력으로, 전예의 바로 아래인 2호 자리에까지 올랐다. 주로 맡는 임무는 순욱 등 요인 경호였지만, 4호와 더불어 가끔 중요한 인물을 구출하거나 찾아서 데려오는 일에도 동원되었다. 그를 보내는 이유는 사람을 지키는

데 뛰어났고 대상으로 하여금 경계심을 불러일으키지 않았으며, 무엇보다 강했기 때문이다.

'마을사람들 말대로라면 여기쯤이 맞는데….'

주위를 두리번거리던 2호는 근처 돌밭에서 뭐에 쓰려는지 부지런히 바위를 깨는 사내 하나를 보았다.

"저, 말씀 좀 묻겠습니다."

정중한 2호의 목소리에 사내가 천천히 몸을 돌렸다. 그를 마주본 2호는 속으로 감탄했다.

'키가 엄청나게 크구나! 9척(약 2미터)은 족히 되겠다. 유주국에도 체구가 장대한 사람이 많지만 이렇게 큰 사람은 몇 안 될 듯한데.'

돌 깨던 사내는 키만 큰 게 아니라 팔도 길었다. 거의 유비의 팔길이와 맞먹을 정도였다. 사내는 2호를 물끄러미 바라보았다. 2호는 그가 제 말을 못 들었나 싶어 재차 입을 열었다.

"저…."

"물어볼 게 뭡니까?"

"아, 들으셨군요. 다름이 아니라 이 부곡의 독(督, 단속하다, 우두머리)을 뵙고자 하는데요."

"…"

"혹 그분 댁이 어딘지 아십니까?"

"…"

또 사내가 한동안 멀뚱히 쳐다보기만 했으므로 2호는 살짝 당황했다. 그가 다시 물어보려 할 때, 사내가 느릿한 말투로 답했다.

"제가 이 부곡의 독입니다만."

"아! 그럼 혹시 귀공이?"

2호가 말한 이름과 자를 들은 사내는, 또 한동안 그를 바라보기만 했다. 이제 2호는 어렴풋이 눈치챌 수 있었다.

'원래 답이 느리고 말도 느린 사람이구나.'

과연 잠자코 기다리자 사내는 정확한 답변을 했다.

"예. 찾으시는 학소 백도가 바로 접니다."

학소(郝昭), 자는 백도(伯道). 용운이 2호에게 일러, 태원군 진양현에서 찾아 데려오라고 명한 대상이었다. 정사에서는 삼국시대 위나라의 장수이며 단 한 번의 싸움으로 자신의 이름을 천하에 각인시켰다. 바로, 제갈량의 공격에 맞서 싸웠던 진창성 전투가 그것이다.

이 학소야말로《삼국지연의》를 통틀어, 제갈량을 완벽하게 패배시킨 유일한 인물이었다. 또한 용운이 절실히 필요로 하는 공성전과 수성의 달인이기도 했다.

2호는 용운이 학소를 왜 찾으라고 했는지, 대충 짐작하고 있었다.

'각 지역의 지사와 형주로 갈 원군이 빠진 상태에서 장수, 특히 방어에 뛰어난 장수감을 구하시는 거겠지. 당분간 내실을 다지실 참이니.'

그는 이제까지 용운의 혜안을 의심해본 적이 없었다. 특히, 인재를 알아보고 쓰는 능력에 대해서는 신이나 마찬가지라고 여겨왔다.

'전하께서 콕 집어 등용한 사람치고 뛰어나지 않은 인재가 없었다. 한데…'

이 학소라는 자를 보니 처음으로 약간의 의구심이 생겼다. 굼떠도 너무 굼떴다. 지금 하고 있는 일만 해도 그랬다. 철퇴처럼 생긴 도구로 바위를 깨뜨리는 괴력은 대단했지만, 일정한 크기로 깨는 것도 아니고 그렇다고 반듯하게 자르는 것도 아니었다. 그렇게 깨진 조각을 유심히 살피다가 그중 몇 개를 골라 커다란 대나무 바구니에 주워 담고 있었다. 그답지 않게 호기심을 못 이긴 2호가 또 질문을 던졌다.

"그런데 돌은 왜 자꾸 깨고 있는 겁니까? 어디다 쓰시려고?"

"…."

예상한 반응이었다. 2호는 속으로 생각했다.

'뭐, 기다리다 보면 대답해주겠지.'

하지만 이번에는 그 답조차 하지 않고, 학소는 깨뜨린 돌이 가득 담긴 바구니를 들고 어딘가로 걸음을 옮겼다. 2호는 그를 속절없이 따라가는 수밖에 없었다.

"백도(伯道) 님, 저와 잠시 얘기 좀…."

"…."

묵묵히 걷던 학소가 어딘가에 멈춰 섰다. 야트막한 둑을 길게 쌓아놓은 강변이었다. 최근에 범람이라도 했는지, 돌로 만든 둑 일부가 무너져 있었다. 학소는 그 앞에 바구니를 내려놓고 앉아 무너진 부분을 새로 쌓기 시작했다.

"아, 둑을 보수하려던 거군요. 이런 건 그냥 아랫사람을 시켜도 될 텐…."

학소의 등 뒤에서 말하던 2호가 입을 다물었다. 보다 보니 뭔가 이상한 점을 깨달은 것이다. 학소는 바구니 가득한 돌조각들 중 하나를 집어, 둑을 새로 쌓거나 틈새에 끼워 넣었다. 그런데 매번 한 치의 어긋남도 없이 꼭 맞았다. 마치 원래 그 자리에 넣기 위해 다듬은 돌처럼.

'미리 무너진 상태를 보고 거기에 맞게 바위를 깬 것인가, 아니면 저 많은 돌조각 중 맞는 조각을 한눈에 골라내는 것인가.'

어느 쪽이든 범상치 않은 눈썰미임은 분명했다. 2호가 현대의 인물이었다면, 학소의 공간지각 능력이 초인적이라고 평가했을 것이다. 대신, 그는 이런 생각을 했다. 만약 저 둑이 무너진 성벽이라면. 혹은 저 돌조각들 하나하나가 병사라면? 학소는 성벽의 어떤 빈틈이라도 정확히 메울 수 있거나, 혹은 아무리 통제하기 어려운 병사라도 적재적소에 배치하는 능력의 소유자일 가능성이 높았다. 용운이 그의 이름과 자, 고향까지 정확히 짚어 말한 것으로 미뤄봤을 때, 더더욱. 그 사실을 떠올린 2호는 새삼 용운에게도 감탄했다.

'전하, 당신께서는 대체 뭘 보고 계시는 겁니까? 어떻게 이런 산골 구석에 숨은 인재까지 알고 계시는 거지요?'

그때 고개를 돌린 학소가 입을 열었다.

"보시다시피 이 돌들은 둑을 보수하는 데 쓰려던 겁니다. 그리고 누굴 시키기보다 제가 직접 하는 편이 훨씬 빠르고 정확합니다."

아까 한 질문의 답을 이제야 한 것이다. 2호는 저도 모르게 웃음을 터뜨렸다.

"하하하! 그렇군요. 학 대인이야말로 대단한 능력을 타고난 분입니다. 잠시 저와 함께 가시지요. 유주왕 전하께서 대인을 꼭 보고 싶어 하십니다."

유주왕이라는 말에, 학소의 졸린 듯하던 눈이 처음으로 조금 커졌다. 그러나 그것도 잠시, 그는 원래대로 묵묵히 둑을 고치는 일을 계속했다. 그러다 불쑥 말했다.

"이것만 마저 하고 바로 가겠습니다."

설령 왕이 불러도 하던 일은 마치고 간다? 2호는 또 실소할 수밖에 없었다. 저 학소라는 사내의 전투가 문득 궁금해졌다.

깊이 잠들었던 조조는 화들짝 놀라서 눈을 떴다. 그는 궁지에 몰린 오용의 각성으로 근위대를 잃고 죽을 고비에 처했었다. 다행히 허저의 분투와 기지 덕에 위기를 벗어나, 해자와 이어진 수로를 이용하여 외항성을 탈출했다. 그러다 배에 누운 채로 깜빡 잠들어버린 것이다.

'이런! 내가 얼마나 잔 거야? 미쳤군, 미쳤어.'

하루? 이틀? 심지어 시간이 얼마나 지났는지도 알 수 없었다. 그러고 보니 배는 더 이상 움직이지 않았다.

'어딘가에 정박해 있다.'

급히 옆구리를 더듬어보니 검은 그대로 있었다. 조조가 검 손잡이를 잡고 벌떡 일어나 앉았을 때였다. 근처에 쭈그리고 앉아 있던 아이 하나가 그를 보고 놀라 손가락질하며 외쳤다.

"어! 죽은 사람이 살아났다!"

그러자 한 노인이 점잖게 아이를 나무랐다.

"이 녀석, 그게 무슨 실례되는 말이냐."

강가에 서서 그물을 들고 있는 거로 보아 그는 어부인 듯했다. 어부 노인은 배로 다가와 조심스레 고개를 조아렸다.

"저, 주인 없는 배가 떠내려가는 걸 보고 멈춰 세웠사온데, 귀인 께서 잠들어 계시기에…. 다시 흘려보낼 수도 없고 깨우기도 뭣하여 강기슭에 배를 세워두고 일어나시길 기다리고 있었습니다."

조조는 재빨리 노인을 살펴보았다. 굵은 힘줄이 솟은 마른 손이나 남루한 차림새 등 평범한 촌부가 분명했다. 조조의 옷차림과 옆구리의 보검 등을 보고 지체 높은 사람이라 여겨 함부로 건드리지 못한 모양이었다. 그는 일단 배가 더 떠내려가지 않도록 잡아준 노인을 치하했다.

"도와줘서 고맙소, 노인장. 한데 여기가 대체 어디요?"

"영릉현 근처의 고을입니다."

"영릉현이라…. 그렇군."

조조는 조금 안도했다. 영릉현이라면 생각보다 멀리 떠내려오진 않았다.

'그러나 황당할 정도로 멍청한 짓임은 분명하다. 까딱 원술의 병사들이 날 먼저 발견했거나, 더 멀리 떠내려가기라도 했다면 어쩔 뻔했는가! 정신 차려라, 조조 맹덕.'

그만큼 오용의 배반과 수하들을 잃은 일로 인한 정신적 충격이 컸다. 또 성에서 달아나느라 기력을 소진한 탓이기도 했다. 족히 몇 시진은 노를 저었으니.

'우선 한시라도 빨리 아군 진영으로 돌아가야 할 터인데. 지금 쯤 내게 변고라도 생긴 줄 알고 난리가 난 건 아니겠지. 더구나…'

오용은 공식적으로는 아직 조조 세력의 총군사였다. 복양성을 비롯한 다른 곳에서는, 아직 오용의 배신을 모르고 있을 터였다. 멀리 떨어진 업성은 더 그럴 확률이 높았다. 오용에 대한 증거 수집과 뒷조사 등을 극비리에 진행했기 때문이다. 맡아서 한 사람도 만총 하나였는데, 그가 죽었으니 알릴 사람조차 없었다. 이 시점에 조조는 만총이 죽었으리라 여기고 있었다.

그 점을 이용, 오용이 먼저 다른 곳으로 향해 뭔가를 꾸미기라도 한다면? 예를 들어 조조의 명이라 하고 물자나 병사를 빼낼 수도, 애꿎은 장수를 죽이거나 추방할 수도 있었다.

'큰 사달이 벌어질 것이다.'

벌떡 일어서려던 조조는 현기증이 일어 다시 주저앉았다. 노인이 당황해서 그를 부축했다.

"나리, 어디 다치셨습니까?"

뱃전에 매달려 조조를 빤히 바라보던 아이가 말했다.

"이 아저씨, 배고파."

"응?"

"배고픈 것 같아. 꾸르륵 소리가 났어."

그때 조조가 노인에게 힘없는 목소리로 말했다.

"노인장, 뭔가 요기할 만한 게 있겠소?"

"…"

잠시 후, 조조는 배에 앉아서 노인이 가져다준 말린 생선을 열심히 뜯어 먹고 있었다. 짜고 텁텁했지만, 전쟁터에서 며칠 내내 육포만 먹어본 적도 있는지라 맛은 별문제가 아니었다. 지켜보던 노인이 감탄한 어조로 말했다.

"썩 잘 드십니다. 지체 높은 분이 드실 만한 게 아닌데."

"이보다 못한 음식도 많이 먹었소."

"여기, 물도 좀 드십시오. 그러다 체하십니다."

노인은 원래 너그러운 성품인지 살갑게 조조를 챙겼다. 배가 어느 정도 차자, 비로소 머리가 더 잘 돌아가고 주변 풍경도 눈에 들어왔다. 주위를 둘러보던 조조는 특이한 점 몇 가지를 발견했다.

'흠… 이곳은.'

우선, 나루터가 매우 깔끔하게 다듬어져 있었다. 무성한 수초를 제거하고 암초가 될 만한 바위도 없앤 흔적이 보였다. 덕분에 노인 혼자서도 조조가 탄 배를 쉽게 끌어다 강가에 정박할 수 있었다. 땅이 낮은 부분에는 여지없이 둑을 쌓았으며 중간중간 수로를 만들어놓았다.

또한 어촌마을치고는 과분할 정도로 넓고 잘 정리된 농경지가 존재했다. 둑 안쪽에 펼쳐진 농경지로, 강과 연결된 수로가 이어져 있다. 어느 수로나 물이 찰랑거렸다. 이런 일련의 작업들을 통틀어 각각 치수와 관개사업이라 한다. 즉 이 마을은 규모에 비해 치수사업과 관개사업이 둘 다 완벽에 가깝게 되어 있는 상태였다.

감탄한 조조가 저도 모르게 말했다.

"훌륭하군! 혹시 노인이 이 고을의 촌장이오?"

"아니, 아닙니다."

"그럼 촌장이 누구요? 해를 끼치려는 게 아니라, 일을 썩 잘한 것 같아 위에다 보고하려 하오."

"아아, 그것이…."

노인은 조금 안심한 기색으로 답했다.

"실은 몇 해 전부터 임시 촌장이 마을 일을 돌보고 있습니다."

"임시 촌장?"

"예. 고향으로 돌아가던 선비였는데, 도중에 수적 떼에게 식량과 짐을 빼앗기고 맨몸뚱이로 죽어가는 것을 제가 발견하여 구해주었습니다. 그 선비가 은혜를 갚겠다고 마을사람들을 모아 이것저것 손대더니, 금세 이렇게 보기 좋고 살기에도 좋도록 바꿔놓았지 뭡니까."

"호오…."

"덕분에 저 같은 노인과 이런 아이들밖에 없던 마을에 조금씩 사람이 돌아와서, 이제는 규모가 제법 커졌습니다. 물고기 잡는 것 외에 농사로도 꽤 수확이 생겼고요."

그렇게 인구가 늘자, 임시 촌장은 자경단을 조직하여 자신을 공격했던 수적 떼를 기어이 해체해버렸다고 한다. 얘기만 들어봐도 범상치 않은 인재가 분명했다.

'행정뿐만 아니라, 군무에도 일가견이 있단 말인가. 탐나는 자로군.'

듣고 있던 조조가 말했다.

"그 임시 촌장을 좀 만나볼 수 있겠소? 아니오, 내가 직접 가서 만나보리다."

조조는 노인의 안내를 받아 촌장이 머무른다는 가옥으로 향했다. 과연 총기가 엿보이는 한 청년이 툇마루에 앉아서 책을 읽고 있었다. 나이 지긋한 장년인이나 노인을 생각했던 조조는 또 한 번 놀라지 않을 수 없었다.

"그럼 저는 이만…. 두 분이서 말씀 나누십시오."

"여러모로 고맙소, 노인장. 내 이곳에서의 일은 나중에 후히 보답하리다."

"별말씀을."

노인이 물러간 뒤, 기척을 느낀 청년이 읽던 책에서 고개를 들고 의아한 기색으로 말했다.

"귀하는 누구십니까?"

"나는 조조 맹덕이라 하는 사람이오. 지금은 기주목으로서 업성과 복양성을 다스리고 있소."

"아! 당신이… 어째서 여기에?"

청년은 허둥지둥 일어서려다 책을 떨어뜨렸다.

조조가 손을 내저어 청년을 만류했다.

"아아, 괜찮소. 그냥 앉아 계시오."

툇마루에 올라와 청년의 맞은편에 털썩 앉은 그가 말했다.

"실례가 안 된다면 존함과 고향을 물어도 되겠소?"

"존함이랄 것도 없습니다. 저는 두습이라 하며 자는 자서(子緖)를 씁니다. 영천군 정릉현이 고향입니다."

이후, 자신을 두습(杜襲)이라 소개한 청년은 간략하게 제 사정을 애기했다.

"황건의 난을 피해 형주로 가서 한동안 머물렀는데, 다시 그곳을 떠나 고향으로 돌아가려다 사정이 생겨 이 마을에 잠시 머무르게 됐습니다."

"형주는 살기 좋은 곳으로 알려졌소만, 모처럼 거기까지 가놓고 왜 떠난 것이오? 혹 고향이 그리워 그런 거요?"

"고향의 발전에 이바지하려는 생각도 있습니다만, 그보다는 형주목의 그릇이 작아, 곧 형주도 전란에 휩싸이리라는 생각 때문이었습니다. 그러면서 선비들을 욕심내어 사방에서 불러들이니, 자칫 임관했다가는 거기 얽매여 빠져나오지 못할 것 같았기에 일찌감치 떠나왔습니다."

형주목이란 곧 유표를 의미했다. 유표는 건안칠자의 한 사람이자, 학문과 예술을 사랑하며 선비를 우대하는 것으로 알려졌다. 또한 황실의 종친인 데다 강한 군사력도 갖춰 형주를 방비하니, 천하를 휩쓴 황건의 난과 제후들의 패권다툼에서도 무사했다. 소문을 듣고 전란을 피해 형주로 몰려온 난민들을 받아들여, 사방에서 그를 칭송하는 소리가 넘쳤다. 그런 유표의 그릇이 작다고 하는 두습의 말에 조조는 강한 흥미를 느꼈다.

"형주목의 그릇이 작다는 말은 어째서요?"

두습은 거침없이 대꾸했다.

"성품이 우유부단하여 강한 군사력을 가지고서도 안방을 지키기에만 급급하니, 점점 강성해지는 제후들 틈에서 계속 버텨내기 어려울 것입니다. 또 겉으로는 대인군자인 척하나 실상은 편협하여 자신과 뜻이 다른 자를 용납하지 못하니, 주변에는 아첨꾼만 남게 될 것입니다. 마지막으로 성혼단의 장으로 알려진 서령이라는 자에게 휘둘리는 터라, 강동의 손책과 의미 없는 소모전을 계속하고 있습니다. 이게 제가 유경승의 그릇이 작다고 한 이유입니다."

말을 듣던 조조가 놀라서 물었다.

"잠깐! 서령이라는 자가 성혼단의 장이라 했소?"

"그렇습니다."

"그걸 어찌 아시오?"

"형주 안에는 이미 소문이 파다합니다. 또 그곳에서 몇 해를 머무르며 저도 보고 들은 게 있습니다. 실제로 유경승이 서령을 곁에 둔 이후, 성혼교인 따위는 찾아볼 수 없던 형주에 수가 폭발적으로 불어났습니다. 서령이 성혼교의 편의를 봐준 정황도 부지기수입니다."

"으음…."

이미 형주에까지 손을 뻗쳤구나. 조조는 이제 성혼단이라면 이가 갈렸다. 오용을 몰라서 그냥 방치했거나 알고도 재주가 아까워 놔뒀다면, 조조 또한 유표처럼 되지 말라는 법이 없었다. 오용과 성혼교가 말하는 대로 움직이고 그들의 편의를 최우선으로 생각하는 꼭두각시 말이다. 그야말로 생각만 해도 끔찍한 일이었다. 잠시 생각하던 그가 두습에게 말했다.

"자서, 혹 나와 함께 가지 않겠소? 내 그대를 중히 쓰고 싶소이다. 내 진영에는 싸움 잘하고 머리 잘 쓰는 자들은 수두룩한데, 그대처럼 민생을 돌볼 줄 아는 인재가 극히 부족하오."

조조를 지그시 바라보던 두습이 말했다.

"한 가지만 맹세해주신다면 따르겠습니다."

"그게 뭐요? 뭐든 말하시오."

"다시는."

두습은 나지막하면서도 힘준 목소리로 말했다.

"다시는 복양성에서의 대학살과 같은 일을 벌이지 않겠다고 약조해주십시오."

"…."

조조는 한순간 말문이 막혔다. 왜인지 분노보다는 부끄러움이 앞섰다.

"제 생명의 은인이자, 아까 맹덕 님을 모셔온 서 노인 말입니다. 그분은 원래 복양성에 살았는데, 맹덕 님이 벌인 난리로 피난 가다가 아들 부부를 모두 잃었습니다. 그 후 여기 정착하여 홀로 손자를 키우면서도, 그때 생각이 나 곤란을 겪는 이들을 두고 보지 못합니다. 만약 그 학살 때 촌장님까지 희생됐다면, 모르긴 해도 맹덕 님 또한 이번에 큰 곤란을 겪었을 것입니다."

두습의 말에서 조조는 친절한 어부 노인이 바로 전임 촌장이었음을 알았다. 또 자신이 과거에 얼마나 끔찍한 짓을 저질렀는지도 어렴풋이 느껴졌다. 그러나 조조는 조조였다. 그는 고심 끝에 답했다.

"솔직히, 그때로 되돌아간다 해도 내가 또 같은 짓을 하지 않는다고 장담하진 못하겠소. 아버님의 죽음에 분노하기도 했지만, 그 분노와 명분을 이용하여 진용운을 칠 수 있었기 때문이오. 난 이용할 수 있는 것은 뭐든 이용하는 자요."

"…."

"다만, 한 가지는 맹세하겠소. 앞으로 최대한 그런 무분별한 살육은 벌이지 않겠다고. 그대가 옆에서 나를 만류해준다면 더더욱 말이오."

두습은 앉은 채 눈을 감고 생각에 잠겼다. 조조는 그 앞에서 꼼짝도 않고 그를 기다렸다. 이 순간만큼은 복양성과 업성 등에서 오용이 벌일지도 모르는 짓에 대한 불안감도 다 잊었다. 해가 넘어갈 무렵에서야 장고(長考)를 끝낸 두습이 마침내 입을 열었다.

"알겠습니다. 제가 옆에서 맹덕 님을 보좌하지요. 설령 이용할 만한 일이라 해도, 그것이 천하의 지탄을 받을 행위라면 온몸을 바쳐 저지하겠습니다."

"고맙소, 자서! 부디 그렇게 해주시오."

"어쩌면 여기서 제가 맹덕 님을 만난 것도 그래서인지도 모르지요."

조조는 반가움에 두습의 양손을 덥석 잡았다. 농사일과 뱃일로 단련된 그의 손은 선비답지 않게 거칠었다. 그래서 더 믿음이 갔다.

후세인들은 이 일을 두고, '조조가 표류 끝에 두습을 얻다'라고 표현했다. 이는 곧, 고난에 처한 게 오히려 득으로 돌아왔다는 의미로 쓰였다.

조조는 그날 밤새 현재 자신이 처한 상황과 외항성에서 있었던 일을 설명했다. 조용히 듣고 난 두습이 말했다.

"주공, 실은 주공의 장수인 문칙(文則, 우금의 자)이 이미 영릉성과 양성을 점령했습니다. 지금 이 고을도 그 치하에 들어가 있습니다."

"오오, 그게 정말이오!"

조조는 뛸 듯이 기뻐했다. 설마 우금이 그런 큰일을 해낼 줄이야. 역시 죽으란 법은 없는 모양이었다. 두습은 조조가 해야 할 일을 차근차근 정했다.

"예. 그러니 아침 일찍 영릉성으로 가서 주공께서 무사하심을 알리는 게 우선일 듯합니다. 그사이 제가 고을에서 가장 빠른 말을 수배해두겠습니다. 그 파발로 하여금 제음으로 사람을 보내 외항성에서 벌어진 일을 알리도록 하지요. 그 반란을 일으켰다는 자를 경계토록 하고요. 이제 날이 밝기 전에, 그때 쓸 서신을 써주십시오."

"그것 좋은 생각이오."

그 외에도 두 사람은 눈도 안 붙이고 천하의 일과 앞으로의 정세에 대해 토론했다. 도중에 두습이 조촐한 주안상을 봐와 더불어 술잔을 기울였다. 그러다 보니 둘은 하룻밤 사이 십년지기라도 된 듯 가까워져 있었다.

다음 날, 조조는 해가 뜨자마자 영릉성으로 향했다. 외항현과 가까웠던 까닭인지, 이미 영릉성에는 변고가 알려져 있었다. 마을에도 그새 병사들이 다녀갔다 했다. 어부 노인은 배를 끌고 고기를 잡으러 나갔고, 조조는 외떨어진 두습의 집에 틀어박혀 있었던 탓에 찾지 못한 것이다.

이틀을 꼬박 행방불명됐던 조조가 모습을 드러내자, 모두 감격해서 어쩔 줄을 몰랐다. 소식을 들은 우금도 양성에서부터 단숨에 말을 몰아 달려왔다.

"주공, 무사하셨습니까!"

조조는 뛰어내리다시피 말에서 내려 무릎 꿇는 우금을 일으켜 세우고 치하했다.

"큰일을 해주었다 들었소."

"제 임무를 다한 것뿐입니다."

"내 미처 문칙의 재주를 몰라보았군. 그대를 양국상 겸 건의장군(建義將軍, 정벌을 담당하는 잡호장군)에 임명할 테니 앞으로도 잘 싸워주시오."

"온 힘을 다하겠습니다."

"우선, 그대가 제일 먼저 할 일이 있소."

조조의 명을 받은 우금은 즉시 제음으로 파발을 보내는 한편, 사방에 사람을 풀어 오용의 행방을 쫓게 했다.

그로부터 사흘이 지난 후였다. 그 과정에서 조조는 또 하나 예기치 못했던 기쁨을 맛봤다.

"중강(仲康, 허저의 자)…."

그는 수레에 누운 거한을 떨리는 목소리로 불렀다. 강기슭에 정신을 잃고 쓰러져 있던 것을 병사들이 발견하여 데려온 것이다. 낯빛이 창백하고 온통 피투성이였지만 다행히 목숨은 붙어 있었다. 허저는 덜덜 떨면서 애써 쾌활한 척 대꾸했다.

"하하, 주공! 도저히 주공을 두고 갈 수 없어서 이렇게 돌아왔습니다."

"고맙네, 살아 있어줘서 정말 고마워."

"저야말로 주공께서 무사하시니⋯."

허저를 얼싸안고 한동안 눈물짓던 조조가 물었다.

"한데 오용, 그자는?"

"한창 싸우던 중에 부끄럽지만 도저히 배겨낼 수가 없어서 저도 주공처럼 해자로 뛰어들었지 뭡니까. 그리고 벽에 달라붙어서 버티고 있었지요. 그러자 위에서 한동안 내려다보더니, 탄식하고 어디론가 가버렸습니다."

"그랬군⋯."

조조는 퍼뜩 한 가지 생각을 떠올렸다. 어쩌면 오용은 물에 약한 건지도 모르겠다고. 수영을 못하거나, 아니면 뭔가 물 자체를 꺼리는 게 분명했다.

'잘 기억해둬야겠다. 또 언제, 어디서 적으로 마주칠지 모르니까.'

그때 허저가 목소리를 낮춰 진지한 기색으로 말했다.

"주공, 오용 그자는 귀신을 부리는 게 분명합니다."

"귀신? 그게 무슨 말인가?"

"그자가 대전에서 사방으로 도깨비불 같은 것을 뿜어대는 걸 보셨겠지요?"

"그건 성혼단 놈들이 쓰는 사술이네."

"제가 유심히 보니, 오용이 직접 뿜어낸 게 아니라 그 뒤의 허공에서부터 발산되고 있었습니다. 그뿐만이 아닙니다. 저와 싸울 때, 아무것도 없는 허공에서 뭔가가 공격을 해오고 막기도 했습니다. 검에도 분명 부딪치는 감각이 느껴졌습니다."

"귀신은 형체가 없는 것인데, 어찌 검에 감각이 느껴졌단 말인가?"

"그, 그것까지는 저도 잘 모르겠습니다."

"음… 아무튼 알겠네. 염두에 둘 테니 자네는 우선 푹 쉬도록 하게."

허저가 헛소리를 하든 말든, 조조는 그가 살아온 것만으로도 다행스러웠다.

허저 외에 외항성에 있던 다른 가신들은 구하지 못했다. 안타깝게도 진등은 텅 빈 외항성 대전에서 차가운 시신으로 발견되었다. 다만, 만총의 시신은 없어서 한 가닥 기대를 품게 했지만 여전히 행방불명이었다. 조조는 진등의 장례를 성대히 치른 후, 우금을 장수로 하는 일군을 편성했다. 하후돈이 지휘하는 별동대가 치고 내려가는 사이, 양성을 점령한 김에 그대로 패국까지 공격하여 원술군의 혼란을 가중시킬 셈이었다.

"동평과 오용이 둘 다 사라졌으니 그럴 가능성은 낮아 보이지만, 만에 하나 업성과 복양성에 변고가 일어났다 해도 이미 되돌리기에는 늦었다. 그렇다면 원술군이 점령한 지 얼마 안 된 패국을 공격하여 치는 편이 낫다. 적은 전투를 치른 직후라 아직 지쳐 있고 성의 방비도 상대적으로 허술할 것이다. 패국을 점령한 후

여세를 이어 초현까지 공략한다면 원술을 궁지에 몰아넣을 수 있다."

조조의 구상을 들은 두습도 거기에 동의했다.

"현재로서는 주공의 계획이 최선입니다."

한때 내부의 일로 뜻하지 않은 위기를 맞이했으나, 조조는 이를 대반전의 기회로 삼았다. 한편으로는 장정들과 노련한 병사들로 이뤄진 부대를 구성해, 오용을 계속 추적하도록 했다.

'날 잘 안다고 했으니, 내가 원한은 결코 잊지 않는다는 것도 알겠지. 몇 년이 걸리더라도 반드시 복수해주마. 오용!'

5

시련을 예고 받고 두 사람을 얻다

조조는 두습이라는 인재를 얻고 영릉성과 양성을 빼앗은 일을 계기로 반전을 꾀했다. 그러나 원술, 정확히는 가후도 가만히 당하고 있지만은 않았다. 그는 이미 흑영대에 버금가는 성혼단의 정보망을 통해, 정립으로부터의 전갈을 받은 참이었다.

'허, 조조군이 진류성을 점령하고 그대로 개봉까지 진격해갔다? 양성은 우금에게 빼앗겼고? 쯧.'

가후가 혀를 찼다. 조조의 저력은 역시 대단했다. 전선을 잘 유지하고 있다고 생각했는데 이렇게 갑자기, 변칙적으로 훅 치고 들어올 줄은 미처 몰랐다.

'정립의 말인즉 양하에서 합류하여, 허창에서부터 출격한 장패와 동시에 조조군을 둘러싸자는 얘기로군. 적이 개봉성을 공격한다면 괜찮은 제안이지만….'

가후는 누구도 생각지 못한 한 가지를 떠올렸다. 만약 조조군이 개봉을 그냥 지나친다면? 개봉성은 관문처럼 통과하지 않고선 지나칠 수 없는 구조가 아니었다. 인근이 평야지대인 까닭이었다. 외곽에 낮은 성벽이 있긴 하나 부수면 그만. 어차피 조조군은 가장 큰 위협이던 진류의 주둔군을 격파했다. 개봉성의 전력으로 수성하며 시간을 끌 수 있을지는 몰라도, 야전에서 감당하기는 어려웠다. 그럼, 조조군은 곧장 허창, 아니 여남으로 향하게될 터였다. 원술의 근거지이자 최대 곡창인 동시에, 황제를 가둬둔 곳이다. 가후의 안색이 살짝 변했다.

"이거, 한 방 먹게 생겼군."

가후는 패국에 있던 노지심과 무송을 거느리고 즉시 양하를 향해 출발했다.

그즈음 우금의 부대는 패국을 향해 진격해가고 있었다. 그야말로 물고 물리는 싸움이었다. 가후와 정립이 이끄는 부대가 조조의 정예부대를 깨뜨리는 것이 먼저인가, 조조가 패국과 여남을빼앗아 원술 세력을 와해하는 게 먼저인가. 긴 소모전이 끝나고조조와 원술의 본격적인 승부가 시작되려 하고 있었다.

유주성은 코앞에 다가온 출정 준비로 부산했다. 유표에게 고전중인 손책을 돕기 위한 부대였다. 하지만 그사이 오래 돌아오지못할 것을 짐작하고 여가를 즐기는 이들도 있었다. 청몽을 비롯한 사천신녀도 그런 부류에 속했다.

후루룩. 객잔에서 국수를 먹던 청몽은 참다못해 젓가락을 내려놓고 쏘아붙였다.

"왜 그렇게 처다봐?"

"그냥, 보고 싶어서."

"미치겠네."

내일이 형주로의 출진이라, 자매들과 함께 단골집에서 국수나 먹으려고 들렀다. 한데 어떻게 알았는지, 여포가 따라와 맞은편에 자리를 잡고 앉는 게 아닌가. 그러자 성월, 사린, 이랑은 슬며시 일어섰다.

"언니, 잘해봐요오."

"응, 언니. 후루룩, 내가 책에서 봤는데, 후룩, 사랑은 사랑으로, 쩝쩝, 잊는 거라고 했어!"

객잔 주인이 사린에게 난처한 듯 말했다.

"저, 사린 님. 그릇을 세 개나 들고 나가시면 안 됩니다. 성월 님도 술잔을 가져가시면…."

"여기, 제가 돈 드릴게요. 청몽 언니, 저런 짐승남 타입이 의외로 일편단심이에요. 하아, 진 교수님도 그랬었는데…."

그렇게 셋 다 청몽을 약 올리는 듯한 말을 남기고 나가버렸다. 그러자 여포는 기다렸다는 듯 다가와서 말했다.

"앉아도 되겠나, 옆에?"

"안 돼."

"한데 왜 반말하는 건가?"

"언젠가부터 네가 반말하니까."

"그렇군."

침묵.

'에이, 얼른 먹고 나가버려야지.'

청몽은 아예 국수 그릇을 들고 들이켰다. 서 있던 여포가 그 틈에 기어이 옆에 앉았다. 쾅 하고 그릇을 내려놓은 청몽이 소리 질렀다.

"아이씨, 싫다고 했잖아!"

"못 참겠군."

"뭘?"

순간 여포는 청몽의 허리를 한 팔로 감고 끌어당기며 그녀의 입술에 입을 맞췄다. 동시에 청몽은 비수를 여포의 뒷목에다 찔렀다.

"…."

"…."

입술을 뗀 여포가 조금 억울하다는 투로 먼저 말했다.

"너무한 거 아닌가, 이건?"

청몽은 얼굴이 발그레해져서 맞받아쳤다.

"뭐가?"

"찔렀지 않나. 진짜로."

"너도 진짜로 성추행했잖아."

"성…추행? 뭔가, 그건?"

"여자 허락 없이 멋대로 만지거나 입술 박치기 하는 짓을 말하는 거다, 이놈아."

단언컨대, 여포는 태어나서 그런 허락을 받아본 적이 단 한 번도 없었다. 그는 고개를 설레설레 저었다.

"휴, 어쩌다 내가, 이런 야수 같은 여자를…."

"뭐? 야수? 사돈 남 말 하고 있네!"

"이쯤 하지, 오늘은."

"다음엔 아무것도 못할걸!"

여포는 일어서서 한숨을 쉬고 문으로 향했다. 문가에 앉아 있던 팽기가 킥킥 웃었다.

"뭐가 우스운가? 수신호위라면서, 주인이 칼에 찔리는 것도 막지 못하고."

"살짝 찌르던데요, 뭐."

"제법 아팠다."

"성추행한 대가라고 생각하십시오."

"귀도 밝군. 출정 준비나 하도록."

"이미 끝냈습니다만, 한번 확인해주시지요."

"그러지."

여포와 팽기 그리고 초정이 객잔을 나간 후였다. 청몽은 손등으로 입술을 문지르며 말했다.

"먹고 있는데 다짜고짜 입을 맞추면 어떡해, 머저리가…. 냄새 날 거 아냐. 아오, 향채랑 식초도 잔뜩 넣었는데!"

저잣거리에 나온 여포는 자꾸만 입맛을 다셨다. 팽기가 애써 웃음을 참으며 물었다.

"좋으십니까?"

"아니, 음… 맛있군, 신기하게도."

뒤에서 따라오던 초정이 얼굴을 붉혔다.

"어머, 주공. 야하셔라…."

"…."

용운은 집무실에서 깊은 낮잠에 빠져 있었다. 보통 사람 이상의 회복력에 벽옥접상도 가졌지만, 그 또한 사람이었다. 멀리 형주까지, 가장 아끼는 신하들을 보내는 데 대한 부담이 컸다. 이에 뭔가 위험 요소나 빠뜨린 게 없는지 점검하고 또 점검하며 며칠을 철야했다. 그러다 피로에 지쳐 깜빡 잠든 것이다.

"어라?"

용운은 꿈속에서 익숙한 장소에 와 있었다. 바로 오 년 동안 피땀 흘려 수련한 동굴이었다. 다른 장군들과 수련할 때는 유주성 내에 마련된 평범한 연무장에서 행했다. 그런데 단 두 가지 무공을 배울 때만은 예외였다. 보통 사람의 눈에 띄어서는 안 되는 힘인 까닭이었다.

'그럼, 설마?'

용운은 다급히 주위를 둘러보았다. 과연 그립던 형상이 동굴 안쪽에 서 있었다. 바로 시공권과 공파권을 전수한 좌자였다.

"스승님!"

용운이 반갑게 부르며 달려가자, 좌자가 천천히 몸을 돌렸다. 그는 작은 키에 지팡이를 짚고 흰 수염이 땅에 닿을 듯한 노인의 모습이었다.

"오랜만이구나, 용운아."

"스승님, 모습이 또 좀 바뀌셨네요. 그간 어디 계셨습니까?"

"녀석, 이건 네 꿈속이니라. 난 사념을 보내 꿈속에서 말하고 있는 게다."

"아, 그런가요?"

"지금 나의 본신은 다른 세계에서 재앙이 일어나 그것을 막느라 분주한 참인데…. 넌 말해도 모를 게다. 알아도 할 수 있는 일이 없고. 이맘때쯤 꼭 네게 알려줄 것이 있어서 사념을 보낸 것이다."

"예, 알겠습니다. 제자 경청하겠습니다."

좌자는 딱하다는 듯한 눈빛으로 용운을 보았다.

"용운아, 난 처음에는 네가 이 세계를 파괴하려고 시간을 거슬러 온 존재라고 생각했다. 금지된 힘을 이용해서 역사를 멋대로 바꿨기 때문이지. 좀 혼동할 만한 부분도 있었고 말이다."

"네…. 그 부분은 확실히 면목 없습니다."

"허나 이제는 그게 아님을 알았다. 심지어 네가 시공복원을 쓰기 위해, 초월적인 존재의 힘을 빌린 일조차 말이다. 너와의 거래가 아니었다면 그 존재는 결국 지금의 시공에 모습을 드러냈을 테고, 변변히 막을 이조차 없는 이곳에서는 혼란과 피해가 상상도 할 수 없게 커졌을 것이다. 허나 다행히도 그가 택한 시공에는 그를 막을 만한 존재가 셋이나 있으니…. 그 또한 네 덕이겠지."

용운은 잠자코 들었다. 가끔 좌자는 이렇게 알 수 없는 얘기를 하곤 했다.

"아무튼 지금은 이런 얘길 하려는 게 아니라, 네게 주의를 당부하기 위한 것이다."

"주의요?"

"그래. 앞으로 너는 세 번의 큰 시련을 맞이하게 될 터인데, 그 중 첫 번째가 다가오고 있다."

용운은 말문이 막혔다. 무려 세 번의 시련이라니. 듣기만 해도 지긋지긋했다. 이미 부모님을 잃고 죽을 고비도 넘겼는데, 이제까지 한 고생만으로는 부족하단 말인가?

"스승님, 그건 대체 왜…."

"이는 네가 대적자이면서 동시에 구원자인 까닭이다. 넌 이미 인간으로서는 갖기 어려운 힘을 손에 넣었으나 그건 네 적들도 마찬가지다. 그들을 뛰어넘기 위해, 나와 같은 초월자가 되기 위하여 어쩔 수 없는 과정이니라. 얻는 만큼 잃게 되는 건 전 우주에 공통된 법칙이니까."

"후… 정확히 모르겠지만 피할 수 없다는 건 알겠어요."

"명심하여라. 절대로 분노와 슬픔에 폭주해서는 안 된다. 네 은발은 거기에 대한 대가와 경고다. 머리카락을 볼 때마다 그 사실을 기억하라는 뜻이다."

"흠… 설마 다음번에는 대머리가 되기라도 하는 건 아니겠죠? 가만, 그러고 보니 21세기에서 엄청난 힘을 얻은 대신에 대머리가 된 남자 얘기를 봤던 것 같은데…."

용운은 태연한 척 농을 했지만, 얼굴은 사뭇 긴장되어 있었다. 그랬던 순간마다 자신은 견디지 못했음을 알기 때문이다.

"만약 네가 분노에 무너진다면, 초월자이면서 스스로를 통제하지 못하고 방황하는 존재…. 가는 곳마다 죽음과 혼란을 부르는, 그런 존재가 되고 만다. 네가 풀어준 그것이나, 혹은 내 첫 번째 제자였던 우길처럼 말이다. 비록 시공을 자유로이 드나들고 온 세상에 그들을 해칠 존재가 없다 하나, 마음은 늘 공허하고 나중에는 자신이 누구였는지조차 잊게 된다. 그 공허를 채우려고 수천, 수만의 사람을 재미삼아 해치니 그 업보를 어찌 갚겠느냐.”

“아… 그럼 그들이…”

“명심해라, 용운아. 세 번의 시련은 결국 네가 인간을 뛰어넘기 위한 과정인 것. 분노와 슬픔 그리고 절망에 져서는 안 되느니라.”

말하던 좌자의 형상이 점점 희미해져갔다. 용운은 다급히 그를 붙잡으려 했다.

“잠깐만요, 스승님!”

“천괴성에… 먹혀서는 안 된다. 천괴성은… 천하를 멸하는 별이니….”

“스승님, 헉!”

순간, 좌자의 얼굴이 갑자기 전예로 변했다. 용운은 소스라치게 놀라 잠에서 깨어났다. 진짜 전예가 그를 멀뚱히 내려다보고 있었다.

“깨셨습니까?”

“아, 놀랐잖아요!”

“급한 일이 생겼음에도 불구하고 전하의 단잠을 깨우지 않으려고 조용히 기다리고 있었습니다만….”

“그렇게 날 쳐다보면서 기다리니까 악몽을 꾸죠! 기척은 왜 날이 갈수록 없어지는 건데요?”

“헉, 전하, 너무하십니다. 제가 귀신이라도 됩니까?”

“됐어요. 급한 일이라곤 해도 분위기가 여유로운 걸 보니 나쁜 쪽은 아닌 모양이네요."

"예, 그렇습니다."

"무슨 일이죠?"

"놀라지 마십시오."

전예는 싱글싱글 웃으며 말했다.

"관승, 그자가 귀순을 청해왔습니다. 심지어 배신했던 양수까지 데리고 말입니다."

"…뭐라고요?"

용운은 의자에서 벌떡 일어났다.

"어서 가요."

유주성 대전에는 장관이 펼쳐져 있었다. 보는 것만으로 감탄이 나오는, 장대한 육체를 가진 여자가 팔짱을 낀 채 가부좌 자세로 앉아 있다. 그 앞을 유주의 내로라하는 장수들이 모조리 나와서 막아서 있었다. 조운과 여포는 물론이고 서황, 주태, 장료, 장합, 마초, 방덕, 심지어 조앙의 몸을 차지한 조개와 서황의 품속에 숨은 요원까지. 그 뒤에는 용운이 누대에 앉아 있었다. 관승이 그쪽을 향해 중얼거리듯 내뱉었다.

"아주 총출동했구나. 유주왕이 이렇게 겁쟁이인 줄은 몰랐군."

"이자가!"

분개한 조운이 창대를 잡은 손에 힘을 주자, 관승도 그를 마주 노려보았다.

"이곳은 손님을 이렇게 대하나?"

"손님?"

"분명 귀순하러 왔다고 말했을 텐데."

그녀의 옆에 멀뚱히 서 있는, 초라한 행색의 학사는 바로 양수였다. 그가 입을 열었다.

"분명히 말씀드리지만, 세 가지 조건을 수락한다면 관승 님은 유주왕의 편에 설 것입니다. 이분의 힘이야 다들 아실 테고."

대전에는 장수들뿐만 아니라 문신들도 있었다. 그중 순욱이 그답지 않게 노한 어조로 말했다.

"덕조(德祖, 양수의 자)! 참으로 뻔뻔하군. 전하를 배반하고 노준의라는 악적 밑에 들어갔던 일은 잊었는가?"

"아아?"

양수는 주변을 휘 둘러보더니 씹어뱉듯 말했다.

"내가 북쪽에서 온갖 고생을 하며 싸우는 사이, 내 여자를 가로챈 사람이 누군데?"

그의 말에 일순 좌중이 술렁였다.

"무슨 얘기지?"

"누가 누구 여자를 가로챘다는 거야?"

순욱은 양수를 노려보면서 이를 악물었다.

'놈, 채문희의 일을 끄집어내려는 것인가.'

거짓 혹은 착각이다. 전예에게 부탁해 은밀히 조사한 바에 의하면, 양수와 채염은 아무 사이도 아니었다. 하지만 전예는 보고서 말미에 이런 말도 덧붙였다.

— 보는 이에 따라서는 상당히 친밀한 관계로 느꼈을 수도 있겠습니다.

또한 비록 서황이 포함된 일행이었다곤 하나, 둘이 한집에서 살았던 적도 있고 함께 오랜 기간 여행하기도 했다. 그게 문제였다.

'전하의 여인은 흠이 있어서는 안 된다.'

이제까지 양수는 험지로 파견된 데 대한 불만과 고단함으로 정신이 온전치 않던 때에 성혼단의 유혹까지 더해져 용운을 배신한 걸로 알려졌다. 그런데 제 여자를 빼앗겨 저지른 일이라면 얘기가 달라졌다. 원래 나쁜 소문은 더욱 빨리 퍼지는 법. 용운은 가뜩이나 온 천하에 적이 많았다. 특히, 여전히 황실에 충성하며 뼛속 깊이 유가에 물든 선비들, 용운을 가장 적대시하는 무리인 그들은 옳다구나 하고 비난해댈 것이다. 이는 결국 용운의 신하들에게도 동요를 일으킬 것이었다. 순욱은 주먹을 힘껏 움켜쥐었다. 더 이상 나의 사랑하는 왕에게 흙탕물이 튀게 하고 싶지 않았다.

'내 이런 일이 생길까봐 채문희를 반대했거늘.'

그때 용운의 목소리가 대전에 울려 퍼졌다.

"다들 비켜주세요."

"하지만 전하!"

"분명 관승은 강하지만, 겁먹을 것 없어요. 나는 그 강자를 이미 혼자 제압한 적이 있습니다."

관승의 얼굴이 살짝 굳었으나 곧 풀렸다. 그녀는 의외로 순순히 고개를 끄덕였다. 원래 인정할 것은 인정하는 성격이었다.

"맞다. 나는 그때 유주왕에게 졌다. 귀순을 청한 데는 그 이유도 있다. 내가 섬기던 자는 날 포기하고 달아나 다른 세력에 의탁했으니, 나는 나를 이긴 자를 택한 것이다."

장수들이 마지못해 양쪽으로 물러났다. 양수는 얼른 고개를 숙였다. 용운의 얼굴을 마주하면 얼굴에 분노와 증오를 숨기지 못할 것 같아서였다.

"그래, 세 가지 조건이 뭐죠? 그대는 분명 탐나는 전력이니, 타당한 얘기라면 수용할게요."

용운의 물음에 관승이 힘주어 조건을 나열했다.

"첫 번째는 이 양수 덕조의 죄를 사면하고 내 직속 참모로 임명해달라는 것이다."

"수용합니다."

용운은 두말 않고 응했다. 양수는 움찔하여 고개를 들 뻔했으나 간신히 억눌렀다. 그는 남몰래 피가 나도록 입술을 깨물었다. 진용운. 네게 나는 그 정도로 아무것도 아닌가? 용운은 무서울 정도로 냉랭했으며, 양수에게 전혀 관심이 없어 보였다. 관승은 계속 말을 이었다.

"두 번째는 네가 명령한다면 천하의 모든 이, 심지어 위원장과도 싸울 수 있으나 단 한 사람과는 맞설 수 없음을 양해해달라는 것이다."

"관우 운장 말인가요?"

"…그렇다."

"그것도 수용합니다. 어려운 일도 아니고요."

"좋아. 마지막 세 번째는….."

관승은 잠깐 뜸들이다 입을 열었다. 그 표정을 본 용운은 이번 조건이 그녀에게는 가장 중요하며, 이게 원래 목적임을 깨달았다.

'하, 그럼 그렇지. 실은 나도 진짜 이유가 뭔지 궁금하던 차였다.'

그녀, 대도 관승은 무려 천강위 서열 5위였다. 수수께끼인 위원장 송강의 능력은 차치하더라도, 노준의는 죽었으며 오용은 지략 쪽에 가깝다. 공손승이라는 이름을 가졌던 우길도, 그리고 진한성도 모두 사라졌다. 즉 현재 무력으로는 천강위 중 최강이나 마찬가지였다. 그런 존재가 원수인 자신에게 귀순을 청해왔다. 처음에 유비를 따르고 있었으니, 그를 따라갈 수도 있었고 조조나 유표, 하다못해 원술도 있었다. 혹은 송강에게 돌아갔다 해도 받아줬을 것이다. 그 모두를 외면하고 용운 자신에게 온 이유가 분명히 있을 터였다.

용운은 재빨리 몇 가지를 상정해보았다. 송강과 맞서 싸워달라는 것? 혹은 유비 일파를 굴복시켜 품어달라는 것? 어느 것 하나 쉬이 와 닿지 않았다. 그때 이어진 관승의 말을 듣는 순간, 비로소 이해가 갔다.

"내게 더없이 소중한 이가 심하게 다쳤다. 그는 너의, 정확히는 진용운 네 밑에 있는 여포 휘하의 의원밖에 고칠 수 없다. 네가 명령해서 그를 치료해준다면… 성심을 다하여 널 따르마."

용운은 그 존재의 정체를 즉시 눈치챘다.

'병마용군.'

대부분의 천강위에게 병마용군은 영혼의 동반자라고 들었다. 어떤 이유에서인지 그 병마용군이 자가 치유력으로는 회복할 수 없을 정도의 중상을 입은 모양이었다. 그를 살리기 위해 자신을 찾아온 것이었다.

"그건 안 되겠네요."

용운의 말에 관승은 이를 악물고 일어섰다.

"그렇다면 여기 있을 이유가…."

"명령이 아니라 부탁해야 하거든요. 즉 여 대공이 거절한다면 나도 어쩔 수 없다는 얘깁니다."

그 말에 관승이 멈칫했다. 이어서 용운은 여포에게 물었다.

"여 대공, 아마도 그 의원이란 그대의 지살대 중 '신의'라 불리는 안도전을 말하는 듯합니다. 혹 그에게 일러 관승의 지인이라는 자를 고쳐줄 수 있겠습니까?"

여포는 천천히 답했다.

"기꺼이 명하겠습니다, 전하."

"아!"

순간, 관승은 저도 모르게 안도의 탄식을 내뱉었다.

"그녀는 어디에 있죠?"

"함께 출정할 예정이라, 마침 가까운 곳에 있습니다."

"그것 잘됐네요. 관승, 다쳤다는 이를 데리고 여 대공과 함께 가세요. 안도전에게 안내해줄 겁니다."

"알겠다. 그럼, 바로…."

여포가 먼저 대전을 나서고 관승과 양수가 그 뒤를 따랐다. 양수는 슬쩍 뒤를 돌아보았다. 용운은 마지막까지 그에게 눈길조차 주지 않았다. 대전 입구에서 초조하게 기다리던 팽기와 초정도 그들에게 따라붙었다. 둘을 힐끗 본 관승이 작은 소리로 말했다.

"오랜만이군."

팽기가 긴장된 표정으로 답했다.

"저, 저희를 아십니까?"

"당연히, 너희가 나를 알듯이. 같은 임무를 띤 동지였는데 모를 리가 있는가. 비록 다른 길을 가게 되었지만…. 어쩌면 다시 한 배를 타게 될지도 모르겠군."

팽기는 잘 알고 있었다. 관승이 손을 쓰면, 자신과 초정뿐만 아니라 흑철기 전부가 나서도 여포를 지킬 수 없다는 것을. 만약 이 여자가 아군이 된다면….

'사실 진용운이 천하의 왕이 되긴 쉬워도, 결국 회의 남은 인원들에게 먹히리라 생각했다. 천강위와 병마용군 할 것 없이 괴물들이니까. 하지만 관승이 같은 편이 된다면… 해볼 만할지도 모르겠구나.'

여포 등이 나간 후, 용운은 가신들을 내보내고 대전에 앉아 결과를 기다리고 있었다. 곧 여포가 보낸 사신이 와서 서신을 전달했다. 거기에는 주무의 필체로, 용운만 알 수 있는 내용이 쓰여 있었다.

— 마침 남은 나노머신 한 기를 가져온 참이라 병마용군 궁기

의 수리가 가능할 것 같습니다. 그런데 정말 이렇게 써도 괜찮겠습니까?

잠시 서신을 들여다보던 용운은 사신을 향해 말했다.

"승낙한다고 전해요. 그러면 알 테니까."

"예, 전하."

나노머신에 대한 욕심이 없는 건 아니었다. 그러나 좌자가 사념을 통해 보내온 말이 자꾸만 신경 쓰였다. 그 시련이라는 것은 결국 위원회와 관련 있으리라고 용운은 어렴풋이 짐작했다. 만약 여기서 관승의 제안을 거절한다면. 그로 인해 그녀의 병마용군이 소멸된다면. 관승의 분노는 고스란히 용운에게 쏟아질 가능성이 높았고, 결국 강대한 적을 하나 늘리게 된다. 첫 번째 대결에서는 용운을 얕본 덕에 비교적 쉽게 이겼지만, 다음번에는 장담하기 어려웠다. 시련을 앞둔 지금, 위험 요소는 최대한 줄이는 편이 좋았다.

'그래도 혹시 모르니까 늘 시공권의 잔여 시간을 확인해야겠네.'

어쨌거나 큰일 한 건은 일단락되었다. 용운은 관승의 일과는 별개로 출정 준비를 계속 진행했다. 다음 날에는 2호가 좋은 소식과 함께 찾아왔다.

"그를 무사히 데려왔습니다, 전하. 지금 대전 밖에서 기다리고 있습니다."

"수고했어요. 국양에게 말해서 휴가라도 내리도록 할게요."

용운의 말에 2호는 웃으며 정중히 사양했다.

"아닙니다, 전하. 저는 그냥 경호 대상 근처에 머무르는 자체가 휴가입니다."

"음, 그 말, 후회하지 않겠죠?"

"…예, 아마도."

"그럼, 다음 경호 대상을 지정할게요. 기본적으로 곽가와 사마의를 최우선으로 지키되, 필요에 따라 다른 장수들도 지켜주세요. 그게 새 임무입니다."

두 책사가 손책의 원군으로 떠난다는 소식은 2호도 이미 아는 바였다.

"으헉, 전하…. 그렇다고 이렇게 빡센 임무를…."

"부탁할게요. 두 사람은 내게 더없이 소중해요. 그대밖에 맡길 사람이 없어요. 여차하면 청몽도 도울 테니까요."

"휴… 왕께서 그리 간곡하게 말씀하시는데 어찌 거부하겠습니까. 오히려 영광입니다. 그럼."

"출정 전까지는 푹 쉬어요."

2호가 나가자, 곧 한 사내가 대전으로 들어왔다. 2미터가 넘는 큰 키에 팔이 무척 긴 사내였다. 머리는 위에서 하나로 묶고 이마에 천을 둘렀다. 용운은 벅찬 심정으로 그를 응시했다.

'드디어 손에 넣었구나. 학소!'

문득 오래전《삼국지》를 처음 읽었을 때의 기억이 떠올랐다. 《삼국지연의》에서 제갈량은 거의 신격화되어 있다. 그는 모든 것을 꿰뚫었고 유랑 세력에 불과하던 유비를 천하삼분 중 한 축으로 만들었다. 또 바람을 부르고 천기를 읽었으며 전투에서는 패하는 법이 없었다. 이는 물론《삼국지연의》의 저자 나관중이 의도적으로 과장한 것이다. 하지만 그 나관중조차 학소와의 전투에서는 냉정할 정도로 제갈량의 패배를 가차 없이 기록했다.

제갈량은 스스로 자신이 공성전을 비롯하여 모든 종류의 책략과 전술에 통달했다고 말했다. 실제로도 적의 성을 여러 번 어렵지 않게 함락하기도 했다. 그런 제갈량이 온 재주를 다해도, 심지어 학소보다 훨씬 많은 병력으로 무슨 수를 써도 연거푸 패하는 모습은 용운의 어린 마음에 큰 충격을 주었다. 더불어 학소라는 이름이 깊이 새겨졌다. 어차피 다 기억하긴 하지만.

이 세계로 와서 한 세력을 만들고 인재의 필요성을 절감하면서부터 학소는 일찌감치 영입 대상에 포함되어 있었다. 그가 성장하고 다른 세력에 넘어가기 전까지, 적절한 때를 기다린 것뿐.

"그대가 학소… 백도인가요?"

"…."

"… 백도?"

대꾸가 없다. 용운은 순간 살짝 당황했다. 한동안 그를 물끄러미 바라보던 학소가 말했다.

"예, 제가 그 사람입니다. 전하."

"내가 부른 이유는 알고 있겠지요?"

"…."

"음, 원래 말이 좀 느린 편인가요?"

"…."

"저, 백도?"

"…."

용운은 뭔가 조금 이상하다고 느꼈다. 혹시나 해서 대인통찰을 통해 능력치를 확인해보았다. 정사나《삼국지연의》와는 달리, 학소가 변변치 않은 인물이 아닌가 순간적으로 걱정되었기 때문이다.

	학소 백도	
무력 武力 : 82		정치력 政治力 : 68
통솔력 統率力 : 94	통찰 洞察 철벽 鐵壁 저지 沮止 공성 攻城 보수 補修	매력 魅力 : 72
지력 智力 : 85		호감 好感 : 70

'맞잖아!'

철벽에 적의 움직임을 막는 저지, 성을 공격하는 공성에다 무너진 성벽을 고치는 보수까지. 어떻게 봐도 방어의 화신인 그 학소가 맞았다. 그야말로 환상적인 특기와 능력치가 아닌가.

'그런데 왜…. 원래 말이 느린 건가?'

그런 내용은 정사에도,《삼국지연의》에도 없었다. 용운과 학소는 잠시 서로 마주 보며 서 있었다. 어색했다. 그러다 불쑥 학소가 말했다.

"모르겠습니다."

"네?"

"절 부르신 이유를 모르겠습니다. 그리고 제 대답이 원래 느립니다. 말은 형태가 정해진 게 아니어서 한번 내뱉으면 보수할 수 없습니다. 따라서 말하기 전에 정확히 꼭 맞는 답을 찾아야 하기 때문에…."

"아, 네…."

2호는 대전을 나와 곽가의 처소로 향하고 있었다. 그는 새어나오는 웃음을 참지 못했다.

'지금쯤 속 좀 터지시겠지. 전하, 너무 힘든 임무를 내려주신 데 대한 저의 작은 보복이라고 생각해주십시오.'

같은 시각, 관승은 무표정한 얼굴로 궁기를 내려다보고 있었다. 궁기는 침상에 옆으로 누운 채 어쩔 줄 몰라 하며 몸을 이리저리 뒤척였다. 그는 혼자서는 잘 일어나지도 못하는 것이다. 옆으로 누운 이유는 등의 혹 때문에 똑바로 누울 수 없어서였다. 잘못 일어나는 것도 같은 이유다.

"아, 이거, 참, 정말… 죄, 죄송합니다. 이 폐를 어찌…."

"…둘만 있을 때는 편히 말해."

"하, 하지만…."

"말 좀 들으라고."

"아, 알았다. 미안하구나. 큰 폐를 끼쳐서…."

관승은 궁기의 말을 자르고 툭 내뱉었다.

"당신이 날 살렸다며?"

"그거야, 그게 병마용군의 임무니까…."

"그러다 다 죽어가는 꼴이 됐고. 나중에는 결국 내가 당신을 살려야 했지. 늘 그랬지."

"저, 정말 큰 폐를…."

"그래. 큰 폐를 끼친 것 맞아. 당신 때문에 나는 회의 대적(大敵)인 진한성의 아들, 진용운을 상관으로 섬기게 됐으니까."

"헉! 그, 그런…."

잠시 눈치 보던 궁기가 조심스레 말했다.

"무를 수는 없니? 아니면 지금이라도 달아나…."

"당신의 목숨을 걸고 한 약속인 데다 어차피 위원장과는 척졌으니 끝까지 지킬 생각이야. 딱히 갈 데도 없고. 그렇다 쳐도 이것보다 큰 폐가 어디 있어?"

"미안하다…. 면목이 없구나."

"알면 됐어. 이제 조심해. 누워서 더 쉬고."

휙 돌아서는 관승의 뺨으로 한 줄기 뜨거운 눈물이 흘러내렸다. 안도와 감사의 눈물이었다.

"살아서 다행이야."

그녀는 입안으로 작게 중얼거렸다.

"…아버지."

6

돌아온 탕아

궁기의 소생으로 관승이 몰래 감동의 눈물을 흘리고 있을 무렵이었다. 구문룡 사진은 유주성 내의 으슥한 숲에서 눈물 대신 비지땀을 흘리고 있었다. 그는 소복이 자란 풀밭의 큰 바위 뒤에 기대앉은 채 눈을 감고 중얼거렸다.

"어, 운다, 운다!"

그를 지키던 병마용군 린이 한심하다는 투로 대꾸했다.

"우는 거 보니까 좋아?"

"응. 좋아. 엄청나게 좋아."

"말을 말자."

린은 통통한 몸매 때문에 평퍼짐한 무복을 입고 있었다. 키는 작고 얼굴도 평범했다. 딱 한 장 가지고 있던 부모님의 사진대로라면, 그녀는 못난 아버지의 유전자를 고스란히 물려받았고 사진은 새초롬한 미녀인 어머니를 닮았다.

'남매인데 참 남처럼 생겼네.'

린은 사진의 반듯한 이마와 쭉 뻗은 콧등에 송골송골 맺힌 땀

방울을 바라보았다. 저리 힘든 짓을 해서라도 살필 정도로, 그 여자가 좋은 걸까. 그 말없고 무서운 갈색 피부의 여자가. 린은 아직도 그날을 잊을 수가 없었다. 진한성의 손에 죽은 사진을 되살린 날 말이다. 병마용군이 되면 확실히 사람일 때보다 감정이 무뎌졌다. 그러나 처참한 꼴로 나동그라져 있는 그를 보며 몇 번이나 의식이 아득해질 뻔했다.

'내가 멍청하게 굴면 동생은 영원히 죽는다.'

이 말을 마음속으로 몇 번이나 되뇌며, 정말 사람을 살리는 천기라는 게 있는지 피어오르는 의심을 애써 지웠다. 그래서 린은 관승과 용운이 무서웠다. 너무나 쉽게 사진을 죽일 힘을 가져서 관승이 무서웠고 이미 동생을 한 번 죽인 적 있던 남자의 아들이라 진용운이 무서웠다. 그런 남자의 아들이 평범한 인간일 리가 없다. 오죽하면 세상 사람들이 마귀라고 부를까. 그 무시무시한 천강위들조차 어지간해선 별호에 마귀 마(魔) 자가 들어가진 않았다. 그런데 사진은 그 무서운 두 사람과 자꾸 얽히고 있었다. 지금도 이런 속내도 모른 채 실없는 소리를 늘어놓고 있다.

"아, 암룡에 녹화 기능이 있었어야 하는데! 이건 완전 소장감이야. 철벽같던 그녀의 눈물에 내 마음이 녹는구나."

"이제 그만해. 그러다 진짜 들킨다. 진용운의 부하들 중에는 기감이 장난 아닌 애들이 있다고."

"알았어. 잠시만…."

스스스슥. 사진은 용운 진영 내부, 관승의 근처에 몰래 풀어두었던 암룡(暗龍)을 거둬들였다. 멀리서부터 안개 같은 흐릿한 형체가 그에게로 빨려들어왔다. 그는 '구문룡'이라는 별호답게 아홉 마리 용 문신을 가졌는데, 문신 하나하나가 고유의 효과를 발휘했다. 암룡도 그중 하나였다. 관찰하고 싶은 대상이나 지역에 은신하여, 주변 상황을 시각·청각화해서 사진에게 전하는 것. 그게 배에 새겨진 용, 암룡의 효과였다. 단점은 엄청난 기력을 소모한다는 것이었다. 한 시진(약 두 시간) 정도 사용하면, 마라톤 풀코스를 뛴 것 같은 피로를 맛보게 된다. 회수를 마친 사진이 숨을 헐떡이며 내뱉었다.

"우와, 죽겠다! 그래도 관승이 무사히 진용운에게 합류했으니 다행이야."

사진은 만일의 사태에 대비하여, 암룡으로 관승을 지켜보고 있었다. 진용운이 관승을 받아주는 게 아니라, 제거하는 쪽을 택할 수도 있으니 말이다. 그럴 경우에는 린과 함께 뛰어들어 죽음을 각오하고서라도 뒤집어엎을 생각이었다.

"그랬는데, 생각보다 쉽게 귀순을 받아줬어. 양수와 관련된 조건도 허락해줬고."

"잘됐네."

"하, 내가 그 양수 놈 때문에 고생한 걸 생각하면…"

사진은 이를 갈며 지난 몇 달 사이의 일을 떠올렸다.

죽어가는 궁기 앞에서 전전긍긍하던 관승을 향해 사진이 말했었다.

"궁기를 살릴 수 있는 '기술자'를 보유한 세력은, 현재로서는 단 한 곳뿐이야. 듣고서 날 해치지 않겠다고 명예를 걸고 약속하면 말해줄게."

"알았다. 내 명예를 걸고 약속하지. 그러니까 어서 말해봐."

"바로, 진용운의 세력."

"…"

잔뜩 긴장해서 관승을 살피던 린이 속삭였다.

"히익! 사진. 사율 구십오 퍼센트다."

린의 특기는 죽음의 확률을 표시하는 '사율(死率, 죽음을 헤아리다)'을 보는 것이었다. 대상의 몸 위에 백 퍼센트가 표시되면 설령 신이라 해도 반드시 죽게 된다.

오래전 수소문 끝에 동생의 행방을 찾아냈을 때 그녀는 기겁했었다. 삼합회라니. 너무나 두려웠지만, 그래서 더욱 곁에서 동생을 지켜줘야 했다. 삼합회에도 험상궂은 사내들만 가득한 건 아니었다. 청소하는 노인이 필요했고 폭력을 휘두른 뒤 지쳐 돌아오면 맛있는 식사를 차려줄 아주머니도 필요했다. 특히, 회계를 배워서 조직의 돈을 제대로 관리하며 돈세탁까지 해주는 유능한 경리는, 그녀를 함부로 건드렸다간 보스에게 맞아 죽을 정도로 귀했다. 바로 린처럼.

오직 동생을 위험에서 지켜야 한다는 생각으로만 살아온 까닭인지, 그녀의 천기 또한 위험을 감지하고 사진의 생존율을 높이는 쪽으로 집중되어 있었다.

"일단 튀었다가 돌아오자."

사진이 린의 손을 잡고 막 달아나려 할 때였다.

크게 한숨을 내쉰 관승이 그를 불렀다. 뭔가 한풀 꺾인 목소리였다.

"사진, 약속하지 않았나. 명예를 걸고 널 해치지 않겠다고. 안심해도 좋다."

사진은 린을 쳐다보았다. 그녀가 속삭였다.

"십 퍼센트. 급격히 내려갔네."

"십 퍼센트는 왜 남은 거야? 찝찝하게."

투덜대는 사진에게 관승이 물었다.

"나도 방금 떠올랐다. 그 기술자란, 혹 안도전을 말하는 것인가? 지살위의⋯."

"맞아. 최고의 의사이자 나노 기술 보유자."

"그녀가 어째서 진용운의 세력인 것이지?"

"휴, 그쪽은 정말 세력 돌아가는 거에 대해 하나도 모르는군?"

"⋯."

관승의 눈길에 뜨끔한 사진이 얼른 말을 돌렸다.

"자, 그러니까 지살위들이 죄다 여포를 섬기기로 한 건 알지?"

"그건 알고 있다. 큰 사건이었으니까. 그 일로 위원장의 지도력이 많이 실추되었지 않은가."

"그랬지. 그걸 알면 간단해. 그 여포가, 진용운의 가신이 됐어. 그러니까 진용운은 자동으로 안도전까지 얻게 된 거야."

"여포가⋯."

사진의 말을 곱씹던 관승이 무거운 어조로 말했다.

"정말, 그 진용운에게 단순한 무력뿐만 아니라 뭔가 있는 것인가? 여포마저 복속하다니."

"나도 모르지. 그런데 회에서 그렇게 못 죽여서 안달이었던 걸 보면, 뭔가 있으니까 그러는 게 아니겠어? 또 뭐니 뭐니 해도 진 사부의 아들이잖아."

"아니. 진한성은 괴물처럼 강하긴 했지만, 그에게는 그런 식으로 사람을 끌어당기거나 조직을 이끄는 능력은 없었다."

그녀의 단호한 말에 사진은 순순히 수긍했다.

"그건 그래."

"진용운은 그 두 가지를 다 갖춘 건가…."

"골 때리는 상대지, 아주. 이렇게까지 무서운 적이 될 줄 누가 알았겠어. 우리가 이 시대의 일에 뭔가 관여할 때마다 점점 강해지는 느낌이고. 아, 게임에서도 그렇고 만화에서도 그렇고 성장하는 적은 최악인데."

"으음…."

잠시 생각하던 관승이 입을 열었다.

"좋아. 진용운에게 가겠다. 궁기를 살릴 방법이 그것뿐이라면, 선택의 여지가 없다."

듣고 있던 린은 내심 놀랐다. 자신을 빈사상태에 빠뜨린 장본인이 바로 그가 아닌가. 한데 그런 원한 정도는 잊을 정도로, 궁기가 그녀에게 소중한 존재였던가. 평소에 워낙 퉁명스럽게 대하기에 잘 몰랐다. 사진은 관승의 결정에 고개를 끄덕였다.

"그래. 뭐, 어찌 보면 최선의 선택이야. 위원장에게 돌아갈 수도 없는 처지잖아. 그러니 너무 꺼림칙하게만 생각하지는 말라고."

"그 전에 한 가지 부탁이 있다. 네 조언 덕에 앞서 언급했듯이 널 보는 내 시선이 조금 달라졌다. 이 부탁도 들어준다면 좀 더 달라질, 아니 좋아질지도 모른다."

사진은 반색하며 물었다.

"뭔데? 뭐든 말해."

"난 양수가 필요하다."

좋아하던 사진이 이맛살을 슬쩍 찌푸렸다.

"양수? 그, 진용운의 책사였다가 그쪽과 같이 행동하던 양수? 성이 무너질 때 뒈진 거 아니야?"

"죽지 않았다. 궁기가 잠깐 정신 차렸을 때 내게 말해줬었다. 양수는 살아 있다고. 심암증폭은 때로 평생 유지되기도 하니, 궁기와 연결되어 있는 한은 대략의 위치와 생사를 느낄 수 있다. 그의 마음의 어둠이 감지되는 한 살아 있다는 뜻이니까."

"그래서 그자가 어디 있다고 감지되는데?"

"남쪽으로 향하고 있다고 하더군."

"남쪽이라…."

"그 말을 한 지 시간이 좀 지났으니, 아마 꽤 멀리까지 갔을 것이다."

잠깐 생각하던 사진이 말했다.

"형주로군. 양수는 유비와 동행하고 있어. 유비는 유표한테 붙으려는 거고."

관승은 신기하다는 듯 대꾸했다.

"그런 걸 어떻게 다 알지?"

"그냥 아는 건데?"

관승의 표정이 험악해지는 걸 본 사진은 얼른 부연설명을 했다.

"그러니까 유비의 현재 상황과 각 세력의 상황 이런 것들을 종합하면 다음 행동이 짐작될 때가 있잖아. 양수는 그쪽과 함께 유비 세력에 속해 있었지? 그러니 당연히 유비를 따라갔을 테고."

"난 모른다. 싸움이라면 자신 있지만 그런 걸 알 수가 없어. 그래서 양수가 필요한 거다. 날 가까이에서 보좌해주면서 이 세계에 대해 알려줄 사람이 있어야 한다."

"그쪽을 버리고 날름 유비한테 붙었는데도?"

"나를 배신한 게 아니라, 내가 죽었다고 여기고 유비를 따라간 것 같다. 양수도 살길을 찾아야 할 터이니."

"그래서 개를 뭐 어떡하라고."

"우리가 처음에 양수를 어떻게 데려왔지?"

"…호송수레를 습격해서 탈취했었지."

"더 말이 필요한가?"

사진은 있는 대로 인상을 쓰며 일어섰다.

"제법 멀리 갔다니 서둘러야겠군. 그쪽, 벌 받을 거야. 날 이렇게 막 부리다니."

투덜대는 그에게 관승이 딱딱한 어조로 말했다.

"…라고 해."

"응?"

"그쪽이 아니라 관승이라고 해도 좋다고."

"헉."

놀란 소리를 낸 건 사진이 아니라 린이었다. 그녀는 얼른 제 입을 틀어막았다. 잠깐 굳었던 사진은 큰 소리로 외치며 동굴을 뛰쳐나갔다. 린이 얼른 그 뒤를 따랐다.

"바로 데려올게, 관승!"

"…기다리지."

사진은 그길로 양수의 행방을 좇아 남쪽으로 내려갔다. 천강위 특유의 강인한 체력을 이용, 휴식도, 잠도 3분의 1로 줄여가면서 말을 달리고 또 달렸다. 결과적으로 탈취나 납치를 할 필요까지는 없었다. 다행히도. 다행이라고 표현한 이유는 사진 또한 중국인이었던지라 유비 일행과 싸우고 싶지 않았기 때문이다. 그는 조조가 아니라 유비 파였다. 무엇보다 거기에는 관우가 끼어 있었다. 애초에 관승이 유비 세력을 택한 것도 그의 존재가 컸다. 만약 관우를 해치기라도 했다가는 기껏 도와주고서 관승에게 맞아죽을지도 몰랐다.

'그나마 생각보다 멀리 가진 못했군.'

사진은 유비 일행이 작은 고을에서 잠깐 머무르며 쉬는 사이, 야음을 틈타 양수와 접촉했다. 린의 부름에 양수는 순순히 약속한 장소로 나왔다.

"여, 오랜만이군. 양덕조."

"사진 님도 무탈하셨습니까."

사진은 그에게 관승이 살아 있음을 알렸다. 단, 용운에게 투항할 거란 말은 하지 않았다.

"자기한테 돌아오라고 하는데, 어쩔 거야?"

사진의 말에 양수는 선뜻 답했다.

"그분이 무사하시다면 가야지요."

"여기까지 와서? 조금만 더 가면 형주잖아."

"유현덕이 절 받아주긴 했으나, 거기에 제 자리는 없습니다."

양수는 단호하게 말했다. 아쉬움과 자괴감을 떨치려는 단호함이었다. 서서가 뛰어난 책사라는 것은 원래 알고 있었다. 한데 짧은 여정 동안, 양수를 놀래다 못해 두렵게 만든 이는 따로 있었다. 바로 새로이 합류한 제갈량 공명이란 자였다. 그는 머리가 비상할 뿐만 아니라, 뭔가 이 시대의 사고를 뛰어넘어서 기괴하게 느껴질 때조차 있었다. 안 읽어본 책이 없다고 자부하는 양수조차 생전 처음 듣는 용어나 이론을 종종 언급했다.

'어디서 서역의 책이라도 접한 건가?'

그런 자의 나이가 고작 이십 대 초반이었다. 앞으로 얼마나 더한 괴물이 되어갈지 짐작조차 가지 않았다.

'더구나 공명의 형은 형주에서 이미 기반을 다졌다고 들었다. 이는 곧 유표의 신뢰까지 등에 업을 수 있다는 뜻이니, 유비는 제갈량을 더욱 중용할 것이다. 내가 아예 유표의 가신이 되면 몰라도, 가뜩이나 식객인 유비 밑에서 또 그 식객의 참모 제갈량과 자리다툼을 해야 한다니. 생각만 해도 구질구질하다. 그럴 바에는 내게 완전히 의지하는 관승 쪽이 낫다.'

이는 기존 유비의 핵심 참모였던 서서조차 제갈량에게 눌리는 분위기를 보고 든 생각이었다. 서서가 그런 대접을 받는다면, 자신은 언제 떨려날지 몰랐다. 문제는 유비를 떠나도 딱히 갈 곳이 없다는 것. 사진이 그를 찾은 건, 마침 그런 생각에 한창 갈등할 때였다. 양수의 고민은 길지 않았다.

그때만 해도 양수는 상상조차 하지 못했다. 제갈량 하나가 아니라, 그에 버금가는 책사가 우글거리는 용운의 밑으로 돌아가게 되리라고는. 하지만 설령 알았더라도 그는 결국 관승을 따랐을 것이다. 관승이 마음에 들어서이기도 했지만, 그곳에 채염과 진용운이 있었기 때문이다. 그 두 사람과는 해결하지 못한 일이 있었다. 그것을 처리해야만 마음 편히 잠들 수 있는 일. 양수가 스스로에 대한 경멸과 자책을 떨쳐버리려면 진용운과 채염, 이 둘과의 문제를 풀어야 했다. 즉 언젠가는 돌아가게 되어 있었다.

"좋아. 그럼 이대로 떠날까?"

"아닙니다. 마을 밖에서 오늘 밤만 기다려주십시오. 굳이 달아났다는 인상을 주고 싶진 않군요."

사진과 대화를 마친 양수는 다음 날 아침 일찍 유비를 찾았다.

"덕조? 이렇게 일찍부터 무슨 일이오?"

"주공, 정말 송구하지만 사정이 생겨 고향으로 돌아가봐야 할 것 같습니다. 여기까지 와서 헤어지게 되어 아쉽습니다."

주공이라는 말이 유독 간지럽게 느껴졌다. 서로 진실한 관계가 아님은 그도, 유비도 피차 알고 있었다.

"저런. 그게 정말이오? 쭉 함께하면 좋으련만. 하지만 사정이 있다니 붙잡을 수만도 없구려."

유비는 몇 번 잡는 시늉을 하더니 그를 순순히 보내주었다. 다행스러우면서도 씁쓸했다.

'역시 내 자리는 없었다. 앞으로도 없을 것이다.'

일은 쉽게 해결됐지만, 양수는 쓴웃음을 지었다. 그의 얼굴이 어떤 결의로 무섭게 굳었다.

'이제 기량과 전공을 더 높여, 누구도 나를 가벼이 여기지 못하게 할 테다. 제갈량 아니라 어떤 책사와 저울에 놓여도, 나를 택하도록!'

그렇게 해서 양수는 사진의 인도로 관승과 합류하게 되었다. 그리고 용운과의 교섭 과정에서 그녀가 기대했던 역할을 그런대로 잘 해냈다. 채염 문제를 입에 담지만 않았다면 더 좋았을 테지만, 한 번 배신했던 자가 너무 순순히 굽히고 들어와도 이상할 것이다. 그는 배반자이자 도망자 신세에서 한순간에 용운 세력의 장수인 관승의 직속 참모가 되었다. 용운은 관승이라는 대어를 얻기 위해 양수의 배신을 눈감아준 셈이었다. 여기까지가 지난 며칠 동안 사진이 관승을 도와서 행한 일이었다.

린은 소매로 사진의 이마를 닦아주며 아이를 달래듯 말했다.

"고생하긴 했지. 하지만 그 덕에 그녀와 서로 이름을 부르는 사이가 됐잖아."

"헤헤, 맞아."

"아무튼 역시 진용운은 위험해."

린의 말에 늘어져 있던 사진이 대꾸했다.

"나도 알아. 바로 얼마 전까지 적이었던 자라 해도, 가치가 있다고 판단되면 포용하지. 삼합회에서도 그런 성향을 가진 보스

들이 결국 더 높이 올라갔어. 올라가서도 오래 머물렀고."

"이제 어쩔 생각이야? 위원장은 궁기를 제거하라고 명령했는데, 정작 관승과 같이 피신시켜버렸으니. 우리 행동도 다 보고 있을 거라며?"

"그러게…. 이거, 아무래도 나도 진용운한테 붙어야 할 것 같은데."

린은 그 말에는 별로 놀라지 않았다. 그녀에겐 사진이 머무르는 곳이 곧 근거지였다.

"관승이야 워낙 강하니까 받아줬지만, 너도 그게 가능할까?"

"와, 나 지금 상처받았어. 나도 제법 세다고! 관승이 워낙 괴물처럼 강해서 묻히는 거지."

"농담이 아니야, 사진."

린의 눈빛에는 어느새 걱정이 가득했다. 그 눈을 보자, 사진은 문득 가슴이 뭉클해졌다.

'사람이었을 때도, 죽어서도, 죽은 뒤에 혼이 불려와 인형에 갇힌 후에도 나를 걱정하는구나. 이 사람은.'

그는 린의 머리를 부드럽게 쓰다듬으며 말했다.

"걱정 마, 누나. 괜찮을 거야. 알아서 잘할게."

누나라고 불렀다. 린은 눈물이 핑 돌았다. 그래서 일부러 내색 않고 사진을 놀렸다.

"여자 고른 걸 보면 도무지 믿음이 안 가서 말이야…."

"그 얘기가 왜 나와!"

관승이 의식을 되찾은 궁기와 함께 있는 사이. 양수는 그녀의 허락을 받고 어딘가로 발걸음을 옮겼다. 채염이 산다는 저택 쪽이었다. 아직 만나기엔 이르다, 봐도 소용없다는 생각들이 소용돌이쳤지만 결국 충동을 억누르지 못했다.

'문희야.'

그를 지배하고 있는 어두운 감정, 심암증폭은 결국 채염에게서 비롯된 것이었기 때문이다. 그 감정이 여전히 그를 움직이고 있었다.

'문희야, 보고 싶구나. 그동안 진용운 때문에 많이 힘들었지? 날 보면 네가 어떤 표정을 지을까. 문희야…. 내가 이렇게, 네 가까이로 왔다.'

채염의 집은 그리 어렵지 않게 찾을 수 있었다. 유주성에서는 나름 유명한 장소였기 때문이다. 큰 저택을 선호하지 않는 그녀의 취향은 변함없었다. 하녀 두 명이 그녀가 거느린 사람의 전부였다. 유주왕의 총애를 받는 정인치고는 소박하기 그지없었다. 물론 용운이 은밀히 배치한 흑영대원은 예외다. 그녀의 경호를 맡기기 위해, 용운은 가뜩이나 드문 여자 흑영대원을 네 명이나 차출했다.

"어머! 그분이 오셨나봐!"

자수를 놓고 있던 채염은 집 앞에 와서 서는 발소리가 들리자 얼른 일어서서 방을 나왔다. 이는 그녀가 큰 저택보다 작은 집을 좋아하는 이유 중의 하나였다. 용운의 방문을, 하녀의 입을 통하기 전에 그녀 자신이 곧바로 알 수 있다는 것. 하녀나 문지기보다 자신이 먼저, 이 집에서 제일 먼저 그를 만날 수 있다는 것 때문이었다. 그녀의 집에 혼자 찾아올 남자는, 유주 전체를, 아니 천하를 통틀어 용운뿐이었기에.

"용운 님?"

반가이 뛰쳐나오던 채염이 우뚝 멈춰 섰다. 그녀는 믿기 어렵다는 표정으로 울타리 앞에 선 남자를 응시하며 중얼거렸다.

"양 오라버니…?"

진용운 이 자식, 이런 구석지고 허름한 집에 문희를 가둬두다니. 양수는 격동하는 가슴을 간신히 억누르며 최대한 차분하게 말했다.

"그래, 나다. 마치 귀신이라도 본 것 같은 표정이구나."

"오라버니!"

"오랜만이다."

채염은 용운에게서 양수의 배신에 대해 이미 들은 바 있었다.

'그러나 오라버니가 이렇게 태연히 집 앞에 서 있다는 건….'

그 문제가 해결됐다는 의미임을 그녀는 단번에 눈치챘다. 그 증거로(용운은 그녀가 모르는 줄 알지만), 씻을 때와 용변 볼 때 정도를 제외하곤 늘 근처에서 지켜보는 흑영대원들도 나타나지 않고 있었다. 양수는 좀 더 말라서 수척해 보였지만 예전 그대로였다. 여전히 조용했고 다소 음울했으며 수척했다. 사랑을 하게 된 채염은 더욱 아름다워졌다. 마치 전신에서 꽃잎이 떨어지는 것 같았다.

'역시, 너는….'

눈부신 듯 바라보던 양수가 그녀를 끌어안았다.

'내 것이어야 한다. 숨어 있던 꽃의 진가를 내가 먼저 알아보았다. 숙청의 피바람 앞에서, 가문까지 저버린 채 목숨 걸고 이 아이를 구해낸 것도 나였다.'

채염을 경호하는 두 여성 흑영대원은 각각 27, 28호였다. 개개인의 무력은 용운 진영으로 치자면 청광기의 조장 정도인데, 둘이 힘을 합치면 어지간한 장수하고도 상대할 만했다. 둘은 양수와 포옹하는 채염을 지켜보며 전음을 주고받았다.

— 어떡하지? 저 남자 죽여야 돼?

— 아니. 저자는 양수 덕조야. 원래 흑영대의 수배 명단에 있었으나 오늘부로 전하께 다시 투항하여 해제되었어.

— 그런데 왜 문희 님을 끌어안느냐 말이야! 감히, 전하의 정인을…. 나 두 분 밀고 있는데!

— 친남매나 같은 사이였다고는 하지만, 안고 있는 시간이 좀 길긴 하군.

— 내가 저놈 찌르고 지옥 가겠습니다.

보다 못한 28호가 나서려 할 때, 양수는 천천히 몸을 뗐다. 그런 그의 얼굴에 옅은 당혹감이 떠올라 있었다.

"다시 주공께, 아니지. 이제 전하라고 해야 하나? 아무튼 전하께 돌아오게 됐다. 너라면 이미 깨달았겠지만."

"네. 오라버니, 정말 다행이에요. 그럼, 다 없던 일로 해주신 거예요?"

죄를 사해주신 거냐고 하려던 채염은 얼른 말을 바꿨다. 이제 그녀는 잘 알았다. 용운은 누구보다 아름답고 현명했으며 자애로웠다. 그리고 누구보다 무서웠다. 그런 용운을 배신하여 죄인이 됐으니, 그간 양수 또한 발 뻗고 잠들진 못했으리라. 양수는 쓴웃음을 지으며 답했다.

"그래."

"아, 역시 용운 님은 너그러우셔."

절로 칭송의 말이 나왔다. 너무나 안도해서였다. 종류는 완전히 달랐지만, 그녀에게는 용운도, 양수도 소중했다.

"…이만 가보마. 오늘은 오랜만에 인사나 하러 들른 것이다. 앞으로 자주 보게 되겠지."

"네. 뵙게 되어서 반가웠어요, 오라버니."

"잘 있거라."

"조심해서 들어가세요."

돌아서는 양수의 얼굴이 미미하게 경련했다. 예전의 채염이었다면, 몇 년 만에 만난 그를 이렇게 쉽게 보내지 않았을 터였다. 하다못해 차 한잔이라도 대접하면서 이야기꽃을 피웠으리라. 그러나 지금의 그녀에게서는, 보이지 않지만 확실한 벽이 느껴졌다. 양수가 포옹했을 때에도, 그녀는 그를 마주 안는 대신, 양팔을 제 가슴 앞에 모아서 포개고 있었다. 그와 자신의 가슴이 직접 맞닿지 않도록.

'어찌 된 거냐?'

겉으로는 무표정한 얼굴이었지만, 양수의 머릿속은 분노와 혼란으로 소용돌이쳤다.

'너는 진용운의 강압에 못 이겨 그를 택한 게 아니었더냐? 사실은 나를 사랑한 게 아니었느냐? 내가 이렇게 돌아왔으면, 마땅히 네 진심을 드러내는 게 정상이거늘.'

─ 용운 님?

진용운의 이름을 부르며 반갑게 뛰쳐나오던 채염의 모습.

─ 아, 역시 용운 님은 너그러우셔!

저도 모르게 용운을 칭송하던 그녀의 얼굴에 떠오른 수줍음과 애정. 양수는 믿기 어려웠다. 인정하고 싶지 않았다. 자꾸 떠오르는 가정 하나를.

'설마, 너도 처음부터 진심으로 그자를 원했다는 거냐?'

양수의 얼굴이 천천히 일그러졌다. 그는 정처 없이 어딘가로 걸음을 재촉했다. 집착에 빠진 천재의 불행한 뒷모습이었다.

은신한 상태에서 양수가 완전히 사라질 때까지 유심히 지켜보던 27호는 동료에게 재차 전음을 보냈다.

─ 당분간 저자를 주시하자고 건의해야겠다. 문희 님께 접근하지 못하게 하고.

— 찬성.

— 영 찜찜한 작자야. 문사 주제에….

그녀의 말을 28호가 받았다.

— 저런 살기라니.

이튿날, 용운은 관승을 기도위(騎都尉, 황제의 경호나 수도 경비를 담당하는 기병부대의 지휘관으로, 장군과 교위 아래의 무관)에 임명하여 유주성의 방위를 맡겼다. 가장 위험한 적이었던 자로 하여금 안방을 지키게 한 그의 배포에 모두 혀를 내둘렀다. 물론 용운은 대인통찰을 통해 관승의 호감도를 확인했기에 내린 결정이었다. 궁기를 치료해준 후, 용운에 대한 그녀의 호감도는 74까지 올라갔다. 그 정도면 딴생각을 할 일은 없다고 봐도 무방했다. 또 학소에게는 서관중랑장(西關中郎將)의 지위를 주어 서관을 방어케 하고 부장으로 여몽을 딸려 보냈다.

'이 정도면 익주의 위원회가 불시에 움직인다 해도 충분히 방어해낼 수 있을 것이다. 괜히 그놈의 시련이란 말 때문에….'

양수에게는 따로 감시를 붙여두었다.

'지가 뭘 잘했다고 호감도가 15야? 제길.'

마음 같아서는 쫓아내거나 제거하고 싶었지만, 채염 때문에라도 그러진 못했다. 관승도 가만히 있지 않을 테고, 무엇보다 앞으로 더는 귀순해오는 자가 없어지리라. 그나마 관승에 대한 충성심만은 진실되어 보이니, 그녀 옆에 붙여두면 될 것이다. 용운은 양수를, 관승을 얻은 대신 딸려온 액땜 같은 것으로 여기기로 했다.

사가들은 이 해의 원정을 이렇게 기록했다.

— 기도위 관승과 서관중랑장 학소의 합류로 방위에 자신이 생긴 유주왕은, 비로소 조운을 필두로 하는 원군을 출진시켰으니 204년 9월, 춥지도 덥지도 않은 때였다.

목적지는 한창 격전이 벌어지고 있다는 구강군. 비록 갈 길이 멀긴 하나, 도착하기 전에 전력이 손실될 염려는 거의 없었다. 이통이 지사로 있는 동평군(구 동평국)을 거쳐, 오른쪽으로 방향을 틀어서 서주의 낭야와 동해, 하비를 따라 내려가는 경로를 따르면, 조금 돌아가는 대신 구강군까지 안전하게 이동이 가능했다. 이는 바로 서주자사 왕랑이 용운의 굳건한 동맹인 까닭이었다.

'왕랑의 지원은 보급로 확보에도 큰 도움이 될 거야.'

용운은 진궁이 목숨과 맞바꾼 가르침을 또렷이 기억하고 있었다. 언젠가 형주를 정벌하게 될 날을 대비해 그는 일찌감치 왕랑과 우의를 다져왔다. 책사들과 머리를 맞대고 십 년 앞의 일까지 준비를 한 결과였다. 소위 십년지대계(十年之大計)다. 용운은 분명 천하를 염두에 두고 있는 것이다.

7

원정의 시작

출정 당일, 용운은 직접 장수 한 사람 한 사람의 손을 잡으며 격려했다.

"다들 다치지 말고 몸성히 돌아오세요. 내가 바라는 건 전리품도, 영토도 아닌 그것뿐입니다."

"전하!"

"망극합니다."

장수들은 저마다 감격하여 예를 표했다.

그러다 그는 마지막으로 청몽의 앞에 이르렀다.

"청몽…."

용운은 잠시 말을 잇지 못했다. 예쁘다, 라는 뒷말은 입안으로 삼켰다. 그녀는 이제 더는 복면을 하지 않고 있었다. 용운의 경호 임무에서 손을 뗐다는 의미였다. 늘 주변에 숨어서 자신을 따라다니는 그녀가 안쓰러웠는데, 그 굴레에서 해방된 것이다.

'잘된 일이야. 정말 다행이야.'

그에게 청몽은 여전히 가장 소중한 소꿉친구이자, 원래 살던 세상을 추억하게 하는 존재였다. 그러나 더 이상 그의 여자는 아니었다. 어쩌면 그의 마음이 달라진 것은 21세기의 대한민국이 아닌 삼국시대의 중국을 자신이 살아가야 할 세상으로 인정하면서부터인지도 몰랐다. 용운에게 대한민국은 그립고 아름답지만, 추억으로 남겨야 할 과거 같은 것이었다. 청몽에 대한 감정 또한 비슷했다.

청몽은 짐짓 활기차게 말했다.

"뭐요. 왜 분위기 잡으세요. 죽으러 가는 것도 아닌데. 손백부 괴롭히는 놈들 다 때려잡고 올 테니까 건강하게 잘 기다리고 계세요."

옆에 서 있던 여포가 그녀를 거들었다. 그가 청몽을 남다르게 여긴다는 건, 이제 용운도 확실히 깨닫고 있었다.

"너무 염려 마십시오, 전하. 제가 보호하겠습니다. 책임지고."

그 말에 청몽이 발끈했다.

"어이없네. 너한테 보호받으러 가는 게 아니라 나도 싸우러 가는 거거든?"

"전하 앞이다. 좀 조용히 하도록."

"너, 나 이겨?"

"후…."

여포는 웃음 같은 한숨을 내쉬었다. 용운은 여포와 청몽을 번갈아 바라보았다. 언제부터 둘이 말을 놓는 사이가 된 걸까? 안심되는 한편 섭섭하기도 한 묘한 기분이었다.

"알았어요. 인사는 이 정도로 하지요. 출정!"

용운의 선언과 동시에 원정군이 성문을 나서기 시작했다. 장수를 제외한 병사의 수는 천여 명. 아무리 소수정예라 해도 최소한의 인원은 필요했다. 정찰을 해야 하고 보급품을 관리해야 하며 말도 돌봐야 하기 때문이다. 그런 일을 한다고 해서 잡일꾼이 아니었다. 이 천 명의 병사는, 청광기와 적뢰기 그리고 흑철기에서 가려 뽑은 역전의 용사들이었다.

그렇다 보니 비록 수는 적었으나 위용은 대단했다. 몰려들어서 구경하던 백성들이 함성을 질렀다.

"와아아아아! 멋지다!"

"유주왕 전하 천세!"

"잘 싸우고 돌아와라!"

그들도 이 원정의 목적을 잘 알고 있었다. 어려움에 처한 친구를 도우러 가는 것이다. 업성이 풍전등화의 위기였을 때, 다 내던지고 와준 손책의 고마움을 백성들은 기억했다. 주군이 소중했기에 그 주군을 도운 손책에게도 호감을 느꼈다. 무엇보다 자신들의 왕은 불필요한 전쟁을 하지 않고 희생을 강요하지 않는다는 굳건한 믿음이 있었다.

성문을 나서는 순간, 여포는 보았다. 청몽의 눈가에 이슬 같은 눈물 한 방울이 맺힌 것을.

'바로 정리되지는 않겠지. 그 마음이.'

그는 못 본 체 청몽의 허리를 안고 끌어당겨 적토마 위, 자신의 앞에다 태웠다. 가느다란 허리가 닿은 손바닥이 찌릿했다. 이래서였다. 어떤 여자를 만지고 안아도, 이런 느낌이 오는 일은 없었다. 청몽은 늘 그를 긴장되게 하고 아이처럼 두근거리게 만들었다. 포기하고 싶지 않았다. 청몽이 버럭 소리를 질렀다. 망할 성질머리.

"아, 뭐 하는 거야! 남세스럽게."

"뭐가 남세스러운가. 이렇게 하고 있다, 다들."

"뭐? 누가⋯."

주위를 둘러보며 말하던 청몽이 입을 다물었다. 성월은 장합의 뒤에 앉아 허리를 꼭 안고, 어깨에 얼굴을 기댄 자세였다.

'누가 봐도 커플일세.'

조개는 마초와, 이랑은 어째서인지 장료와 함께 말을 타고 있었다. 심지어 사린까지 장연과 한 말을 탔다. 그러고는 마초와 말머리를 나란히 하고서 그를 몰아붙이는 중이었다.

"바람둥이."

마초는 화들짝 놀라, 하마터면 고삐를 놓칠 뻔했다.

"뭐? 갑자기 무슨 소리야?"

"객잔에서 나한테 뽀뽀까지 해놓고."

"그, 그건⋯."

뒤에 탄 조개가 당황하는 마초의 목을 졸랐다.

"무슨 말인지 설명 좀 해주실까?"

"이, 이걸 놔줘야 설명을⋯. 이러다가 구강에 도착하기도 전에 죽겠어!"

장연은 마초를 향해 나직하게 말했다.

"맹기 장군, 날 너무 원망 마시오. 사린 소저의 부탁을 거절할 수 없었다오. 그리고 여자를 울리는 거 아니오."

뭣들 하는 거야, 다들. 청몽은 한심하다는 듯 혀를 찼다.

"하여간 중요한 원정을 떠나는 참인데 죄다 긴장감 없기는⋯. 이건 싸우러 가는 건지, 신혼여행을 가는 건지 모르겠네."

그녀를 향해 여포가 무뚝뚝하게 말했다.

"신혼여행이 뭔지는 모르겠다만, 그럴 필요 없다."

"응? 뭐가?"

"벌써부터 긴장할 필요 없다는 거다. 그랬다간 견디지 못한다. 구강까지는, 아주 머니까. 그곳에 도착해서부터 긴장시키면 된다. 몸을, 털 한 올까지. 그렇게 하고 전투에 임하는 것이다."

그리고 이 여유는 강함에서 비롯되는 것이다. 미지의 적을 상대하러 먼 길을 떠나지만 누구 하나 위축된 이가 없었다. 새삼 이들을 적으로 맞아 계속 싸웠다면 어찌 됐을까 하는 생각이 스쳤다. 그런 여포의 상념은 청몽의 빈정거림에 깨졌다.

"흐응⋯ 그래서 당신도 내 허리를 이렇게 만져대는 거야?"

"뭐? 누, 누가⋯ 아니, 거기가 아니면 딱히 안을 곳이⋯."

"꺅! 그렇다고 손을 그 위까지 올리면⋯."

팽기와 초정은 당황하는 여포를 구경하면서 낄낄댔다.

"크큭. 천하의 봉선 님이 완전히 잡히셨네."

"그러게요. 어머, 봉선 님의 손이⋯."

"헉, 청몽이 봉선 님 손등에다 단도를 꽂았다."

"저 언니는 여전히 무섭네요⋯."

마초의 사촌동생 마대는 "마초 나빴어"를 연발하며 뺨을 잔뜩 부풀린 사린을 연신 곁눈질했다.

'아름답다. 형님은 어째서 저런 소저를 버리고….'

장연은 의외로 사린과 죽이 맞는지, 그녀를 살살 달래는 데 성공했다. 그러더니 뭔가 신나게 떠들며 시시덕대고 있다. 마초는 그런 장연이 부러웠지만, 실은 먹는 얘기 중이었다. 흑산적 출신이라 여기저기 떠돌아본 장연이 말했다.

"생각해보니까 형주에 도착하기 전에 서주를 지나잖아? 거기도 특선 요리가 있단 말이지."

"헉, 뭔데?"

"흐흐, 커다란 솥 안에 감자를 깔고 말이야. 그 위에 자른 닭고기를 잔뜩 올리는 거야."

"흐악, 감자 위에 닭고기를 잔뜩!"

"그걸 생강과 소금, 간장 양념으로 끓인 다음, 위에다가 수제비를 딱…. 어이, 내 엉덩이가 축축한데, 혹시 이거 침이냐?"

"미안…."

"됐어. 앉아 있다 보면 마르겠지."

"와! 장연 아저씨, 바보인 줄 알았는데 똑똑해!"

"와하하! 그거 고맙군! 이제부터 어떤 음식을 먹을지 정해두는 거다!"

"응! 정해두는 거야! 이제부터 우리는 '식우(食友)'야!"

"너, 묘한 데서 응용력이 좋군그래…."

장합과 성월은 밀어를 속삭이고 마초는 계속해서 조개한테 추궁당하느라 울상이었다. 방덕은 그런 마초를 안쓰럽게 바라보았다.

'작은 주공, 벌써부터 여인에게 휘둘리시면 안 됩니다.'

맨 뒤에는 화타를 비롯한 의원들과 곽가, 사마의가 탄 마차들이 따르고 있었다. 곽가와 사마의는 이미 책략에 대한 토론을 시작했다.

이들은 모두 내로라하는 용장이거나 천재들이지만, 동시에 평범한 한 인간이자 청춘이었다. 한창 사랑을 하고 우정을 나눌 청춘들. 뜨겁게 스러져가기에 아름다운 청춘들….

원군이 유주를 떠난 지 한 달 후의 양주, 구강.

양주는 황하를 기준으로 중국 대륙 남부이며, 서주의 바로 아래쪽, 형주에서는 동쪽에 위치한 지역이다. 그 구강군의 음릉현에서 격렬한 전투가 진행 중이었다. 단, 격렬했지만 이미 한쪽의 패색이 짙은 전투였다.

말에 탄 세 사내가 언덕에서 전황을 내려다보고 있었다. 갑옷의 모양새나 무장으로 보아, 신분이 범상치 않은 자들임이 분명했다. 그중 한 사람은 다름 아닌 주유였다. 이제는 아름다운 미청년으로 성장한 천재. 강동의 사람들로부터 애정을 담아 '미주랑(美周郎)'이라 불리며, 불세출의 도독이자 풍류남아. 그 주유가 굳은 얼굴로 퇴각을 말하고 있었다.

"이미 기울어졌습니다, 주공. 더 늦기 전에…."

주유가 주공이라 칭하는 이, 바로 손책 백부는 피를 토하듯 내뱉었다.

"또 졌단 말인가."

"송구합니다."

"유표의 본거지인 형주를 치기는커녕 이제 오히려 우리 터전까지 위협받는 입장이 됐다. 공근(公瑾, 주유의 자), 어쩌다 이렇게까지 된 거지?"

주유는 비통한 가운데 담담하게 대꾸했다.

"강동의 명문 호족인 육가(陸家, 육씨 집안)와 혼사를 통한 연합 실패, 도독인 저, 주유의 기량 부족, 마지막으로 유표의 두 책사…."

그 뒷말을 손책이 깊은 분노와 증오를 담아 이었다.

"복룡과 봉추 때문이지. 이 씹어 먹어도 시원치 않을 놈들…."

"…그렇습니다."

주유는 주유대로 좌절을 맛보고 있었다. 복룡이라 불린다는 제갈량 공명. 봉추, 방통 사원. 둘 다 이십 대의 젊은이였다. 복룡은 엎드린 용, 봉추는 새끼 봉황이란 뜻이다. 그 둘이 유표 진영에 모습을 드러낸 뒤부터 손책군은 이기지 못했다.

단 한 차례도.

'제갈량이나 방통, 어느 한 사람이라면 맞서 싸워볼 만하다. 실제로 제갈량이 합류하기 전, 방통 하나만 상대했을 때는 이기기도 했다. 허나 그 둘의 능력이 더해지자 나로서는 도저히 감당이 안 되는 괴물이 되어버렸다.'

주유는 거대한 신수의 모습을 떠올렸다. 용의 몸통에 봉황의 날개를 가진 신수였다. 그것은 더 이상 엎드린 용도, 새끼 봉황도 아니었다. 그런 존재를 무슨 수로 이길 것인가.

'그 뒤에는 유비 삼형제가 버티고 있다.'

연전연패. 몰리고 몰린 끝에 손책은 불과 몇 주 사이에 여강과 합비신성을 빼앗기고 구강군까지 밀려났다. 이를 탈환하려고 만반의 준비를 갖춰 기습했으나 이미 대비하고 있던 유표군에게 오히려 역습당하고 만 것이다.

"유주의 원군은 아직 소식이 없나?"

손책의 물음에 셋 중 마지막 한 사람, 그를 호위하듯 서 있던 거구의 젊은이가 대꾸했다.

"얼마 전 하비를 떠났다는 전갈을 받았습니다. 먼 길이긴 하나 도중에 막힘이 없고 소수정예라 하니, 보름이면 닿을 것입니다."

그는 손책이 아끼는 장수 중 하나인 진무였다. 유난히 누른 얼굴에 눈이 붉은 괴이한 용모다. 하지만 무서운 외모와 달리 매우 마음씨가 고왔다.

"보름. 그래, 보름이라…. 그들이 도착하면 이제까지와는 분명 다를 것이다. 아니, 달라야 한다."

"주공…."

이제는 포기할 수 없는 싸움이었다. 기호지세(騎虎之勢, 호랑이를 타고 달리는 형세로, 중간에 그만두기에는 늦었음을 의미)라고나 할까. 강남의 주인이 되기 위한 이 전쟁에서 손책은 너무나 큰 희생을 치렀다. 아버지 손견 대(代)부터 자신을 섬겨온 충실한 맹장 정보, 조금 늦게 합류했으나 누구보다 앞장서서 싸우던 능조 등을 차례로 잃은 것이다. 죽어간 병사들의 수는 헤아릴 수조차 없었다.

"퇴각하라. 물러나서 태세를 정비한다."

손책은 고삐를 당겨 쓸쓸히 말 머리를 돌렸다. 목적지는 곧 유주의 원군을 맞이할 구강이었다.

손책이 패배를 거듭하며 원군을 애타게 기다릴 무렵.

대략 천 명 규모의 원정군은 순조롭게 남하하여 동평국을 지나 서주로 진입했다. 서주에서 작은 도적떼 하나를 격파한 것 외에 이제까지 특별한 일은 없었다. 서주자사 왕랑의 환대를 받으며 하비에 도착했을 때는 10월이 되어 있었다. 바로 손책군이 구강으로 물러나기 시작한 때다. 그사이 곽가와 사마의는 '총군사 수레' 안에 주로 머물렀다.

용운 진영은 타 세력에서 보기에는 신기하기 짝이 없는 문물의 보고였다. 덕분에 서주를 지나는 동안에도 시선을 듬뿍 받았는데, 총군사 수레가 주요 원인이었다. 등자의 경우, 아직 갖지 못한 세력도 있었지만 그래도 10년이 넘는 세월 동안 알음알음 퍼져서, 비교적 보기 흔한 물건이 되었다.

물론 유주군 기병과 장수들이 보유한 등자와 타 세력의 그것은, 질적인 면이나 기능적인 면에서 차원이 다르긴 했다. 그 밖에도 원형 탁자와 다양한 의자 및 가구류, 말에 탄 채로 한 손으로도 조작이 가능한 초소형 연노(연사가 가능한 활), 평소에는 분해해서 수레에 싣고 다니다가 필요할 때는 한 시진 내에 조립 가능하며 일부가 불타더라도 부품 교체가 가능한 여러 가지 공성병기 등 셀 수 없이 다양했다.

그중 용운 진영에서는 총군사 수레라 불렸으며 훗날 다른 세력에서 매우 부러워하게 되는 특수 수레가 있었다. 이 특수한 수레의 공동 설계자는 용운과 지살 66위인 옥비장(玉臂將) 김대견(金大堅)이었다. 지살위들의 평균 무력은 천강위와 비교도 할 수 없을 정도로 낮았다. 대신, 어떤 분야에 특화된 전문 기술자들이 많았다. 예를 들어, 의사 겸 나노 과학자인 안도전은 물론이고 57위의 황보단이라는 자는 동물과 의사소통이 가능한 수의사였다.

천강위 중심의 위원회는 대륙 전역에 성혼교 신도들을 퍼뜨렸다. 조조나 유비, 유표 등 유력한 군웅들 곁에 자리 잡는 데도 성공했었다. 막강한 전투력을 가진 초인들도 여럿 보유했다. 그럼에도 불구하고 생각처럼 세를 떨치지 못하고 주춤하고 있었다. 그 이유는 내부의 분열 탓도 있지만, 이 지살위들을 제대로 활용하지 못한 부분도 컸다고 용운은 분석했다.

용운과 함께 수레를 제작한 김대견이 힘을 전해 받은 별은 '지교성(地巧星)'이었다. 교(巧)는 다름 아닌 정교할 교 자다. 그 성력 그대로 김대견은 금속과 나무, 암석 등을 매우 정교하게 다루는 장인이었다. 특히, 그의 천기인 '교수공(巧手工)'을 발휘하면 일정 시간 동안 맨손으로도 쇠와 나무를 찰흙처럼 깎거나 다듬었다. 전투 시 이를 공격 수단으로 활용하기도 했다.

용운이 설계도를 그리고 구상을 설명하면, 김대견이 재료를 이용해 시제품을 만드는 식이었다. 용운은 이 시대의 오버 테크놀로지를 경계하기 위해서라도 어차피 대량생산할 생각은 없었다. 등자나 갑옷 같은 몇몇 품목을 제외하면 그저 그가 아끼는 극소수의 인원에게 줄 물건만 만드는 것이다. 그래서 김대견을 비롯한 다른 지살위와 만든 물건 중에는, 세상에 단 하나 혹은 많아야 다섯 개 이내만 존재하는 게 대부분이었다. 원정을 앞두고 조운에게 선물한 새 창 '비룡나선창(飛龍螺旋槍)'이나 총군사 수레가 그랬다.

총군사 수레는 큰 바퀴 두 개의 앞쪽에 작은 보조 바퀴 두 개를 더 달아 전복을 방지했다. 바퀴 둘레에는 두꺼운 가죽을 두르고 못을 박은 후, 특수 가공한 송진을 발라서 마모를 막고 승차감도 높였다. 또 차양 수준이 아니라 수레 전체를 완벽하게 덮는 덮개가 있었는데 윗부분에 얇은 철판을 덧대었다. 안에 들어가면 일어서기에는 낮았지만, 앉아 있는 데는 아무 지장이 없는 높이였다. 덮개 벽 양옆에는 창문 대용의 구멍을 여러 개 뚫어 빛이 들어옴과 동시에 바깥 상황을 살필 수 있게 했다. 마지막으로 내부에 부드러운 가죽을 덧대어, 화살 공격으로부터 보호할 뿐만 아니라 탑승자가 편히 쉴 수 있도록 만들었다.

"이야, 이거야말로 천하의 기보라 할 만합니다!"

수레를 완성한 김대견은 뿌듯해했지만, 용운은 뭔가 찜찜한 표정을 지었다.

'만들어놓고 나니 꼭 거북선 같네….'

그는 생각난 김에 아예 수레 앞부분에 용의 머리 같은 장식을 덧붙였다. 이 총군사 수레는 평소에 쓸 일이 없다가 원정군 출정 때 비로소 선을 보였다. 수레를 본 곽가는 눈 먼 화살 걱정 없이 마음 편하게 잘 수 있겠다고 좋아했지만, 사마의는 어쩐지 부끄러운 표정을 지었다. 화타에게도 같은 수레가 제공됐는데 용의 머리 대신 봉황의 머리가 달려 있는 점이 달랐다. 그러니 멀리서도 눈에 띄지 않을 수 없었다.

이 기묘한 수레 안에서 유주국을 대표하는 최고의 책사 두 사람은 대부분의 시간을 전략 토론으로 보냈다. 곽가는 사마의의 스승이기도 했는데, 특히 토론 중에 질문의 형태로 사마의를 가르치길 즐겼다.

"중요한 건 우리가 소수정예라는 걸 들켜선 안 된다는 거야. 언젠가는 알려지겠지만 그 기간을 최대한 늘려야 한다고. 왜 그렇지, 중달?"

"강력한 무력을 바탕으로 치고 빠질 때는 적이 우리를 두려워하겠지만, 수가 적음이 알려진다면 상대적으로 병력이 충분한 유표가 머릿수를 이용해 섬멸전을 걸어올 위험이 있기 때문이죠."

"맞았어."

고개를 끄덕이는 곽가의 표정이 다소 어두웠다. 전투에서 기상, 지형, 기후, 섭식 등은 매우 중용한 요소였다. 한데 원정군에게 있어 형주는 저 네 가지 모두 미지였다. 당장 수레 옆에서 사린의 우는 소리가 들려왔다.

"우에에에, 더워! 가을도 다 끝나가는데 계속 더워! 왜 겨울이 안 오는 거야, 언니?"

그녀의 물음에 성월이 답했다.

"그거야 우리가 계속 남쪽으로 내려오고 있으니까 그렇지."

"으으…."

대화를 들은 사마의는 희미한 웃음을 머금었다.

"더위에 약한 사린 소저가 특히 힘들어하는군요. 사천신녀도 사람은 사람인가 봅니다."

"그나마 이제까지는 갑옷을 제대로 안 입고 움직였잖아. 동맹의 영역이었는지라, 대규모 공격을 받을 일이 없었으니까. 도적떼 수백 정도는 여봉선… 아니, 여 대공 혼자 나서도 거뜬했으니."

"그렇군요. 하면 앞으로는…."

"더 덥고 습해지는데, 갑옷까지 갖춰 입고 움직여야 한다는 거지."

"최악이네요."

이에 서주에서는 일부러 진군 속도를 늦추면서까지 기후에 적응케 하려고 노력했다. 하비까지 오는 데 한 달이나 걸린 이유였다. 손책에겐 미안하지만, 두 책사의 입장에서는 아군이 더 중요했다. 하지만 그래도 완벽한 대비가 되지는 않았을 터였다. 그냥 맨몸에 장포 하나만 걸친 곽가도 땀을 줄줄 흘리고 있었다. 여기에 갑옷까지 입는다면? 생각만 해도 끔찍했다. 그는 천으로 목덜미를 닦으며 내뱉었다.

"이래서 원정이 질색이라니까. 그럼 구강에 잠시 머무르는 동안 우리가 중점적으로 해야 할 일은 뭘까?"

"수전(水戰, 물 위에서 싸우는 것)에 대비하고 적응하는 것입니다."

"그래. 아무리 용맹함을 자랑하는 장수라 해도, 무거운 갑옷을 입은 채로 물에 빠지면 끝장이다. 더구나 적은 강맹한 수군을 보유했으며 어릴 때부터 물을 벗 삼아 자라온 이들이 태반이야. 그들은 흔들리는 배 위에서도 균형을 잃지 않으며 물속에서 반 각(약 7~8분) 이상 버틴다고 하더군."

"어찌 그럴 수 있는지 잘 상상이 안 가네요."

"사실, 제일 좋은 방법은 물가에서 싸우는 일을 최대한 피하는 거다."

잠시 생각하던 사마의가 의견을 내놓았다.

"음, 아예 역할을 나누는 건 어떻습니까? 우리는 육상에서의 전격전을 주로 하고 손가의 부대는 특기인 수전에 집중한다면 더 좋은 결과가 나올 수도 있을 것 같습니다만."

"그러기에는 우리 병력이 좀 부족하긴 한데, 나쁜 생각은 아니다. 손책군의 보병 상태를 좀 보고 나서 정하자꾸나."

두 사람이 한창 얘기하는 사이, 수레가 멈췄다. 창을 통해 밖을 내다본 사마의가 중얼거렸다.

"하비성에 도착한 모양이군요."

곽가는 또 한 차례 땀을 닦으면서 히죽 웃었다.

"마음 편히 잘 수 있는 건 여기서가 끝이다. 그러니 푹 쉬어둬. 가능하면 여자도 안고."

"무슨…."

총군사님이나 푹 좀 주무십시오, 라고 하려던 말을 사마의는 입안으로 얼버무렸다. 장포 소매 아래로 드러난 곽가의 팔이 너무도 앙상하여 걱정스러웠다.

'한 달 새에 살이 더 빠지셨군.'

유주군은 곧 직접 성문 밖까지 마중 나온 하비태수 일행을 발견했다. 조운이 군을 대표하여 말에서 내려 예를 표했다.

"태수님께서 이리 직접 맞아주시니 영광입니다."

하비태수는 손을 내저으며 만족스레 웃었다.

"무슨 그런 말씀을! 저야말로 천하에 이름을 떨치는 영웅이신 조 대장군을 뵙게 되어 기쁘기 그지없소이다."

유주군은 하비 내성의 거처로 안내되었다. 하비태수는 조표(曹豹)라는 자로, 서주의 명망 있는 호족이었다. 정사에서의 조표는 도겸을 섬겨, 194년경 유비와 함께 담현에서 조조군을 공격했다가 패한 적이 있다. 하지만 조조 또한 저 싸움에서 조표를 완전히 격파하지는 못했다. 도겸이 죽기 전 서주를 유비에게 양도했을 때, 기존 서주의 가신과 호족들을 포용한 유비의 방침 덕에 조표도 그 휘하에 들어왔다. 그러나 유비가 원술과 싸우러 출진한 틈에 배신하고 여포에게 하비성을 넘겨 서주를 빼앗기는 빌미를 제공했다.

《삼국지연의》에서는 이 상황이 다소 극적으로 표현되었다. 유비가 관우와 함께 출진한 사이, 장비는 술을 마시지 않겠다는 약조를 하고 하비성에 남았다. 금주가 시작되기 전, 그는 맹세의 표시로 가신들에게 마지막 술 한 잔씩을 돌리려 했다. 한데 조표만이 끝까지 거절하며 유비와의 약속을 어기는 장비를 나무랐다. 평소부터 조표의 딸이 여포의 첩인 것을 못마땅해하던 장비는 격분하여 채찍질을 가한다. 이에 앙심을 품은 조표는 장비가 취해 잠든 틈을 타 여포군을 끌어들이고 자신이 직접 장비를 제거하려 한다. 그러나 분노한 장비의 손에 오히려 죽고 말았다.

《영웅기》의 〈여포전〉에 의하면, 하비성을 지키던 장비와 조표 사이에 다툼이 일어나, 조표가 장비에게 죽임을 당한 것은 사실인 듯하다. 하지만 바뀐 세계에서는 유비 대신 왕랑이 서주를 다스리고 있었다. 자연히 조표도 장비와 마주칠 일이 없어, 그는 하비태수로서 건재해 있었다.

이래저래 조표는 유비 세력과 역사적으로 악연이나, 유주군과는 척질 일이 없었다. 오히려 용운에 대해 호감을 품고 있었다. 그가 몇 해 전, 주태를 보내 팽성과 소패 등을 지켜준 까닭이다. 이는 용운이 왕굉 때부터 동맹들에게 일관되게 펼쳐온 정책이었다. 강직하며 실력 있는 무관을 파견해 위협으로부터 지켜줌으로써 실질적인 이득과 안정감을 주는 것이다. 어찌 보면 현대의 미국이 펴는 정책과도 비슷했다. 동맹으로서의 의리 외에 아무것도 요구하지 않는다는 점을 제외하면.

뇌물은커녕 선물조차 거부하고 청렴하게 임무에만 전념한 주태의 태도는 조표에게 큰 감명을 주었다. 또 두 성이 원술의 위협에서 안정되자 자연히 하비로도 상인이며 사람들이 많이 유입되었다. 덩달아 태수인 조표의 살림살이가 풍족해졌다. 유주군을 환영하기 위해 마련된 연회 자리에서도 자연히 그 일이 화제에 올랐다.

"하하! 주 장군은 정말 대단했소. 혼자 단 몇 천의 병력만으로 원술군을 매번 막아냈으니."

조표의 칭찬에 조운이 웃으며 응수했다.

"주유평(幼平, 주태의 자)의 실력은 유주에서도 알아줍니다. 전하께서도 믿고 그를 보내신 겁니다."

"후, 그때는 참 든든했는데 말이오…."

말하던 조표가 어두운 기색을 내비쳤다. 조운은 조심스레 물었다.

"무슨 근심거리라도 있습니까?"

"언제나 그랬듯이 원술, 그자가 골칫거리요. 이미 아시겠지만 얼마 전, 잘 버텨오던 패국이 기어이 원술에게 넘어갔소. 패국 다음은 서주의 팽성이니 어찌 걱정이 안 되겠소?"

그 말에 벌써 거나하게 취한 곽가가 응수했다.

"염려 마십시오. 클클. 원술은 함부로 서주를 치지 못할 것입니다."

연회 시작 전, 조표는 그가 유주의 총군사임을 이미 소개받았다. 이에 주정뱅이의 말이라 흘려 넘기거나 화내지 않고 정중하게 물었다.

"어째서 그리 생각하시오?"

"원술군은 패국까지 잡아먹어놓고선 황급히 되돌아갔습니다. 태수님 말씀대로 팽성이 코앞인데도 불구하고. 심지어 책사 가후와 장수들까지 회군해버렸는데 그 이유가 뭐겠습니까?"

"으음, 조조와 싸우는 중이라고 알고 있소."

"그렇습니다. 한데 단순히 전쟁 중인 상황이 부담스러워서가 아닙니다. 문화(文和, 가후의 자) 정도 되는 자가 그리 서둘러 회군한 것은 조조가 뭔가 큰일을 벌였다는 뜻입니다. 실제로 진류성도 이미 떨어졌지요. 아마 당분간은 그쪽 일 때문에 서주까지 넘볼 엄두를 내지 못할 겁니다. 서주자사가 전하의 동맹이라는 사실도 알고 있을 테니, 유주군까지 상대할 생각이 아니라면 말입니다."

"오오, 내 공의 명쾌한 답을 들으니 큰 근심 하나가 씻기는 기분이오."

조표는 곽가의 잔이 빌 때마다 술을 채웠다. 곽가는 희희낙락하며 넙죽넙죽 받아 마셨다. 이를 걱정스레 지켜보던 사마의가 화타에게 말했다.

"선생, 총군사께서 너무 과음하는 것 아닐까요?"

화타는 특유의 잔잔한 목소리로 답했다.

"아직까지는 괜찮습니다. 음주하면 더워지고 열이 나기에, 흔히 추위를 쫓기 위해 술을 마시곤 하는데 사실 술은 찬 음식에 속합니다."

"아, 그렇습니까?"

"예. 그래서 한겨울에 몸을 녹이겠다고 술을 마셨다간 병을 얻기 십상이지요. 한데 총군사 님은 이곳의 더운 기후로 인해 몸에 열이 찬 상태입니다. 술을 드셔서 그 열을 좀 식힌 뒤, 주무시기 전에 제가 지어드린 약재로 술의 독까지 해소하면 오히려 몸을 보할 수 있을 것입니다."

자신도 술을 한 잔 마신 화타가 웃으며 말을 이었다.

"다행히 이 술도 상당히 좋은 것이고요."

"하하, 그렇군요. 그럼 저도 한 잔 하지요."

다른 장수들도 저마다 기분 좋게 연회를 즐겼다. 좋은 술과 요리에 분위기 또한 좋으니, 연회는 시간 가는 줄 모르고 무르익어 갔다. 곧 힘겨운 전투가 기다리고 있음을 아는 까닭에 장수들 중 유흥을 별로 좋아하지 않는 이들도 최대한 이 순간을 즐기려고 애쓰고 있었다.

8

하비성의 밤과 고백

하비성 대전에서 한창 연회가 벌어지는 사이. 장료의 곁에 다가와 머뭇거리다 인사하는 사내가 있었다.

"저, 장문원 님이시지요?"

장료가 보니 맑은 얼굴에 눈빛이 깊고 부드러워 범상치 않은 인물임이 느껴졌다. 그는 자세를 바로하고 예를 갖춰 답했다.

"예, 제가 장료 문원입니다. 실례지만 누구신지요?"

"이런, 유평이 서주에 머물렀을 때 친교를 나눈 사이라, 유주에서 오셨다 하니 반가운 마음에 그만 결례를 범했군요. 저는 서주 별가종사로 있는 미축이라 합니다. 자는 자중(子仲)을 씁니다."

상대의 이름을 들은 장료가 반색했다.

"아, 자중 님이셨군요!"

"저를 아십니까?"

"알다마다요. 장원에 거느린 전객이 일만에 달하는 서주 최고의 부호이신데, 좋은 일에 재물을 아끼지 않아 그 명성이 유주까지 자자하니, 제가 아무리 무부라 하나 어찌 모르겠습니까."

미축의 얼굴도 덩달아 밝아졌다. 인심 좋고 통 크다는 말은 이 시대에 최고의 칭찬 중 하나였다. 오죽하면 상대를 높이는 표현이 대인이겠는가.

"과찬이십니다. 그저 가문 대대로 내려온 재산을 풀고 있을 뿐입니다. 오히려 제가 말로만 듣던 유주군의 위용을 보고 놀랐습니다. 과연 어째서 천하에 명성이 자자한지 알겠더군요."

장료를 비롯한 장수들은 출정 전, 절대 무리하지 말라는 것 외에도 용운에게 몇 가지 당부 받은 일이 있었다. 서주의 인재들에게 소홀히 대하지 말라는 게 그중 하나였는데, 그가 언급한 인재 중에는 이 미축도 포함되어 있었다. 입이 무거운 주태도, 돌아온 뒤 미축을 여러 번 칭찬하고 함께 오지 못함을 애석해했다. 덕분에 장료는 미축을 잘 기억하고 있었다.

"안 그래도 주유평이 자중 님의 얘기를 많이 했습니다."

"그 친구, 돌아가면서 나한테는 말도 없이 숙지(叔至, 진도)만 쏙 데리고 갔지 뭡니까. 많이 서운하다고 꼭 전해주십시오."

"저런. 유평이 잘못했군요."

"그렇지요? 하하!"

장료와 미축은 화기애애하게 대화를 나누었다. 장료는 무관이었음에도 학식이 제법 깊고 교양이 있는 편이라 미축과 이야기가 잘 통했다. 정사에서의 미축은 총명했을 뿐 아니라 승마술과 궁술에도 뛰어났다. 그런데도 병사를 거느리는 일에 능하지 못했는데, 이는 성품이 워낙 온화한 까닭이었다. 그러나 그의 온후한 성품을 좋아한 이들도 많았다. 유비는 그런 미축을 깊이 아껴,

누이 중 하나를 아내로 맞아들였으며 평생 그를 총애하였다. 장료 또한 자연스럽게 미축의 성품에 끌렸다.

'허나 전하께서 이 사람을 꼭 포섭하라고 하신 데는 다른 이유가 있지.'

그런 사람됨도 사람됨이지만, 솔직히 미축 정도의 인재는 유주국에 차고 넘쳤다. 지금 이 순간에도 태학에서 그보다 훨씬 뛰어난 학자와 관료들이 탄생하고 있었다. 용운은 그보다 미축의 인맥과 재산을 중시했다. 물론 억지로 빼앗을 생각은 추호도 없었다. 미축은 자신이 진심으로 모시는 이를 위해 아낌없이 재산을 쓸 성격이었다. 실제로 정사에서도 아무것도 없이 떠돌던 유비에게 병사 수천과 군자금을 내주었다.

지력, 무력, 정치력 등과 마찬가지로 재력 또한 충분히 중요한 재능이었다. 세금을 적게 걷는 유주국의 특성상 더욱 그랬다. 그리고 재력은 다른 재능들과 달리 배우거나 수련한다고 생기는 게 아니다. 부를 쌓는 기술을 배울 수 있을지는 모르지만, 실제로 적용하는 데는 변수가 많고 부자가 되기까지 대개 오랜 시간이 걸린다. 거기다 인심 좋고 성품까지 뛰어나다면 더할 나위 없는 것이다.

미축은 미축대로 마음이 흔들리고 있었다. 정확히는 주태가 다녀간 후부터 동요가 시작되었다. 왕랑은 좋은 주군이었으나 딱 거기까지였다. 고통 받는 백성들을 구제한다거나, 천하를 평정해 보겠다거나, 원술의 손아귀에서 황제를 구출하겠다는 원대한 목표는 그에게 없었다. 이에 언젠가부터 갑갑함을 느끼던 미축은,

용운의 소문을 들었고 그에게 관심을 갖게 됐다. 그가 정말 마귀라 불릴 정도의 무뢰한이라면, 어째서 그의 수하들은 하나같이 능력이 출중하고 진심으로 그를 존경하고 있는가. 부패한 군주 밑에 바른말하는 신하 한두 명이 있을 순 있지만, 모든 가신이 청렴하며 그 군주를 경애하긴 불가능했다. 이는 경험상 결코 있을 수 없는 일이었다.

'유주왕, 진용운. 도대체 어떤 사내인지 직접 내 눈으로 보고 싶구나. 이번에 연이 닿은 김에….'

미축은 원정군을 따르기로 결심을 굳혔다.

한편, 연회장 구석에서는 성월과 장합이 둘만의 세계에 빠져 있었다.

"자, 당신 한 잔."

장합에게 술 한 잔을 따라준 성월은 제 잔에도 술을 가득 채웠다.

"나도 한 잔."

둘은 나란히 술잔을 비우고 동시에 내려놓았다. 성월은 사랑스러워 죽겠다는 눈빛으로 장합을 바라보았다. 장합도 가만히 그녀를 응시했다. 전장에서는 적을 가차 없이 궤멸하는 냉철한 지휘관이면서, 평소엔 손만 잡아도 얼굴을 붉힌다. 그런 차이까지 사랑스럽게 느껴졌다. 그가 장비와 다른 점은 장비는 유비와 관우를 제외한 대부분의 사람에게 낯을 가렸지만, 장합은 성월 자신에게만 수줍어한다는 것이다.

'저 사람의 눈은 늘 나를 향하고 있었지. 처음 함께 말을 타고

적과 싸웠을 때도. 병마용군의 공격을 몸으로 막아 나를 구해줬을 때도….'

그때만 해도 이 과묵한 사내를 이렇게 좋아하게 될 줄은 미처 몰랐다.

'현대에서도 제대로 못해봤던 연애를 여기서 하게 될 줄이야.'

검후의 죽음은 여전히 슬프지만, 한편으로는 잘됐다는 생각도 들었다. 그녀가 죽음으로써 용운은 잊었던 기억을 되찾아 금제를 무효화했고 그 덕에 거리의 제약이 없어졌기 때문이다.

'그리고 언니는 원래 오래전에 죽었던 사람이었으니까. 나와 마찬가지로.'

단순히 움직이기 편해졌다고 해서 잘됐다고 여기는 게 아니다. 거리의 제약이 없어졌다는 것은 곧, 용운이 언젠가 원래의 세계로 돌아가더라도 자신은 이곳에 남아 살아갈 수 있음을 의미했다.

'이랑이만 봐도 그래. 전하의 아버님은 돌아가시진 않았지만, 이 세계에 존재하지 않는 건 확실하지. 그런데도 그분의 병마용군인 이랑이, 원래보다 힘이 조금 약해졌을 뿐 멀쩡히 살아서 움직이고 있잖아.'

원래의 세상, 그러니까 21세기의 대한민국으로 돌아가봤자 성월에게 남은 건 아무것도 없었다. 몸은 이미 썩어 문드러진 지 오래일 터였다. 아주 가까운 이들을 제외한 대부분의 사람들은 모두 자신을 잊었을 것이다. 만에 하나 이 몸을 그대로 가지고 갈 수 있다고 해도 곤란하긴 마찬가지였다.

'당장 일자리와 살 집부터 구해야 할 텐데. 전세도 겁나 올랐겠지.'

할 줄 아는 거라곤 활 쏘는 것과 사람 죽이는 것뿐이니 살아갈 일이 막막했다. 또 여기서 십 년 가까운 세월을 보내는 동안 그곳은 시간이 얼마나 흘렀는지 모른다. 그대로 십 년일 수도 있고 어쩌면 수십 년, 수백 년이 지났을 가능성도 있었다. 어느 쪽이든 낯선 세상에서 전전긍긍하며 홀로 외롭게 살아가야 할 터였다. 언제까지일지 모르는 긴 시간을.

'그럴 바에는 여기서 이 사람과….'

성월은 장합의 눈동자에 비치는 제 모습을 보았다. 그때 그녀를 마주 보던 장합이 나직하게 말했다.

"그대는 참 이상한 사람이오."

"뭐가요?"

"한때는 도저히 붙잡을 수 없는 바람처럼 느껴져서 날 애태우더니, 이제는 세상에 당신밖에 없다는 듯이 바라봐서 설레게 만드니 말이오."

성월은 가볍게 웃었다. 그와 함께 성을 벗어나 떠났다는 사실이, 둘이 마주 앉아 연회를 즐기고 있다는 사실이 그녀를 더욱 대담하게 했다.

"아직도 모르셨어요? 그때는 나도 내 마음에 확신이 없어서 그런 거였고, 지금은…."

성월은 장합의 목덜미에 손을 얹어 부드럽게 끌어당기며 속삭였다.

"많이 달라요."

"내게 확신이 생겼다는 거요?"

"글쎄요?"

"난, 확신이 섰소. 내 반려는 그대라고."

"어머."

성월은 장합의 뺨에 부드럽게 입맞춤을 했다.

"실은 나도 그래요."

"성월, 이번 전투를 마치고 돌아가면, 우리…."

몰래 그 모습을 지켜보던 청몽이 중얼거렸다.

"놀고 있네. 그런데 좋겠다."

여포가 그녀의 말에 딱딱한 투로 대꾸했다.

"말이 이상하군. 상당히."

"그냥 조용히 술이나 드셔. 혼자 말한 거거든?"

여포는 핀잔주는 청몽을 바라보며 생각했다.

'그래도 앞에 앉지 말라느니, 다른 데 가서 마시라느니 하는 말은 안 하는군. 이제.'

그는 슬쩍 웃었다. 그것만 해도 큰 발전이었다.

처음 전장에서 적으로 만났을 때, 사로잡아온 다음 기를 꺾으려고 한참 가둬놔도 더욱 사납게 날뛰던 여자였다. 마치 요동에 산다는 삵이란 짐승을 떠오르게 했다.

'삵은 절대 길들여지지 않지만, 곁에서 묵묵히 머무르다 보면 어느 정도까지 다가오는 건 허락해준다더니, 딱 그 꼴이군.'

여포는 다짐했다. 언젠가는 자신도 청몽에게서 저 말을 꼭 언어내리라고. 자신에게 확신이 생겼다는 말을.

연회장에서 제일 북적거리는 건 마초가 있는 자리였다. 늘 그렇듯 방덕뿐만 아니라 마철, 마휴, 마대 그리고 조개까지 둘러앉아 있었기 때문이다. 심지어 중간중간 시녀들까지 끼어 있었다.

"하하! 이번 싸움을 끝내고 유주로 돌아가서 말이야, 난 양주지사로 임명해달라고 전하께 부탁드릴 거야."

살짝 취한 마초가 큰 소리로 횡설수설 말했다. 현재 한 제국에는 양주라 불리는 구역이 둘 있었는데, 마초가 말하는 것은 북쪽의 양주였다. 그의 고향이자 마등과 한수 등의 군벌들이 세력을 떨쳤던 지역이다. 또한 동탁의 고향이기도 했다.

"고향이 그리우십니까?"

방덕의 물음에 마초는 고개를 저었다가 다시 끄덕였다.

"그래요. 동탁 정벌 때 떠나온 뒤로 한 번도 가지 못했으니까. 한데 그것 때문만은 아닙니다."

"그럼?"

"듣자 하니 그 근처 지역의 지사로 임명된 맹탁(孟卓, 장막의 자)님은 반발하는 일이 잦은 강족들 때문에 골치를 썩이고 있다 하더군요. 허나 내가 책임자로 가면 그럴 일은 없지요."

그 말에 마초의 형제들이 일제히 고개를 끄덕였다. 마등의 아버지, 그러니까 마초의 할아버지는 강족 여인과 결혼해 마등을 낳았다. 따라서 마초에게도 강족의 피가 흐르고 있었다. 이런 배경 덕에 마초는 어릴 때부터 자연스레 강족과 저족 등 이민족들과 가깝게 지냈다. 마초가 지사로 임명되어 온다면, 단숨에 그들의 지지를 얻어낼 터였다.

그의 말을 동생 마휴가 이었다.

"찾아가서 어머니와 다른 친척들의 묘도 돌봐야 합니다."

"그래. 그 전에 반드시 해야 할 일이 있지."

마초의 표정이 언제 취했었냐는 듯 매서워졌다. 마등 사후, 현재 양주를 실질적으로 지배하고 있는 한수를 두고 한 말이었다.

한수는 본래 마등의 의형제인지라 마초와도 한 가족처럼 지냈다. 그러나 마음속으로 양주를 독차지하려는 욕심을 품고 있었다. 그렇다 보니 주무의 천기에 완전히 넘어가, 심복인 성공영의 조언도 무시하고 마등이 먼저 자신을 배반했다고 믿게 되었다. 이에 믿고 있던 한수로부터 본진을 기습당해 쫓기던 마등은 여포를 만나 죽음을 맞이했다.

마초는 마등과 싸워 그를 눈앞에서 쓰러뜨린 여포는 예전에 용서했다. 암습이 아닌 정당한 대결의 결과였으며, 이제 같은 주군을 모시게 됐기 때문이다. 물론 여전히 거북한 사이이긴 했지만 최소한 그를 보자마자 칼을 빼들 정도는 아니었다.

'그러나 한수만은 도저히 용서할 수가 없다.'

여포야 당시만 해도 원래 적이었으니, 어찌 보면 그의 입장에서는 할 일을 한 것뿐이다. 그런데 한수는 의형제인 마등을 배신한 걸로 모자라, 마초와 그 형제들을 놓친 분풀이로 어머니를 비롯해 남은 일족들을 모조리 죽여버렸다. 용운이 미리 보냈던 흑영대원들의 도움이 아니었다면, 마휴와 마철, 마대 등도 도망 다니다 잡혀 죽었을 것이다. 한수의 그런 행위에는 분풀이뿐만 아니라 마초에 대한 두려움도 내재되어 있었다. 그것을 부정하기 위해 더욱 가혹한 행위를 저지른 것이다.

"전하께서는 언젠가 북부의 남은 지역도 반드시 평정하실 터. 그때는 내가 앞장서서 양주를 쓸어버리고 직접 한수 그놈을 갈 가리 찢을 것이다."

"저도 함께하겠습니다. 형님."

"나도!"

마초가 형제들과 복수의 결의를 다질 때였다. 한동안 말없이 술만 들이켜던 조개가 별안간 마초를 향해 버럭 소리를 질렀다.

"야!"

모두의 시선이 그녀에게 집중되었다. 마초는 어리둥절해서 대꾸했다.

"으, 응?"

"너한테 난 대체 뭐야?"

매우 원초적이면서도 심오한 질문이었다. 분위기가 심상치 않자 제일 먼저 자리를 피한 사람은 방덕이었다.

"어흠. 전 잠시 서주 분들과도 얘기를…."

뒤를 이어 마철, 마휴, 마대도, 거기에 시녀들까지 모조리 슬그머니 자리를 피했다. 마초는 덩달아 일어서려 했지만 조개의 손이 뻗어와 그를 붙잡아 앉혔다.

"어딜 가려고?"

"아니, 잠깐 측간…."

말하던 마초는 화들짝 놀랐다. 그의 손을 잡고 있던 조개가 그대로 끌어당겨서 자신의 가슴에다 얹었기 때문이다.

"헉! 야, 뭐 하는 거야! 나야 좋지만. 아니, 그게 아니라… 보는 눈이 많잖아."

조개는 그의 말을 들은 체도 않고 얼굴을 가까이 들이대며 물었다.

"네가 만진 거, 이게 뭐 같아?"

"뭐? 뭐, 뭐긴. 가슴이지."

"그래, 이 나쁜 놈아! 가슴이잖아!"

또 한 번 소리치는 조개의 눈에는 어느새 눈물이 맺혔다. 마초는 매우 당황했다.

"아니, 네가 만지게 해놓고 나쁜 놈이라니…."

"그 얘기가 아니잖아. 너도 내 원래 정체는 알지?"

"응, 알아."

마초는 고개를 끄덕였다. 그는 조개를 창에 살던 정령쯤으로 여기고 있었다.

"그래, 나는 원래 인간이 아니야. 정해진 성별이라는 것도 없어. 하지만 네 녀석 때문에, 네놈이 꿈속에서 날 인간 여자로 느꼈기 때문에 여자 모습을 하고 나타났지. 그랬는데, 네가 죽고 못 사는 방덕을 살리려다가 창에서 나와 남자의 몸으로 들어가게 됐고."

"음…."

거기까지는 마초도 잘 알고 있었다. 그 남자가 바로 조조의 아들, 육체를 빼앗겨버린 비운의 사내 조앙이었다.

"한데 그 몸은 점차 여자의 것으로 변하기 시작했어. 바로 내 혼이 여자가 됐기 때문이야. 이제는 완전히 여자나 다름없게 바뀌었다고."

"응, 너 예뻐."

"지금 그게 문제가 아니야! 분명 올 때는 남자였는데 몇 년 사이 여자로 변해 있으니, 사람들이 날 정상적으로 볼 리 없지. 난 너 때문에 남자도 아니고 여자도 아닌 괴물 취급을 받으면서 살게 됐어. 그냥 내 마음대로 편하게 살 수 있었는데 오직 너 때문에!"

마초는 이제 묵묵히 조개를 바라보기만 했다. 조개는 숫제 눈물을 줄줄 흘리고 있었다.

"그런데 넌 도대체 뭐야? 나 모르는 사이에 다른 계집들은 왜 자꾸 건드리는데? 그래, 얼마 전까지는 나도 너와 잠자리를 할 수 없는 몸이었으니까 이해하려 했어. 사내들이란 욕망을 참지 못하는 존재니까."

"…"

"하지만 그 사린이라는 애는 그게 아니잖아. 애송이 네가 아무리 여자를 좋아해도 사천신녀를 건드릴 정도로 막 나가진 않는 건 알아. 그런데 뭐? 뽀뽀를 했다고? 너, 그 애 좋아했니?"

조개는 마초를 향해 정신없이 퍼부으면서도 속으로는 이런 자신이 한심했다.

'이건 그냥 평범한 여자의 질투잖아!'

대위원회의 장로가 어쩌다가 이런 소리나 하게 되었나. 심지어

몸뿐만 아니라 성격과 말투까지 여자처럼 변해버렸다. 그러면서도 마초가 아니라고 답해주길 애타게 기다리는 자신이 미웠다.

잠시 후, 마초는 진지한 표정으로 말했다.

"응. 좋아했어. 좋아한 것 맞아."

"뭐라고? 역시…."

"네가 지금의 몸을 갖고 완전히 여자가 되기 전에, 잠깐 사린이한테 끌린 적이 분명히 있었어. 그 뽀뽀라는 것도 그때 술김에 한 거고. 그런데 분명히 말해둘 것이, 내가 한 게 아니라 그 녀석이 내 뺨에다가 한 거라고! 잔뜩 취해서! 그래놓고선 저러는 거라고! 저 녀석, 분명 그때 일 잘 기억도 안 날걸?"

"…거짓말."

"휴, 이것 참."

머리를 긁적이던 마초가 말했다.

"그래, 너도 알다시피 솔직히 나 여자 좋아한다. 게다가 너는 꿈속에서만 만날 수 있었고 그 후에는 남자 모습으로 돌아왔으니, 내가 뭘 할 수 있었겠냐?"

"그건…."

"하지만 이거 하나는 분명히 알아둬."

"…."

"그 많은 여자들 중에 나한테서 연모한다는 말을 들은 이는 아무도 없어."

"흥, 잘나셨네."

"내가 좀 잘났지."

조개도 잘 알고 있었다. 마초 정도 되면, 수많은 여자들의 유혹이 따른다는 것을. 이런 난세일수록 강한 남자는 대접받는다. 하물며 마초는 유주왕 용운의 총애를 받는 최측근이며 최근에는 영지를 소유했다. 게다가 좀 멍청하긴 해도 젊고 잘생기기까지. 이제까지 혼자인 게 오히려 기적에 가까웠다.

'이제 포기해야 하나?'

조개는 점차 체념하기 시작했다. 어쩌면 후련하게 퍼부어서인지도 몰랐다. 마초는 조용해진 조개를 향해 계속 말을 이었다.

"차라리 잘됐다. 안 그래도 너한테 언제 말해야 하나 걱정했는데. 사실 이제 그 말을 해주고 싶은 여자가 생겼거든."

"…그랬구나."

조개는 가슴이 철렁 내려앉더니 갑자기 모든 게 허무해졌다. 찰나의 순간, 지난 시간들이 주마등처럼 뇌리를 스쳤다. 돌이켜보니 자신은 이 멍청이를 만난 뒤로 인생이 완전히 꼬이고 바뀌었다. 애초에 진용운을 암살하려 할 정도의 대적에 위원회의 장로 지위까지 갖고 있었다. 그런데 마초의 곁에 있게 되면서부터 자연스럽게 위원회를 적으로 인식하게 되었다. 그리고 정신을 차려보니 마초를 위해서 전력을 다해 싸우고 있었다.

'이 멍청한 애송이 하나 때문에 내 모든 걸…'

인정하기 싫었지만 사실이었다. 그런데 그 모든 것을 걸었던 대상이 떠나가려 하고 있었다.

'그냥 이 새끼를 죽여버리고 나도 죽을까? 참, 난 죽을 수도 없지. 영혼체니까.'

조개가 멍하니 그런 생각을 할 때였다. 그녀의 손가락, 정확히는 왼손 검지에 차가운 뭔가가 끼워지는 게 느껴졌다. 놀라서 보니 얼굴이 시뻘게진 마초가 어느 틈에 반지를 끼우고 있었다. 아름답게 다듬고 세공한 옥가락지였다. 당황한 조개가 손을 붙잡힌 채 말했다.

"뭐, 뭐 하는 거야?"

"전하께서 알려주셨어. 이 손가락에다 가락지를 끼워주면 여자들이 감동한다고."

"…?"

"어디, 흠. 잘 어울리네. 이제 말해도 되겠군."

가락지를 다 끼운 마초는 그 손을 잡고서 조개의 눈을 들여다보며 진지하게 말했다.

"연모한다, 조개. 나랑 같이 살자."

"…장난하지 마, 애송이."

"장난 아니야."

"지금도 같이 사는데, 뭘 새삼."

"그런 뜻 아닌 거 알잖아."

조개는 이 순간이 믿기지가 않았다. 기이한 감정으로 가슴이 터질 것만 같았다.

'혹시 이게 환희라는 감정인가?'

멍청이, 애송이라고 불렀던 소년은 어느새 어엿한 사내가 되어 있었다. 갑자기 부끄러워서 그를 쳐다보기가 어려웠다. 멍하니 앉아 있는 그녀의 얼굴로, 마초가 제 얼굴을 가까이 가져왔다. 유난히 붉은 그의 입술이 크게 확대되어 보였다.

'앗, 잠깐! 이건 너무 빠르잖아.'

조개가 눈을 질끈 감았을 때였다. 마초는 입맞춤 대신 그녀의 귓가에 속삭였다.

"그런데 뭐 하나 물어봐도 돼?"

"응….."

"너, 가슴 말고 그, 거기, 그러니까… 다른 곳도 변했어?"

"뭐라고?"

조개는 눈을 번쩍 떴다. 마초가 겸연쩍은 듯 웃으며 말했다.

"그러니까 나랑 잘 수 있냐고. 이거 나한테는 엄청나게 중요한…."

픽! 마초의 얼굴을 후려친 조개는 벌떡 일어나서 씩씩댔다.

"이 짐승 같은 놈! 넌 역시 영원한 멍청이, 애송이야."

주저앉은 마초는 울상이 되어 말했다.

"하, 하지만 혼인하면 그러는 거잖아, 원래."

조개가 매몰차게 휙 돌아서며 한마디를 던졌다.

"따라와 보든가."

"응?"

"…된다는 걸 알려줄 테니까."

잠깐 생각하던 마초는 술상을 엎을 듯한 기세로 일어나며 말했다.

"어, 어, 언제부터? 왜 말 안 했어?"

"조용히 해! 네가 안 물어봤잖아! 그리고 오래됐거든?"

"우와!"

마초는 빠른 걸음으로 걷는 조개의 뒤를 신이 나서 쫓아갔다. 곧 둘은 연회장 밖에 따로 마련된 거처로 함께 사라졌다.

좀 떨어진 곳에서 둘을 지켜보던 방덕이 조용히 중얼거렸다.

"좋을 때로구나. 다행입니다, 작은 주공. 행복하셔야 합니다."

그는 오늘따라 이상하게 옆구리가 시리다고 느꼈다. 분명, 날씨는 더 더워졌는데도.

이 자리의 모두가 오래도록 기억할, 이후의 전투가 너무도 처절했기에 더 아름답게 기억될 평화로운 밤이 깊어가고 있었다.

조운 자룡은 절제 그 자체인 사람이었다. 원래도 자기관리가 뛰어났지만, 검후와 만난 뒤부터는 아예 다른 여인을 거들떠보지도 않았다. 이는 그녀가 떠나간 후에도 마찬가지였다. 술은 적당히 마셨으나 취할 때까지 마시거나 주사를 부리는 법이 없었다. 또한 결코 이를 드러내어 크게 웃지도 않았다. 그가 편한 모습을 보이는 건 오직 용운의 앞에 있을 때뿐이었다. 반듯하다는 표현이 이보다 잘 어울리는 사내가 있을까.

지금만 해도 그랬다. 태수에 대한 예의로 새벽까지 이어진 연회에서 끝까지 자리를 지켰음에도, 같은 시간에 나와 창술 수련을 하고 있었다. 이는 그에게 있어 하나의 의식이자 약속과도 같은 행위였다. 용운이 그를 위해 새로 마련해준 신창, 비룡나선창은 손에 착착 감겼다.

그러나 오늘은 새벽 수련을 건너뛰어야 할 모양이었다. 불청객이 있었기 때문이다. 파파파팟! 보이지도 않을 정도의 속도로 허공을 몇 차례 내찔러 아쉬움을 달랜 조운은 창을 한 바퀴 돌려 옆구리에 끼고 말했다.

"이른 시간에 태수님께서 여기까지 어쩐 일이십니까?"

연무장 바깥쪽에서 하비태수 조표가 모습을 드러냈다.

"방해해서 미안하오, 대장군."

"아닙니다. 긴히 하실 말씀이라도?"

지난밤 연회 때 말할 기회가 충분히 있었음에도 불구하고 굳이 남의 눈을 피해 찾아왔다. 아마 남에게 알려지길 원하지 않는 용건이리라. 조운은 잠자코 상대가 말하길 기다렸다. 한동안 주저하던 조표가 입을 열었다.

"실은 구강으로 떠나기 전에 장군께서… 아니, 유주군이 꼭 해주었으면 하는 일이 있소. 내 보답은 후하게 하리다."

비록 조운이 용운으로부터 원정군의 전권을 위임받았다 하나, 그와 유주군이 밖에서 하는 행위가 곧 용운의 평판에 직결되었다. 목숨보다 사랑하는 왕의 이름을 더럽힐 일은 결단코 응하지 않을 참이었다. 조운은 신중하게 답했다.

"그게 무엇입니까? 일단 들어보고 결정하겠습니다. 아시다시피 전하의 명을 받고 떠난 길이라, 시간이 여유롭지가 않습니다."

"그것이…."

조표는 결심한 듯 굳은 어조로 말했다.

"한 사람을 죽여주시오."

뜻밖의 의뢰

하비태수 조표는 생각지도 못한 부탁을 했다. 조운의 단정한 얼굴에 불쾌감이 떠올랐다.

"저희는 태수님이 사적으로 부릴 수 있는 살수 집단이 아닙니다. 못 들은 걸로 하지요."

이는 생각하기에 따라 엄청난 결례였다. 조운은 그저 단순한 무부가 아니었다. 현재 천하의 주인에 제일 가깝다고 여겨지는 유주왕, 진용운의 의형이다. 또한 유주 밖에서 조운이 하는 모든 행위는 자신의 뜻과 같다고 유주왕이 공표한 바였다.

실수를 깨달은 조표가 다급히 손을 내저었다.

"아니, 미안하오. 어폐가 있었소. 정확히는 한 사람이 아니라, 한 사람에게 종속된 '집단'이오."

"집단…. 혹시 성혼단입니까?"

조운이 경계심을 드러냈다. 그의 말에 조표가 답했다.

"성혼단은 아니지만, 내겐 그보다 더 무서운 존재라오. 바로 부도(浮道, 불교)를 믿는 무리들이오."

"부도라…. 좀 의아하군요. 제가 자세히는 모르나, 그들은 폭력을 쓰지 않고 평화로운 포교활동을 한다고 들었습니다만."

"처음 공조(恭祖, 도겸의 자) 님이 생전에 그들을 받아들였을 때만 해도 그랬소. 그러나 지금은 하비성 내에 자리를 잡고 백성들을 미혹하여 수탈함과 동시에, 성의 재정과 치안을 악화시키는 도적이 된 지 오래요. 부끄럽지만 내 휘하의 군사로는 도저히 감당이 안 되어 손 놓고 지켜볼 수밖에 없었소."

"혹 서주성에 도움을 청해보셨습니까?"

"왕 자사(서주자사 왕랑을 의미)도 알고 계신 일이오. 허나 대책이 없기는 마찬가지였소. 사실, 이미 세 번에 걸쳐 삼만에 이르는 군사를 보냈으나 번번이 격퇴당했소."

"음…."

듣고 있던 조운의 표정이 심각해졌다. 서주는 오환 및 고구려와 더불어 유주의 중요한 동맹이었다. 특히, 오환과 고구려가 아무래도 대륙 내에서의 행보에 제약을 받는 것과 달리, 서주는 넓고 풍요로우면서도 자유로워 활용 폭이 넓었다. 당장 이번 원정만 해도 서주의 역할이 크지 않은가. 서주를 공격하는 행위는, 곧 유주에 대한 적대행위나 마찬가지였다.

"이대로라면 태수의 관인조차 위태로워질 듯하여 이른 아침부터 염치를 무릅쓰고 청해본 것이오. 내 어제 보니, 비록 수는 적으나 유주군의 위용이 그야말로 천군(天軍, 하늘에서 내려온 군대)과도 같더이다. 부디 하비의 백성들을 가엾게 여겨 도와주시면 안 되겠소?"

조표는 금방이라도 고개를 조아릴 듯했다.

그에게서 간절함을 본 조운이 고개를 끄덕였다.

"그 부도를 믿는다는 자들에 대해 좀 더 자세히 말씀해주시지요."

"오오! 고맙소. 여기서 이럴 게 아니라, 자리를 옮겨 차라도 한 잔 하면서 얘기합시다."

태수 집무실에서 조표는 어떤 인물에 대한 얘기를 털어놓았다. 바로 착융(筰融)이라는 자였다.

"착융은 본래 조정의 관원으로, 부도를 믿고 퍼뜨려 수백의 무리가 그를 따랐소. 그 병력을 이끌고 서주에 귀의하니, 당시 서주목이었던 공조 님은 크게 감복하여 놈에게 식량 수송관의 자리를 맡겼는데 그게 실수였소."

이어진 조표의 말을 들은 조운은 경악을 금치 못했다. 착융은 곧 광릉, 하비, 팽성군으로 가는 식량 보급을 끊었다고 한다. 그리고 거기서 나온 쌀과 돈을 착복하여 삼천 명을 수용할 수 있는 거대하고 화려한 사원을 짓고 탑을 세웠다. 사원 안에는 금괴를 가득 쌓아두고 황금 불상에다 비단옷을 입혀 본격적인 포교를 시작했다.

"욕불(浴佛, 불상의 정수리에 향유나 물을 붓는 의식)을 할 때면 몇 리에 걸쳐 삿자리를 펼쳐놓고 수만금의 돈을 들여 거기다 음식을 풀어놓으니, 일만 명이 넘는 자들이 몰려들어 착융을 칭송하며 먹고 즐겼소. 그렇게 수백의 신도가 수천으로 늘자, 착융은 본색을 드러내어 자신을 황금대사(黃金大師)라 칭하게 하고 공양이라는 이름하에 인근 군현을 함부로 약탈하고 있소."

"서주의 군대로도 그런 향락에 젖은 자들 수천을 어찌하지 못했다는 말입니까?"

"놈들은 가로챈 식량으로 자신들의 배를 불리고 빼앗은 재물로는 무기를 사들였다오. 사기는 드높으며 병장기도 훨씬 더 질이 좋고 날카롭소. 게다가 신도들은 목숨 걸고 착융을 지키려 하니 어찌 감당하겠소? 결정적으로 착융의 곁에는 사천왕이라 칭하는 네 장수가 있으니, 그들의 용맹은 정말 사천왕이 사람으로 현신한 게 아닐까 싶을 정도요."

"사천왕이란 무엇입니까?"

그 질문에 대한 답은, 마침 집무실로 들어오던 곽가가 대신했다.

"사천왕은 부도를 수호한다고 믿어지는 네 신으로, 호법신이라고도 합니다. 동쪽을 수호하는 지국천왕, 서쪽을 방어하는 광목천왕, 남방을 지키는 증장천왕, 북쪽의 다문천왕이 그 넷입니다."

"군사, 여기는 어떻게…."

"죄송합니다. 일찍 잠이 깨서 서책이라도 좀 볼까 싶어 왔다가 본의 아니게 두 분의 대화를 듣게 되었습니다."

"아니오. 유주의 꾀주머니라는 총군사 봉효 님이 들었으니 차라리 잘됐소. 어차피 총군사에게도 알려야 할 일이었소."

"그럼, 중달(仲達, 사마의의 자)도 부르지요. 제법 머리가 잘 돌아가는 녀석입니다. 물론 저보다는 못하지만요."

조표는 즉시 곽가와 사마의의 자리를 마련하고 시비를 보내어 아예 아침상을 차리도록 했다. 잠시 후, 사마의가 잠이 덜 깬 얼굴로 눈을 비비며 들어왔다.

"무슨 일인데 이렇게 일찍부터 부르십니까?"

"흐흐, 정신 차리고 잘 들어라, 중달. 구강으로 가기 전에, 군자금과 식량을 차고 넘치게 조달할 수 있는 길이 생겼다."

곽가의 말에 조표가 저도 모르게 움찔했다. 곽가는 그를 향해 히죽 웃어 보였다.

"설마, 맨입으로 도움을 청하시려는 건 아니지요? 저희는 이미 손백부의 구원 요청으로, 전하의 명을 받아 가는 길입니다. 그런 행로를 지체하게 했으니 마땅히 대가를 주셔야지요."

"허, 허나 착융 놈이 차지하고 있는 식량과 재물의 주인은 서주의 백성들이오."

"어차피 백성들에게 모조리 나눠주실 것도 아니지 않습니까?"

"…."

"좋습니다. 그럼, 그 착융이라는 자에게서 빼앗은 것의 딱 절반. 어떻습니까? 태수님은 손도 안 대고 코 푸시는 겁니다."

조표는 마지못해 고개를 끄덕였다. 원래 그는 착융의 재물을 자신이 다 차지하려 했었다. 그걸 반이나 넘기자니 입맛이 썼다. 하지만 아예 갖지 못하는 것보다는 나았다. 사실상 그에게는 이 유주 원정군이 착융을 격파할 마지막 희망이었다. 수락할 수밖에 없었다.

"…좋소."

"그래서 놈들은 지금 어디에 있습니까?"

"놈들의 근거지인 사원은, 하비성 내에 있어 여기서 멀지 않소. 그래서 더 신경 쓰이는 거요."

팔짱을 끼고서 듣고 있던 조운이 입을 열었다.

"한데 착융이라는 자는 그렇게 강한 장수와 병사들을 가졌으면서, 왜 하비성을 직접 치지 않는 걸까요? 여기 눌러앉아 할거해봄직도 한데요."

그의 의문에 사마의가 답했다.

"여태 들은 바로, 놈의 관심사는 관직을 차지하거나 세력을 확장하는 게 아니라, 놀랍게도 어디까지나 순수한 포교인 것 같습니다. 스스로 하비태수가 되어 외부의 공격을 막거나 통치하는 등의 일에 시간을 낭비할 바에는, 그냥 지금처럼 살아 있는 부처로 칭송받으며 부와 권력을 쌓는 편이 훨씬 낫다고 생각하겠죠. 태수가 되는 순간, 황금대사에서 하비태수가 되어버리니까요."

조운은 힘주어 말했다.

"의무는 마다하고 권력만 누리겠다는 소리군요. 당연히 세금도 내지 않을 테고. 그런 자가 살아 있는 부처라니 언어도단입니다. 부도든 유가(儒家, 유교)든, 백성을 미혹하고 착취하는 무리는 없애야 마땅합니다."

"옳으신 말씀."

곽가가 그에게 맞장구를 쳤다. 사실 이런 대의가 전부였다면 곽가는 무시하고 행군을 서둘렀을지도 몰랐다. 하지만 하비성에 문제가 생긴다면, 유주군의 보급선에도 차질이 빚어질 가능성이 컸다. 더구나 상대는 군량을 집중적으로 노린다. 곧 이송되어 올 유주군의 보급을 그냥 둘 리가 없었다.

'애초에 불안의 싹을 밟아놔야겠군.'

이렇게 해서 유주군은 구강으로 남하하기 전, 하비성에 둥지를 튼 착용의 무리와 싸우게 되었다.

조개는 마초의 팔을 베고 누운 채 노곤하고 나른한 기분을 만끽하고 있었다. 온몸에 힘이 하나도 없었다. 그러면서도 비로소 이 몸이 자신의 것처럼 느껴지니 신기한 일이었다. 마초가 옆에서 나직하게 코를 골았다. 조개는 그의 옆얼굴을 바라보며 지난밤의 일을 떠올리고 얼굴을 붉혔다. '그녀'가 작게 중얼거렸다.

"짐승 같은 놈. 애송이가 아니라 짐승이었어."

말과는 달리, 조개는 마초의 뺨을 사랑스럽다는 듯 어루만졌다.

마초는 밤새 한순간도 쉬지 않고 그녀를 탐했다. 그 격한 욕망에, 조개는 이놈이 사실은 날 죽이려는 게 아닐까 생각하기도 했다. 또 한편으로는 자신이 이런 일을 하고 이런 감각을 느낀다는 게 경이로웠다.

보통 '장로'라 명명되는 조개의 정식 명칭은 '지각형사념체(知覺形邪念體)'였다. 간혹 전이형 인공지능이라 불리기도 했다. 누가, 언제 조개를 만들어냈는지 아무도 몰랐다. 그녀는 위원회의 천강위나 지살위들과도 달랐다. 오래전부터, '슈퍼컴퓨터'라는 거대한 금속 상자 안에 담겨서 역사조정위원회와 중국 공산당이 명하는 일을 처리하고 자문 역할을 했다. 데이터나 전자의 형태로 외부에서 침입해오는 적과 싸울 때도 있었다. 그러다가 지살위가 시공회랑으로 이동할 때 함께 먼저 건너왔었다.

원래 조개의 임무는 '왕'을 고르는 일이 여의치 않을 경우, 이 시대 주요 인물의 몸에 침투하여 그를 지배하는 것이었다. 한데 진용운이라는 예기치 못한 위험인자가 등장했고 그를 제거해달라는 명령을 받았다. 그게 인연이 되어 마초의 곁에 머무르게 됐다. 조개에게는 이제 위원회도, 진용운도 아무 의미가 없었다. 오직 마초만이 그녀의 전부였다.

마초는 정해진 성별이나 형체조차 없는 생각의 덩어리일 뿐이었던 조개에게 정체성을 부여했다. 그가 그 일을 강제로 행한 게 아니었다는 점이 더 뜻깊었다. 마초의 곁에 있고 싶었고 그가 자신을 여인으로 인식했기에 조개는 여자가 된 것이다. 그에게 안겨 사랑받을 수 있는, 살아 있는 여자. 이 순간이 조개는 미치도록 기쁘고 경이로웠다.

"뭘 그렇게 쳐다봐?"

잠에서 깬 마초가 빙그레 웃으며 말했다.

조개는 어쩐지 부끄러워져서 퉁명스레 대꾸했다.

"네놈이 하도 시끄럽게 코를 골아서 본 거다."

"그랬나? 밤새 힘을 썼더니 너무 피곤해서."

"이, 이상한 소리 하지 마라!"

마초는 팔을 끌어당겨 조개를 품속에 안았다.

"참 신기하네. 처음에는 창이었다가, 꿈속의 귀신이었다가, 남자였다가, 이젠 여자라니."

"…그래서 싫은가?"

조개는 문득 걱정이 되었다. 돌이켜보면 이 몸은 불과 일 년 전까지만 해도 완전한 남자의 그것이었다. 지난밤 마초와 함께 잠자리에 들 때만 해도, 그녀는 스스로 완벽한 여자가 되었는지 자신하지 못했다. 외형은 변한 듯했으나 남자와 동침해본 일이 없었기 때문이다.

조개의 물음에 마초가 툭 내뱉듯 대꾸했다.

"응, 싫다."

"역시 그런가…."

"너, 그거 알아? 너무 예쁜 여자가 돼버려서 딴 놈들이 엄청 홀끔거린다고. 그게 싫단 말이야."

"뭐, 뭐? 네놈, 무슨 헛소리를…."

쪽. 마초는 조개의 이마에 소리 나게 입을 맞추더니 말을 이었다.

"고맙다. 나 때문에 여자의 몸을 택한 거지?"

"…."

조개는 문득 말문이 막히고 가슴이 뭉클해졌다. 이놈은 늘 이랬다. 멍청한 애송이 주제에 가끔 정확히 자신을 꿰뚫어보았다. 스스로 한 선택이고 후회하지 않을 자신도 있었지만, 그래도 그가 알아줬으면 싶었는데. '멍청이'는 이미 알고 있었다.

"후회하지 않게 해줄게. 넌 이제 내 여자다."

"…정말이냐?"

"응. 그런 의미에서."

마초는 진지한 표정으로 말했다.

"한 번 더?"

"뭘 말이냐?"

"에이, 지난밤에 같이 했던 그거 말이야."

"네놈은… 지치지도 않느냐!"

"이제 유표 놈이랑 싸움이 시작되면 언제 또 기회가 있을지 모르잖아."

"잠깐! 어딜 만… 진짜? 진짜 아침부터…."

막 둘의 달뜬 숨소리가 방 안을 채워갈 때였다. 문 밖에서 병사의 조심스런 목소리가 들려왔다.

"저어, 맹기 장군님. 그리고… 조개 님."

마초가 잡아먹을 듯한 투로 버럭버럭했다.

"뭐냐!"

"대, 대장군님께서 태수 집무실 앞으로 지금 바로 오시랍니다. 다른 장군님들도 다 불렀습니다. 서두르시는 것이…."

"…젠장."

조개는 고개를 툭 떨어뜨리는 마초의 머리를 쓰다듬었다.

"너무 아쉬워 마라, 애송이. 이제 나는 늘 네 곁에 있을 테니까, 꼭 지금이 아니더라도 괜찮지 않느냐."

"헤헤, 좋아. 아무래도 뭔가 일이 생긴 것 같은데 얼른 씻고 가보자."

잠시 후, 태수 집무실 앞에 원정군의 모든 장수가 집결했다. 곽가와 사마의도 포함되었다. 조운은 그들에게 착용의 일에 대해 설명했다.

"그래서 나와 총군사, 부군사는 그자를 치는 일에 동의하였소. 그 전에, 그대들의 의견도 듣고 싶소. 반대하는 이가 있다면 말해주기 바라오."

다 듣고 난 장료가 제일 먼저 입을 열었다.

"아마 전하께서 들으셨어도 그 착융이라는 놈을 치라고 하셨을 겁니다. 대장군께서는 전하로부터 전권을 위임받으셨으니 그저 명령을 내리시기만 하면 됩니다."

뒤를 이어 장합도 조용한 목소리로 말했다.

"제 생각도 같습니다."

그 밖에 여포와 마초를 비롯한 다른 장수들도 모두 찬성했으므로, 유주군은 착융의 사원을 향해 진격하기로 결정했다. 이 자리에는 사천신녀도 함께 모여 있었다. 주위를 두리번거리다 뭔가를 본 청몽이 사린을 쿡쿡 찔렀다.

"야야, 저것 좀 봐."

사린이 보니 조개가 마초의 왼팔을 잡고 매달리다시피 한 자세로 찰싹 붙어 있었다.

"저 둘이 아무래도 뭔가 있었나 보다."

"…알 게 뭐람!"

사린은 애써 아무렇지 않은 척했지만 심기가 불편함은 어쩔 수 없었다. 그때 그녀의 뒤에서 누군가 작게 속삭였다.

"죄송합니다, 소저."

"으악, 깜짝이야! 너 누구야!"

"아, 저를 모르시는군요. 죄송합니다. 몇 번 뵈었습니다만. 저는 마대라고 합니다. 맹기 형님의 사촌동생입니다."

"그러고 보니 마초 놈이랑 닮았네. 그런데 네가 왜 사과를 해?"

"맹기 형님이 소저를 슬프게 했으니, 저라도 대신 사과해야 할 것 같아서요. 저런 형님이라 죄송합니다."

"안 슬프거든! 그리고 사과 안 해도 돼."

"죄송합니다…."

"사과하지 말라고…."

그때 한 사내가 손을 들고 소리 높여 외쳤다.

"그깟 부도의 무리 따위를 치는데, 유주에서도 정예만 가려 뽑은 우리 군이 한꺼번에 갈 필요가 있겠습니까! 제게 병사 이백만 내어주시면 가서 놈들을 쓸어버리고 오겠습니다."

조운이 보니, 실로 기이한 행색을 한 자였다. 허리띠에 커다란 방울을 달고 등 뒤로는 까마귀 깃털을 여러 개 꽂아 장식했다. 또 옆구리에는 흔히 쓰지 않는 곡도(曲刀, 둥글게 휘어진 칼)를 차고 있었다.

'저런 자가 왜 이제야 눈에 띈 것인가?'

용운의 진영에 속한 장수가 아니었으므로 의아해진 조운이 물었다.

"그대는 누군가?"

"감녕 홍패라 합니다. 오래전부터 봉선 님을 모시고 있습니다."

여포가 그답지 않게 난감한 기색으로 설명했다.

"내 수하가 맞소. 지난밤에 합류했소. 멋대로 뒤따라와서. 원래 데려가지 않으려 했소. 이번 원정에."

그러자 감녕이 억울하다는 듯 목청 높여 외쳤다.

"장군, 아니 대공께서는 당신을 따르기만 하면 재미난 싸움을 실컷 하게 해주겠다고 제게 약조하셨습니다. 한데 그 뒤로는 기껏해야 호표기 따위가 전부였던 데다, 그나마 쓸 만한 유주왕의 세력과 싸워볼 수 있지 않을까 기대했더니 그 밑에 들어가버리셨지요. 그러면서 이번 원정에서까지 저를 빼놓으시다니 너무한 거 아닙니까?"

여포는 길게 한숨을 내쉬었다.

"바로 네놈의 그런 언행 때문에 뺀 것이다."

아니나 다를까, 장료와 장합 등이 감녕을 차가운 눈길로 바라보고 있었다. 단, 조운이 감녕을 보는 시선은 조금 달랐다.

'호표기 따위라고? 조조가 심혈을 기울여 만들어낸 최정예 기병대를 두고?'

정작 제일 먼저 움직인 건 성질 급한 마초였다. 투콱! 감녕은 자신의 얼굴로 날아오는 마초의 주먹을 오른손을 펴서 붙잡아 막았다. 동시에 마초의 배를 향해 찔러가던 감녕의 주먹은 조개가 팔로 막아냈다.

"오호?"

조개를 보는 감녕의 눈에 이채가 스쳤다. 그런 그를 향해 마초가 으르렁댔다.

"너 이 자식, 우리가 만만하냐?"

"애송이, 상당히 괜찮은 여자를 데리고 있군. 네가 끼고 있기에는 아까우니 나한테 넘기는 게 어떠냐?"

"…뭐라고?"

순간, 이죽거리던 감녕의 얼굴이 굳었다. 마초에게서 폭사된 살기 때문이었다. 거기에 맞서 감녕도 투기를 뿜어내기 시작했다. 분노한 마초를 향해 조개가 다급히 외쳤다.

"그만해라! 난 괜찮으니까."

"비켜. 내가 안 괜찮아. 저 새끼, 죽여버린다."

마초는 창을 들고 오지 않았기에 옆에 다가와 자신을 말리려던 동생 마휴의 검을 뽑아들었다. 감녕의 곡도도 섬뜩한 칼날을 드러냈다. 일촉즉발의 순간, 둘의 싸움을 멈추게 한 건 조운이었다. 철컥. 철컥. 어느 틈에 둘 사이에 나타난 조운이 양손을 가볍게 움직였다. 그의 손길에 의해 마휴의 검은 마초의 손을 떠나 다시 검집으로 들어갔다. 감녕의 곡도도 마찬가지였다. 어안이 벙벙해진 두 장수를 향해 조운이 무슨 일이 있었냐는 듯 평온한 얼굴로 말했다.

"그만들 하지. 맹기가 먼저 공격했지만, 흥패라 했나? 그대가 자극했으니 비긴 걸로 치세."

감녕과 마초는 얌전히 제자리로 돌아갔다.

이는 두 사람을 아는 이에겐 매우 놀라운 일이었다. 특히, 감녕은 본래 야수 같은 인간인지라 고향에서도 마음에 안 드는 놈은 죽이고 탐나는 여자는 강제로라도 취해왔다. 그나마 그가 죽이는 인간 대부분이 불량배나 악인인 게 다행이었다.

감녕은 오직 자신보다 강한 자의 말만 들었다. 그랬기에 여포 밑에서 불만스러워도 참아왔다. 그 나름대로는 쌓여오던 것들이

오늘 터진 것이다. 조개를 두고 한 말도 그의 진심이었다. 그래서 더 문제였다. 마초도 그걸 느끼고 분노한 것이다. 천하의 여포도 난감해하는 수하가 이 감녕이었다. 그런데 조운에게 단숨에 제압당했다.

'이번 전투, 생각보다 재미있겠네.'

실실 웃던 감녕은 오른손에서 통증을 느꼈다. 마초의 주먹을 막았던 손이 부어오르고 있었다.

'유주 대장군의 명성이야 자자하니 놀랄 것도 없지만. 내가 붙잡기 버거운 주먹을 가진 애송이에, 내 주먹을 막아내는 계집이라니. 재미있어. 진짜 재미있겠어.'

소란스러워진 장내를 수습하려 나선 건 여포였다.

"미안하오, 대장군. 내가 대신 사과하겠소."

"아닙니다. 혈기가 넘쳐서 그렇지요. 한데 저자가 과연 착용의 무리를 깨뜨릴 정도의 실력이 되겠습니까?"

"그건 내가 보장하겠소."

여포는 조운에게 망설임 없이 답했다.

그 말에 감녕의 입이 헤벌어졌다.

'흐흐, 역시 봉선 님! 날 인정해주시는구나.'

조운이 고개를 끄덕였다.

"좋습니다. 닭 잡는 데 소 잡는 칼을 쓸 필요 없다는 홍패의 말도 일리가 있는 데다, 중요한 전투를 앞두고 쓸데없이 힘을 뺄 필요도 없지요. 대공께서 보장하셨으니 저 홍패라는 자로 하여금 착용을 격파케 하겠습니다."

감녕은 신이 나서 큰 소리로 대답했다.

"감사합니다! 실망시키지 않겠습니다."

감녕은 그 길로 병사 이백을 거느리고 착융의 사원을 향해 출발했다. 그를 제외한 나머지 유주군은 그사이 원정 준비를 마치고 나서기로 했다. 일이 일단락되어 장수들이 각자의 거처나 진영으로 돌아간 후였다. 두 책사와 이후의 일을 의논 중이던 조운과 여포 앞에 검은 그림자가 홀연히 나타났다. 누군가를 붙잡고 있는 흑영대원 2호였다. 그는 용운이 부탁한 대로 두 책사를 비롯한 주요 가신들을 지키기 위해 원정에 합류해 있었다.

"그건 누군가? 뭔가 문제가 생겼나?"

조운의 물음에, 2호는 고개를 푹 숙이고 답했다.

"이자는 착융의 수하입니다. 성내에서 우리를 살펴보고 있었습니다."

곽가가 다소 놀란 기색으로 말했다.

"허, 제법 행동이 빠른 놈들이로군. 게다가 간자들까지 운용하는 모양인데?"

사마의가 그의 말을 받았다.

"못 보던 군세가 성에 들어오니 정체를 알아내려 한 모양입니다."

그때 여포가 2호를 향해 의아한 듯 말했다.

"한데 그대는 공을 세우고선 왜 그렇게 의기소침해 있소?"

"공을 세운 게 아니라 큰 실수를 저질렀습니다, 대공. 이들은 총 넷이었는데, 둘은 제가 죽였지만 그만 나머지 하나를 놓쳤습니다. 아마 아군이 착용을 치러 출진했음이 곧 알려질 겁니다."

이번에야말로 곽가와 사마의 등은 깜짝 놀랐다. 2호의 실력은 그들도 익히 잘 아는 바였다. 그가 고작 네 명을 다 처리하지 못하고 놓쳤다니, 상대의 기량이 생각보다 뛰어난 듯했다. 조운이 여포에게 물었다.

"그 홍패라는 자는 지략이 있는 편입니까?"

"…없소, 내가 아는 바로는. 무식한 자요."

"이런. 어째 예감이 안 좋군요."

여포가 무식하다고 할 정도면 심각했다. 잠시 생각하던 조운이 말했다.

"아무래도 우리가 상대를 너무 얕본 모양입니다. 병법서에도 사교에 미친 자는 죽음을 두려워하지 않으니 극히 조심하라 했습니다. 한데 비록 부도라 하나 착용의 밑에 모인 자들은 광신도나 마찬가지니 상대하기가 결코 만만치 않을 듯합니다. 게다가 이렇게 간자까지 부린다는 것은 그 착용이라는 자가 정보 수집과 책략에도 일가견이 있거나, 그런 책사를 두고 있다는 뜻입니다."

곽가가 고개를 끄덕였다.

"대장군의 말씀이 실로 옳습니다. 무의식중에 부도라는 이름에 가려 이 곽 모 또한 사안을 가볍게 여긴 듯합니다. 즉시, 감흥패의 뒤를 받칠 후발대를 꾸려 보내도록 하겠습니다. 형주군과 싸우기도 전에 이런 곳에서 패하기라도 하면, 원정에 찬물을 끼

없는 꼴이니 말입니다."

"서둘러야 할 거요."

여포가 곽가를 향해 말했다.

"그놈, 소수를 거느리고 떠난 데다, 싸우기를 밥 먹는 것보다 좋아해서 엄청나게 빠르다오. 진군 하나는."

한편, 감녕은 조표에게서 들은 대로 동쪽을 향해 말을 몰았다. 쉬지 않고 두 시진 정도 달리자, 숲 가운데로 난 좁은 오솔길이 나타났다. 부장 역할을 맡아, 바로 뒤에서 따라오던 수하가 말했다.

"장군, 길이 좁고 양옆의 숲은 울창합니다. 딱 숨어 있다가 공격하기에 좋은 지형입니다. 매복을 조심하시는 편이⋯."

감녕은 수하의 조언에 코웃음을 쳤다.

"야, 못 들었어? 옷 입힌 불상에 절이나 하는 놈들이라고. 그런 자들이 매복은 무슨⋯. 더구나 우리가 쳐들어가는 것도 모르고 있을 텐데. 최대한 빨리 들이닥쳐서 혼을 빼놓는 편이 나아."

"알겠습니다."

곧 멀리서도 거대하고 화려한 사원이 보이기 시작했다. 그런 것을 처음 보는 감녕이 혀를 내둘렀다.

"과연 저게 그 황금대사의 사원이란 말이지? 대체 백성들을 얼마나 수탈하면 저렇게 어마어마한 사원을 지을 수 있는 거⋯ 엇!"

순간 그의 몸이 크게 흔들렸다. 땅이 푹 꺼지면서 그가 탄 말이 앞으로 고꾸라진 것이다. 함정이었다.

"장군!"

뒤따라오던 수하가 놀라서 외쳤다. 그러나 그도 미처 멈추지 못하고 함정에 빠지고 말았다.

숙적과의 조우

"쯧."

감녕은 허공에서 한 바퀴 공중제비를 돈 후, 떨어지던 수하의 어깨를 박차고 반대편에 섰다.

그는 함정 아래를 내려다보며 말했다.

"미안하다. 내가 무사해야 이길 수 있으니까 이해해라. 그리고…."

수하는 말과 한꺼번에 잘못 떨어진 데다, 바로 뒤를 따라오던 자들까지 그 위로 추락했으므로 목이 이상한 방향으로 꺾여 죽어 있었다.

"그리고 어차피 죽을 거였으니, 나한테 도움이라도 되어야지. 근데 이 새끼들이 감히 함정을 파냈어?"

감녕은 본래 제 감정을 말로 표현하는 데 서툴렀다. 그래서 자신의 발판이 되어준 부하의 죽음에 대해 말은 함부로 했지만 격노하고 있었다. 그는 뿌득 이를 갈았다. 그때 길 양쪽의 덤불에서 수십 대의 노가 그를 향해 날아왔다.

"어쭈? 가지가지 하는구나."

감녕은 순간적으로 곡도를 뽑아들면서 휘둘러 노를 쳐냈다. 퓻! 퓨퓻! 어이없이 동료를 잃고 분노한 청광기들이 덤불을 향해 마주 노를 날렸다.

"윽!"

"으악!"

억누른 비명과 함께 연노를 든 자들이 덤불 밖으로 털썩 쓰러졌다. 그게 전부가 아니었다. 정면에서 완벽하게 무장한 수백 명의 장정들이 돌격해왔다.

"적이다!"

"부처를 박해하려는 자들을 죽여라!"

"사악한 무리를 성불시켜라!"

곡도 날을 혀로 핥은 감녕이 마주 달려 나갔다.

"오오냐, 안 그래도 열 받았었는데 알아서 죽으러 와주는구나!"

서걱! 쓰컥! 촤악! 선혈이 사방으로 튀었다. 감녕은 몸을 미끄러뜨리듯 앞으로 움직였다. 그가 지나간 자리에 어김없이 피보라가 일었다. 감녕의 곡도는 춤추듯 기이하게 회전하면서, 부도 신자들의 목 줄기만 정확히 그었다. 빙글빙글. 그의 손안에서 예측 불허의 궤적을 그리며 곡도가 돌 때마다 신도 하나가 목을 부여잡고 쓰러졌다. 상대가 칼로 막아내려 하면, 휘어진 검날 안쪽으로 걸어서 칼을 치워버리거나, 둥근 칼등 부분으로 미끄러뜨려 헛치게 했다. 그렇게 자세가 흐트러지는 순간, 끝이었다. 서걱!

뒤따르던 청광기들 또한 가려 뽑은 정예병들이었으므로 숲속 오솔길은 도살장을 방불케 했다. 그러나 청광기들은 조금씩 질리기 시작했다. 길 위에 시체의 산을 만들면서도 그 산을 타넘고 끊임없이 달려오는 신도들 때문이었다.

"극락왕생(極樂往生)!"

"극락왕생!"

그들은 알 수 없는 구호를 외치면서 몸을 던져 죽어갔다. 부처를 위해 죽으면 극락에 간다고 믿고 있었기에 몸을 바치는 데 한 치의 망설임도 없었다. 하지만 망설임이 없기는 감녕도 마찬가지였다.

"오냐, 그래. 극락으로 보내주마. 고맙지?"

그렇게 감녕이 착용의 신도들을 가차 없이 죽여갈 때였다.

"거참, 손속이 무자비한 자로구나."

길 끝에서 난데없는 여인의 목소리가 울려 퍼졌다. 그러자 신도들이 양쪽으로 즉시 물러나더니 합장한 자세로 외치기 시작했다.

"사천왕이시다!"

"광목천왕 님께서 오셨다!"

청광기들은 얼떨떨하여 말고삐를 당겨 멈춰 섰다. 맨 앞에서 달리던 감녕도 돌격을 멈췄다.

"저건 또 뭐야?"

중얼거리는 그의 목소리에서 은은한 긴장감이 느껴졌다. 여인으로 짐작되는 '광목천왕'이라는 자와의 거리는 아직 백여 보 넘게 남아 있었는데도 격한 목소리가 또렷하게 들려왔기 때문이다. 이는 그만큼 상대의 내공이 심후하다는 뜻이다. 여자는 목소리에 기를 실어 의도적으로 감녕에게 보내서 공격을 멈추게 한 것이었다. 갑자기 생각지도 못한 실력자가 나타난 것이다.

거리가 가까워지자 상대의 모습이 드러났다. 광목천왕이라 불린 여자는 양손에 팔뚝 정도 길이의 철봉을 들었다. 철편이라 불리는 무기였다.

'특이하군. 요즘에는 잘 안 쓰는 무기를.'

또한 머리에는 붉은색 피풍의(바람을 막기 위한 겉옷. 서양의 망토)를 뒤집어쓰고 있었다. 피풍의 앞쪽에는 커다란 눈 여러 개가 정교하게 수놓아져 있어 기괴한 느낌을 주었다. 감녕의 관자놀이에서 식은땀이 흘렀다. 그녀가 다가올수록 심한 압박감이 느껴졌다.

'이건 최소 대공과 맞먹거나 그 이상. 설마 저 가녀린 여자가….'

그 와중에도 호색한인 그는 생각했다.

'몸매 끝내준다.'

그때 광목천왕이 움직였다. 휘잉! 첫 번째이자 일격필살인 그 공격을 감녕이 막은 것은 사실 행운에 가까웠다. 정확히는 막았다기보다 반사적으로 곡도를 휘두른 것에 불과했다. 쩡! 끼기기기긱! 광목천왕의 철편이 곡도 날의 등 쪽, 바깥으로 둥글게 휘어진 부분을 때렸다. 동시에 감녕은 곡도를 빙글 돌리면서 철편을 흘려내고 자세가 흐트러진 광목천왕을 베려 했다. 한데 뭔가 이상했다. 끼기긱! 철편이 칼등으로 미끄러지는 대신, 거슬리는 쇳소리가 계속해서 귀를 찔렀다.

'홀릴 수가 없어?'

감녕이 보니, 곡도 날의 등 쪽이 깨져서 거기에 철편이 걸려 있었다. 이대로 버텨봐야 곡도가 조각나거나, 밀려서 제 칼에 제가 찔리거나 둘 중 하나였다. 그는 얼른 곡도를 버리고 뒤로 물러났다. 동시에 한 가지 사실을 깨달았다.

"어라, 부러졌네."

곡도만 깨진 게 아니었다. 쥐었던 쪽 손목도 부러져 손이 축 늘어진 채 덜렁거리고 있었다. 그런데도 감녕은 두려워하거나 당황하기는커녕 눈을 빛내며 혀로 제 입술을 핥았다.

"계집, 힘이 엄청나구먼? 그 힘을 잠자리에서 쓰면 아주 죽여주겠는데?"

대답 대신 다시 철편 공격이 날아왔다. 이번에는 감녕도 도발 직후 공격해올 것을 알았기에 대처할 수 있었다. 전투에서 미리 알고 다음 움직임을 정했을 때와 그렇지 못했을 때는 결과의 차이가 컸다. 감녕은 최대한 자세를 낮춰 철편을 피했다. 동시에 광목천왕의 뒤로 돌아가, 부러진 쪽 팔로 허리를 감고 다른 한 팔로는 목을 조였다. 그야말로 그림 같은, 물 흐르는 듯한 연계동작이었다.

감녕이 곡도를 워낙 현란하게 쓰는 까닭에 잘 모르는 이들은 그게 그의 특기인 줄 알지만 사실은 아니었다. 감녕의 진짜 장기는 총 세 가지였는데, 그중 하나가 이 박투술(搏鬪術, 근거리에서 손발 등 신체를 이용해 싸우는 격투술)이었다. 그는 광목천왕의 귓가에 대고 속삭였다.

"이봐, 순순히 항복하시지? 이 가느다랗고 예쁜 목을 부러뜨리기 싫으니까."

여자는 대답 대신 뒤로 붕 떠올라 몸을 날렸다. 워낙 갑작스럽고 빠른 움직임이라 얼떨결에 함께 밀려간 감녕은 바위에 등을 세차게 부딪쳤다. 광목천왕과 바위 사이에 긴 형국이 된 것이다.

"컥!"

감녕은 신음을 토했다. 동시에 광목천왕의 목을 조이던 팔에서 힘이 빠졌다. 그녀는 그 틈을 놓치지 않고 머리를 앞으로 숙여 빼내더니, 뒤쪽으로 힘껏 젖혀서 감녕의 안면을 들이받았다. 빡! 묵직한 소리가 울렸다. 감녕의 코와 입에서 피가 튀었다.

그는 격투가 시작된 이래 처음으로 당황했다. 광목천왕이라는 여자가 완력은 강할망정 뜻밖의 상황에 대처하는 순발력은 약하리라 생각했다. 즉 전투 경험이 별로 없다고 여긴 것이다. 너무도 정직하게 힘과 속도만을 이용해서 가해오는 공격 때문이었다. 문제는 그 힘과 속도가 엄청나서, 그것만으로도 충분히 강하다는 거였다. 이에 당혹감을 끌어내어 허점을 유도하기 위해 일부러 붙어서 난전으로 끌고 갔다.

그는 첫 번째 공격을 받아낸 후 이미 인정했다. 여자와 정면으로 싸워서는 결코 이길 수 없음을. 막으면 무기가 부서지는 걸로도 모자라, 무기를 쥔 팔목까지 부러진다. 그런 공격을 무슨 수로 막겠나. 답은 변칙이다.

그런데 광목천왕은 상대가 등 뒤에 달라붙어 목을 조르는 등의 돌발 사태에도 잘 대처했다. 심지어 스스로 몸을 날려서 감녕에게 충격을 준 걸로도 모자라, 졸리던 목을 빼내자마자 뒤통수로 들이받았다. 여기에는 감녕도 정말 놀랐다. 보통 목을 졸린 후에는 본능적으로 조른 상대와 떨어지려 하기 때문이다.

"그래, 솔직히 완전 당황스러웠다."

광목천왕이 멈칫했다. 머리로 상대의 안면을 정확히 받았는데, 여전히 바로 뒤에서 목소리가 들려오고 있었다.

"그래서 나도 인정했다. 널 여자로서가 아니라, 어떤 수를 써서라도 이겨야 할 적이라고."

말이 끝나기가 무섭게 뒤쪽에서부터 감녕의 손가락이 두 눈을 찔러왔다. 이 생각지도 못한 흉험한 수법에 광목천왕은 서둘러 몸을 빼내려 했다. 빙글, 그녀가 회전하여 감녕과 마주 본 직후였다. 푸웃! 이번에는 그가 입에 머금고 있던 피를 뿜어내어 시야를 가렸다. 진짜 노림수는 이것이었다. 갑자기 시야가 흐려져 광목천왕이 잠깐 머뭇거린 찰나의 순간. 콰득! 피풍의 아래에 가려졌던 그녀의 눈이 둥그렇게 커졌다. 고통에 훅 하고 숨을 들이켰다.

"건달들을 데리고 뒷골목 생활을 하다 보면 말이야, 별의별 부상을 다 당하거든? 그중에 제일 많이 얻어터지는 곳이 얼굴이야. 코가 내려앉은 것 정도는 아무렇지도 않아."

으드득! 이번에는 뭔가 부러지는 듯한 소리가 연이어 울렸다. 결국 여인의 입에서 비명이 새어 나왔다.

"아악!"

"하지만 이런 식으로 다치기란 드물지. 엄청나게 아프기도 하고."

감녕이 그녀의 무릎과 발등을 자신의 뒤꿈치로 연이어 찍은 거였다. 뼈가 약한 데다 통각이 모인 부위였다. 광목천왕의 왼쪽 다리가 이상하게 꺾였다. 이게 감녕의 두 번째와 세 번째 특기. 어지간한 부상이나 아픔은 무시한다. 거기다 불시에 길거리 막싸움 식의 공격을 가하는 것이었다.

"잠깐 기절해 있어라."

감녕이 비틀거리는 광목천왕의 관자놀이를 향해 그림 같은 발차기를 날렸을 때였다. 쩡! 분명 사람의 머리를 찼는데도 불구하고 쇳소리가 울려 퍼졌다.

"아니?"

스르륵. 걷어차인 충격에 붉은색 피풍의가 아래로 흘러내렸다. 그러자 머리끝부터 발끝까지 한 치의 빈틈도 없이 시커먼 철갑으로 전신을 감싼 여인의 모습이 드러났다. 가려져 있던 상체 부위는 그렇다 치고 분명 갑옷을 입지 않은 상태였던 몸과 다리까지, 어느 틈에 갑주로 뒤덮여 있었다.

변칙에 강한 천하의 감녕도 여기에는 어안이 벙벙해졌다.

'대체 언제 갑옷을 입은 거지?'

이를 본 부도 신자들이 일제히 환성을 질렀다.

"오오! 신장(神將)이다!"

"신장께서 드디어 강림하셨다!"

광목천왕이 천천히 고개를 드는 순간, 감녕은 온몸에 소름이 오싹 돋았다.

'위험…'

그때 여인의 신형이 사라지나 했더니 강철 갑옷으로 둘러싸인 어깨가 감녕의 명치에 틀어박혔다. 어깨가 파묻힐 정도로 강력한 일격이었다.

"크헉!"

감녕은 입에서 피를 뿜으며, 몇 장이나 날아가 나무를 부수고 나뒹굴었다. 그가 몇 바퀴를 구른 끝에 간신히 일어나 앉았을 때, 광목천왕은 이미 그 옆에 와 있었다. 흑색 철갑에 감싸인 작은 발이 그의 명치를 찍어 눌렀다. 어깨에 들이받힌 그 부위였다.

"커허…."

감녕은 소리도 못 지르고 얼굴이 노랗게 변했다.

여인이 처음으로 목소리를 내어 말했다.

"제법이네, 당신…. 그런데 개짜증… 이만 죽어…. 못생겨서 더 짜증난다는."

그녀의 이상한 말투에 감녕이 숨넘어가는 소리로 뭐라 대꾸했다.

"크으… 목… 네…."

"뭐라고…? 좋아. 유언 정도는 들어줌…."

광목천왕은 상체를 약간 숙이고 감녕의 말을 들으려 했다. 그는 마지막 힘을 다 짜내어 피거품을 뿜으며 말했다.

"목소리도 예쁘다고."

광목천왕이 어이없다는 듯 실소했다.

"하아! 뭐 이런 놈이 다 있지. 믿기지 않아. 인류의, 아니 여자의 적…. 역시 죽어."

후웅! 이번에야말로 확실하게 죽이려는 심산인지, 광목천왕이 한 마리 새처럼 허공으로 솟구쳤다. 그대로 낙하하면서 감녕을 짓밟을 셈이었다. 감녕은 이를 악물고 몸을 굴리려고 발버둥 쳤으나, 전혀 힘이 들어가지 않았다.

'내가 여자에게 밟혀 죽을 줄이야. 하다못해 얼굴이라도 봤으면 덜 원통하련만….'

최후라 여긴 그가 마음속으로 탄식할 때였다. 급강하를 시작한 여인과 자신의 사이로 누군가가 불쑥 끼어들었다. 유주의 일인지하만인지상(一人之下萬人之上, 보통 영의정의 지위를 이르는 말이나 왕을 제외하고 가장 높은 벼슬에 있는 자를 의미), 유일한 대공인 여포 봉선이었다.

"거기까지. 내 부하다."

여포는 떨어지는 광목천왕의 가느다란 발목을 잡아 그대로 휘둘러서 팽개쳤다. 그녀는 균형을 잃고 땅에 처박히는 대신, 양손의 철극으로 지면을 찍었다. 그 반탄력을 이용해 몸을 튕기듯 하여 착지했다. 여포를 본 감녕이 반갑게 그를 불렀다.

"주공! 쿨럭."

그러나 여포는 이미 그 자리에 없었다. 광목천왕이 무사히 내려서는 걸 보자마자 그대로 돌진하면서 방천화극을 내찔렀기 때문이다. 그의 몸이, 전신의 감각이 말하고 있었다. 이 여자를 이대로 둬선 안 된다, 결코 방심하지 말고 최선을 다해야 한다고.

대신 그가 있던 자리에 와서 선 이는 마초였다. 마초는 감녕을 내려다보며 툭 내뱉듯 말했다.

"꼴좋다. 아주 박 터지게 맞으셨군."

"흥, 실컷 비웃으시지. 쿨럭! 저 여자의 상대가 안 되긴 너도 마찬가지일걸?"

"깨지려면 빚이 있는 나한테 깨져야지, 왜 엄한 데서 처맞고 지랄이야? 넌 까도 내가 까."

"뭐야, 이 자식. 욕이냐, 위로냐."

"떠들지 마. 목 뒤로 피 넘어가니까."

마초는 금마창을 꼬나들고 여포에게 가세했다.

"아, 이 감흥패 체면이…. 이대로는 방해만 될 테니까 빨리 날좀 치워줘."

중얼거리던 감녕이 뭔가를 보고 눈을 부릅떴다.

"호호, 그럴게요."

쓰러져 있는 감녕을 수습하러 온 이는 그가 제일 싫어하고 두려워하는 남자. 바로 여포의 세 호위 중 하나인 몰면목 초정이었다.

"왜, 왜, 왜 하필 너야!"

"초선 님은 근처에 오기도 싫다고 하셨고 팽기 님은 대공을 도와 싸우는 중이니까요. 웃차!"

초정은 감녕의 몸 아래에 양팔을 넣어, 그를 가볍게 안아 들었다. 21세기의 대한민국에서 일명 '공주님 안기'라 부르는 자세였다. 감녕은 발버둥을 쳤지만 속수무책이었다.

"으아악! 이 자식, 왜 윗옷을 안 입고 다니는 거야? 가슴에 내손이 닿았잖아!"

"옷을 입으면 나의 이 멋진 근육이 가리잖아요."

"당장 내려놓지 못해?"

"그럼 업을까요?"

"엉덩이는 안 돼!"

감녕은 초정에게 안긴 채 악을 쓰며 뒤로 빠졌다.

그런 두 사람을 스쳐 지나가던 장합이 냉정하게 평가했다.

"경박한 자로군."

장료가 그와 나란히 달리며 대꾸했다.

"그래도 지금 이 순간 실력은 있는 자임이 밝혀졌네. 그들 중 하나를 상대해서 저 정도로 살아남은 데다 상당한 부상까지 입힌 모양이니 말일세."

"역시, 대장군의 예상대로 그들인가."

조운과 여포 등이 감녕을 지원할 인원을 구성하기 위해 논의하던 중. 그 짧은 시간 동안, 그 자리에서 간자를 고문한 2호가 새로운 사실을 알려왔다. 그의 표정은 담담했으나 얼굴에는 군데군데 피가 묻어 있었다. 물론 그의 피는 아니었다.

"그 사천왕이라는 자들 말입니다. 아무래도 범상치 않은 자들인 듯합니다. 어디서 굴러먹던 부랑자나 도적이 힘자랑하는 수준이 아닙니다."

2호의 말에 조운이 물었다.

"뭐라고 하던가?"

"처음 그들은 쇠로 된 공 안에 탄 채로 하늘을 날아서 나타났다고 합니다."

주변의 몇몇 병사들이 어이없다는 듯 웃었다. 하늘을 날아서 오다니, 진짜 부처라도 되나? 그러나 조운과 곽가, 사마의는 표정이 일변했다. 착용의 간자 하나를 놓쳤다고 들었을 때와는 비교도 안 될 정도로 긴장한 기색이 역력했다.

"그리고?"

"거기서 나온 넷 중 한 사내가 검은 용을 불러내어 바위산에 구멍을 뚫더니 쉴 곳과 먹을 것을 요구했고요."

"무력시위를 한 거로군. 그리고 어디서 많이 듣던 종류의 사술이야."

옆에서 듣고 있던 곽가가 중얼거렸다.

"분명 산양성에서 벌어진 전투에서도 검은 용을 불러낸 남자가 있었다고 했지요."

"태풍을 일으키는 여자도 있었습니다. 천만다행으로 그 여자는 죽은 모양이지만…."

"분명 그 싸움에서 넷이 달아났다고 들었는데, 그중 하나인 이규는 아군이 데리고 있지 않습니까? 그런데 왜 여전히 넷인 걸까요?"

"도중에 다른 하나가 합류한 것 아니겠습니까? 그들은 아직 수가 많으니까. 아무튼 셋 아니라 그중 하나라도 이곳 하비성에 자리를 잡은 거라면 아군 전원이 출격해야 합니다."

조운의 말에 두 책사는 동시에 고개를 끄덕였다. 사정을 모르는 여포만이 어리둥절해서 물었다.

"대체 어떤 자이기에 우리가 모두 가야 한단 말이오?"

"하긴 이제 대공께서도 아셔야 하니…. 대공, 지살위라는 자들을 거둬들이셨지요?"

조운의 물음에 여포는 고개를 끄덕였다.

"그랬소."

"지금 우리가 상대하려는 자는 제일 말단이라 해도 그 지살위들 모두의 위에 있는 자. 천강위라고도 불리며, 성혼단의 중심을 이루는 자들입니다. 혹 들어보신 적 없습니까?"

"아…."

여포의 뇌리로, 언젠가 주무와 나눴던 대화가 스치고 지나갔다. 주무의 재주를 칭찬하자, 그가 쓴웃음을 지으며 한 말이었다.

— 저 같은 것은 그분의 발뒤꿈치에도 못 따라갑니다.

— 누군가, 그분이?

— 으음… 저의 스승이라고도, 상관이라고도 할 수 있는 분입니다.

잠깐 머뭇거리던 주무가 말을 이었다.

— 사실 저희 지살위들 위에는 천강위라 하여 훨씬 더 강하고 기이한 능력을 가진 서른여섯 명이 있습니다. 원래 저희는 그들의 명을 따라야 했으나, 거기서 떨어져나와 주공을 택한 것입니다. 그분 또한 천강위 중의 하나고요.

— 그런 자들이 있었나. 무섭군. 성혼단의 저력은.

— 당분간 천강위와 충돌하는 일은 최대한 피할 생각입니다. 그들은 매우 강하고 또 위험한 존재이기 때문입니다. 언젠가 부

덮치지 않을 수 없겠지만, 아직은 아닙니다.

— 얼마나 강하기에…. 어떤가? 나와 비교하면.

여포의 물음에, 잠깐 당황해하던 주무가 답했다.

— 총 서른여섯 중 맨 아래의 열 명은 주공께서 전력을 다하신 다면 이길 수도 있을 것입니다. 가운데의 열 명과는 최선이라도 동귀어진하실 가능성이 높고 상위의 열 명에게는 필패입니다.

예기치 못한 대답에 조금 자존심이 상한 여포가 재차 물었다.

— 서른여섯이라고 하지 않았나? 그럼, 어떤가? 나머지 여섯과 는.

— 제가 스승이라 칭한 분은, 무력보다는 머리로 그 자리에 오른 분이라 제외해야 합니다. 그럼 다섯이 남는데….

— 솔직히 말하라. 이걸로 그대를 책망할 생각은 없다.

— 그 다섯에게는 일초지적도 못 되십니다.

일초지적(一招之敵)이란, 단 한 수로 쓰러뜨릴 수 있는 상대를 의미했다. 평소의 주무를 잘 아는 여포였다. 그가 굳이 그런 말을 지어내어 자신을 능멸할 리 없었다.

— 그렇군. 천하에 다섯이나 있단 말인가! 나를 가지고 놀 정도로 강한 자가.

— 송구합니다.

주무가 황망해하며 허리를 깊이 숙였다.

여포는 고개를 저으며 나직하게 말했다.

— 아니다. 위를 못 봤구나. 허명에 젖어서. 나 또한, 미리 대비해야겠지. 그런 자들이 있다면.

오래전의 일이지만 그때 상당한 충격을 받았기에, 여포는 그 대화를 생생히 기억하고 있었다. 그 일은 가뜩이나 강한 여포로 하여금 무공 수련에 더욱 정진하게 하는 계기가 되기도 했다. 드디어 그들 중 일부가 나타났다는 말에, 여포는 긴장감과 호승심이 동시에 일었다. 지난 십 년 나름 천하를 종횡하며 쌓은 실력을 시험해보고 싶었다.

"그럼, 서둘러야겠구려. 자칫, 정말로 위험할 수도 있으니까 말이오. 홍패의 목숨이."

이렇게 해서 유주군 전원이 사원 쪽으로 서둘러 진격해오게 된 것이다.

얼굴까지 온통 검은 갑주로 뒤덮인 형체를 보자마자, 장료와 장합은 동시에 신음하듯 중얼거렸다.

"저건…."

"호연작."

광목천왕은 다름 아닌 천강위의 호연작이었다. 결코 잊을 수 없는 악몽 같은 형상과 이름이었다. 단 넷이서 수만의 원소군을 농락하던 사천신녀. 그런 그녀들을 어린아이 다루듯 때려눕힌 여자였다. 철기 삼천을 맨몸으로 뚫고 나간 괴물이다. 그때도 저런 모습이었다. 이음새 하나 없이 흑요석처럼 새까맣게 빛나는 기괴한 갑주로 전신을 덮고 있었다.

'허나 이제는 다를 것이다.'

장료는 이를 악물었다. 그는 호연작에 이어 임충에게 저도 모르는 사이 죽을 뻔했다가 용운 덕에 살아났다. 그날 이후 한시도 무공 수련을 게을리 한 적이 없었다. 조금이라도 나태해지려 하면 그때 일을 떠올리며 마음을 다잡았다. 주군을 보호해야 할 가신이 주군 덕에 목숨을 건졌던, 그럼에도 불구하고 자신은 무슨 일이 일어났는지조차 정확히 파악하지 못한 그 수치스러운 순간을.

설욕의 칼을 갈기는 장합도 마찬가지였다.

'그때의 내가, 우리가 아니다.'

그 또한 천강위와 맞서 싸운 경험이 있었다. 그들의 동료로 보이는 여자로부터 성월을 구하려다 중상을 입기도 했다. 본래 장합은 장수 개인의 무력보다 전투 자체의 승리, 즉 지휘력을 중시했다. 자신이 조운이나 장료, 또 당시만 해도 생존해 있었던 태사자 등과 같은, 용운의 다른 장수들에 비해 무력이 다소 뒤진다는 걸 알고 있었다. 대신 전술과 통솔력에서 앞서니 충분히 그 부분을 상쇄한다고 생각해왔다.

그러나 천강위들과 맞서 싸운 뒤 생각이 달라졌다. 여전히 장수에게 통솔력과 전술, 지휘력은 중요한 요소였다. 거기에 더해 강력한 무력 또한 필수라 여기게 된 것이다. 장합 자신이 약하다면, 위원회라는 자들이 난입하여 자신을 죽이는 순간에 부대 전체가 와해될 테니까. 이에 그 또한 보이지 않는 곳에서 무술에 정진해왔다. 사랑스러운 성월의 도움을 받아서. 오래전, 비무대회에서 처음 성월과 만났을 때는 어이없게 패배했던 그였다.

'사실 집중하지 못했던 까닭도 있지만, 전력을 다했어도 졌겠지.'

하지만 십 년 가까이 지난 지금은 거의 대등하게 싸울 수 있었다. 아니, 오히려 장합이 살짝 우세했다. 어쩐지 성월이 예전보다 좀 약해지긴 했지만, 그래도 놀라운 발전이 아닐 수 없었다.

여포와 마초가 호연작을 합공하는 사이. 장료와 장합 또한 말을 몰아 그리로 쇄도했다. 그런 둘의 뒷모습에서 더 이상 두려움은 느껴지지 않았다. 사천신녀는 장수들의 등을 바라보며 달려오고 있었다. 문득 성월이 말했다.

"십 년 전에 비해 몰라보게 강해졌어. 저 사람들."

그녀의 말에 청몽이 고개를 끄덕였다.

"응. 장료랑 장합 씨가, 검후 언니가 남긴 검법서와 전하께서 세운 청무관의 비전을 봐가며 꾸준히 수련해온 건 알고 있었는데. 저 여포 녀석은 그보다 더 강해졌다니까. 하여간 마음에 안 들어."

"보호해줘야 할 대상이었는데, 이젠 우리보다 앞서 나가서 싸우고 있네."

"그러게. 잘됐지, 뭐."

"언니도 알고 있었지?"

"뭘?"

"우린 언제부턴지 아무리 수련해도 더는 실력이 늘지 않는다는 걸."

"…."

"이미 태어날 때부터 맥시멈에 맞춰져 있었으니까. 이 몸은 각자의 전투방식에 최적화해 세팅되어 있지만, 확장은 안 된다는 거 말이야."

"뭔 상관이냐. 지금도 충분히 강하잖아."

"알아. 그래도 어쩐지 씁쓸…."

말하던 성월이 문득 번개처럼 활시위를 당겼다가 놓았다. 날아간 화살은 막 장합을 공격하려던 호연작의 어깨에 박혔다. 장합은 얼른 뒤를 돌아보았다가 다시 전투에 집중했다. 성월이 아무일도 없었다는 듯 말을 이었다.

"씁쓸하긴 해. 저들은 역시 살아 있는 사람이구나. 얼마든지 더 발전하고 더 강해질 수 있구나 싶어서."

"방금 그딴 짓을 한 주제에 약하다고 한탄하는 거냐. 넌…."

뒤에서 듣고 있던 이랑이 끼어들었다.

"하지만 언니, 그거 아세요? 여기서 이십 년만 더 지나잖아요? 그러면 우리가 다시 더 세져요. 멈춰 있는 대신 우린 늙지도 않으니까요."

"이십 년이라… 호호. 그건 그러네."

"게다가 애초에 저 남자들도 평범한 사람은 아니라고요."

청몽이 거기다 한마디를 툭 던졌다.

"그러다가 늙다 못해서 전하가 돌아가시면?"

"…."

"우린 전하와 연결된 혼의 힘으로 생(生)이 유지되고 있다는 거알지? 어차피 같은 시간을 살아야 한다는 거야. 그사이에 조금 더 강해지고 약해지고는 별 의미도 없어. 그러니까 살아 있는 지금, 모든 시간에 최선을 다해. 자, 이제 그만 떠들고 전투에 집중!"

이는 그녀가 자기 자신에게 하는 말이기도 했다. 어차피 원래 세계로 돌아가는 방법은 요원했다. 그렇다면 거기 흔들리지 않고 눈앞의 싸움에 전력을 쏟아 부으리라. 그게 사천신녀니까.

사린은 뒤늦게 막 입을 벌렸다가 투덜댔다.

"난 아직 말도 못했는데."

사천신녀는 오랜만에 조우한 숙적, 천강위와의 격전을 향해 몸을 날렸다.

11

사천왕의 정체

'광목천왕(廣目天王)'은 지금 매우 혼란스러웠다. 사천왕의 대
장 격인 '지국천왕(持國天王)'이 말하길, 분명 광목천왕 자신 정
도 실력이면 천하제일의 반열에 든다고 했다. 기억을 잃었어도
이 무력이 있으면 살아가는 데는 아무 지장이 없다고도 하였다.
광목천왕은 그 말을 믿어 의심치 않았다. 뿐만 아니라 그가 하는
얘기라면 다 신뢰했다.

지국천왕은 누구도 고치지 못하던 그녀의 광증(狂症)과 고통을
낫게 해주었기 때문이다. 또 그는 세상의 이치에 대해 모르는 게
없었다. 서주를 방황하면서 사람들을 죽이던 자신과 동료들에게
나아갈 길을 알려준 것도 그였다.

'부정한 방법으로 모은 재물을 빼앗아 올바르게 쓰고 악한 관
료의 성을 빼앗아 뜻을 펼친다.' 이것이 지국천왕이 평소에 늘 말
하던 바였다. 이곳, 하비성은 그 두 가지를 다 갖춘 장소였다. 사
천왕은 하비성을 기반으로, 천하의 온갖 난이며 분쟁과 동떨어
진 자기들만의 세상을 만들려 하였다. 한데 이를 눈치챈 하비태

수가 외부 세력을 끌어들였다는 정보를 입수했다. 그는 전에도 대대적으로 군사를 보내 사원을 공격한 적이 있었다. 아니나 다를까, 곧 하비성에서 출진한 병력이 빠르게 접근해왔다. 그들을 퇴치하러 나왔더니, 자신에게 크게 뒤지지 않는 실력자들이 갑자기 우르르 나타났다. 악한 관료인 하비태수 조표 따위가 불러들인 떨거지들이 이렇게 강할 수는 없었다.

'이건 지국천왕의 말과도 달라.'

그가 일전에 말하길, 서주에는 제대로 된 장수가 없으며, 조표가 초빙해올 수 있는 무인에도 한계가 있다고 했기 때문이다. 그래서 광목천왕은 더 당황했다.

'대체 어디서 이런 자들이…'

맨 처음 곡도를 들고 덤빈 사내만 해도 상당한 실력자라고 느꼈다. 좀 비열한 수를 쓰긴 했지만 많이 싸워본 솜씨. 어느 세력에 가도 장군감이 될 법한 자였다. 특히, 사내는 집념과 임기응변이 강점이었다. 광목천왕은 그의 무력만 보고 방심했다가 다리와 발에 입지 않아도 될 상처를 입었다.

한술 더 떠서 그 사내를 구하려고 나타난 자는 더 강했다. 뒤이어 가세한, 특이하게 생긴 창을 든 애송이도 그에 못지않았다. 또 그들과 버금가는 장수 둘까지 합류하자, 광목천왕은 점차 손발이 어지러워졌다.

"죽어라, 지금."

힘과 기교를 다 갖춘 방천화극의 사내가 질풍처럼 공격하면,

"바람구멍을 내주지!"

그 지나간 자리로 극한의 속도를 가진 애송이의 창이 회전하며 들어왔다. 둘의 공격을 막기 급급할 때, 멀리서 팔 길이의 네 배에 달하는 삭(槊)을 든 자가 찔러왔다. 그는 광목천왕이 내딛는 바닥의 굴곡까지 살필 줄 아는 자였다. 그렇게 드러난 틈새를, 두 자루의 삼첨도를 든 사내가 바짝 붙어 베었다. 그는 집요하면서도 두려움이 없어서 성가셨다.

먼 곳, 가까운 곳, 제자리, 주변, 그 전부…. 네 장수들의 공격은 숨 쉴 틈도 주지 않고 물 흐르듯 밀려들었다. 마치 비바람과 돌풍, 번개와 지진이 한꺼번에 밀어닥치는 기분이었다. 전에도 합격을 당해보지 않은 것은 아니지만, 이렇게 다 다른 무기와 방식으로 절묘하게 공격해오는 자들은 처음이었다.

'이놈들!'

광목천왕은 속으로 비명이라도 지르고 싶어졌다. 그들의 연환합격은 그 정도로 끈질기고 철저했다. 견디다 못한 광목천왕은 남아 있는 몇 안 되는 또렷한 기억 중 하나인 자신의 능력을 발동했다. 바로 '천기'라는, 하늘이 준 힘이었다. 이 힘이 있었기에 그녀는 자기 자신이 사천왕의 현신이라고 더욱 굳게 믿었다.

천기 발동(天奇 發動), 연환갑마(連環甲馬)!

온몸을 검은 갑주로 감싸, 앞을 가로막는 것은 무엇이든 깨부수고 돌격하는 힘. 이미 한 차례 갑주를 발동한 후였기에 몸에 부담이 왔다. 하지만 이 그물 같은 합격을 깨뜨릴 수 있는 다른 방법이 떠오르지 않았다. 그러나 이마저도 절반의 성공만 거뒀다. 그녀에게는 불행하게도 이들은 이미 이 기술을 경험했거나 미리 언질 받은 바 있었다.

"산개(散開, 흩어짐)!"

세 장수들이 일제히 무기를 거두고 빠졌다. 단 한 사람, 삭을 든 장합만 제외하고. 그는 먼 거리에 있었기에 순간적으로 대응이 늦었다. 광목천왕은 이를 갈며 그쪽으로 돌진했다.

'한 놈이라도 줄이겠다.'

하지만 그마저도 뜻대로 되지 않았다. 피잉! 콱! 어디선가 바람을 가르고 날아온 화살 한 대가 어깨에 박혀 돌진을 저지한 것이다.

'내 갑옷을 뚫었어?'

일시적으로 광목천왕의 돌격 속도가 느려졌다. 찰나의 순간이었지만 장합이 피하기엔 충분했다. 결국, 비장의 한 수조차 허무하게 빈 공간을 가른 꼴이 되고 말았다. 사사삭. 상승의 보법으로 재차 자신을 포위하는 네 장수를 보며, 그녀는 처음으로 생각했다.

'위험하다.'

이들은 위험했다. 자신은 확실한 위기에 처했다. 검은 갑주 안을 타고 비 오듯 땀이 흘러내렸다. 쿵쾅거리는 맥박이 투구 안을 울려 시끄러웠다. 이미 그들에게 여러 차례의 공격을 허용했다. 지국천왕이 '부처님의 은혜'라고 표현한 이 흑색 철갑이 아니었다면, 큰 부상을 당했을 터였다. 설상가상 그들의 어깨 너머로 심상치 않은 기운을 풍기는 여인 넷이 다가오는 게 보였다.

'저건 또 뭐야!'

광목천왕은 마음이 더욱 급해졌다. 가뜩이나 밀리는 판에 저들까지 합세하면 필패였다. 여인들 중 하나는 큰 활을 들고 있었다. 아무래도 아까 날아온 화살을 쏜 장본인인 듯했다. 주변에서는 유주군 본대가 부도 신자들을 거침없이 죽이거나 제압하고 있었다. 평소 사천왕을 우러러보고 따르던 이들이었다. 그러나 도저히 그쪽까지 신경 쓸 여유가 없었다. 이미 제 한 몸 건사하기도 바쁜 판국이었다.

"항복하라! 투항하면 해치지 않을 것이다."

유주군은 무기를 버리고 항복하는 자는 살려줬지만, 끝까지 저항하는 자는 가차 없이 죽였다. 그런 자들은 종교를 맹신하는 이들의 특성상 귀순하지도 않고 방해만 되기 때문이다. 용운의 장수와 병사들은 이미 성혼단을 통해 그런 류의 인간들을 질리도록 봐왔다.

'생각해야 해. 어떻게 해야….'

광목천왕은 머리를 써보려 했지만, 떠오르는 게 없었다. 언제부턴지 머릿속이 늘 뒤엉킨 듯 복잡했다. 그러는 사이, 마침내 흑철갑의 지속 시간마저 끝나 맨몸이 드러나고 말았다. 갑옷 안에는 천으로 된 얇은 옷이 전부였다. 촤르르륵! 금속음과 동시에 갑옷이 사라진 그때였다.

"지금이다. 쳐라!"

여포의 단호한 명에 이어 각자 다른 네 자루의 병기가 그녀를 노릴 때였다. 슉! 갑자기 광목천왕은 서 있던 자리에서 흔적도 없이 사라졌다. 지켜보기만 하던 조운이 움직인 것도 동시였다.

천기 발동(天奇 發動), **흑염룡기**(黑炎龍氣)!

이어서 시커먼 용 형상의, 모든 걸 증발시켜버리는 검은 불꽃이 네 장수를 덮쳤다. 그 앞을 막아선 조운은 불꽃이 닿기도 전에 빛살 같은 찌르기로 공간을 헤집었다.

조가창법 비전(趙家槍法 祕傳), **무한섬전**(無限閃電)!

정확히는 공간이 아니라 대기를 흩뜨린 것이다. 소리보다 빠른 극한의 창격이 검은 용 주변을 진공상태로 만들었다. 흑염룡은 정신력으로 만들어낸 불꽃이며 물로도 잘 꺼지지 않고 사용자의 뜻대로 움직인다. 하지만 결국 불은 불이었다. 불꽃이 수백 갈래로 나뉘면서 뭔가를 태우는 데 필수적인 산소 공급까지 제한되자 사그라질 수밖에 없었다. 곧 황당하다는 듯한 목소리가 들려왔다.

"어라? 찌르기로 내 흑염룡기를 흩어버렸어."

이어서 숲 안쪽에서부터 세 인영이 모습을 드러냈다. 그들 옆에는 커다란 철구가 둥둥 떠 있었는데, 광목천왕은 거기에 얹히듯 엎드린 채였다. 팔다리가 축 늘어져 간신히 철편만 쥔 모양새가 아무래도 탈진한 듯했다.

"아무리 2할의 위력만 쓴 것이지만 충격인데? 게다가 광목천왕을 이 정도로 지치게 만들다니."

뒤에 나타난 세 사람은 광목천왕이 쓰고 있던 것과 흡사한 피풍의 차림이었다. 단, 모양은 비슷하나 색깔이 저마다 달랐다. 각각 청, 흑, 황색의 피풍의를 입고 있었다. 부도 신자들의 절규 같은 염불이 더욱 커졌다.

황색 피풍의를 뒤집어쓴, 체구가 작은 여인이 말했다.

"저 모습과 창을 쓰는 기술은 분명 조운 자룡, 그의 데이터와 일치합니다. 하지만 모든 신체능력이 기존의 것을 훨씬 상회하고 있어요."

옆에 있던 흑색 피풍의의 사내가 대꾸했다.

"그러니까 한마디로 예전의 그자가 아니다, 이거지?"

"그렇습니다, 도련님."

"지난 십 년 동안 놀기만 하진 않았다, 이거군."

두 남녀를 본 사천신녀는 흑 숨을 들이켰다. 비록 피풍의로 가렸으나, 쉽게 정체를 알 수 있었다. 휘리리릭. 조운은 시선을 정면으로 향한 채 달아오른 창을 한 바퀴 돌려 열기를 떨쳐냈다. 이어서 왼팔과 옆구리 사이에 창대를 끼고 오른발을 내딛은 자세를 취했다. 조가창법의 기본 태세인 용격세였다. 기수식(起手式, 검법과 권법 등의 준비 자세)을 취한 조운은 새로이 나타난 적들을 보며 소리 높여 말했다.

"드디어 나머지 사천왕이 다 나왔군. 아니, 성혼단이라 해야 하나? 아니면 위원회?"

여포, 마초, 장료, 장합의 네 장수도 조운 옆으로 나란히 늘어서 니 그 위용이 태산과 같았다. 격전이 벌어지던 숲속으로 피비린 내를 머금은 차가운 바람이 휘몰아쳤다.

"아는 자들이오, 증장천왕?"

청색 피풍의를 쓴 왜소한 사내가 나직하게 물었다. '증장천왕(增長天王)'이라 불린 검은 피풍의의 사내는 대답 대신 조운 일행을 향해 이죽거렸다.

"생각도 못한 데서 옛 친구들을 만났네?"

그는 그러면서 천천히 피풍의를 벗어내렸다. 21세기에서 일본식 교복이라 불리는 옷이었으나, 이 시대의 무장들에게는 이상하게만 보일 복장이 드러났다. 그가 험한 길을 지나왔음을 말해주듯 의복은 군데군데 찢기고 불타 있었다. 그는 바로 천강 제7위, 벽력화 진명이었다. 사천왕의 정체는 예상대로 천강위였다. 진명의 텅 빈 왼쪽 소매가 바람에 펄럭였다. 그의 모습을 확인한 장료가 이를 악물고 말했다.

"너는, 검은 용을 부리는 소년…."

"응? 아저씨, 나 알아?"

고개를 갸웃거리는 진명의 귓가에 황색 피풍의 차림 여인이 속삭였다.

"도련님, 저자는 장료 문원이에요. 예전에 산양성에서 싸웠던…. 저자 또한 신체능력이 대폭 상승했어요."

둘의 대화를 들은 청색 피풍의 사내가 말했다.

"다문천왕, 그대도 저들을 알고 있나 보구려."

증장천왕의 정체가 진명이었으니, 다문천왕이라 불린 여인은 당연히 그의 병마용군 윤하일 터였다. 아니나 다를까, 윤하 또한 황색 피풍의를 벗어 정체를 드러내며 말했다.

"예, 지국천왕님. 잘 아는 자들이지요."

묵묵히 상대를 노려보던 조운은 내심 의아했다. 생김으로 보나 상황으로 보나, 처음 합격을 받고 기진맥진한 여자는 호연작이 확실했다. 검은 용 모양의 불꽃을 쏜 소년은 진명이었다. 이름은 모르지만, 철구와 쇠구슬을 조종하던 여인의 얼굴도 기억이 났다. 셋 모두 산양성 전투에서 패한 뒤 달아났던 회의 일원이었다.

'한데 저자는 누구지?'

마지막 한 사람, 지국천왕이라 불리는 푸른 피풍의의 사내만이 예외였다. 지국천왕이라면 사천왕 중 우두머리이니 제일 강해야 마땅했다. 하지만 그는 몸집이 작을뿐더러 투기 같은 것도 전혀 느껴지지 않았다.

'그래도 방심해선 안 된다. 저들의 사술은 상상을 초월하니 말이다.'

그때 진명이 오른손 손가락을 딱 하고 튀겼다.

"아하, 장료! 생각났어. 내 불꽃에 타죽을 뻔했다가 진용운 덕에 겨우 살아난 그 장료? 듣기로는 임충한테도 죽을 뻔했었는데 그때도 진용운이 살려줬다며? 무슨 가신이 매번 주군한테 도움을 받나?"

"큭…."

흔들리던 장료의 눈빛이 곧 차분히 가라앉았다. 그는 이미 그 문제로 한참이나 고뇌해왔으며 극복한 지도 오래였다. 목숨을 구원받은 대신 더욱 강해져서 주군을 위해 그 목숨을 바친다, 이게 그가 낸 결론이었다. 용운에게 생명을 빚졌다 여겼기에 더욱 열심히 싸울 수 있었다. 또 주군에게 보호받는 게 아니라 그를 보호하려고 피나는 수련을 한 끝에 무쌍이라 불릴 만한 장수로 다시 태어났다. 그 부끄러운 일이 전화위복으로 작용한 셈이다.

'저자가 굳이 날 도발하려는 건 몇 년 전 그때의 싸움처럼 압도적인 우위를 점할 자신이 없다는 뜻이다.'

여유를 되찾은 장료는 진명의 비아냥거림을 태연히 맞받아쳤다.

"그 장료 문원이 맞다. 자네도 주공 덕에 팔 하나를 날린 그자가 맞는 듯하군. 팔을 버리고 꽁지 빠지게 도망친 보람이 있네그려. 멀쩡히 살아 있는 걸 보니."

"…죽을래?"

아직 정신적으로 미성숙한 진명은 역도발에 쉽게 걸렸다. 화르르륵! 그의 전신에서 검은 불길이 타올랐다. 동시에 폭발적으로 투기가 터져 나와 조운 진영의 장수들은 아연 긴장했다.

그때 청색 피풍의 사내가 조용히 말했다.

"그만하시오, 진명."

사방이 소란스러운 가운데, 그의 목소리는 오히려 더 또렷하게 들렸다.

"지국천왕! 하지만 저놈이…."

"그만하시라 하였소. 혹 저자들을 털끝 하나 안 다치고 압도적으로 제압할 자신이 있소? 이제까지 그래왔던 것처럼 말이오."

"쩝, 아니. 저놈들은 꽤 강해. 나도 중상을 각오해야 할 정도로."

장료와 장합 등은 진명의 말에 희열을 느꼈다. 한때 근처에 다가가기도 어려웠던 적이, 이제 그들을 강적으로 인정한 것이다. 그가 약해진 게 아니라, 그들이 강해진 거였다.

진명의 답을 들은 지국천왕이 말을 이었다.

"그럼, 멈추시오. 이대로 싸웠다간 양쪽 다 희생자만 늘어날 뿐이오. 분명 타협점이 있을 거요. 뭔가 오해도 없지 않은 듯하니 말이오."

"알았어."

진명은 순순히 기세를 거두고 한발 뒤로 물러났다. 그 모습에 조운뿐만 아니라 다른 세 장수들도 비로소 뭔가 이상함을 감지했다.

'별다른 기도도 느껴지지 않는 저자가 우두머리란 말인가?'

무리 중 가장 강한 이는 확실히 진명이었다. 한데 서 있는 모양이나 분위기로 보아 지휘자 격인 자는 청색 피풍의 사내였다. 방금 전의 일로 그게 더 확실해졌다. 청색 피풍의 지국천왕이 조운에게 물었다.

"부도 신자들은 평범한 백성일 뿐이오. 그런 이들을 너무 함부로 죽이는구려. 잠깐 군사를 물려주시겠소? 그런 다음 서로 원하는 게 뭔지 대화해봅시다."

상대가 범상치 않은 인물이라 여긴 조운이 그의 제안에 응했다. 이대로 싸움을 재개한다면, 구강에 도착하기도 전에 장수들이 다칠 우려가 있기도 했다. 상대가 상대이니만큼 어쩌면 그중 누군가가 죽을지도 몰랐다.

"…먼저 저항을 멈추라고 명하면 나 또한 군사를 물리겠소."

"보살님들은 싸움을 멈추고 물러나시게."

청색 피풍의의 사내가 청아한 목소리로 외쳤다. 그러자 마구 달려들던 부도 신자들이 언제 그랬냐는 듯 일제히 창칼을 거두고 후퇴했다. 조운 또한 약속대로 유주군의 공격을 멈췄다. 묘한 대치상태가 됐을 때, 곽가와 사마의가 탄 수레가 전장에 도착했다. 곽가는 수레 밖을 내다보고 고개를 갸웃거렸다.

"어? 이게 어떻게 되어가는 상황이지? 분명 분위기는 험악한데, 서로 물러나 있으니."

"일단 싸움은 멈춘 듯하니 가까이 가서 볼까요? 적이 수작 부리는 것일 수도 있으니까요."

"끙, 그래야겠군."

곽가와 사마의는 수레에서 내려 조운의 곁으로 다가갔다. 둘을 알아본 유주군 병사들이 일제히 길을 터주었다.

그때 지국천왕이 말했다.

"본인은 그저 하비성의 산 하나를 빌려 부처를 섬기면서 조용히 살아가고 싶을 뿐이오. 누굴 해친 것도 아니건만 어째서 군사를 몰아 공격해오는 거요?"

"그대가 착융인가?"

조운의 물음에 지국천왕은 소리 높여 웃었다.

"하하하! 나를 그런 시정잡배라 여기다니. 그자는 이미 극락왕생한 지 오래요."

"착융이 죽었다고?"

"그렇소."

"음…. 산채의 두목이 바뀌었다고 하여 산적이 양민으로 돌아오진 않는 법."

"우리는 산적이 아니오."

조운은 엄격한 목소리로 말했다.

"착융의 무리가 오래전부터 보시라는 미명하에 백성을 수탈하고 서주의 세 개 군으로 가는 식량을 가로채, 불상과 사원에 금박을 입히며 제 배를 불린다고 들었다. 이에 동맹인 하비태수가 도움을 요청하여 출병한 것이다. 백성의 고혈로 불상을 치장한다면, 부도라 하여 어찌 용인할 수 있겠는가?"

"확실히 내가 이곳에 왔을 무렵 착융은 그런 짓을 저지르고 있었소. 난 그의 행패를 보다 못해 서주에서 만난 이 세 호걸분들의 힘을 빌려 그자를 제거하고 하비성의 부도를 정화하는 중이었소."

"그 말을 어떻게 믿지?"

"얼마 전부터 군량을 건드리는 일이 사라졌다는 말은 하비태수로부터 못 들었소? 하긴, 일부러 그런 내용은 숨겼겠지. 그래야 착융이 남긴 재물을 다 차지할 수 있을 테니 말이오."

"…그대는 누군가?"

"이거 실례했소. 그러고 보니 통성명도 하지 않았군."

청색 피풍의의 사내, 지국천왕은 겉옷을 벗어 비로소 제 모습을 드러냈다.

그를 본 이랑이 저도 모르게 작은 목소리로 중얼거렸다.

"애개…. 되게 왜소하고 못생겼네."

그녀의 말대로 지국천왕은 외모와 풍채가 실로 보잘것없었다. 태도가 당당했기에 더 극적으로 대비되었다. 좁은 어깨에다 키는 작았고 비쩍 말라 앙상했다. 거기다 머리까지 유난히 커서 더 추해 보였다. 잔뜩 주름진 얼굴은 나이를 짐작하기 힘들었다. 그는 사람들의 시선에 개의치 않고 말했다.

"나는 왕찬(王粲). 자는 중선(仲宣)이라 하오."

사내의 말에 곽가가 깜짝 놀라 끼어들었다.

"잠깐, 왕중선? 건안칠자의 일원인 그 중선 말이오? 당신이 그 왕중선이라고?"

'건안칠자(建安七子)'란 건안(建安, 헌제의 연호로 서기 189~220년에 이르는 시기) 시대에 가장 뛰어난 일곱 명의 문인을 이르는 말이었다. 역사는 많이 바뀌었어도 그들은 건재하여 이 왕찬 외에도 공융, 진림, 서간, 완우, 응창, 유정이 포함되어 유명세를 떨치고 있었다.

"허명이오만 그렇게들 부르더이다."

"허어, 중선 님이 어찌 이런 곳에서…."

"이런 곳에서 왜 이런 기행을 하고 있냐, 이 말이오?"

자신을 왕찬이라 밝힌 지국천왕이 쓸쓸하게 웃었다.

"세상이 정상이라면 나도 이러고 있지 않겠지."

왕찬은 증조부와 조부가 모두 삼공을 지낸 명문가 출신으로, 어려서부터 천재라 하여 명성이 높았다. 한번은 그가 채염의 아버지이자 대학자인 채옹을 만나러 간 적이 있었다. 당대 제일의 문사였던 채옹은 집에 귀빈들이 가득한 와중에도 왕찬이 찾아왔다는 얘기를 듣자 신발을 거꾸로 신고 다급히 나와 그를 맞아들였다. 키 작고 못생긴 왕찬을 채옹이 극진히 대접하니 주위 사람들이 모두 이상하게 여겼다. 이에 채옹이 말하기를, "이 아이의 재주가 나보다 훨씬 나으니 내가 가진 모든 서책과 작품을 주어도 아깝지 않다"고 할 정도였다.

특히, 왕찬은 기억력이 매우 뛰어났다고 알려졌다. 길가에 서 있는 비석들을 쓱 훑으며 걸어 지나가도 비석에 새겨진 내용을 외울 수 있었고 두던 바둑판을 중간에 엎어도 원상복구가 가능할 정도였다. 자체적으로 산법을 개발해 사용했으며, 그가 쓴 문장은 퇴고하지 않아도 처음부터 완벽했다.

비록 이 자리에는 없지만, 용운 또한 왕찬을 잘 알고 있었다. 그의 기억력에 대한 일화는 바로 한 가지 사실을 알려주고 있었기 때문이다.

'왕찬은 순간기억능력의 보유자다.'

이게 용운의 확신에 가까운 추측이었다. 채옹은 채염이 어릴 때부터 그녀의 남다른 문학적 소양과 기억력을 아꼈으며, 하나뿐인 자식이 딸임을 못내 아쉬워했다. 이는 남아를 선호해서라기보다 시대적 특성상 그녀가 사내였다면 훨씬 더 드높이 이름을 날리고 출세할 수 있었기 때문이다. 그런 채옹의 눈에 채염과 같은 종류의 재주를 가진 왕찬이 들어왔으니 아낀 것도 당연했다. 어쩌면 채옹은 왕찬을 통해 딸이 갖지 못한 명성과 성공을 이루고 싶었는지도 모른다. 그러나 그 채옹조차 왕찬을 딸과 맺어주려는 시도는 추호도 하지 않았다.

왕찬을 알아본 곽가의 어조가 달라졌다.

"제가 알기로 중선 님은 형주의 유표에게 임관했다고 들었는데, 어찌하여 하비성에 계십니까?"

유표에게 임관했다는 말을 들은 장수들이 다시 은밀히 병기 손잡이를 잡아갔다. 그들이 머지않아 싸우게 될 상대가 바로 유표였기 때문이다. 만약 이 왕찬이라는 자가 유표의 명으로 착융을 제거한 것이라면 여기서 후환을 없애야 했다.

정사에서 왕찬은, 17세 때 왕윤으로부터 '황문시랑(黃門侍郎)'으로 와줄 것을 요청받았다. 황문시랑이란 황제를 곁에서 모시며 궁궐 안팎의 연락을 담당하는 직책이었다. 황제의 시종 격인 만큼 학식이 높고 인품과 정치력이 두루 뛰어난 이를 앉혔는데, 그런 자리에 불과 17세의 왕찬을 초빙한 것이다. 그의 천재성과 명성이 어느 정도인지 짐작하게 하는 대목이었다. 하지만 왕찬은 그 초빙을 거절하고 유표에게 갔다. 왕찬이 곽가의 말에 길게 한숨을 내쉬었다.

"그건 옛말이오. 한때 큰 꿈을 품기도 했으나, 세상이 이를 허락하지 않으니 어쩌겠소? 내 나름대로라도 힘 있는 이들을 모아 뜻을 펼칠 수밖에."

뜻밖에 왕찬과 곽가 사이에 대화가 이어지자, 진명과 윤하는 물론 조운과 네 장수들까지 병장기를 늘어뜨린 채 엉거주춤 서 있었다. 싸우자니 그럴 상황이 아니고 무기를 거두기도 애매했다. 뭔가 분위기가 바뀌었음을 깨달은 사마의가 나섰다.

"여기 서서 이럴 게 아니라, 자리를 옮기는 게 어떻겠습니까? 다만, 피차 상대의 거처로 가기에는 곤란한 부분이 있으니 바깥이 좋겠습니다. 멀리 갈 것도 없이, 근처의 숲이 제법 넓으면서도 풍취가 있어 대화하기에는 제격인 듯합니다."

이에 제장들이 보니 오솔길 양옆으로 마치 사람이 손을 모은 듯한 형상의 열매가 맺힌 나무들이 가득했다. 나무의 열매뿐만 아니라 줄기와 잎에서도 은은한 향이 풍겼다. 비록 꽃은 거의 남지 않았지만 사마의의 말대로 특유의 흥취가 있었다. 사방에 널린 시신과 핏자국만 아니었다면 아름답다 할 만한 숲이었으리라.

"어찌 생각하십니까?"

조운이 묻자, 왕찬은 순순히 고개를 끄덕였다.

"나쁠 것 없소."

이렇게 해서 피 튀기던 혈전은 갑자기 회담장 비슷하게 바뀌었다. 생존자들은 서둘러 시신을 수습하고 부상자들을 옮겼다. 싸움터였던 곳이 대화의 장으로 변했으니, 그야말로 이 시대이기에 가능한 일이었다. 진명 등은 왕찬의 뒤편에서 호연작을 돌보았다. 조운 측의 장수들도 부상자와 군세를 수습했다.

그런 한편, 사마의는 숲 근처와 사원 쪽으로 은밀히 척후병을 보내 이 상황이 계략이 아닌지를 확인했다. 아수라장인 숲을 제안한 것도, 사방이 비교적 트인 지형임과 동시에 함정을 피하기 위해서였다. 그는 원래부터 누구도 온전히 신뢰하지 않았다. 심지어 사마랑이나 스승 곽가에게조차 그랬다. 사마의가 온전히 믿는 대상은 용운이 유일했다.

이윽고 숲 가운데의 적당한 장소에 조촐한 주안상이 만들어졌다. 거기에 왕찬과 조운 그리고 곽가 세 사람만이 둘러앉았다. 간단히 자기소개를 한 뒤, 술이 한 바퀴 돌았다. 술기운은 굳었던 사내들의 입을 부드럽게 했다. 제일 먼저 왕찬이 말문을 열었다.

"이 인근의 나무들은 불수감(佛手柑)이라 하오. 부처님의 손을 닮아서 내가 붙인 이름이오."

주위를 둘러본 조운이 고개를 끄덕였다.

"그러고 보니 확실히 열매가 기이하게 생겼군요."

"아까 곽봉효의 말대로, 내가 왕사도의 초청을 거절하고 유경승(유표)에게 갔던 건 사실이오. 왕사도는 날 인정해준 사람이자 내 스승과도 같은 백개(伯喈, 채옹의 자)님을 죽였으니, 어찌 그로부터 관직을 받겠소? 더구나 그때 조정으로 갔다면 지금쯤 원술의 포로가 되었을 거요."

"지당한 말씀입니다."

"처음엔 나름대로 형주에서 자리를 잡았소. 유경승이 날 사위로 삼겠다고 공표했을 정도로 인정받았고…. 한데 어느 날, 나를 따르던 하인 하나가 알려주더구려. 내 재능은 뛰어나나 외모와 풍채가 너무 볼품없어 도저히 딸을 주지 못하겠다는 말을 했다고. 그때부터 냉대가 시작됐소."

곽가가 가볍게 탄식했다.

"저런…."

말과는 달리 그는 속으로 잘되었다고 여겼다.

'유경승이 외모만 보고 이런 인재를 놓쳤으니, 이는 형주에는 큰 손해요 우리에겐 이익이다. 동탁과 왕윤 등 여러 권력자들이 왕찬을 얻으려고 공들였으나 실패했건만, 그 복을 스스로 걷어차다니…. 덕분에 어쩌면 우리가 이곳에서 생각지도 못한 인물을 얻을지도 모르겠구나. 다만, 저 회에 속한 자들이 문제인데, 이규와 관승의 전례도 있으니 저들까지 받아들이는 게 영 불가능한 일은 아니다.'

곽가가 빠르게 계산하고 있을 때, 왕찬은 자신이 어쩌다 서주로 왔으며, 어떻게 해서 천강위들을 만나게 됐는지 얘기하기 시작했다. 그리 길지 않은 얘기였는데 그 사연이 실로 기이했으므로, 조운은 물론 어느새 곽가마저 넋을 놓고 듣고 있었다.

"날 사위 삼길 포기한 유경승은, 그렇다고 나를 뇌주는 것도 아니고 중용하는 것도 아닌, 포고문 작성 등의 소소한 일을 시키면서 묶어두었소. 그런 대접을 견디지 못한 나는 몰래 형주를 벗어나 하비로 왔소. 그리고…."

불수감 숲 사이로 어느새 피비린내는 사라지고 귤 냄새와 비슷한 향기가 바람을 타고 떠돌았다.

왕찬의 사연

비록 형주를 떠나긴 했지만, 왕찬은 유표의 딸에게 마음이 남아 고통스러웠다. 그녀는 호남에 풍채 좋기로 유명한 아버지를 닮아서 제법 미색이 뛰어났다. 왕찬이 사윗감으로 내정됐다는 소문에 먼발치에서 은근한 눈길을 몇 번 던진 적도 있었다. 순진한 왕찬에게는 그것만으로도 사랑에 빠지기에 충분했다. 그는 태어나서 한 번도 그런 표현을 받아본 적이 없었다. 그 연정이 하루아침에 없던 일이 된 것이다.

게다가 하비에 와서 또 한 차례 상처를 입었다. 하비태수 조표는 명성 자자한 왕찬이 왔다는 소식에 그를 불러놓고 몇 마디 대화를 나누지도 않고 내쳤다. 그 또한 유표와 마찬가지로 왕찬의 겉모습이 마음에 들지 않아서였다. 이 대목을 들은 조운은 그답지 않게 어이없다는 투로 조표를 욕했다.

"누가 누굴 외모 때문에 내친단 말인가. 조표 그 작자도 쥐새끼처럼 생긴…. 아, 실례했습니다."

"허허, 그래도 나보다 체구는 좋지 않소. 아무튼 얘길 계속하리다."

왕찬은 뛰어난 재주와 학식을 가지고도 번번이 외모 탓에 의탁할 곳을 찾지 못하고 떠돌아야 했다. 이런 일들이 반복되자 그의 마음속에서는 계속 의문이 쌓여갔다. 어떤 유가 경전에서도 답을 알려주지 않은 의문들이었다.

'껍데기에 불과한 외모로 인해 아예 재주를 발휘할 기회조차 갖지 못한다면, 학식을 닦기 전에 먼저 외모를 가꾸는 게 옳단 말인가?'

'내가 아무리 글과 학문으로 명성을 떨쳐도 막상 나를 직접 본 자는 실망하거나 괄시하니, 이는 내가 익힌 것들이 다 허상이라는 뜻인가? 그 무궁한 지식과 학문이 한낱 거죽인 얼굴보다 못한가?'

이런 의문들은 급기야 자나 깨나 떠올라 왕찬을 괴롭히기 시작했으니, 이게 바로 심마(心魔)였다. 마주한 현실은 그가 평생 익힌 진리와 어긋났다. 그 괴리에 채 피워보기도 전에 꺾인 연정, 자신을 냉대한 자들에 대한 분노와 배신감 등까지 더해져 마음속에 커다란 갈등이 생겨난 것이다.

심마를 해소하지 못하면 십중팔구 광인이 된다. 혹은 현실을 뒤집어버리고 싶은 욕망에 재주를 나쁜 쪽으로 쓰기 마련이었다. 현대로 치면 히틀러 같은 자들이 여기 속했다. 일찍이 석가모니조차 마귀의 형상으로 나타난 심마를 물리치기 위해 고초를 겪었다. 왕찬도 그런 아슬아슬한 위기 앞에 놓여 있었다.

"그때 우연히 접하게 된 것이 부처를 섬기는 종교, 즉 부도였소."

마침 하비에서 부도가 한창 기세를 떨칠 때였다. 왕찬이 부도를 접하기는 어렵지 않았다. 처음에는 마음의 고통을 새로운 학문에 열중하면서 잊어보려는 의도였다. 왕찬은 사원에 들어가 하루에 세 번 불공을 드리는 한편, 부도의 경전을 열심히 공부했다. 그의 공부법은 남달랐다. 아예 경전 자체를 통째로 외운 다음, 그것을 일상에서 수백, 수천 번 되뇌며 음미하는 식이었다. 그것이 뜻밖의 효과를 가져왔다.

　"부도의 경전은 묘한 가락이 있어서, 그렇게 읊조리는 것만으로도 울분이 많이 가라앉더구려."

　호기심에서 시작한 공부가 계속되길 몇 달. 어느 날, 마침내 왕찬의 눈에서 눈물이 주르륵 흘러내렸다. 부도의 가르침 덕에 마음의 평안을 얻어 심마를 떨쳐냈기 때문이다. 특히, 집착하게 되는 대상 또한 한순간에 불과한 것이라는 가르침이 큰 깨달음을 주었다. 그 하나로 왕찬은 제 외모에 대한 열등감에서도, 유표의 딸에 대한 욕욕에서도 벗어날 수 있었다. 어차피 시간이 가면 다 사라질 것들이므로. 추한 자신이나, 아름다운 유표의 딸이나 결국은 마찬가지였다.

　'허나 진리와 학식은 남아서 후세에까지 계속 전해진다. 그것들을 연구하고 전하는 것만으로도 내 삶은 무의미하지 않았다.'

　유가로 현실의 괴리를 해결하지 못한 왕찬은 부도에서 다른 진리를 보았다. 그가 부도에 빠져 새로운 세상을 꿈꾸게 된 것은 자연스러운 과정이었다.

　"한데 사원에 의탁하여 지켜보다 보니 스스로 종사(宗師, 불교의 고승 혹은 한 종파를 세운 사람)라 칭하는 착융의 행보가 이상했소.
아까 조자룡 장군이 말했듯, 다른 곳으로 가야 할 군량을 탈취하
여 사욕을 채우고 사원과 불상을 치장하는 일에만 열중하고 있
었소. 이는 부도의 교리에 정면으로 배치되는 것⋯. 착융이 저지
른 일들 탓에 부도 신자들까지 공적으로 몰리고 막 꽃피우려던
부도는 점차 사교 취급을 받기 시작했소. 그러다 저 세 사람을 만
난 것이오. 아니, 내가 찾아갔다고 봐야겠지."

왕찬은 착융을 쳐서 깨뜨리고 싶었으나 힘이 부족했다. 병사를
고용할 재산도 없었다. 조표에게 상소문도 올려봤지만, 감당이
안 된다는 대답만 돌아왔다. 평소 가깝게 지내던 이들도 대부분
학자이니 힘을 빌리기가 어려웠다. 그러다 서주를 돌아다닌다는
'귀신'의 소문을 들었다. 창칼도, 화살도 안 박히는 갑옷을 입은
신장에, 검은 용을 부리는 소년이 있다는 소문이었다. 그들이 함
부로 사람을 죽이고 다닌다고 했다.

"무작정 그들을 만나보기로 마음먹었소. 사실 그 얘길 듣는 순
간, 어떤 예감이 들기도 했소."

진명은 호연작이 잠들자, 그녀를 윤하에게 맡기고 슬며시 다가
와서 얘기를 듣고 있었다. 그러다 뜻밖에도 그가 대화에 끼어들
었다.

"그 뒤의 이야기는 내가 해도 될까?"

왕찬과 시선이 마주친 곽가는 고개를 끄덕였다. 그는 전부터
위원회에 대해 궁금한 게 많았다. 단순히 무서운 사술을 부리는
자들, 주군인 진용운과 적대하는 자들이라는 것뿐만 아니라, 인

간으로서의 성혼단원이란 어떤 자들인지 알길 원했다. 그들은 대체 어떤 생각을 가지고, 무엇을 위해 싸우는지 알고 싶었다.

"좋아. 거기서부턴 지국, 아니 왕찬 아저씨도 모르는 내용이 있거든. 아저씨를 만나기 전의 일이니까…."

진명의 말에 의하면, 고초를 겪긴 그들도 마찬가지였다.

십여 년 전.

호연작과 진명을 비롯한 천강위들은 병마용군까지 포함하여 무려 열둘의 인원으로 산양성에서 진한성을 덮쳤다. 위원회의 생사대적인 그를 제거함과 동시에 그 소식을 듣고 아버지를 구하러 달려올 진용운까지 없애려는 음모였다. 그때까지 회가 동원한 전력으로는 최강이었다. 그러나 승리를 자신한 전투에서 회는 패했다. 위원회에 심각한 타격을 입힌 그 패배는 송강의 지도력에 의문이 생겨나 위원회가 분열된 계기가 되기도 했다.

사실 이긴 싸움이었던 것이 용운의 시공복위로 인해 결과가 바뀌었다. 하지만 그런 사실을 진명이 알 리 없었다.

"그 싸움에서 호연작과 이규, 나 그리고 윤하만이 간신히 살아남아 도망쳤어. 그나마 이규는 떠돌아다니던 도중에 사라졌고. 산속에서 자고 일어나보니까 어디로 가고 없지 뭐야."

호연작은 머리의 반 깊이로 얼굴을 베이는 중상을 입었고 진명도 한 팔을 잃은 상태였다. 무작정 달아나긴 했는데 지리를 전혀 모르니 거대한 중원에서의 방랑이 시작되었다.

"그러다 호연작의 정신병이 점점 심해졌어."

그녀는 원래부터 가졌던 염동력으로 인해 위원회가 되기 전에도 정신이 불안정했다. 성력이 더해지면서 위태로움은 더욱 커졌다. 그런 상태의 그녀가 머리를 베인 것이다. 가뜩이나 병마용군 백금이 소멸되면서 정신에 큰 타격을 입었는데, 왼쪽 안면을 통해 뇌까지 파고든 검후의 검기가 치명적인 충격을 주었다.

"한동안 아예 기절한 채로 숨만 겨우 쉬는 터라 내가 계속 업고 다녔지. 업힌 채로 용변을 봐버려서 윤하가 씻기기도 하고."

며칠 만에 겨우 의식을 되찾은 호연작은 기억을 모조리 잃어버렸다. 자신의 이름은 물론이고 왜 이 세상에 왔는지, 그 전까지 무엇을 하고 있었는지도 잊었다. 그나마 다행스러운 점은 진명과 윤하가 동료라는 사실은 어렴풋이 자각하고 있었다는 것이다. 그러나 시간이 흐르면서 호연작의 광기는 점점 심해져만 갔다. 급기야 떠돌아다닌 지 오 년이 넘자, 진명도 그녀를 제어하기 어려운 지경이 되었다.

"일단 살심이 일어났다 하면 눈앞에서 살아 움직이는 건 모조리 죽이려고 들었으니까."

결국 진명 등은 점점 더 사람이 없는 곳으로 숨어들어갈 수밖에 없었다.

"그러다 왕찬 아저씨를 처음 만난 거야."

진명은 얘기하면서 당시의 일을 회상했다.

이들이 왕찬과 처음 만난 장소는 산골의 작은 객잔이었다. 노숙에 지쳐 잠시 쉬어가려고 들렀을 뿐인데, 거기서 호연작의 광기가 깨어나버렸다. 결국 객잔에 있던 나그네와 주인까지 포함하여 십여 명의 사람이 고깃덩어리가 되어 죽었다. 호연작은 그러고도 분이 풀리지 않은 듯 짐승 같은 괴성을 지르며 철편으로 시신을 다졌다.

"으아아아, 아파! 아프다고! 너희도 다 죽엇!"

진명은 그녀를 바라보면서 한숨을 내쉬었다.

"아아, 이제 나도 진짜 모르겠다. 자꾸 아프다곤 하는데, 수술할 설비가 있을 턱이 없으니 어떻게 해주지도 못하고. 이렇게 가는 곳마다 사람을 죽여대면, 우리가 머무를 곳이 없어진다고. 우리 힘은 이런 약한 자들을 학살하라고 생긴 게 아니잖아."

평소 언행은 가벼웠지만 진명은 주변 사람을 아꼈다. 거기에는 호연작도 포함되어 있었다. 눈이 돌아버리면 주변의 살아 있는 모든 것을 죽이는, 그러면서도 광기가 가라앉으면 자신을 향해 울음을 터뜨리는 그녀를 버릴 수가 없었다. 밤마다 고통에 시달리며 잠 못 이루다가 자신의 품 안에서 비로소 잠깐 눈을 붙이는 그녀를 도저히 외면하지 못했다. 결국 지금처럼 지켜보는 게 전부였다. 진명의 깊은 한탄에 누군가가 불쑥 답했다.

"그 말이 참으로 지당하오. 힘은 저런 데 쓰는 게 아니라오."

"…누구야, 당신?"

언제 왔는지 객잔 입구에 작은 몸집의 중년인이 서 있었다. 그는 피바다가 된 객잔 안으로 뒷짐을 진 채 걸어들어오며 대꾸했다.

"나는 왕찬이라고 하오."

"왕찬? 왕찬이고 반찬이고, 아저씨, 이거 안 보여? 그러다 죽어. 이 광경이 무섭지도 않아? 딱 봐도 약해빠진 것 같은데."

"무섭소. 하지만 동시에 슬프기도 하구려."

"슬퍼? 이중에 아는 사람이라도 있어?"

"죄 없는 이들이 죽은 것도 슬프고 호걸들의 힘을 이런 곳에 낭비하는 것도 슬프오. 아까 당신이 말했지 않소? 이런 데 쓰려고 힘을 얻은 게 아니라고."

진명은 왕찬의 말에 점차 호기심을 느꼈다.

"신기한 아저씨네."

왕찬이 호연작에게 바로 죽임당하지 않은 것은 역으로 그가 지나치게 왜소하고 약한 덕이었다. 즉 아무런 위협도, 기감도 느끼지 못한 것이다. 또한 그가 들어오자마자 진명과 대화를 시작한 까닭도 있었다. 이는 탁월한 선택이었다. 마치 개가 주인과 친근해 보이는 사람은 대뜸 공격하지 않는 것과 같았다.

"그래서 뭘 바라고 이 험한 곳에 들어온 건데? 심심해서 구경하러 온 건 아닐 거 아냐."

왕찬은 대답 대신 적당한 곳에 가부좌를 틀고 앉았다. 그러더니 조용히 불경의 한 부분을 읊기 시작했다. 시신을 다지던 호연작의 손길이 점차 느려지더니 곧 멈췄다. 호기심 어린 그녀의 시선이 왕찬을 향했다. 진명은 이 과정을 숨죽인 채 지켜보았다.

'어라? 호연작이 저런 식으로 반응을 보이다니. 저 아저씨가 스스로 택한 일이니, 설령 죽게 된다 해도 구해줄 생각은 없어. 대신 뭐라도 해서 호연작이 진정된다면 난 당분간 저 사람을 따르겠다. 어차피 위원장에게는 돌아가지 못하겠고 달리 갈 만한 곳도 없으니까. 이제 떠돌아다니는 데도 지쳤다.'

호연작은 거친 숨을 내쉬며 왕찬에게 다가왔다. 그러거나 말거나 왕찬은 눈을 반개한 채 가부좌를 틀고 앉아 계속해서 불경을 읊고 있었다. 그의 앞에 쪼그리고 앉은 호연작이 물었다.

"그거… 무슨… 뜻임?"

진명은 하마터면 자리를 박차고 일어설 뻔했다. 저 말투는 호연작 특유의, 소위 덕후 말투였다. 산양성 전투 이후, 그녀가 원래 말투를 쓴 건 이번이 처음이었다.

"부처님이 한 말이오, 소저."

"부처님? 부처님이… 뭐라고 함?"

"세상의 모든 것엔 태어난 이유가 있다 하셨소."

잠시 생각하던 호연작이 다시 입을 열었다.

"아저씨, 완전… 웃기게 생겼다는."

"허허, 알고 있소."

"그것도 이유가 있는 거임?"

"물론이오. 난 얼굴이 이래 놔서 대신 남들이 나를 무시하지 못하게 하려고 공부를 열심히 했다오. 또 한 번 본 건 절대 잊지 않는 재주도 있소. 그러니 하늘이 제법 공평하지 않소?"

"얼굴? 얼굴… 내 얼굴도… 으으…."

제 얼굴을 어루만지던 호연작이 신음하기 시작했다. 그 신음이 점차 커지고 눈에 살기가 깃들었다. 그녀가 다시 광기를 일으키려는 순간이었다.

'아차! 저럴까봐 절대 비치는 물이나 거울은 못 보게 했는데. 얼굴을 연상하는 순간, 일그러진 흉터를 떠올려서 광폭해진다고!'

진명은 이제 글렀다고 생각했다.

'아깝네, 저 아저씨. 그나마 저 정도로 호연작을 진정시킨 사람도 처음이었는데.'

다음 순간 그는 기절할 정도로 놀랐다. 왕찬이 호연작의 흉터 부위를 어루만지며 눈물을 흘렸기 때문이다. 막 광기를 드러내려던 호연작이 멈칫했다.

"왜, 아저씨가… 우는 거임?"

"이 상처, 많이 아팠을 것 같소."

"개 아팠어. 완전. 그래서… 자꾸 아프니까… 다 죽여버리는 거라는. 아저씨도 죽일 거고…. 죽일 때는 아픈 걸 잊거든…."

"머리를 다쳤소?"

"머리 안이 매일 아파. 깨 있을 때도, 잘 때도."

"저런, 딱하구려. 자, 내 말을 들어보시오."

왕찬은 상처에 손을 얹은 채 다시 부도 경전의 다른 부분을 읊조렸다.

"안은 생하는 것이고 반은 멸하는 것이며, 마음은 인연을 짓는 것이고 수는 도가 되느니라(安爲生 般爲滅 意爲因緣 守者爲道也)."

"그게… 무슨… 말이야?"

"이는 석가모니께서 호흡에 대해 알려주신《안반수의경(安般守意經)》이라는 경전의 일부요. 들이마시는 숨은 살아 있는 것이며 내쉬는 숨은 죽은 것이라는 뜻이오. 허나 그렇다고 숨을 들이쉬기만 하면 어찌 되겠소?"

고개를 갸웃거린 호연작이 대꾸했다.

"빵빵… 부풀어서… 죽어. 숨, 쉬어야 함."

"맞소. 그처럼 죽음이란 단순히 없어지는 게 아니라, 다음에 오는 삶을 위한 것이니 호흡 또한 다시 들이마시기 위해 내뱉는 거요."

"잘… 모르겠어."

"이를 소저의 고통에 접목해보겠소. 소저는 대단한 고수인 듯하니, 기(氣)를 뜻대로 움직일 수 있을 것이오. 숨을 들이마실 때는 허파를 통해 맑고 깨끗한 기운을 머리로 보낸다고 생각하시오. 그 좋은 기운으로 머리의 아픈 곳을 정화한 다음에, 더러워진 기운은 숨을 내뱉으면서 함께 내보내는 거요."

"맑은… 기운을 들이마셔서… 머리로? 맑은 기운으로 머리를… 감싸…."

"그렇지. 잘하고 있소. 그 생각에만 정신을 집중하여 천천히, 아주 깊고 느리게 호흡하는 것이오. 숨을 내쉴 때는 들이마신 숨으로 머리를 어루만져서 생긴 나쁜 기운을 모아 함께 내뱉으시오. 그게 바로 안반수의법이오."

"아픈 곳으로… 숨을…. 후웁."

호연작이 내쉬는 숨에서 지독한 악취와 탁한 기운이 느껴졌다. 뭔가 부패하는 냄새였다.

"좋소! 아주 좋소. 그렇게 숨쉬기를 반복하면, 반드시 아픈 게 나을 것이오."

왕찬은 호연작이 본격적으로 호흡을 시작하자, 상처에다 가만히 손만 얹어놓고 더는 말하지도, 움직이지도 않았다. 그녀의 집

중이 깨지지 않도록 하기 위해서였다. 호연작의 호흡이 점차 더 깊어지고 느려졌다. 그녀가 제정신이 아닌 까닭에, 오히려 호흡에 더 집중했다. 아픔을 없애고 싶다는 일념으로 순수하게 이 방법을 믿었기 때문이다. 진명과 윤하도 숨죽인 채 그 광경을 지켜보고 있었다.

그렇게 꼬박 사흘이 지났다. 그 기간 내내 호연작은 먹지도, 마시지도, 수면을 취하지도 않고 오로지 느린 호흡, 안반수의에 몰두했다. 안 먹고 안 자며 사흘을 보내는 일은 진명이나 윤하에게는 그리 힘들지 않았으나, 왕찬의 육체는 평범한 사람의 그것이었다. 그는 이제 쓰러지기 일보직전이었다. 눈이 쑥 들어가 퀭해지고 입술도 바짝 말랐다. 그래도 초인적인 인내로, 여전히 같은 자세를 고수하고 있었다.

어느 순간부터 점차 호연작의 콧등과 이마에 땀이 송골송골 맺히기 시작했다. 그러다 그녀가 갑자기 왈칵 하고 시커먼 덩어리를 토해냈다. 그것은 머리의 울혈과 상처에서 나온 고름이 뒤섞인 것이었다. 그것들이 독기를 뿜어 고통과 광증을 부추겼다. 머리를 열고 수술로 제거해도 완전히 없애기 어려운 것들이었는데 입을 통해 배출한 것이다.

덩달아 이상하게 일그러졌던 호연작의 얼굴이 바로잡히고 피부색도 깨끗해졌다. 검에 베여 터진 한쪽 눈은 당연히 돌아오지 않았고 눈을 세로로 가로지르는 흉터도 남아 있었으나, 잘 아물어 훨씬 보기 좋아졌다. 성공을 직감한 진명은 기뻐 날뛰었다.

"야, 해냈구나. 호연작! 아저씨도!"

사실, 호연작은 순수한 무인이 아니므로 기를 운용하는 방법 따위는 몰랐다. 호흡을 통해 독기를 뭉치고 뇌의 죽은 부분을 떼어내며, 그 부산물들을 모아 부비동을 지나서 입으로 이동시킨 것은 다름 아닌 염동력이었다. 염동력이란 정신력을 이용해 다른 사물을 움직이는 힘으로, 초능력의 가장 흔한 형태다. 다른 사물도 움직이게 하는데, 하물며 이론상 자신을 제어하지 못할 리 없었다. 호연작은 고도로 정신을 집중한 끝에 염동력을 이용해 고통의 근원을 뽑아내는 데 성공한 것이다. 거기에는 왕찬이 알려준《안반수의경》이 일종의 이정표 노릇을 했다.

　"어….."

　호연작이 어리둥절한 얼굴로 중얼거렸다.

　"안 아파…. 머리, 안 아프다. 와아…."

　왕찬은 자신이 쓰러지기 직전인 와중에도 소매로 그녀의 입을 닦아주며 자상하게 말했다.

　"잘했소. 정말 잘했소."

　호연작은 그간 말로 표현하기 어려울 정도의 지독한 고통을 겪었었다. 말하자면 두개골이 쪼개지고 뇌의 일부가 손상됐는데, 그 부분이 썩은 것이다. 보통 사람이라면 오래전에 죽었을 게 당연한 증상이었는데, 성력으로 얻은 초인적인 육체 능력과 회복력 그리고 염동력 덕에 억지로 살아 있었다. 머릿속에서 불이 타오르는 것 같다가, 그렇게 탄 것이 왼쪽 눈을 통해 녹아 나오는 느낌이었다. 때로는 누군가 날카로운 칼로 머리 안을 헤집는 것 같기도 했다. 미치지 않을 도리가 없었다.

그 고통이 끝났음을 깨닫는 순간, 호연작은 눈물을 흘렸다. 그 모습에 왕찬도 다시 함께 울었다.

"정말 수고했소, 소저."

"그런데 흐흑, 넌, 흐흑, 누구임? 흐흑."

"참 일찍도 물어보는구려."

성한 한쪽 눈을 통해 눈물이 흐르자, 일그러지고 흐릿하게 보이던 세상이 갑자기 확 맑아졌다. 마치 다시 태어난 것 같은 기분이었다. 그 깨끗해진 시야로 처음 본 대상이 왕찬이었다. 호연작은 젖은 눈으로 그를 물끄러미 바라보며 생각했다.

'못생겼는데… 잘생겼어…. 잘생김을 연기하는 것 같아.'

그 순간, 호연작에게는 그가 세상 누구보다 멋지고 아름답게 보였다. 말 그대로 지옥에서 부처님을 만난 것이다. 이는 이성 간의 사랑이나 부모자식 간의 사랑보다도 더 맹목적인, 구원자에 대한 사랑이었다. 그날 이후, 호연작에게는 왕찬의 말이 곧 진리요, 살아가는 이유가 되었다.

여기까지 말한 진명이 이야기를 끝맺었다.

"그런 뒤, 아저씨의 제안으로 하비성으로 와서 착용이라는 놈을 없애버리고 사천왕이 된 게 벌써 석 달 전이야. 그날 이후로 사람도 안 죽였다고. 아참, 착용만 빼고. 호연작은 지금도 자신이 사천왕의 현신임을 굳게 믿고 있어. 왕찬 아저씨가 그렇게 말했으니까."

곽가는 가볍게 한숨을 내쉬었다.

"실로 놀라우면서 잔혹하기도 하고 한편으로는 기묘하며 아름다운 이야기로군. 한데 왜 사천왕처럼 꾸민 거지?"

"백성들이 그편을 더 잘 따르거든. 또 우린 아저씨의 외모 따위 상관없지만 대부분의 사람들은 안 그러니까. 호연작에게도 자신을 사천왕이라 여기는 편이 나아. 그래야 불안정한 정신이 안정되고 함부로 살인하지 않게 돼."

왕찬이 여기에 덧붙여 설명했다.

"호연 소저는 그 후로도 꾸준히 안반수의법을 수련해서 머리를 완전히 치료했지만, 이미 사라진 기억은 돌아오지 않았소. 과거의 기억이 사라진 탓에 여전히 정신이 불안정하오. 이는 곧 사람이 자신의 근원을 모르는 것이니, 나무의 뿌리가 약한 꼴이기 때문이오. 허나 스스로를 사천왕이라 여긴다면, 탄생한 이유와 살아갈 목적이 분명해지기 때문에 정신이 흔들리지 않소."

조운은 왕찬의 사연에 진심으로 감복했다.

"그렇군요. 대단한 일을 하셨습니다. 과연, 귀공께서 왜 세간에 천재라 불리는지 알겠습니다."

"이제 그쪽이 얘기할 차례요. 유주군은 어째서 하비에 있는 것이오? 설마 착용 따위를 토벌하려고 천하의 유주군이 여기까지 온 건 아닐 테고."

"실은…."

조운 또한 그간의 사정을 간략히 설명했다. 다 듣고 난 왕찬이 고개를 끄덕였다.

"그랬구려. 그렇다면 우리가 싸울 이유는 없소. 하비성에 정보원을 잠입시킨 것은, 하비태수 조표가 이상한 세력을 끌어들였다는 소식 때문에 실상을 확인하기 위한 것이었소. 서로 좀 더 일찍 알았다면 좋았을 것을. 괜히 죽은 신도들만 안타깝게 됐구려. 나무아미타불….”

“그러게 말입니다. 괜한 짓을…. 이게 다 조표 그자가 사실을 숨겼기 때문입니다.”

불행 중 다행으로 용운의 가신 중 누구도 상하지 않았기에 이렇게 좋게 해결될 수 있었다. 만에 하나 누군가 죽기라도 했다면, 왕찬 및 천강위 일행과 유주군은 결국 사생결단을 내야만 했을 것이다. 조운의 표정이 싸늘하게 가라앉았다.

“반드시 이 책임을 묻도록 할 것입니다.”

곽가가 진명에게 넌지시 물었다.

“이제 앞으로 어쩔 건데?”

진명은 어깨를 으쓱해 보였다.

“어쩌긴. 하던 대로 왕찬 아저씨 곁에 있겠지.”

“넌 우리 주공인 진용운 전하와 불구대천의 원수잖아. 산양성 전투에서 네 동료들도 많이 죽었고. 우릴 박살내고 싶지 않아?”

“그거야 벌써 십 년 전 일이고 그게 전쟁이니까. 그렇게 따지면, 21세기에서도 미국과 러시아 그리고 독일과 일본은 여전히 전쟁 중이겠지.”

“…무슨 소리야?”

“아아, 미안. 내가 온, 먼 나라의 얘기야. 아무튼 노준의도 죽고 진한성도 죽었다고 들었다. 각자에게 가장 큰 적인 동시에 강경파였던 인물이 둘 다 사라진 거야. 진용운을 적대하는 일은 별 의미가 없어졌어. 무엇보다 이제 난 더 이상 위원회 소속이 아니다."

회에 속했을 당시 진명의 나이는 용운과 비슷한 열여섯 살. 그런 그도 이제 스물여섯 살의 어엿한 청년으로 성장해 있었다. 그간 천하를 떠돌아다니면서 많은 것을 보고 들어 나름대로 깨달음이 있었다.

"그래?"

곽가는 의미심장한 웃음을 지었다.

"그거 잘됐군."

이튿날, 하비성으로 되돌아간 조운은 조표를 엄히 추궁했다. 착융이 몇 달 전에 죽었으며, 그 후 부도 신자들의 폭주도 멈췄음을 숨긴 이유에 대해서였다. 단순히 숨긴 정도가 아니라, 여전히 그들의 횡포가 계속되고 있는 양 거짓말까지 했다. 그 결과, 갈길 바쁜 유주군을 거치지 않아도 되었을 싸움터에 몰아넣었다. 조운은 생각할수록 분노가 치밀었다. 말투는 정중했으나 어조에서 그 분노가 고스란히 드러났다.

"착융이 과거에 그런 짓을 했던 건 사실이나, 그가 죽은 뒤 남은 부도 신자들은 이미 오래전부터 군량에 손대는 일은 물론, 과도한 보시도 멈췄음을 알았습니다. 한데 우릴 속여 그들을 치게 한 이유가 뭡니까? 이는 동맹에 대한 기만 행위로 봐도 되겠습니까?"

우물쭈물하던 조표는 결국 의도를 털어놓았다. 착융이 사원에 쌓아뒀다는 재물과 황금을 입힌 불상을 녹여 차지하려던 게 이유였다.

"착융이 그 재물을 백성들에게서 수탈한 건 분명하오. 그걸 되찾아오려고 몇 차례 군사를 일으켰었지만, 번번이 사천왕이라는 자들에게 패했소. 이를 분하게 여기던 참에 유주군이…."

"차도살인지계(借刀殺人之計, 남으로 하여금 자신이 제거하고픈 사람을 죽이게 하는 행위)를 쓰려 했습니까?"

"난, 어디까지나 좋은 뜻에서…."

"이걸로 확실해지는군요. 역시 그 재물을 되찾아 백성들에게 돌려주려던 게 아니라, 태수께서 다 차지하려는 속셈이었겠지요. 과연, 서주자사(왕랑)와 전하(진용운)께서도 이 일을 좋은 뜻에서 행한 거라고 여기실지 장계를 올려보겠습니다. 두 분의 판단에 따르시면 될 겁니다. 그럼."

"…."

조운은 다음 날 아침에 하비성을 떠날 예정이었으므로 그대로 조표를 일별했다. 대전을 나온 그는 유주와 서주성으로 각각 흑영대원을 보낸 뒤, 일찍 처소에 들었다.

결과적으로 조표는 그 장계가 돌아오길 기다릴 필요가 없어졌다. 책망 받은 끝에 태수 자리를 박탈당할 것이 두려워 야음을 틈타 유주군을 기습했다가 오히려 박살 난 것이다.

이 결과는 그의 행동을 예상한 왕찬과 사마의의 합작이었다. 어제, 조운이 돌아와 조표를 추궁하기 전이었다. 왕찬과 사마의는 잠시 조표에 대해 논했었다.

"하비태수는 사람됨이 옹졸하고 관직과 재물에 집착하는 성품이오."

왕찬의 말을 사마의가 받았다.

"자신이 한 짓이 드러난 데다 사원의 금을 차지하기도 글렀다는 걸 알면 뭔가 수를 쓰겠군요."

"일단 밤사이 유주군을 몰살한 다음, 그들이 착융의 무리와 결탁했기에 어쩔 수 없었다고 보고하는 그림이 떠오르는구려."

"제 생각도 같습니다. 그러고도 남을 위인이지요."

"유주군의 강함을 잘 알기에 술과 밥에 약을 타 대접할 테니 주의하시오."

조운은 그들의 충고에 따라 야습을 대비했고, 과연 조표가 움직인 것이다. 정면으로 맞붙어도 이길 수 없는 상대인데, 완벽하게 대비하고 있었으니 결과는 뻔했다. 조표가 이끄는 하비군은 순식간에 풍비박산 나서 흩어졌다. 이미 동맹임을 잘 아는 유주군을 태수의 사욕으로 공격한 탓에, 하비성 병사들은 처음부터 마지못해 싸우는 시늉만 할 뿐 의욕이 없었다. 심지어 싸움이 시작되자마자 무기를 버리는 자들이 속출했다. 조운은 그런 사실을 재빨리 눈치채고 손속에 사정을 두도록 하니, 전사자는 극소수에 불과했다. 오히려 얼마 후 하비성의 병사 몇 명이 조표의 시체를 짊어지고 조운을 찾아왔다.

"난리 통에 달아나던 중 눈먼 화살을 맞아 죽고 말았습니다."

"이런, 죽게 할 생각까지는 없었는데…."

조운은 혀를 찼지만, 이미 엎질러진 물이었다. 그는 사건에 대해 상세히 보고한 장계를 새로 작성하여, 왕랑과 용운에게 각각

보내도록 했다.

조표의 시신을 가져왔던 병사들이 물러나서 사마의에게로 향했음은 아무도 몰랐다. 그들은 야습이 있기 전에 사마의가 미리 포섭해둔 자들이었다. 조표를 제거하라고.

"분부하신 대로 했습니다."

"수고했다. 이 일을 절대 발설해선 안 될 것이다. 명대로 살고 싶다면."

"여부가 있겠습니까."

병사들은 돈을 받고 굽실거리며 물러갔다. 사마의는 그들의 뒷모습을 보며 생각했다.

'타지의 전투에서 가장 중요한 것은 원활한 보급이다. 이번 일로 인해 조표는 우리에게 감정이 생겼고 이는 필연적으로 보급에 차질을 빚을 터. 노골적이진 않더라도 분명 악영향을 준다. 원래 인간이란 그런 존재다. 그럴 바에는 그를 제거하고 새로운 인물, 이왕이면 전하와 우리에게 더 호의적이면서도 유능한 자를 태수로 앉히는 편이 낫다. 어차피 조표는 사욕에 눈이 어두운 소인배였으니.'

조운과 곽가는 후임 하비태수로 왕찬을 추천하였다. 서주자사 왕랑은 이를 기꺼이 수락했다. 안 그래도 조표가 사고를 쳐서 난감하던 터라, 어지간한 부탁은 다 들어줄 생각이었다. 한데 왕찬은 학식과 천재성, 빼어난 문장 등으로 명성이 자자하기까지 하니, 왕랑으로서는 가려운 데를 긁어준 격이었다.

"그럼 하비성을 잘 지키고 있어라. 중선(왕찬) 님이 하비태수가 됐으니, 이제 여기가 너희의 집이자 고향인 거야."

곽가의 말에 진명은 고개를 끄덕였다.

"유당이야 원래 알고 있었지만, 관승까지 진용운의 밑에 들어갔다는 얘기에는 정말 놀랐어. 그럼 우리라고 안 될 것도 없겠지. 호연작에게 큰 부상을 입힌 검후도 죽었다고 하고⋯. 어차피 하비성에서만 머무를 거니까, 회에서 이리로 쳐들어오지 않는 한 충돌할 일도 없을 거야."

"그걸로 충분하다."

"⋯고맙다."

"뭐가?"

"왕찬 아저씨를 태수로 만들어줘서."

"당연한 거지. 내 살다 살다 회의 인물로부터 감사 인사를 받을 날이 올 줄은 몰랐군."

"당연한 거지. 난 이제 위원회도 아니고."

"하하! 군량이나 제때 잘 보내. 네가 아니라도 중선 님이 알아서 잘하시겠지만."

"염려 붙들어 매. 윤하의 철구에 넣어서 날려 보내면, 그걸 탈취할 수 있는 자는 천하에 없어."

"궁금해서 그러는데 저 철구⋯ 대체 얼마만 한 크기로 몇 개나 만들 수 있는 거냐?"

"나도 최대 크기와 최대 개수로 만든 건 본 적이 없어. 이번에 한번 보려고."

"장관이겠군."

대화하던 진명이, 문득 곽가에게 물었다.

"그런데 너, 괜찮아? 땀을 너무 흘리는데?"

"더워서 그래. 여기가 지랄 맞게 덥고 습하잖아."

"어제 화타라는 의원이 와서 호연작의 상처를 봐줬는데, 솜씨가 끝내주더군. 약 꼭 타 먹어."

"안 그래도 그러고 있다."

유주군은 하비에서 뜻밖의 사건을 겪었으나, 그 덕에 서주의 방어와 보급선이 더욱 탄탄해졌다. 호연작과 진명, 거기에 절대십천 중 하나인 윤하를 하비성에 머무르게 함으로써 혹시 있을지 모를 성혼단이나 원술의 공격에 대비할 수 있게 됐기 때문이다. 조운 일행은 홀가분해진 마음으로 구강을 향해 진군을 서둘렀다.

13

균열의 불씨

206년 늦가을, 구 유주 광양군 계현(유주성). 이제 공식적으로는 유주국 광양군이 된 유주국의 수도다. 용운의 행정구역 정리로, 유주국에서는 현과 그 아래 단위가 모두 사라진 까닭이었다. 외부에서는 여전히 계현이 있는 것으로 취급했으나, 유주국 내에서 통용되는 모든 공식적인 자료와 문서에서는 광양군으로 단일화됐다.

21세기의 대한민국을 예로 들면, '대한민국 경기도 성남시 분당구 율동'이었던 지역을, '대한민국 경기도 성남시' 정도로만 줄인 셈이었다. 저렇게 세분화할 만큼 인구가 많지도, 여러 지역에 모여 살지도 않았기 때문이다. 특히, 백성들을 중시하는 유주국은 대부분의 사람들이 성내에서 지내고 있었다. 용운은 기껏해야 만 명도 살지 않는 지역을 분화하여 구역을 만드는 대신, 거기까지 범위를 넓혀서 합치는 쪽을 택했다. 그리고 한 명 한 명을 백성으로서 보호하며 의료, 교육, 의식주 등 기본적인 삶의 조건을 지원했다.

용운이 처음 할거한 인연이 있는 유주 탁군 같은 경우,《후한서》군국지에 의하면 이 시기의 인구는 육만 명 정도에 불과했다. 원래도 많지 않던 인구가 황건적의 난을 비롯한 여러 난리를 겪으면서 더욱 줄어든 결과였다. 하지만 아직까지 옛 이름이 입에 박힌 사람들 사이에서는 유주성은 여전히 계로 불리고 있었다.

그와 비슷하게 그를 경애하는 자들로부터는 '유주왕'이라 불리지만 두려워하고 적대하는 자들한테는 '은마(銀魔)'라 불리는 진용운은, 유주성 대전에서 심복 전예와 대화 중이었다.

"이런 사유로 왕찬이 조표의 후임 하비태수가 됐다는 거군요."

죽간을 다 읽은 용운이 말했다.

"조표는 어찌 됐나요?"

"난리 통에 눈 먼 화살을 맞고 죽었다고 합니다."

"저런…. 서주목도 아는 일이겠지요?"

"그럼요."

전예는 마음에 걸리던 부분에 대해 물었다.

"그 호연작과 진명은 회의 인원들 중에서도 최악의 적들이 아니었습니까? 괜찮을까요? 그 둘이 딴마음을 먹으면 서주 전체가 넘어갈 수도 있습니다."

"흠, 그들이 서주를 빼앗을 수는 있으나 다스리진 못할 겁니다. 통치 능력도 없는 데다 힘으로 누른다 해도 무리입니다. 모든 곳에 내가 있지 못하니 믿을 수 있는 이들을 지사로 임명했듯, 그들도 몸이 여러 개는 아니니까요."

"그건 그렇습니다만."

"또 그럴 거였으면 진작 일을 벌였겠죠. 십 년 가까이 떠돌아다 녔고 중선(仲宣, 왕찬의 자) 님 밑에서도 몇 달이나 있었다는 걸 보면, 회로 돌아갈 마음이 없는 건 분명해 보여요. 봉효와 중달이 그 일을 수락했다는 건, 큰 위험성이 없다고 판단한 거겠지요."

"알겠습니다."

"그 밖에 다른 사항은 없나요?"

"예. 지금쯤 아마 구강에 도착했을 것입니다. 그럼, 이만 물러가 보겠습니다."

"그래요. 수고했어요."

대전을 나온 전예는 작게 중얼거렸다.

"저 녀석, 제법인걸?"

그는 유주성 지하, 흑영대 기지로 향하며 생각했다.

'이제 원래부터 알고 있던 가신들이 아니면, 전혀 눈치채지 못하겠어. 지금 성에 있는 게 전하가 아니라 그분의 그림자인 백영이라는 사실을. 일부러 결정이 필요한 질문을 해봤는데, 거기에 대한 대처도 무리 없는 수준이고. 어차피 얼토당토않은 선택을 하면 내가 알아서 조정할 테지만.'

전예는 긴 다리를 성큼성큼 뻗어 금세 입구에 도착했다. 거기서 은신해 있는 보초에 의한 얼굴 확인, 상위 흑영대원에게만 주어지는 열쇠가 필요한 철문 두 개, 매일 바뀌는 암호를 알아야 무사히 지나갈 수 있는 함정 등 세 단계 보안을 거쳐 지하로 내려갔다. 자신의 집무실에 돌아온 그는 특별 제작한 의자에 앉아 길게 한숨을 내쉬었다.

'허나 백영이 아무리 전하와 똑같다 해도, 이 문제는 역시 처리할 수 없겠지.'

전예는 집무실 벽 삼면을 가득 채운 선반들로 시선을 주었다. 그의 집무실은 유난히 넓었는데, 그 면적 대부분을 이 선반들이 차지하고 있었다. 한쪽 벽에는 대략 쉰 개의 선반이 설치됐고 각 선반은 또 쉰 개의 칸막이로 나뉘어, 커다란 서랍이 달려 있었다. 서랍 안에는 일정한 규칙에 의해 구분된 죽간들이 가득 들어찼다. 죽간에 적힌 건 유주를 포함한 천하의 정보들. 거기에는 제후와 명사들의 언행뿐만 아니라, 각 지역의 날씨와 시전 현황, 유랑민들의 이동 등 다양하고 다채로운 내용이 포함되었다. 이렇게 구분된 죽간들을 분석하다 보면 어떤 흐름이 드러나는 경우가 있었다.

'전하께서는 이것을 대자료(大資料)라 하셨지.'

용운은 21세기의 빅데이터(big data)를 염두에 두고 한 말이나, 당연히 그에 비하면 턱도 없이 모자랐다. 빅데이터 자체가 디지털과 인터넷 환경에 의해 만들어진, 가늠할 수 없을 정도로 방대한 데이터를 의미하기 때문이다. 대신, 이 시대에는 현대보다 인구가 적고 생산되는 자료 자체도 적어 나름의 효과가 있었다. 지금 전예가 고심하는 사안도 이렇듯 대량의 자료를 분석, 종합하는 방식으로 발견한 것이었다.

'양수의 행동에 대한 보고….' 그는 이런 이름이 붙은 서랍 하나를 물끄러미 바라보았다. 현재 양수에 대한 보고를 올리는 흑영대원은 총 셋이었다. 27호와 28호는 채염을 경호하는 여성 흑영대원이었는데, 양수가 사흘이 멀다 하고 찾아오다 보니 자연스레 그에 대해서도 보고하게 됐다. 30호는 양수 전담 흑영대원으로, 순번이 순번인 만큼 무력은 다소 떨어지지만 대신 관찰력이 좋고 꼼꼼했다. 그는 양수가 하루 동안 하는 일, 읽는 책, 만나고 다니는 사람들 등 모든 것을 보고해왔다. 그 내용을 종합하여 분석한 결과, 전예가 내린 결론은 이랬다.

'양수는 유주성 내에서 반란을 일으키려 한다.'

양수는 유주성에 돌아온 후, 몇 가지 형태로 빠르게 인맥을 형성했다. 첫 번째는 원가 못지않은 명문인 그의 가문을 활용한 인맥이었다. 양수의 선조는 전한의 개국공신인 양희였다. 고조부인 양진부터 증조부 양병, 조부 양사와 아버지인 양표에 이르기까지 삼공을 두루 거쳤다. 그렇다 보니 그의 선조들을 흠모하는 이도 있었고 그의 가문에 본인이나 친척이 신세진 이들도 많았다. 그들은 자연히 양수를 반겼으며 그에게 호감을 가졌다.

두 번째는 용운에게 불만이 있는 자들 중심의 인맥이었다. 용운은 가신들과 백성들에게 널리 사랑받는 군주였지만, 모두가 그런 건 아니었다. 특히, 황실에 대한 충성심이 강한 자나, 유학을 중시하는 선비들 중에 불만분자가 많았다. 불만의 이유는 외부의 적대세력이 용운을 공격하는 명분과 비슷했다. 스스로 왕을 칭하고서 세력을 불려나가는 것은 황실에 대한 반역이며, 오환 및 고구려 등과 손잡는 행위는 제국의 체면을 깎는다고 여겼다. 때로는 원소의 가문을 멸문한 일에 대해서도 지나치다 생각하는 이들이 있었다. 전예는 현재 대립 중인 조조나 곧 싸우게 될 유표보다 저런 자들이 개인적으로 더 싫었다.

'그러면서 유주국에 남아, 전하께서 내리는 혜택은 고스란히 받는 주제에…'

아무튼 저런 수상한 인맥 외에 다른 지역에서 일어났던 일들이며 과거의 역사가 기록된 자료 등에 비춰볼 때, 양수는 분명 역심을 품고서 그것을 실행하려 하고 있었다. 전예는 다른 건 몰라도 '감찰'과 '보안'에 관련해선 절대적인 권한을 가졌다. 심지어 타당한 증거를 제시할 수만 있다면 조운조차 체포 가능한 유일한 인물이었다.

'양수 정도는 심증만으로도 잡아 가둘 수 있다.'

그럼에도 불구하고 지켜보기만 하는 이유가 있었다. 전예는 양수를 통해, 이번 기회에 유주국 내의 불순한 세력을 뿌리 뽑으려는 생각을 했다. 소위 반 진용운파를 숙청하려는 것이다. 한데 양수가 긴밀히 접하는 인물들 중에 용운과 그가 굳게 믿고 있으며, 또 함부로 하지 못하는 자가 포함된 게 아닌가. 또 양수를 체포했을 경우 관승의 반응도 염려되었다.

'어차피 양수 하나를 붙잡아봐야 별 효과는 없다. 이번 기회를 놓치면 반란 세력은 다시 수면 아래로 가라앉을 것이다. 이전보다 오히려 더욱 깊이, 자신들의 실체를 감추겠지. 따라서 그와 조금이라도 얽힌 자들은 모조리 잡아들여야 한다. 그런데 어째서 그분이…. 그분까지 처리하기 위해서는 반드시 전하의 허락이 필요하다. 내가 도저히 독단적으로 행할 수 없다.'

백영이 대행 중인 데서 알 수 있듯 현재 용운은 유주성 안에 없었다. 이번에는 알리지 않고 멋대로 나간 건 아니었다. 그래도 용운의 귀환이 기다려지긴 마찬가지였다. 독촉하기 위해 그리로 흑영대원을 보내긴 했다. 또 경호 명목의 흑영대원 하나가 동행 중이었다. 그러나 공교롭게도 용운은 변장하고 잠행(潛行, 신분을 숨기고 은밀하게 움직이는 일)을 떠났다. 이제 그의 변장술은 상당한 경지에 올랐다. 그쪽에서 먼저 드러내지 않으면 찾는 데 오랜 시일이 걸릴 수도 있었다.

용운이 자리를 비운 데는 그만한 이유가 있었다. 유주를 위협할 만한 세력들은, 현재 대부분 다른 상대와 싸우느라 바빴다. 설령 불상사가 생긴다 해도 관승이 수도 경비를 맡고 있다. 그를 당해낼 무인은 거의 없었다. 거기에 더해 용운을 지지하는 사마 가문과 흑영대 그리고 완벽한 대역인 백영까지 있다.

'이런 상황에서 유주성에 눌러앉아 당신의 능력을 썩히는 건 낭비라고 생각하셨을 테지. 늘 뭔가 하셔야 직성이 풀리는 분이니….'

또 이번 일은 전예가 보기에도 용운이 직접 움직여야 할 정도로 기괴하고 심각한 사안이긴 했다. 문제는 전예 또한 이를 다 알면서도 이상하게 불안하다는 것이었다. 고작 양수 때문이 아니었다. 양수에게 '그 사람'이 얽힌 게 마치 불길한 조짐처럼 느껴졌다.

'이 일을 오래 하다 보니 걱정과 의심만 늘었군. 그래서 그런 게지. 그래도 어서 돌아오십시오, 전하…. 예감이 좋지 않습니다.'

유주국 상곡군 외곽의 산속.

상곡군은 원래 유주 상곡군의 저양현 및 거용현, 대현 등으로 나뉘어 있던 지역을 통합한 곳으로 한 제국의 북쪽 끝에 위치해 있다. 가뜩이나 늘 추운 지역이라 지금은 숲이라고 해봐야 초록색 잎은 거의 보이지 않았다. 추위에 강한 침엽수가 드문드문 보이는 정도. 그 밖에는 바위와 흙으로 덮인 척박한 산이었다.

그 산길을, 털가죽 옷으로 전신을 감싼 한 여인이 걷고 있었다. 늘씬하고 키 큰 미녀였는데, 등에 활을 메고 옆구리에는 단도를 찬 걸로 보아 사냥꾼인 듯했다. 북부는 농사로 먹고살기 어려워 유목이나 사냥으로 생계를 꾸렸다. 그렇다 보니 여자 사냥꾼도 드물게 있었다. 다만, 이 여인은 사냥꾼이라기엔 지나치게 피부가 곱고 미색도 출중했다.

'슬슬 해가 지고 있네.'

여인은 두려운 듯 주위를 두리번거리며 걸음을 재촉했다. 그때 길 옆의 바위산 뒤에서 일단의 무리가 튀어나와 그녀를 앞뒤로 가로막았다. 열 명 정도로 이뤄진 무장한 사내들이었다. 복장과 무기가 조잡하고 제각각인 걸로 보아 군인은 아니었다. 수염이 덥수룩한 얼굴에 하나같이 험상궂은 인상이었다.

"어딜 그렇게 서둘러 가시나?"

그들은 산길 근처에 잠복해 있다가 여행자나 상인을 습격하는 도적떼였다. 이 길은 창평현에서 서관으로 통하는 거의 유일한 길목인지라, 산을 타고 갈 게 아니면 반드시 거쳐야 했다. 종일 매복해 있었지만 지나다니는 사람이 없어 허탕 칠 뻔했는데, 해가 지기 직전에 드디어 먹잇감이 모습을 드러낸 것이다.

여인이 움찔 놀라며 멈춰 섰다. 정면에서 그녀의 얼굴을 확인한 도적들도 순간적으로 놀랐다. 여인의 외모가 너무도 아름다웠기 때문이다. 어슴푸레한 햇빛 아래서도 빛나는 백옥 같은 얼굴에 붉고 도톰한 입술. 겁에 질린 듯 동그랗게 떴는데도 그윽한 눈매는 사내들의 마음을 흔들기에 충분했다.

'어디서 저런 미녀가?'

'차림새로 봐선 사냥꾼 같은데 뭐 저리 예뻐!'

맨 먼저 정신이 든, 이 무리의 조장 격으로 보이는 도적이 더듬거리며 말했다.

"우, 우리와 같이 조, 좀 가야겠다."

"어딜?"

여인의 목소리는 약간 낮으면서도 맑고 또렷했다.

처음의 놀람이 가시자 도적들은 조금씩 음심(淫心, 음란한 마음)이 발동했다. 어차피 사냥꾼처럼 보이니 재물은 별로 없을 터. 가진 게 없다면 몸으로 때우게 할 생각이었다. 저 선녀 같은 여자를 품에 안는다는 상상만 해도 얼굴에 핏기가 확 올랐다.

'나한테까지 차례가 올까?'

'두목이 한눈에 반해서 첩으로 삼겠다고 하면 어쩌지? 아무래도 그럴 것 같은데….'

도적 조장이 여인의 손목을 획 잡아챘다.

"어디긴 어디야, 우리 산채지!"

"산채에 가서 뭐 하게?"

"두목님께서 네년을 마음에 들어 하시면 두목의 첩이 되고 그게 아니면 우리와 좋은 시간을 보내겠지, 킬킬."

"지금까지 납치해간 여자들을 다 그렇게 한 거야? 재미만 봤으면 됐지, 죽일 것까진 없잖아."

"뭐?"

조장이 어리둥절한 표정으로 말했다.

"무슨 소리냐? 우린 여자는 죽이지 않는다. 그리고 요즘 계집들이 집 밖으로 나오질 않아서 계집을 본 것도 네가 몇 달 만⋯."

말하던 그가 입을 다물었다. 여인의 질문에서 뭔가 이상함을 느낀 것이다.

"네년은 뭐냐?"

"음⋯. 아무래도 내가 찾는 게 너희가 아닌 모양이네. 그래도 도적질은 나쁜 짓이니, 나한테 혼 좀 나야겠다."

"뭐? 으악!"

조장은 시야가 빙글 회전함을 느낌과 동시에 머리부터 바닥에 추락했다. 그는 외마디 비명을 내뱉고 그대로 기절했다. 잠깐 굳었던 도적들이 성난 기색으로 우르르 달려들었다.

"이년이!"

"무슨 짓을 한 것이냐!"

여인은 언제 겁먹었었냐는 듯 태연히 말했다.

"그래, 그렇게 한꺼번에 오라고."

무기도 들지 않은 그녀가 도적들을 때려눕혔다. 긴 팔다리를 한 번 뻗을 때마다 어김없이 한두 명의 도적이 돼지 멱따는 소리와 함께 날아갔다. 그렇게 차 한 잔 마실 시간도 지나기 전에 십여 명의 도적들을 모조리 졸도시킨 후였다. 여인의 앞에 검은 그림자 하나가 나타나 머리를 조아렸다.

"끝났습니다. 이 인근에는 더 이상 수상한 무리가 없습니다."

"흠, 이게 일대의 마지막 도적떼였는데. 그럼 도적들 짓이 아니란 말이야? 이러면 곤란한데."

"이렇게 직접 나서실 것까지 있습니까?"

여인은 쓰러진 도적들을 살펴보며 말했다.

"민간인, 행상 가리지 않고 무리째 납치된 다음, 남자는 시신으로 발견되고 여자는 모조리 사라지는데 수법이 교묘하여 흔적도 남기지 않아. 그런 짓을 하는 놈을 쉽게 끌어낼 수 있으면서, 혼자 감당할 수 있는 힘을 가진 사람이 또 누가 있을까? 응?"

"그건…. 하지만 만약 정말 범인이 나타났을 때, 일부러 잡혀가시겠다는 계획은 너무 위험합니다."

"그래야 본거지를 알아내서 일망타진하지. 그리고 여차하면 네가 있잖아."

여인은 검은 복장 일색의 사내에게 눈을 찡긋해 보였다.

"안 그래? 원수화령."

남자가 변장했음을 알면서도 여인의 눈짓에 가슴이 진탕된 사내가 당황해서 말했다.

"전하, 어째 여장을 즐기시는 것 같은 기분이…."

"그럴 리가. 오해야. 여자만 노리는 놈들을 찾으려니까 부득이한 거지. 아니면 네가 여장할래?"

"사양하겠습니다."

여인의 정체는 바로 타고난 미모와 백영에게서 배운 기술을 적절히 조합하여 절세미녀로 거듭난 용운. 그를 호위하는 검은 옷의 사내는 흑영대원 4호, 원수화령이었다.

용운은 정예부대를 손책에게 보낸 뒤, 한동안 지루하고 근심에 찬 나날을 보냈다. 마음 같아서는 늦게라도 따라가서 합류하고 싶었지만, 그러지 못하게 하는 이유가 있었다. 바로 원래 살았던 시간에 대한 기억, 정확히는 두려움 때문이었다. 지금의 삶과 역사는 시공복위를 이용해 시간을 되돌린 뒤 새로 만들어온 것이다. 원래 그는 유표, 정확히는 방통의 계략에 걸려들어 손책한테서 배신당한 끝에 중신들을 모두 잃고 패배했다. 그 시기가 바로 199년 늦은 가을. 장소는 기산이었다.

용운은 기산에서 호연작의 손에 죽기 직전, 아슬아슬하게 시공복위를 발동했다. 거기서 '니알라토텝'이라는 미지의 존재와 거래하여 시간을 되돌릴 에너지를 얻었다. 그 대가로 시공의 틈을 벗어날 수 있는 열쇠 역할을 하는 벽옥접상을 니알라토텝에게 주었다.

그렇게 다시 얻은 시간은 이 년이었다. 짧다면 짧은 시간이었지만, 많은 것이 변했다. 즉 되돌아간 197년 4월은 원래의 그때와 같지 않았다.

그런 변화는 주로 용운이 모르는 곳에서 일어났다. 미지의 대상일수록 변화의 정도가 심했다. 그 이유는 시공복위란 결국 용운의 순간기억능력에 의존하여 그 시기를 복원하는 것이기 때문이다. 그렇게 구현하기 위해서는 막대한 데이터가 필요했다. 그가 아는 것들, 가까운 주변 사람이나 그가 다스리던 땅 등은 대부분 원래대로 돌아왔다.

그러나 거기에도 미세한 차이는 있었다. 예를 들어, 용운은 조운에 대해 많은 걸 알고 있었으나 그의 모든 것을 알지는 못했다. 조운은 누구에게도 말하지 않은, 스스로 부끄러워하는 습관 하나가 있었다. 바로 출진하기 전 반드시 창대를 세 번 어루만져야 마음이 안정되는 것이었다. 현대식으로 표현하자면 일종의 징크스다. 창술을 익혀 세상에 나온 뒤, 처음으로 사람을 죽였을 때 생긴 습관이었다. 그는 이것이 뭔가 무인답지 못하다고 여겨 고치려고 노력했지만, 마음대로 되지 않았다. 대신 아무도 안 볼 때 은밀하게 이 동작을 행했다. 그 탓에 용운도 그 습관을 몰랐다.

첫 번째 시공복위 때까지는 조운의 이 습관이 유지되었으나, 두 번째 시공복위 후에는 아예 없어져버렸다. 조운에게 그 습관이 생긴 것은 197년보다 훨씬 전의 일이므로, 과거로 되돌아간 후에도 거기에 대해 기억은 하고 있었다. 그러나 왜 갑자기 습관대로 행하지 않아도 찜찜하지 않게 됐는지는 알지 못했다. 그저 어느 순간 고쳐진 것이겠거니 하고 잘됐다고만 여겼다. 오래 유지되어온 한 사람의 습관이 아무 계기도, 이유도 없이 하루아침에 사라지는 건 평범한 일이 아니었다.

그나마 제일 가까이에 있었던 조운도 이런데, 아예 접하지 못한 대상에 대해서는 당연히 기억이 남아 있지도 않았다. 호연작과 그 일행들의 행보가 그런 경우였다. 원래 호연작은 산양성 전투에서 패해 달아난 지 얼마 안 되어 유표 밑에 들어갔다. 그 기간은 용운이 재구성한 이 년 사이에 포함되어 있었다. 하지만 용운은 그들에 대한 정보를 얻지 못했으므로, 어떤 과정을 거쳐 유표 밑에 들어갔는지는 몰랐다. 그저 199년 무렵에는 이미 호연작이 유표의 편에 서서 싸우고 있었다는, 바뀌기 전의 세계에서 직접 체험한 사실만 알고 있었다.

그 바람에 호연작 일행의 행보 또한 바뀌었다. 유표가 있는 형주 쪽으로 향하긴 했으나, 원래의 시간과는 다른 일이 벌어졌다. 이 년 사이에 호연작의 정신병과 부상이 급격히 악화된 것이다. 때문에 곧장 형주로 가지 못하고 오랫동안 사람이 적은 지역을 떠돌다가 왕찬을 만났다. 이후는 조운의 지원군이 하비에서 겪은 대로다. 그 무렵, 용운은 이미 상곡군으로 떠난 후였으므로 그 사건에 대해 미처 보고받지 못했다. 다만, 과거의 사실들만 염두에 두고 있었다.

'과거로 돌아오고 나서 유표를 견제하여 원래 역사만큼 강성해지지 못하게 하려고 노력했지만 큰 효과는 거두지 못했어. 방통을 유표보다 먼저 등용하지도 못했고. 게다가 호연작 등이 유표 밑에 있는지도 정확히 확인하지 못한 상황이니 아직 유표와 전면전을 벌이는 건 금물. 단….'

손책만은 확실히 도와줘야 했다. 안 그랬다간 궁지에 몰린 그가 바뀌기 전의 세상과 마찬가지로 배신할 수도 있기 때문이다. 손책이 배신한 직접적인 원인은 구강군에 있던 그의 일족을 유표가 납치하여 협박한 까닭이었다. 이에 용운은 유표와 직접 싸우는 일은 최대한 피하면서, 구강으로 강력한 부대를 보내 손책과 그 가족들을 보호하려 한 것이다. 완전한 준비가 갖춰지기 전까지 손책의 전의가 꺾이지 않도록.

'언뜻 큰 변화는 없는 것 같지만, 이미 몇 가지 성과를 거뒀다. 내가 몰락했던 세계하고는 확실하게 달라지고 있어.'

그 첫 번째는 희지재를 죽지 않도록 한 것이다. 과거 희지재는 역수 근처에서 열병에 걸려 운명했다. 이에 새로 얻은 시간에서는 아예 모든 원정에서 그를 제외했다. 그 결과 희지재는 시름시름 앓을망정 여전히 살아서 여러 가지 책략도 진언하고 있었다.

두 번째는 지진에 의한 피해가 사라진 것이다. 청하국 인근에서 발생한 지진으로 인해 여포군은 다수의 병력과 상장 송헌, 위속을 잃었었다. 하지만 이번에는 아예 출진 시기와 병력 구성 자체가 달라졌으므로 그런 일은 일어나지 않았다.

마지막으로 조조의 장수 만총을 포섭한 거였다. 원래 만총은 용운이 먼저 등용하여 업성이 무너질 때 자연스레 조조에게 침투시켰었다. 그러나 그는 조조 밑에 있는 동안 마음이 서서히 그리로 기울었다. 사실, 만총의 성정은 조조와 더 잘 맞았다. 원래 역사에서 조조를 섬겼던 인력도 작용했다. 만총의 친우 유엽이 조조의 수하였던 까닭도 있었다. 결정적으로 근거지를 유주로 옮긴 다음부터 그를 소홀히 대한 게 컸다. 용운의 실수였다. 그 결과, 진짜로 조조의 가신이 된 만총은 병력을 분산한 뒤 배후를 치는 수법으로 용운에게 큰 피해를 주었다.

이에 용운은 과거로 돌아간 다음, 만총에게 많은 공을 들였다.

정기적으로 전담 흑영대원을 보내 그의 안위와 상태를 살폈고 그때는 꼭 친필 서신을 전했다. 또 원한다면 언제든 유주로 돌아오도록 했다. 그러자 자신이 잊히지 않았으며 더욱 총애 받고 있음을 확신한 만총은, 용운에 대한 충성을 유지하여 조조와 오용을 떼어놓는 데 결정적인 역할을 했다.

이처럼 용운은 과거의 실수를 하나하나 고쳐나가는 중이었다.

'아직 나는 형주 쪽과 직접 얽혀서는 안 돼.'

그때 상곡군에서 이상한 첩보가 날아들었다. 인근의 젊은 여자들이 계속 실종된다는 소식이었다.

— 심지어 오십여 명에 달하는 행상이 납치된 다음, 남자는 모두 시체로 발견되고 여자는 사라진 일도 있었습니다.

용운은 집무실에서 채염과 함께 일을 처리했다. 예비 기억용으로 보고서를 읽은 그녀가 어깨를 살짝 떨었다.

"무섭네요."

고심하던 용운이 말했다.

"아무래도 내가 가봐야 할 것 같아요."

"상공께서요? 왜…."

"보고서의 내용에 의하면, 상곡군의 치안대와 군대는 물론이고 흑영대원들도 모두 나섰다는데 그런 일을 저지른 자들을 찾지 못했어요. 이는 그들이 평범한 사람이 아니며 매우 은밀하게 움직인다는 뜻이죠. 그러니 그들을 끌어내려면 목표물인 젊은 여자가 필요한데, 무슨 일이 벌어진 건지 정확히 모르는 상태에서 여자들에게 그런 일을 시킬 순 없어요."

"하지만 상공은…."

남자가 아닌가요, 라고 말하려던 채염이 눈을 휘둥그레 떴다. 그녀의 눈앞에서 용운의 모습이 빠르게 변화하기 시작했기 때문이다. 곧 그는 긴 은발을 가진 절세미녀로 변했다.

채염은 작게 한숨을 내쉬며 말했다.

"상공께선 별의별 재주를 다 가지셨군요. 남자일 때도 아름다우셨는데, 그렇게 둔갑하시니 저 같은 것보다 훨씬 예뻐요. 아니, 천하를 통틀어도 이런 미녀를 찾지 못할 거예요."

"하하, 어쩐지 부끄럽네요."

"누가 봐도 아름다운 여자이면서, 상공만큼 강한 사람은 없기 때문에 직접 가시겠다는 거군요. 사천신녀들도 원정을 떠난 마당이니."

"역시 길게 설명할 필요도 없이 바로 이해하는군요."

용운은 채염의 머리를 상냥하게 쓰다듬었다.

"어차피 난 지금 도성에서 할 일이 없어요. 정무와 관련된 것은 문약(순욱)이, 치안과 첩보 관련은 국양(전예)이, 행정적인 것들은 그대와 계규(최염)가 다 해주고 있죠. 그러니 이제 백영에게만 일거리를 주면 돼요."

"위험하지 않을까요?"

"내가 가서 위험하면, 아무도 못 보내요."

"그건 그렇지만…."

"마침 맹탁(장막)을 한번 볼 때도 됐어요."

현재 상곡군 지사는 장막 맹탁이었다. 장막은 조조의 친우였으나, 그의 마음이 흔들림을 알아챈 조조가 계략에 이용했다. 장막을 업성에 들여보내 내부의 독으로 쓰려 한 것이다. 그러나 계략은 이를 간파한 용운에 의해 실패로 돌아갔다. 조조는 사환이라는 아까운 무장만 잃었다.

당시 귀순한 장막은 그때부터 묵묵히 용운에게 충성을 바쳐왔다. 업성을 빼앗겼을 때도 스스로 빠져나와 백성들을 이끌고 유주까지 용운을 따랐다. 그런 공적을 인정받아 비록 척박한 북부의 땅일지언정 지사로 임명된 것이다.

한데 최근 모든 지사들을 유주성에 소집했을 때, 이상하게 장막의 표정이 어두웠다. 용운이 확인한 바로는 호감도 수치도 65까지 내려가 있었다. 이에 일부러 불러서 따로 격려하고 포상을 내리자 다시 85까지 올라가긴 했지만, 이번에 또 장막이 다스리는 상곡군 지역에 괴사가 벌어진 게 공교로웠다. 이래저래 상황은 그가 직접 나서도록 흘러갔다.

한번 결심한 용운은 행동이 무척 빨랐다. 반대하는 전예와 망설이는 순욱을 단숨에 설득, 불과 이틀 후 상곡으로 떠나기에 이르렀다.

"그럼, 다녀올게요."

출발하기 전, 마지막으로 채염의 집에 들른 용운은 그녀를 꼭 안아주었다.

"부디 조심하세요, 상공. 이제는…."

"응? 이제는 뭐요?"

"아니요, 이제는 곁에 사천신녀도 없으니까요."

"하하, 그때는 내가 허약한 어린애였으니까 그랬죠. 지금은 그녀들 넷을 다 합친 것보다도 내가 더 강할걸요? 걱정 말고 문희나 밥 잘 챙겨 먹고 건강하게 잘 있어요."

"네···."

채염은 눈물을 보이지 않으려고 고개를 숙였다. 또 떠난다. 그를 처음 사랑하게 되었을 때부터 늘 곁에 묶어두지 못할 것임은 알고 있었다. 그에게는 지켜야 할 것들이 너무도 많았으니까. 그러나 알면서도 이별의 순간은 힘들었다, 매번. 이번에는 이유가 있었기에 특히 더 그랬다. 채염은 멀어지는 용운을 바라보며 아까 미처 하지 못하고 얼버무린 말을 떠올렸다.

'빨리 돌아오세요, 상공. 이제는 제가 홀몸이 아니니까요. 돌아오시면 우리 아이의 이름을 지어달라고 할 거예요. 그러니까 빨리, 무사히 돌아오세요.'

그 무렵, 양수는 한 여인을 만나고 있었다. 탄탄한 몸에 비교적 키가 큰 여인이었다. 그를 감시하던 흑영대원 30호는 고개를 갸웃거리더니 보고서에 써넣을 말을 생각했다.

'최근 홍등가의 여인과 만나는 듯함. 진지한 관계인지는 알 수 없으나, 한 여자를 지속적으로 만나고 있음. 만났다 하면 여지없이 반 시진 정도 관계를 가짐. 계속 관찰할 예정.'

양수와 여인이 들어간 방에서는 여느 때와 마찬가지로 곧 야릇

한 신음소리가 들려오기 시작했다. 흑영대원 30호는 은신한 채 그 소리를 들으며, 양수가 나오기를 끈기 있게 기다렸다.

'그 자식, 샌님처럼 생긴 게 비쩍 말라가지고 매일 오래도 하네. 나도 못해봤는데….'

한편, 양수는 방에 들어오자 얼른 여인의 앞에 무릎을 꿇었다.

"매번 무례를 용서하십시오."

방구석, 그런 둘의 옆에서는 먼저 들어와 있던 다른 남녀가 뒤엉켜 정사를 벌이고 있었다. 그들에게서 연신 가쁜 신음과 거친 숨소리가 흘러나왔다.

"최근 들어 저에 대한 감시가 심해져서 이런 식으로라도 위장할 수밖에 없습니다."

민망한 상황이었음에도 여인은 표정 하나 바뀌지 않고 말했다.

"괜찮다. 필요에 의해서 한 일이고 처음도 아니니. 한데 매번 군이 저렇게 춘약을 먹여서 관계를 맺게 한 다음 끝나면 죽일 게 아니라, 그냥 너와 내가 진짜로 몸을 섞으면 되지 않겠느냐?"

양수는 크게 놀라 손을 내저었다.

"다, 당치도 않습니다!"

"아직도 네 마음에 그 여자가 남아 있기 때문인가?"

"…그건 아닙니다."

"흥, 됐다. 그보다…."

말하던 여인의 눈동자가 순간 살기로 번득였다.

"진용운이 유주성에 있는 게 확실하겠지?"

양수는 고개를 숙인 채 대답했다.

"그렇습니다."

잠시 망설이던 그가 말끝에 여인의 이름을 덧붙였다.

"화영 님."

14

북부의 괴사(怪事)

익주, 성도─성혼교의 본산.

역사조정위원회의 위원장이자 천강위의 수장 송강은 대전에서 한 사내와 대면 중이었다. 허연 백발로 보아 연배가 제법 있었으나 당당한 체구를 가진 자였다. 반면, 가느다란 눈매는 약삭빠른 인상을 주었다. 사내가 송강에게 정중히 포권하며 말했다.

"성혼교의 교조이신 송강 님을 뵙습니다."

"호호, 양주의 지배자이신 문약(文約, 한수의 자. 순욱의 자와 글자가 다름) 님이 어쩐 일로 이 먼 길을 직접 오셨습니까?"

사내는 바로 양주자사 한수였다(남쪽의 양주荊州가 아닌, 북부의 양주涼州. 전자는 수춘과 합비 등을 포함하는 지역이며 후자는 마초의 고향인 무릉, 동탁의 고향 농서 등이 포함된 지역). 마등의 의형제였으나, 그를 배신하여 죽게 하고 남은 일족을 몰살함으로써 마초의 철천지원수가 된 자다. 그 후 원술 등과 동맹을 맺은 한수는 원술이 남쪽에서 조조와 다투는 사이 순조롭게 세를 펼쳤다. 그 결과, 현재는 스스로 자사 자리에 올라 양주 일대의 유일무이한 지배자가 되어 있었다. 송강의 물음에 한수가 답했다.

"그야 우리 모두의 공통된 골칫거리 때문에 온 것 아니겠습니까?"

"유주왕 말이군요."

"왕은 무슨…."

한수는 콧방귀를 뀌었으나, 거기에는 은은한 반감과 두려움도 섞여 있었다. 송강은 짐짓 의아한 듯 말했다.

"유주왕은 지금 제 땅을 돌보느라 양주까지 손을 뻗을 여력이 없습니다. 그런데 뭐가 걱정이십니까?"

"수성(壽成, 마등의 자)의…."

잠깐 말을 끊었던 한수가 다시 입을 열었다.

"마등의 살아남은 자식들이 모두 진용운 밑으로 들어갔습니다."

다 아는 사실이었으나, 송강은 처음 듣는 양 대꾸했다.

"마씨 형제들이요?"

"그렇습니다. 마초, 마휴, 마철 그리고 사촌 마대가 그들입니다. 역적 마등을 칠 때 마땅히 함께 죽였어야 할 자들인데, 진용운은 그들을 비호하여 관직을 주고 힘을 키워주는 판입니다."

"그런데요?"

"그들은 제 아비의 죄는 생각지도 않고 제게 원한을 품고 있으니, 만약 마초가 상곡태수로 오기라도 하면 곧장 군사를 일으켜 복수하려 들 것입니다. 원공로가 아직 낙양을 비롯한 사주 일대를, 교주께서 익주를 지키고 있긴 하나, 마씨 형제들이 북쪽의 병주를 지나서 남하해오면 제가 홀로 맞아 싸워야 하니 어찌 근심스럽지 않겠습니까?"

한수는 멀리서도 마초 등의 동태를 꾸준히 살피고 있었다. 그 결과, 마초가 유주국을 대표하는 장수 중 하나가 되었고 아우인 마휴, 마철, 마대 등의 기량도 날로 성장하니 그의 근심은 극에 달했다.

"그러고 보니 동탁이 죽은 뒤 조정에서 보낸 신임 병주목이…."

한수가 급한 마음을 드러내듯 얼른 대답했다.

"온회라는 자입니다."

온회(溫恢)의 자는 만기(曼基)로, 병주 태원군 출신이다. 그의 아버지 온서가 탁군태수를 지내던 중 194년경 병사하자, 온회는 "천하가 어지러운데 어찌 나만 부를 누리겠는가"라고 하며 전 재산을 일족에게 나눠주어 칭송받았다. 일찍이 조정에 발탁되어 승상주부가 되었고, 훗날 조조의 가신이 된 뒤에는 현재 한수가 차지하고 있는 양주자사 직을 받는다.

'그러나 조조는 역사와 달리 병주를 차지하지 못했고 조정을 장악하지도 못했다. 원래 먼저 병주자사가 되는 건 원소의 외조카이자 수하였던 고간인데 그는 진용운과의 전쟁 통에 죽었으니, 조정에서 대신 온회를 보냈다. 역사를 바꿔도 어떻게든 원래 흔적을 남기려는 걸 보면 재미있다니까.'

생각하던 송강에게 한수가 독촉하듯 다시 말을 이었다.

"그게 다가 아닙니다. 흉악한 진용운은 양주로 사람을 보내 마씨 형제들을 빼돌린 것으로도 모자라 걸핏하면 저를 암살하려 드니, 한시도 편하게 잘 수가 없습니다."

"저런…. 그래서 원하시는 게 뭡니까?"

"성혼교, 아니 교조님과 협력하고 싶습니다."

"본교에 입교라도 하시겠다는 겁니까?"

한수는 웃으며 고개를 저었다.

"전 종교를 믿지 않습니다. 저뿐만이 아니라 북부의 사내들은 자기 자신과 전장에서 함께 싸워줄 애마만 믿지요. 한데 온회는 이미 성혼교의 신도가 되었다 하더군요."

이것이 그가 송강을 직접 찾아온 이유였다. 유주에서 양주로 오는 가장 빠른 경로는 중간에 위치한 병주를 가로지르는 길이다. 이에 마등은 본래 병주목 온회를 치려고 했다. 만에 하나 그가 용운과 손을 잡기라도 하면 적을 턱밑에까지 들이는 꼴이기 때문이다. 한데 한수의 심복 성공영(成公英)이 알아보니, 온회는 어느 틈에 성혼교도가 되어 있었다. 주 내에서 공공연히 성혼교를 독려하고 익주에도 여러 차례 드나들었다.

이에 한수는 생각했다.

'표면적으로 익주의 주목은 유언이지만, 실질적인 주인이 성혼교의 교조라는 건 이제 알 만한 사람은 다 아는 사실이다. 그 증거로, 유언이 제일 먼저 행한 일이 오두미도를 몰살한 거였지. 익주는 복속하기에는 너무 넓은 데다 힘에도 부친다. 성혼교 또한 이미 널리 교인들이 퍼졌을 뿐만 아니라 마침 진용운과 적대적인 사이라고 들었다.'

결국 답은 하나였다. 성혼교와 손잡는 것이다.

"실례지만, 저는 문약 님과 동맹을 맺어서 득 될 게 별로 없는

데요. 심지어 본교에 입교할 마음도 없다 하시니."

송강의 말에 한수는 속으로 짜증이 치밀었지만 내색하지 않고
답했다.

"득 될 게 없다니요. 진용운이 성혼교도가 눈에 띄는 족족 죽여
버린다는 사실은 천하가 다 압니다. 그 결과, 유주는 성혼교도가
제일 적은 땅이 되었고 이제 서주에서도 비슷한 현상이 벌어진다
고 하더이다."

"…."

"더구나 진용운은 원소를 몰살하고 유비를 격파하는 등 영토
를 넓히려는 야심도 드러내고 있지요. 결국, 그는 언젠가 반드시
익주를 칠 것입니다. 성혼교를 그토록 증오하는 자가 교의 본산
을 놔둘 리 없으니 말입니다. 그때 함께 싸워줄 아군이 있는 편이
훨씬 낫지 않겠습니까? 어차피 저 또한 마씨들과의 악연 탓에 진
용운과 한 하늘을 이기 어려운 사이이니 말입니다. 설마 양주 기
병의 용맹함을 모르시지는 않겠지요?"

잠자코 듣던 송강이 웃으며 말했다.

"호호! 이거, 제가 한 방 먹었군요. 좋습니다. 본교는 문약 님과
협력하도록 하지요. 필요할 때 양주 기병을 지원해주시는 대신,
병주목 온회로 하여금 유주군이 양주로 진격해오는 일을 막도록
하면 되겠습니까?"

"그건 당연한 일이고, 하나가 더 있습니다."

"그게 뭐죠?"

한수는 음흉하게 웃었다.

"위수를 건너 중원으로 진출하고 싶습니다."

'위수를 건넌다'는 말은 사례(병주와 익주 사이의, 장안, 낙양 등을 포함하는 지역)를 치겠다는 뜻. 즉 원술을 공격하겠다는 말이나 다름없었다.

"…귀공은 원공로와 동맹이 아니었나요?"

"저는 양주의 거칠고 너른 대지를 사랑합니다만, 그렇다고 언제까지고 양주 구석에 처박혀 있을 순 없지 않겠습니까. 저나 성혼교나 말입니다."

"함께 사례를 통해 진격하여 중원으로 나가자?"

"과연, 교조께서 어찌하여 천하에 교세를 떨치시는지 알겠습니다."

"솔깃한 제안이군요. 다만, 시간이 좀 필요할 듯합니다."

"당연히 내일 바로 군사를 일으키자는 건 아닙니다. 저도 이것저것 준비할 게 있으니까요. 단, 원공로가 조조와의 싸움을 끝내기 전에 시작하는 편이 나을 것입니다."

한수가 돌아간 후, 송강은 병마용군 가영과 얘기를 나눴다.

"능구렁이가 뱃속에 천 마리는 들어앉은 늙은이로군."

"한수와 손잡을 생각이십니까?"

"이용할 수 있는 건 이용해주는 것뿐."

"그는 온회처럼 호락호락한 자가 아닙니다. 꼭두각시 수법도 이미 유언에게 썼으니 더 쓰지 못하고요."

"가영, 나는 곧 시작될 대업을 위해 이십만의 성혼교도 군대를 준비했지만, 그걸로는 부족해. 익주를 나가면 곧바로 병주, 사례,

형주와 맞닿게 되지. 그중 한 갈래 정도는 맡아줄 세력이 필요해. 나중에야 어찌 되든 말이야."

"주인님의 뜻대로 하십시오."

"유주에서 시작한 일은?"

"그들이 이미 유주의 제일 북쪽 귀퉁이로 잠입하였습니다."

송강은 벌떡 일어나 약간 흥분한 기색으로 대전을 왔다 갔다 하기 시작했다.

"후후, 그래. 거기서 시작된 균열이 유주국 전체로 퍼져 나가겠지. 영토가 넓어질수록 결국 분열시키기는 쉬운 법. 미래의 조국이 그랬듯이…. 난 같은 실수를 두 번 하진 않을 거야."

"그런데 정말 후회하시지 않겠습니까?"

가영이 조심스레 물었다.

"한족이 아닌 자를 왕으로 삼아도 말입니다."

송강은 딱 잘라 대꾸했다.

"그런 건 의미 없어. 이미 21세기에 가면 피는 섞일 대로 섞인다. 중요한 건 내 뜻에 의해 얼마나 강력한 제국을 세우느냐 하는 거야. 이제까지 유력한 제후들 모두에게 적절히 시련을 안겨주며 지켜본 결과가 말해주고 있잖아."

그녀는 이 세계에 온 직후부터 쭉 관찰해왔던 자들을 입에 올렸다.

"동탁은 일찌감치 제외. 원소는 완전 탈락. 성군이었던 유우 또한 별다른 것 없이 생을 마감했지. 조조, 유비, 손책은 기대 이하고 유표는 제 힘이라기보다 서령의 능력이니 논외야. 원술은 기대 이상이긴 하지만, 기대 이상인 게 그 정도라서 버릴 거야. 결국, 남는 건 재능으로 보나 결과로 보나 그뿐이야."

"허나 그는 위원회를 증오하고 있습니다."

"그러니 더 재미있지!"

송강이 별안간 미친 듯 깔깔 웃었다.

"자신이 천하를 제패하고 강대하며 살기 좋은 제국을 만들어 갈수록 그게 자신이 가장 증오하던 무리의 과업을 이뤄주는 셈이 된다. 그 사실을 알았을 때는 이미 모든 걸 포기하기엔 너무 늦은 후일 거야. 그때 그의 표정이 기대되지 않아?"

"그냥 주인님께서 스스로 왕이 되시는 건 어떻습니까?"

웃던 송강은 일순간 표정을 바꿔 정색했다.

"잊었어? 나와 회는 아직 시간으로부터 이 세계의 일부로 인정받지 못했어. 그리고 앞으로도 그럴 테지. 내가 왕이 되어 제국을 만들어봐야, 곧 거대한 반발을 만나 붕괴하게 될 거야. 아마도 지진이나 태풍 혹은 예정에 없던 강력한 이민족 연합체 같은 거겠지. 지금은 그 사람 자체가 내 장애물이지만."

"아…."

"무엇보다 아직 속단하긴 일러. 그는 내가 부여할 왕으로서의 마지막 시련을 통과해야 해."

"어쩌면 유표가 승리할 수도 있겠군요. 서령 또한 주인님과 비슷한 생각을 하는 모양이니까요."

"그건 그것대로 재미있겠네."

송강은 다시 웃는 얼굴이 되어 말했다.

"알겠어, 가영? 우리는 이길 수밖에 없는 게임을 하고 있는 거야. 그래서 더 재미있는 거고."

"예, 잘 알겠습니다. 한데 북쪽으로 보낸 자들에게 조금 문제가 있는 것 같습니다."

"문제? 무슨? 그 둘은 제 병마용군마저 잡아먹은 미치광이들이라 내 천리안이 닿지 않아."

"예, 바로 그게 문제입니다. 아마 점점 스스로도 자신을 제어하지 못할 것입니다."

송강은 혀를 찼다.

"피에 굶주린 미치광이들 같으니. 그러려고 풀어놓은 게 아닌데…. 몇 시간 동안 설명한 게 헛일이 됐네."

"애초에 말을 들을 존재들이 아니었지요. 지금쯤 피를 얼마나 마셨을까요? 평소에는 하루 500밀리리터 정도로 제한했었는데, 양에 따라 자칫 회의 힘으로도 제어하기 어려워질 우려가 있습니다."

"음…."

"그 둘에게 충분한 혈액을 제공했다면 진한성도 일찌감치 잡을 수 있었겠지만, 그 전에 우리가 잡아먹힐 우려가 있어 그러지 못했던 거니까요. 괜히 왕의 이목을 끌 수도 있고요."

"뭐, 그쪽으로 주의가 쏠리면 그걸 또 이용하면 되지."

서늘하게 웃은 송강이 말했다.

"우리 왕의 가장 큰 단점은 내가 아버지와 어머니를 잃도록 일을 꾸몄음에도 여전히 쓸데없이 부드럽고 나약하다는 것. 성군도 좋지만, 이 광대한 대륙을 통일하여 다스리기 위해선 철혈의 제왕이 되어줘야겠지. 그를 한 번 더, 마지막으로 각성시키기 위한 준비도 이미 유주국 안에 해두었으니까."

"그럼, 한수와 긴밀히 연락을 취하면서 슬슬 중원 대침공을 준비하겠습니다."

"고대하던 축제가 다가오는군. 아아, 너무 기대되어서 미쳐버릴 것 같아…."

송강은 그날을 위해 살아왔다. 진용운이 모든 걸 이룬 순간, 그 모든 것이 자신의 생사대적을 도운 것임을 깨닫게 되는 것. 그 순간의 분노와 절망 어린 표정을 보면서, 자신이 태어나서 처음이자 마지막으로 유일하게 사랑한 남자의 자식 손에 갈가리 찢겨 죽는 것. 그게 그녀 필생의 비뚤어진 소원이었다.

'언니… 불쌍한 언니. 왜 그 사람을 사랑했어? 그러지만 않았어도… 모든 걸 이렇게 뒤틀어버리진 않았을 텐데.'

'닥쳐, 송청. 내 머릿속에서 소멸시켜버리기 전에.'

송강의 다른 인격, 송청은 언니의 광기 어린 영혼을 보며 피눈물을 흘렸다. 급시우 송강은 웃으며 울었다. 가영은 그런 송강을 가만히 바라보고 있었다.

같은 시각.

장막은 지사 집무실에서 두려움에 떨고 있었다. 그의 눈앞에는 작은 체구의 창백한 사내와 땅딸막하며 못생긴 사내가 함께 식사 중이었다. 조금 전 자신들을 성혼교의 일원이자, 각각 천강

제32위 양웅과 33위 석수라고 소개한 자들. 둘의 식사는 다름 아닌 처녀들의 피였다.

"꿀꺽꿀꺽. 크으, 그래, 이 느낌이야. 힘이 솟는구나."

여인 하나가 쭈글쭈글해지도록 피를 빨아 마신 양웅은 그녀의 시체를 팽개치고 부르짖었다. 이어서 집무실 구석에 나뒹굴던 장막의 도신을 맨손으로 움켜잡았다. 마땅히 손가락이 뭉텅 잘려 나가야 정상이었으나, 오히려 도신이 우그러지더니 그의 손 안에서 고철이 됐다. 입가를 피로 물들인 석수가 고개를 들고 웃었다.

"너무 힘 낭비하지 말아요, 양웅 형. 곧 유주성에서 사람을 보내오면 싸울 일이 생길 테니."

"크크, 누구를 보낸단 말이냐? 조자룡? 마초? 아니면 여포? 그런 자들은 수백 명이 와도 우리 형제를 감당하지 못해. 우린 애초에 천한 인간들 따위와 근본부터 다르니까."

"하긴, 그래요. 노준의나 관승 같은 녀석들이 성력 좀 얻었다고 뻐기는 꼴이 어찌나 가소로운지…. 피만 충분했다면 애초에 위원장 자리도 형님 거였다고요."

장막은 알아들을 수 없는 대화를 나누는 둘을 보다가 눈을 질끈 감았다.

'설마 성혼교도였을 줄이야….'

그저 전공을 세우고 싶었던 것뿐이었다. 용운이 임명한 지사들은 하나같이 개국공신이었거나 전장에서 용맹을 떨친 자들이었다. 오직 장막 자신만 조조에게서 목숨을 건지기 위해 귀순한 공으로 지사가 됐다. 이런 북쪽 끝의 땅이라도 그에게는 소중했다. 한데 이대로 있다가는 이 땅마저 박탈당할 것 같은 위기감이 생겼다. 진용운 또한 언제 자신을 내칠지 몰랐다. 친우였던 원소와 조조마저 그랬듯. 최근에 용운이 새로 발탁한 학소라는 장수와 여몽을 갑자기 서관으로 보내온 것이 결정적으로 그의 불안감을 부채질했다. 이에 성혼교도가 창궐한다는 병주 중 자신이 다스리는 지역과 접한 정양군, 딱 거기만 쳐서 점령해볼 생각이었다.

문제는 막상 군사를 일으키자니 장수가 없다는 것이었다. 그리하여 장수를 모집할 때 찾아온 자들이 바로 저 둘이었다. 장막은 두 사람의 초인적인 완력과 무용에 매료되었다. 더구나 그들이 대가로 원한 것은 식읍도, 토지도, 돈이나 곡물도 아닌 피였다. 그저 여인에게서 받은 한 사발의 피. 그거면 충분하다는 말에 혹했다. 천한 여자의 피 한 사발로 두 장수의 무력과 그로 인해 거둔 전공까지 모두 자신의 것이 된다면 남는 장사라고 여겼다.

얼마 뒤, 선무현에서 벌어진 병주목 온회와의 전투에서 장막은 양웅과 석수 덕에 대승을 거뒀다. 온회의 군사는 제대로 싸워보기도 전에 허겁지겁 달아났다. 여기에 도취된 장막은 둘이 요구하는 대로 피의 양을 조금 늘렸다. 각각 한 사발을, 두 사발씩으로. 그러기 위해 죄를 저질러 잡혀 있던 여자 죄수 하나를 죽였다. 죽일 정도의 죄는 아니었지만.

그게 악몽의 시작이었다. 곧 두 사내가 요구하는 피의 양이 늘어났다. 점차 죄수를 죽이는 걸로는 부족하게 되었다. 장막은 천민 여자를 납치해오다가, 나중에는 국경 부근 이민족 부락을 공격해 여자를 제공했다. 이는 엄하게 금지된 일이었다. 용운은 기본적으로 이민족에게 친화정책을 취했기 때문이다.

그러나 전투에서 이기기 위해선 어쩔 수 없었다. 얼마 뒤, 장막군은 또 두어 번의 전투에서 승리하여 정양군 북쪽의 윤중성을 차지했다. 그리고 양웅과 석수는 윤중성 내에 있던 모든 여자의 피를 빨아 죽였다. 그러고도 성에 안 차, 결국 직접 상곡 성내의 여자들을 납치해와서 흡혈하기 시작했다. 급기야 장막이 지사로 있는 상곡군의 여자들이 씨가 마를 지경이 됐다. 장막은 뒤늦게 후회하고 이들을 내쫓아보려 했으나, 둘은 이미 인간의 힘으로는 감당키 어려울 정도로 강해진 뒤였다.

집무실 안에는 양웅과 석수에게 피를 빨린 여자들의 시체만 있는 게 아니었다. 장막이 둘을 치기 위해 은밀히 불러들인 근위대 사십 명의 시신도 함께 있었다. 여기저기 부위별로 어지러이 뒤섞여서. 그들을 모두 해체한 뒤, 두 괴물은 자신들의 정체가 성혼교도라고 밝힌 것이다. 그 몸뚱이의 조각들 위에 장막은 쪼그리고 앉아 있었다. 발치에 근위대장의 머리가 굴러다녔다.

'내가 욕심에 눈이 멀어 악귀들을 불러들였구나.'

그는 차라리 고통 없이 죽기를 간절히 바랐다.

한편, 용운은 객잔에서 원수화령과 대화 중이었다. 도적떼를 꾀여내는 책략이 실패로 돌아갔기에, 반대로 사람이 많은 곳을 이용해보려는 것이다. 그는 사냥꾼 대신 부유한 상인의 딸 같은 차림을 했다. 원수화령은 호위무사처럼 꾸몄다. 용운이 원수화령에게 물었다.

"어때? 사람들 시선이 좀 쏠려?"

"쏠리는 정도가 아니라, 객잔 내의 사람들이 전부 전… 아니, 공녀만 바라보는 듯합니다."

"훗, 좋아. 이 정도면 그자들이 나타나겠지. 누군지는 몰라도."

"그때까지 이렇게 시선을 견디며 앉아 있어야 할까요."

"많이 힘들어?"

"예, 아무래도 계속 은신해서 지내다 보니."

"그럼 나랑 얘기나 해. 내가 자네한테 궁금한 게 많거든."

"뭐든 말씀하십시오."

"4호. 아니, 원수화령. 자네 혹시 역사를 알아?"

뜻밖의 말에도 원수화령은 태연히 물었다.

"무슨 뜻입니까? 역사야 당연히 알지요."

"아니, 앞으로 일어날 일을 아느냐고."

"…왜 그렇게 생각하십니까?"

"오래전에 내가 제갈 가문을 지켜보라고 시켰던 일 기억해?"

"네. 기억합니다."

"지금이야 제갈량 그 녀석이 아주 골칫거리로 성장했지만, 그때만 해도 이렇게 뛰어난 책사가 될 거라고 예상한 사람은 아무도 없었거든? 오히려 형 쪽이 선비로 유명했지. 난 제갈 가문을 가까이에서 지켜보다가 무슨 일이 생기면 구하라고만 말했었고."

"그러셨습니다."

"그런데 자네는 암살자가 들이닥쳤을 때, 형인 제갈근이 아니라 제갈량을 더 우선시해서 구했지. 아무 일면식도 없는 시골의 꼬마를. 마치 자네 또한 나와 마찬가지로 공명이 큰 인재로 성장할 걸 알았던 것처럼 말이야."

"비약이 심하십니다. 그냥 다른 사람들을 구하기에는 늦었고 그 아이가 저와 가장 가까운 데 있었기 때문에 일어난 일입니다."

"그렇게 빠져나간다 이거지? 좋아. 그럼 애초에 내 밑에 들어온 이유는 뭐지? 자네가 흑영대원과 처음 접촉해서 지원한 지역은 남피 쪽이었다던데. 정상적인 인간이라면 거기서는 원소한테 가야 맞는 거 아니야? 당시 어느 모로 보나, 원소가 나보다 유명하고 세력도 강대했으니까."

"세력의 크기만 보고 결정한 게 아닙니다. 그렇게 따지면 조자룡 장군 또한 공손찬한테 갈 게 아니라 원소 밑에 남아 있었어야지요."

"하나 걸려들었군."

용운이 씩 웃었다. 주위 사람들에게는 미녀의 미소처럼 보였으므로, 다들 일순 황홀한 표정을 지었다.

"그걸 어떻게 알았지?"

"예?"

"자룡 형님이 원래는 원소의 부하였다는 사실을 아는 사람은 거의 없어. 그때만 해도 갓 출사한 애송이에, 그냥 십부장 정도 되는 병사였으니까. 또 형님은 나중에 내가 원소와 적대하게 되면서부터 그 시절의 얘길 꺼내기 싫어해서, 누구에게도 그 일을 말하지 않았어. 심지어 원소조차 형님이 공손찬에게로 떠난 것도 몰랐고 원래 자기 밑에 있었다는 것도 기억하지 못했는데, 자네가 그걸 어떻게 알아?"

"그, 그야… 고향이 기주 쪽이시니 그럴 거라 생각해서…."

원수화령은 당황했다. 들켜서 당황했다기보다 자기가 생각해도 이상해서 당황하는 눈치였다.

'내가 그걸 어떻게 알고 있지?'

용운은 그런 원수화령을 가만히 응시했다. 괜히 넘겨짚는 게 아니라, 예전부터 이상하다고 여겼다. 그가 딱히 뭔가를 숨기는 건 아닌데, 그 스스로도 자신의 내력을 깨닫지 못하고 있는 느낌이라고나 할까. 지금도 그를 대인통찰로 보면서 얘기하는 중이었다. 얼마 전부터 수치와 특기가 바뀌고, 그의 본명이 드러난 것이다.

무력 武力 : 94	이대성—원수화령	정치력 政治力 : 20
통솔력 統率力 : 45	경호 警護	매력 魅力 : 64
지력 智力 : 88	변장 變裝 체술 體術	호감 好感 : 98

용운은 흑영대의 전 대원을 대인통찰로 확인했었다. 가짜 전예 사건 이후, 위원회의 첩자가 숨어드는 일을 막기 위해서였다. 갑자기 원수화령 대신 이대성이라는 본명이 나타났을 때도 특별히

이상하다고 생각하지 않았다. 우선, 이 시대에는 외자 이름이 많았지만 두 글자 이름도 아예 없진 않았다. 대인통찰로 보는 내용이 바뀔 때도 종종 있었다. 예를 들어, 역사적으로 자(字)가 밝혀지지 않은 인물들은 처음엔 대인통찰로도 드러나지 않았다. 그러다 친해진 뒤 자를 알게 되면, 다음부터는 그것도 표시되곤 했다. 혹은 호감도가 95를 넘어갔을 때 자연스럽게 나타나는 경우도 있었다.

'아마 내가 원수화령과 더 가까워져서 본명이 드러난 게 아닐까.'

또 그가 본명을 밝히지 않고 자신을 원수화령이라 칭한 것도 크게 의심받을 일은 아니었다. 흑영대원들 중에는 수적 출신이나 범죄자 출신으로, 과거를 잊고 새출발하려는 이들도 있었기 때문이다. 오히려 이상한 것은 지나치게 높은 무력과 그에 비해 또 더 높아진 지력. 그리고 그런 무력과 지력을 가진 자에게는 전혀 어울리지 않는 특기들이었다.

'이대성이라…. 이 시대에 이 정도 무력과 지력을 가진 인물이 왜 역사에는 기록되지 않았지? 아무리 대기만성형이어서 뒤늦게 각성했다 쳐도. 게다가 특기도 이상해. 경호에 변장 그리고 체술이라니…. 마치 원래부터 흑영대나 그 비슷한 일을 했던 사람 같잖아.'

하지만 의심하기에는 임무에 최선을 다했으며 자신에 대한 충성도 또한 매우 높았다. 이에 용운은 한 가지 가설을 떠올린 것이다. 바로, 혹시 그 또한 시간을 거슬러 온 자가 아닐까 하는 것. 그렇다면 높은 무력과 지력을 가진 것도 설명이 된다. 즉 원래 무력 및 경호와 연관 있는 직업을 가진 사람이었을 것이다. 예를 들어, 군인이나 경찰 등.

지력이 높은 건 현대 문물에 대한 지식이 있기 때문일 것이다. 용운 자신은 처음부터 무려 96의 지력 수치를 갖고 있지 않았던 가. 18세의 고등학생일 뿐이었는데도.

'내가 아는 사람이라면 얼굴만 봐도 알 텐데, 갑자기 복면 벗어 보라고 하기에도 뭐하고. 이상하게 눈매는 분명 기억에 있단 말이야. 흠, 본명을 한번 불러봐?'

망설이던 용운은 결국 궁금함을 이기지 못하고 원수화령에게 물었다.

"자네 혹시 이대성이라고 알아?"

"이대성? 그게 누굽니까?"

태연히 대꾸하던 원수화령의 눈이 별안간 일그러졌다. 그는 양손으로 머리를 감싸고 신음했다.

"으윽!"

"어라? 왜 그래?"

"죄, 죄송합니다. 갑자기 머리가 아파서요."

"이런…. 미안. 내가 괜한 짓을 했나? 잠시 쉬어."

원수화령의 갑작스러운 발작으로 용운이 당황할 때였다. 객잔에 들어온 노파 하나가 용운을 보더니 놀란 듯 다가와서 말했다.

"아이고, 아가씨. 어쩌자고 이 성에 들어왔어? 얼른 나가. 여기 있다간 큰일 나."

용운은 이미 대인통찰로 노파를 살핀 후였다. 능력치와 호감도 모두 평범한 보통 사람이었다.

'어쩌면 이 할머니한테서 뭔가 알아낼 수도 있겠다.'

그는 노파가 겁먹지 않도록 부드럽게 물었다.

"무슨 일이 일어나는데요, 할머니?"

그러자 망설이던 노파가 별안간 소매를 휙 흔들었다. 그 안에서 흰 가루가 확 번져 나왔다.

"윽!"

얼떨결에 가루를 들이마신 순간, 용운은 눈앞이 아찔해졌다. 급히 숨을 멈췄으나 이미 늦은 후였다. 그것은 아편이 섞인 강력한 몽혼산(朦魂散, 정신을 몽롱하게 하는 가루)이었다. 현대로 치자면 가루로 된 일종의 마취제다. 만약 독이었다면 차라리 아무 일도 없었을 터였다. 용운의 몸은 이미 만독불침(萬毒不侵, 모든 독이 침범하지 못함)의 경지에 다다라, 조금 고통은 겪을지언정 목숨에는 지장이 없기 때문이다. 내장이 상하기 전에 몸이 알아서 독을 배출해버리니까. 그러나 몽혼산은 그저 시야가 흐려지고 정신이 몽롱해질 뿐이라 그런 일이 벌어지지 않았다. 술을 마시면 몸이 상하지 않는 한도 내에서 굳이 알코올을 분해하지 않는 것과 같았다. 화타도 그와 비슷한 마비산을 가끔 치료에 사용하곤 했다. 독기를 몰아내는 무인들의 내공도 마비산에는 크게 거부반응을 보이지 않았기 때문이다.

'아차, 이거 큰일 났네. 너무 방심했…'

비틀거리던 용운이 탁자에 엎어졌다.

"미안해요, 미안해⋯."

어쩔 줄 몰라 하던 노파도 몽혼산의 기운으로 쓰러졌다.

곧 한 무리의 장정이 객잔 안으로 들이닥쳤다. 그들은 들어오자마자 망설임 없이 노파의 뒷목을 밟아 부러뜨렸다.

"으악!"

"살인이다!"

뒤이어 사방에서 울리는 비명을 들으며 용운은 정신을 잃었다.

객잔 내부와 바닥은 온통 피투성이가 되었다. 객잔 안의 사람들을 모두 도륙한 장정들 중 하나가 기절한 용운을 어깨에 둘러멨다.

"이번 여자는 미색이 대단하군."

"성내에 이런 여자는 없어. 외부에서 들어온 여자인 것 같아."

"하필 이럴 때 성에 들어오다니. 아깝지만 어쩔 수 없지."

"이자는 어쩌지? 복면은 또 뭐야?"

원수화령은 몽혼산을 거의 들이마시지 않았지만, 머리가 깨지고 눈이 빠질 듯한 두통에 제정신이 아니었다. 장정들 중 하나가 그의 복면을 획 잡아 벗겼다. 복면이 벗겨지면서 드러난 목에 기이한 자국이 보였다. 목 주위를 빙 둘러가며 베인 듯한, 정확히는 목이 잘렸던 것 같은 흉터였다.

"기분 나쁜 놈이군. 이상한 머리 모양을 하고 있는데? 오랑캐인가?"

"죽여, 그냥."

푹! 그 말에 장정 중 하나가 망설임 없이 원수화령의 등에 검을 찔러 넣었다. 움찔 경련한 그는 축 늘어지더니 곧 잠잠해졌다.

"이제 돌아가자."

"이 여자, 보기엔 말랐는데 왜 이렇게 무거워?"

장정들은 두런거리며 객잔을 나갔다.

잠시 후, 엎어져 있던 원수화령이 천천히 몸을 일으켰다. 그는 피로 물든 입을 앙다물고 중얼거렸다.

"지켜야 돼…. 그 소년을…. 진한성 교수의 아들…. 그게 내 임무다…."

흡혈귀와 식인귀

　송강은 꿈을 꾸고 있었다. 아니, 이것은 그녀와 한 몸에 영혼을 공유한 동생, 송청의 꿈이었다. 그 꿈을 보는 중이었다. 동생의 시선으로, 마치 영화를 보듯이. 그렇다면 이것은 송강 자신의 꿈인가, 아니면 송청의 꿈인가. 혹은 둘이 함께 꾸는 꿈인가. 반복하고 또 반복된 일이지만 여전히 알 수 없었다.

　송청은 그 남자와 임충의 비무를 보는 중이었다. 퍽! 그 남자의 주먹에 임충이 뒤로 쓰러졌다. 주저앉은 임충은 방호구를 벗고 푸념하듯 말했다.

"졌소."

"내가 운이 좋았네."

　그 남자가 임충에게 손을 내밀었다. 표정이 누그러진 임충이 그의 손을 잡고 일어서며 말했다.

"박사라는 양반이 공부는 안 하고 운동만 한 거요?"

"하하! 공부는 싸움보다 더 잘한다네."

"…신은 공평하다는 것도 헛소리군."

임충은 외인부대 출신의 삭막한 사내였다. 그가 이 정도 농담이라도 하게 만드는 사람은 위원회 중에서도 그 남자뿐이었다. 다가간다. 동생의, 송청의 시선이 그와 가까워졌다. 그 시선만으로도 알 수 있었다. 동생이 그 남자에게 어떤 마음을 품고 있는지.

— 안 돼.

"박사님, 여기 물이요."

"오오, 예쁜 청이가 왔구나. 고마워."

그의 큰 손이 머리를 쓰다듬는 게 느껴졌다. 아니, 이건 내가 아니다. 송청을 어루만지는 것이다. 이렇게 생각하면서도 송강은 그 손의 촉감에 목이 메었다.

임충이 딱딱한 목소리로 송청을 나무랐다.

"박사님이라고 하면 안 돼. 공손승이라고 해야지. 이제 성혼마석을 통해서 다들 본래 이름을 알았잖아."

"하지만, 박사님은 박사님인걸…."

그때 저편에서 지살위의 누군가가 큰 소리로 그 남자를 부르며 다가왔다.

"진 사부! 저도 한 수 지도해주십시오."

"좋지, 손립."

송청이 임충에게 입술을 삐죽인다. 그것 봐. 사부라고 하는 사람도 있잖아. 임충은 난처한 표정을 짓는다. 그러나 그도 위원장의 쌍둥이 동생인 송청을 더 나무라진 못한다. 그렇다고 그 남자,

진 사부라고도 불리고 박사님이라고도 불리며 때로는 두려움과
멸시를 담아 몬스터라 칭해지기도 하는 그, 진한성을 나무라지
도 못한다.

— 이제 그만.

송강은 애타게 빌었다. 이미 수도 없이 본 장면들이었다. 송청
은 이 꿈을 수백 번은 꾸었을 것이다. 그걸 모두 본 송강도 자연
히 다음에 어떤 일이 벌어질지 알고 있다. 마치 본 영화를 보고
또 보듯. 아무리 봐도 결말은 바뀌지 않는다.

장면이 전환되었다. 이번에는 송청이 진한성을 뒤에서 꼭 끌어
안고 있었다. 진한성은 시선을 정면으로 향한 채 조금 난처해하
면서도 굳은 어조로 말했다.

"이러면 안 돼, 청. 난 결혼한 몸이야."

"하지만 박사님, 어차피 명나라 때로 회귀하게 되면 다시는 못
볼 사람이에요. 그러니 제 마음을 받아주시면 안 되나요?"

"내가 그녀를 사랑해. 그럴 순 없어. 미안하다."

송청이 눈물을 흘렸다. 덩달아 감고 있는 송강의 눈가로도 눈
물이 흘러내렸다. 순진하고 솔직한 송청은 그에게 마음을 고백
하기라도 했지만, 어둡고 음울한 나, 태생이 배배 꼬인 송강은 그
조차 하지 못했다. 분신이나 마찬가지인 동생이 그를 사랑함을
알고 속으로 삭이기만 했다. 대업을 앞두고 사사로운 감정에 흔
들릴 때가 아니라고 애써 스스로를 다독였다.

또 장면이 바뀐다. 결국 그날이 왔다. 그 전에 꿈에서 깨어나고
싶지만, 어김없이 이 순간을 보게 되고야 만다. 장소는 위원회 멤
버들의 거처.

진한성의 방 안이다.

"이게 뭐예요, 박사님?"

책상 위 진한성의 노트북 컴퓨터가 켜져 있다. 화면에는 온갖
문서가 어지러이 열린 채였다.

"…봐선 안 될 것을 봐버렸구나, 청. 나 없을 때 내 물건에 손대
지 말라고 했건만…."

진한성이 다가온다. 여느 때와 다른 무서운 표정이다. 괴물이
라 불릴 때의 그다. 뭔가를 예감한 송청이 빠르게 두서없이 중얼
거렸다.

"그, 그냥 궁금해서 그런 거였어요. 사모님이 대체 어떻게 생긴
분인지. 어떤 얘길 주고받는지. 사실 좀 질투가 나기도 했고요."

"그랬으면 사진 폴더만 구경했어야지. 메일 계정의 그 암호를
풀어내다니. 저쪽 세상으로 가기 전에는 천기를 쓰지 않기로 되
어 있었잖아."

송청이 성혼마석에서 얻은 힘은 전뇌신(电脑神). '전뇌'란 중국
어로 컴퓨터를 의미했다. 그녀의 천기 앞에서는 어떤 컴퓨터도
비밀이 없었으며 본래의 몇 배나 되는 성능을 발휘했다. 그녀는
시공회랑으로 이동할 때, 태양열로 작동 가능한 컴퓨터 한 대를
가져갈 예정이었다. 그것만으로도 회의 전력이 다섯 배 이상 강
해진다는 시뮬레이션 결과가 있었다. 아예 컴퓨터 자체가 있을

수 없는 세계였기에 효과는 극대화될 터였다.

"진짜예요? 박사님…. 여기 보니까 회의 과업과 연구 결과 관련된 자료들을 암호화된 메일로 사진처럼 꾸며서 계속 보내셨던데…. 자신의 운명이 공손승이라는 걸 알고도 우릴 배신하려 했어요? 그 작은 나라가 뭐기에 박사님의 운명과 우리 모두를 다 버리려고 해요?"

"정해진 운명은 없다, 청. 내가 만드는 거야. 제발 모른 척 넘어가다오. 널 해치고 싶지 않다."

"어떻게 그래요? 위원장은 내 언니라고요!"

송청이 돌아서서 방을 뛰쳐나가려는 순간, 진한성의 깊은 한숨소리가 들려왔다. 동시에 송청의 머리 전체에서 울리는 우두둑 소리도. 마지막에 그가 작게 중얼거린 것도 같다. 미안하구나.

그리고 눈앞이 캄캄해진다.

"아악!"

송강은 비명을 지르며 잠에서 깨어났다. 꿈의 내용을 대충 아는 가영이 옆에서 대기하고 있다가 조용히 물수건을 건넸다. 도중에 깨워봐야 깨어나지 못하는 꿈이었다. 스스로 일어날 때까지 지켜보는 수밖에 없었다. 수건을 받아 이마를 훔치는 송강에게 그가 말했다.

"이제 그자는 죽었습니다. 그만 잊으시지요."

"내가 아니야. 송청, 그 정신 빠진 계집이지. 늘 그랬듯이."

진한성이 빌린 연구비를 거의 다 갚았을 무렵, 그가 돌아갈 곳을 없애기 위해 회에서 그의 아내를 죽이고 그 아들에게까지 살인귀 조정을 보낸 게 먼저였던가. 그래서 그 사실을 알아챈 진한성이 복수의 화신이 되었나. 아니면, 그가 송청을 죽인 게 먼저였던가. 그런 짓을 저지르고도 자신에게 사랑을 말한 것인가. 그저 외모가 똑같아서였나. 이제는 혼란스러웠다. 이미 십 년 전의 일이다. 게다가 한 몸에 두 개의 영혼을 공유한 송강의 정신은 점점 더 불안정해지고 있었다.

'어차피 그가 날 이용하려는 것임은 처음부터 알고 있었다. 아내가 죽었다고 해서, 그렇게 쉽게 다른 여자를 받아들일 남자가 아니니까. 그래 봐야 그에게 주어진 공손승으로서의 운명은 거부할 수 없는 것. 날 이용하여 안전을 도모하고 천강위들 틈에서의 입지를 다지려는 거라면, 얼마든 이용당해줄 수 있었다. 오히려 내가 해주고 싶은 일이었다.'

그렇게 해서라도 그에게서 사랑한다는 말을 들을 수 있으니 그걸로 족했다. 설령 세상을 떠난 아내의 빈자리를 채우는 역할이라 해도 아무렇지도 않았다. 하지만 그가 송청을 해쳤다면 얘기가 달랐다. 송강이 동생의 영혼을 품게 된 것은, 그래서 그녀가 죽었음을 깨달은 건 이쪽 세계로 온 뒤였다. 그 뒤로 쭉 송청의 꿈을 공유했다. 그 꿈을 보고서야 현대에서 진한성이 송청을 죽였다는 사실을 깨달았다. 맨 처음 그 꿈을 꾸고 깨어났을 때는 베개가 온통 피로 젖어 있었다. 눈에서 흐른 피눈물이 베개를 적신 것이다. 그 후부터 붉어진 눈은 다신 원래대로 돌아오지 않았다.

'난 그것도 모르고 갑자기 사라진 송청만 욕했었지. 모든 걸 버

리고 과거로 가기가 두려워서 하나뿐인 가족을 외면한 나쁜 년이
라고.'

가영은 송강이 무슨 생각을 하는지 읽기라도 한 듯 그녀를 위
로했다.

"어쩔 수 없었습니다. 그때는 모든 정황이 송청 님께서 달아난
것처럼 되어 있었습니다. 그분께서 남긴 편지부터 숙소에서 사
라진 가방과 옷가지, 아끼는 노트북 그리고 잠시 나갔다 오겠다
고 하고 외출했다는 가드의 증언까지도요."

"난 아직도 모르겠어, 가영. 그가 정말 청이를 죽이고 그 모든
증거들을 조작했을까?"

"동생분의 영혼이 꾸는 꿈을 직접 보셨다면서요."

"하지만 청이가 그 가방을 들고 제 발로 걸어 나가는 모습이
CCTV에 찍혔었잖아. 가드가 말한 대로 그와 짧게 대화하는 것까
지. 그런 걸 어떻게 조작할 수가 있는 거지?"

"한 가지만 말씀드리자면, 기계는 조작이 가능하지만 주인님
께서 보시는 그분의 꿈은 그럴 수가 없습니다."

"그래, 그렇겠지….'

그러고서도 한동안 멍하니 앉아 있던 송강은, 가영의 물음에
겨우 정신을 차렸다. 이 꿈을 꾸고 나면 늘 이랬다.

"주인님, 전부터 궁금한 게 있었는데 여쭤봐도 되겠습니까?"

"응? 응…. 뭔데?"

"말이 나온 김에 여쭙니다만, 양웅과 석수 님은 정말 흡혈귀입
니까?"

송강은 가영의 진지한 얼굴을 보다가 풋 하고 가볍게 웃음을 터뜨렸다.

"너같이 똑똑한 녀석도 그런 미신을 믿느냐?"

"하지만 별에게서 초인적인 힘을 받았다면, 불가능한 것도 아니지 않습니까. 2대 공손승이 된 우길 같은 분도 있었고…. 아, 죄송합니다."

"괜찮아. 이제 어차피 그자도, 우길도 없으니."

잠깐 입을 다물었던 송강이 말했다.

"아무리 성력이라고 해도 사람을 진짜 신이나 악마로 바꿀 수는 없다. 한없이 신에 가까운 능력은 줄 수 있지만, 결국 사람일 뿐이야. 그 둘은 집착성(執着性) 혈광증(血狂症) 환자였다. 서양에서는 렌필드 신드롬이라고도 하는 정신병이다."

"이름만으로도 어떤 병인지는 대충 알겠군요."

"처음에는 전혀 다른 정신병으로 시작됐을 수도 있어. 그게 악화하는 과정에서 증상이 변화되어 피에 집착하게 되는 거다. 피를 마셔야만 살 수 있다거나, 피를 마시면 더 아름다워지고 똑똑해진다고 믿게 된단 말이야. 유명한 예로, 엘리자베스 바토리라는 여자가 있지."

엘리자베스 바토리는 처녀들의 피로 목욕을 하면 젊어질 수 있다고 믿고 수많은 여인들을 살해한 헝가리의 귀족이다. 후대에는 정적들이 그녀를 모함하기 위해 지어낸 것이라는 설도 나왔지만, 전해오는 얘기대로라면 그녀는 전형적인 렌필드 신드롬 증세를 보였다.

"원래는 양웅이 선천적으로 포피리아 환자였다."

'포피리아'는 적혈구를 형성하는 헤모글로빈의 원료인 헴(heme) 단백질이 합성되는 과정에서 필요한 효소가 부족해 정상 헴이 만들어지지 못하고, 중간 과정 물질들이 쌓이면서 발생하는 질환이다. 주로 유전질환이며 낮에 햇빛을 받으면 피부가 광과민반응을 하게 되면서 물집이 잡히고 피부색이 창백해지는 증상 등이 나타난다. 또 잇몸이 붓거나 괴사해 상대적으로 길고 뾰쪽하게 드러난 듯한 치아 모양이 나타나기도 한다. 흡혈귀와 흡사한 외양이 되는 것이다. 이 질환에 걸린 사람들은 낮에 활동이 어려워 밤에 주로 활동을 하고 날카로운 송곳니를 보이는 경우가 있어 뱀파이어 증후군이라고도 한다.

포르피린증은 태양광 등의 자극에 의해 과민증을 일으키면서 평생 태양광을 피해야 하는 피부형과 복부를 중심으로 신경 증상을 호소하는 급성형 등이 있다. 특히, 증상이 중증일 경우는 생명이 위독할 수 있어 난치병으로 지정하고 있는 국가도 있다.[*]

"평생 포피리아에 시달리던 양웅은 노이로제에 걸렸는데, 결국 그게 정신병으로 발전하면서 집착성 혈광증을 보이기 시작했어. 피가 모자라 자신이 이런 고통을 겪는다고 생각한 거야. 그때부터 납치해서 피를 뽑아 마신 여자의 수가 백 명이 넘는다. 석수는 양웅의 친구로 그를 돕다가, 그가 벌이는 피의 잔치에 매료되어서 함께 빠져든 놈이고. 미친놈 옆에 있다 같이 미친 거라고나

---

[*] 박문각《시사상식사전》, '포르피린증' 참고

할까. 그는 양웅이 피를 빨고 남긴 시체를 먹었다."

"그랬던 두 사람이 성혼마석의 힘을 받자…."

송강은 고개를 끄덕였다.

"진짜로 각자 피를 마시고 인육을 먹으면 힘이 솟는 천기가 생겨버린 거다. 섭취가 부족하면 말단 지살위보다도 약하지만, 충분히 먹었을 경우 천강위 전체가 다 덤벼도 막을 수 없는 괴물이 돼."

"그래서 피와 인육의 양을 제한하고 이제껏 가둬두신 거였군요."

"광증이 다 사라졌다고 생각했다. 대화를 나눠보니 멀쩡했거든. 거기다 성력도 작용하여 광기를 약화시켰을 테고. 그런데…."

송강은 입술을 살짝 깨물었다.

"자유로워져서 여자들의 피를 마시기 시작하자, 그 시절의 기억이 되살아나버린 거야."

"혹은 먹고 마실수록 강해지는 힘에 매혹됐을 수도 있지요. 천기를 갖고도 오랜 세월 동안 억압당해 있었으니까요."

"어느 쪽이든 골치 아파졌어."

잠시 생각하던 가영이 말했다.

"그대로 악화되게 내버려두시면 어떨까요?"

"뭐?"

"양웅과 석수 두 분은 본능적으로 성혼교 및 익주를 건드리는 일은 피할 겁니다. 주인님께 통제되어 십 년 넘게 갇혀 있던 기억이 있으니까요. 또 갇히는 일이야말로 그들에게는 최악의 공포겠지요. 그게 아니더라도 충분히 강해지기 전까지는 감히 맞서려 하지 않을 겁니다. 그러다 보면 자연히…."

"유주 쪽으로 옮겨가겠군. 피와 시체를 찾아서."

"그렇지요. 원래는 유주 북부에서 적당히 소동을 일으켜 진용운을 끌어내리려는 정도였지만, 분란을 좀 더 크게 일으키는 것도 효과가 있을 것 같습니다."

"그랬다가 그자들에게 진용운이 오히려 당하면?"

"주인님께서 고른 왕이 그렇게 쉽게 무너지리라 생각하진 않습니다만…."

"그러고 보니 궁기도 여전히 문제군. 놈의 천기는 위험해. 강한 자일수록 마음속의 어둠은 큰 법이라 더더욱. 제거하라고 보낸 사진 녀석은 오히려 그쪽으로 넘어가버렸으니. 진작 궁기를 없앴어야 했는데…."

"하지만 그랬다간 관승이 가만히 있지 않았을 테니까요."

"그래서 역으로 관승까지 줘버리기로 한 거야. 진용운은 큰 힘을 얻은 걸로 생각하겠지만, 궁기라는 스위치를 어떻게 누르느냐에 따라 재앙이 될 수도 있다는 건 모르겠지."

송강은 어둠 속에서 차갑게 웃었다.

"적이었던 상대조차 너무 쉽게 믿는 것. 약한 자를 불쌍히 여기는 마음. 제 수하들을 향한 절대적인 신뢰…. 이런 것들이야말로 그가 진정한 왕으로 거듭나기 위해서는 반드시 버려야 할, 쓸데없는 감정들. 끝내 이를 극복하지 못한다면, 그자의 운명이 거기까지인 거겠지. 스스로의 금기를 깨고 결국 아들을 위해 나서고야만 진한성처럼."

유주국 상곡군 성내의 한 객잔.

원수화령은 명치를 움켜쥔 채 힘겹게 몸을 일으켰다. 신고를
받고 출동한 치안대 병사들이 그에게 다가왔다.

"괜찮으시오? 그대는 누구요?"

"난…. 서둘러야….'"

"그 몸으로 어딜 가겠다는 거요? 그보다 치료를 받고 싶다면
어서 신분을 밝히시오."

그들은 낯선 원수화령을 의심하는 듯했다. 그의 발치에 목이
부러져 죽은 노파가 있고 객잔 안에도 시체가 널렸으니, 유일하
게 살아 있는 그를 수상하게 여길 만도 했다.

'일일이 설명할 시간이 없다. 더 늦어서 흔적을 놓치면, 놈들을
따라잡지 못한다.'

원수화령은 품에서 패를 꺼내 보였다. 흑영대원임을 증명하는,
한글이 쓰여 있고 위조가 불가능한 흑영패였다.

'헉, 흑영대!'

패를 본 치안대장의 눈이 커다래졌다. 용운의 통치를 받는 지
역이라면 흑영대를 모를 수가 없었다.

'게다가 4번…!'

20번 이내의 흑영대만 되어도 태수를 보좌하는 승(丞)이나 예
전 군에 속한 현 단위의 고을을 감찰하던 독우(督郵)와 비슷한 지
위로 여겨지고 있었다. 10번 위쪽의 흑영대는 그들에 대한 용운
의 신뢰도와 유사시 그들이 행할 수 있는 권한 등에 비춰볼 때 태
수(현재 용운 세력하에서의 지사)와 동급이나 마찬가지였다.

"며, 명을 내려주시면 필요한 것을 최대한 지원해드리겠습니다!"

치안대장의 말에 원수화령은 힘겹게 답했다.

"그대의 이름은?"

"영광입니다! 전 장길이라고 합니다!"

"장길, 돌아가서 위에다 보고하시오. 비상사태가 벌어질 수 있으니… 모든 치안대원은 물론, 군내의 병력을 집결하라고…. 최근 벌어진 여인들의 납치 사건과 관련된 일이오. 이걸 가져가서 보여주고 전하의 명이라 전하시오…."

"알겠습니다!"

장길은 흑영패를 조심스럽게 넘겨받았다. 뭔가 심상치 않은 일이 벌어졌음이 분명했다.

"저, 괜찮으시겠습니까?"

"난 괜찮으니, 어서!"

"옛. 부디 보중하십시오."

장길과 치안대 병사들은 헐레벌떡 어딘가로 달려갔다. 원수화령은 유주국 특제의 구급 키트를 꺼내, 가슴의 상처에 붕대와 솜을 쑤셔 넣어 틀어막았다. 그리고 그 위에 약을 뿌려서 지혈했다.

'아슬아슬하게 급소는 피해갔다.'

등을 찔리는 순간, 반사적으로 몸을 뒤틀어서 검 끝이 심장을 비껴가게 했다.

그래도 등에서부터 가슴을 관통당했으니 중상임은 분명했다. 그렇다 해도 지금은 치료나 받을 때가 아니었다.

'이건 마지막 순간이 아니고선 쓰지 말라고 했는데….'

원수화령은 새로 얻은 약을 만지작거렸다. 최근 여포의 귀순으로 지살위가 유주국에 완전히 편입되면서 지급된 것이다. 몸이 아무리 엉망인 상태여도 일정 시간 동안 통증 없이 활동할 수 있게 해주는 약이었다. 그 시간 동안에는 오히려 평소보다 더 강한 힘과 무공을 발휘했다.

"단, 유효시간이 끝나면 원래 가지고 있던 상처와 그때까지 쌓인 충격이 몇 배가 되어 한꺼번에 밀려올 겁니다. 그러니 사용에 절대 유의하세요."

화타가 약을 나눠주며 한 말이었다. 지살위의 한 의원이 만들었다는 이 약을 그는 별로 좋아하지 않았다.

'하지만 선택의 여지가 없다.'

원수화령은 약을 꿀꺽 삼켰다. 순간, 기이한 현상이 일어났다. 주변의 소리가 점차 작아지더니 이윽고 완전한 정적에 휩싸였다. 동시에 그의 눈앞으로 태어나서 지금까지 겪었던 일이 빠르게 스치고 지나갔다.

태어나서 처음 본 불빛과 갑작스러운 추위에 놀라 울었던 일. 엄마의 포근한 품속. 체육을 잘했던 초등학생 때. 조금은 불량하게 보낸 중학교 시절. 뒤늦게 정신 차리고 체대 입시를 준비하느라 땀 흘린 고등학교 시절. 그리고 우수한 성적으로 합격하고도 등록금이 부족하여 대학을 포기하려던 때….

─자, 장학금이 있다고요?

— 그래.

— 정부 장학금인가요? 아니면 그쪽 대학….

— 둘 다 아니다. 한성재단이라는 곳에서 운용하는 장학기금인데, 큰 재단이 아니어서 대상자를 많이 뽑지는 않아. 대성이 네가 노력한 게 안타까워서 혹시나 하고 추천해봤는데 통과됐다.

— 고맙습니다, 선생님!

— 내가 한 게 뭐 있다고. 그 재단을 만든 분한테 감사 편지라도 보내렴. 진한성이라는 역사학자인데 학계에서는 괴짜 취급을 받는 모양이더구나.

사 년 내내 장학금을 받으면서 대학을 졸업했다. 그 후 이대성은 국가정보원 채용에 응시하여 합격했고 '국가 기밀에 속하는 시설물의 보안'업무로서 어떤 집과 그 집에 혼자 사는 소년을 감시 겸 경호하게 되었다. 그 집이 바로 고고학자 진한성의 집이며 경호 대상인 진용운이라는 소년이 그의 아들임을 안 순간, 이것은 운명이라고 믿었다.

그러다 그날이 왔다. 그가 한 번 죽었던 날. 중국 쪽에서 보낸 요원, 조정은 살인청부업자였다. 그에 대해 경고하는 공고문이 내려왔음에도 당하고 말았다. 용운이 보는 앞에서 그가 휘두른 흉기에 목이 잘렸다. 시야가 빙글 돌아가고 바닥이 보이는 순간, 이제 끝났음을 알았다. 사람은 목이 잘린 후에도 몇 분 정도는 살아 있다고 한다. 의식이 점차 희미해지는 가운데 조정이 용운을 끌고 가려는 와중에 벌어지는 소동이 느껴졌다. 뭔가 떨어지고 부서지는 소리가 났다.

'미안…. 널 꼭 지켜주고 싶었는데.'

그의 의식이 막 끊기기 직전, 눈부신 빛이 방 안에 번쩍이면서 네 개의 한자가 눈앞에 보였다.

悲願成實(비원성실, 간절한 꿈이 현실로 되다)

그리고 눈을 떴을 때는 놀랍게도 후한 제국 말기 무렵의 고대 중국에 와 있었다. 잘렸던 목도 붙은 상태였다. 목을 비스듬히 빙 둘러가며 보기 싫은 흉터가 남긴 했지만, 살아 있으니 그런 건 아무것도 아니었다. 처음에는 낯선 문물에 고생하고 당황하기도 했으나 생각보다 빨리 적응했다. 산적이며 황건적의 잔당 등은 현대의 정예 요원이었던 대성에 비하면 터무니없이 약했다. 신체적 능력은 오히려 현대에 있을 때보다 더 강해진 느낌이었다. 다만, 왜 갑자기 죽다 살아나서 이리로 왔는지, 앞으로 뭘 하고 왜 살아야 할지 정신적으로 막막할 뿐이었다. 그러다 유주 쪽에서 할거했다는 젊은 군웅의 이름이 바람을 타고 그의 귀에도 들려왔다. 진용운. 그 이름을 듣는 순간, 대성은 전율했다. 그의 운명은 아직 끝나지 않았던 것이다.

여기까지 생각하고 있을 때 원수화령은 퍼뜩 정신을 차렸다. 다행스러웠다. 흑영대에 채용되어 국정원의 테스트 따위와는 비교도 안 될 정도로 가혹한 시험을 치렀던 기억은 생략되었다. 그는 이 세계에서의 과거가 없고 곧장 용운을 찾아온 까닭에, 다소 의심을 받아 더 철저한 시험을 거쳤었다. 그때 일을 생각하면 아직도 전예의 얼굴을 정면으로 보기가 두려웠다.

원수화령은 복면을 주워 쓰고 주위를 둘러보았다.

조금 전, 객잔 밖에서 그를 두려움 반 걱정 반의 시선으로 바라보던 이들이 여전히 그 자리에 서 있었다. 생각은 길었지만 지난 시간은 찰나에 불과한 듯했다. 약의 효과인 모양이었다.

'음? 그러고 보니….'

통증이 없다. 그냥 통증이 없는 정도가 아니라— 픽! 가볍게 뛰어올랐을 뿐인데 머리가 객잔 천장에 부딪혔다. 몸 안에서 원래 가졌던 것의 몇 십 배는 되는 듯한 기가 소용돌이치고 있었다. 시야도 달라졌다. 객잔 바닥에 어지러이 찍힌 발자국들이 뚜렷이 구분되어 보였다. 원수화령은 그중 노파의 목에 찍힌 것과 똑같은 크기와 모양의 발자국을 찾아냈다.

'가볼까.'

그는 발자국을 추적해가기 시작했다. 그 움직임이 어찌나 빠른지, 멀리서 보던 사람들의 눈에는 마치 갑자기 사라진 것처럼 보였다.

'나의 마지막 임무를 수행하러.'

얼마나 시간이 흘렀을까.

"끄응….."

용운은 간신히 정신을 차렸다. 잠이 들었다기보다 의식은 남아 있는데 온몸의 힘이 빠지고 몽롱해지는 불쾌한 느낌이었다.

'지독한 약이었다. 그런데 여긴 어디지?'

어두컴컴하고 악취가 풍기는 공간이었다. 용운은 그 공간 안에 있는, 돌로 된 네모난 재단 같은 곳에 눕혀져 있었다. 옷이 다 벗겨진 상태였으나 그는 본래 남자였기에 별로 개의치 않았다. 그나마 추위도 안 탔다. 그는 일어나 앉아서 주변을 살폈다.

제일 먼저 눈에 들어온 건 등잔불을 사이에 두고 뭔가 열심히 대화 중인 두 사내였다. 한쪽은 병자처럼 푸르스름하고 창백한 피부에, 광대뼈까지 늘어진 긴 눈썹과 배꼽에 닿는 턱수염을 가진 거구의 사내였다. 맞은편에 앉은 자는 키는 그보다 작았지만, 어깨가 딱 벌어지고 벗은 상체의 근육이 돌 같은 청년이었다. 둘은 동시에 용운을 향해 고개를 돌렸다.

"어, 깼나?"

"건강한 여자네. 벌써 몽혼산에서 깨어나다니."

"크큭, 몸을 가릴 생각도 안 하잖아. 특이한데?"

용운은 대꾸하는 대신 두 괴인을 향해 대인통찰을 발동했다.

	양웅	
무력 武力 : 357		정치력 政治力 : 10
통솔력 統率力 : 24	흡혈위강 吸血为强	매력 魅力 : 23
지력 智力 : 68	일약암강 日弱暗强 천기자 天技者	호감 好感 : 25

무력 武力 : 328	석수	정치력 政治力 : 14
통솔력 統率力 : 35	식녀위강 食女为强	매력 魅力 : 22
지력 智力 : 65	일약암강 日弱暗强 천기자 天技者	호감 好感 : 25

'양웅과 석수라면, 이놈들도 천강위군.'

위원회가 관여했을지도 모른다고 예상은 했다. 여자들은 계속해서 실종되는데 전혀 꼬리를 잡지 못하는 데다, 믿었던 흑영대마저 속수무책이라 나선 것이다. 혹 그 배후에 위원회가 있다면, 주요 장수들이 모두 도성을 떠난 지금 어차피 해결할 수 있는 사람은 자신뿐이었다.

'그런데 이건 좀, 아니 상당히 어려울지도.'

《수호지》에서 양웅은 천강 제32위, 석수는 33위로, 총 서른여섯 명인 천강위 중에서는 최하위에 속한다. 그런데 둘 다 무력 수치가 무지막지했다. 마치 신장 같은 무위를 보이던 아버지 진한성의 무력 수치조차 235에 그쳤다. 즉 한계치로 짐작되는 255를 넘지 못했다. 유물인 태을환의 보너스 수치가 더해져 275라 쳐도 양웅이나 석수 한쪽에도 크게 못 미쳤다.

'내가 지금 163이니까 단순히 수치로만 봐도 나보다 두 배 이상 강하다는 거군.'

천기의 이름으로 보아, 피를 빨고 식인을 하면 점점 더 강해지는 자들인 듯했다. 게다가 무력에 비해 지력이 낮은 편이었고 통솔력과 정치력, 매력 등은 바닥을 기었다. 그렇다면 서열이 낮은 것도 이해가 갔다. 아마 위원회 내에서도 극히 다루기 어려운 자들이었을 것이다. 미치광이 호연작이나 사이코패스 이규보다도 더.

'하나는 피 빠는 괴물에, 하나는 사람, 그중에서도 여자의 고기만 먹는 괴물이라. 대체 이런 놈들한테 뭘 믿고 성혼을 부여한 거지? 그리고 대체 몇 사람이나 잡아먹은 거야?'

비로소 바닥에 뒹구는 수많은 뼈다귀와 살점들의 유래를 알 것 같았다. 저놈들이 먹고 남은 여자들의 잔해였다.

방 안에는 그 밖에도 한 사람이 더 있었다. 구석에 웅크리고 앉아 떨고 있는 장년의 사내. 바로 상곡군 지사 장막이었다.

'장막? 그럼 여긴 태수의 집무실…. 내성 안이란 말이야? 헐~ 그러니 아무리 찾아도 흔적이 없었군.'

용운과 눈이 마주친 장막이 기어들어가는 목소리로 말했다.

"미안하네, 소저. 내가 무능력하여…. 정말 미안하네."

장막은 본래 좀 살집이 있는 후덕한 인상이었다. 그러나 지금은 뼈만 남아 피골이 상접했다. 여기 갇힌 건 아닐 터였다. 그랬다간 당장 지사가 행방불명되었다고 보고가 왔을 테니. 이는 곧 장막 또한 직접적이든 간접적이든 여자들의 납치에 관여했다는 의미였다.

'아마 저 두 괴물에게 협박당해 한 짓이겠지. 하지만 책임을 피할 수는 없겠구나. 애초에 저들을 끌어들인 것과 그 후에도 내게 알리지 않고 숨기면서 여자들을 제공해온 데 대해서….'

용운을 가만히 보던 석수가 고개를 갸웃거렸다.

"웅 형, 저년 좀 이상한데?"

"뭐가."

"겁도 안 먹고 주위를 살피잖아. 심지어 사방에 이렇게 육편이 널렸는데 비명 한 번 안 질렀어."

"너무 무서워서 얼어버린 거 아니야?"

"흠, 그렇다고 하기에는."

그때 용운은 실로 오랜만에 소스라치게 놀랄 뻔했다. 분명 저만치 떨어져 있던 석수가 코앞에 나타나 눈을 빤히 들여다봤기 때문이다.

"눈동자가 너무 살아 있는데?"

"…!"

콱! 석수의 손이 가슴을 움켜잡았다. 용운은 두려움과 굴욕감에 순간적으로 생각했다. 변신을 풀까? 그러나 곧 그 생각을 접었다. 이 상태에서 변신을 풀어봐야 곧바로 당할 뿐이라는 결론이었다.

'여자 모습이라도 어차피 잡아먹히긴 하겠지만, 과정이 있는 게 분명하다. 우선 저 양웅이라는 자가 먼저 피를 빨겠지. 그다음 석수가 남은 고기를 먹을 테고…. 그 과정에서 조금이라도 시간이 생길 거야. 피를 빨리기 전에 어떻게든 대처할 방법을 찾아야 한다. 그러려면….'

"꺅!"

용운은 수치심을 애써 억누르며 비명과 함께 석수의 손을 쳐냈다. 경계하는 듯하던 석수가 낄낄 웃었다.

"이제야 좀 계집답네."

"거봐, 무서워서 얼었던 거라니까."

그때 용운은 누군가의 차가운 손이 갑자기 등에 와 닿는 바람에 흠칫했다. 석수인 줄 알았는데, 이번에는 양웅이었다. 석수는 어느 틈에 원래 있던 자리로 돌아가 있었다. 석수가 물러나고 그 자리로 양웅이 오는 걸 전혀 눈치채지도, 눈으로 보지도 못했다. 양웅은 용운의 등을 안은 손에 힘을 주어 끌어당기며 속삭였다.

"아름답구나. 이제까지 데려온 어떤 계집보다 아름다워. 너무 두려워 마라. 이미 충분한 힘을 얻었으니, 내 너는 잠시 옆에 두고 보고 싶구나. 너의 아름다움에 감사해라."

그 말을 들으며 용운은 생각했다. 좌자가 말했던 시련이 벌써 찾아온 건가? 그는 여러 가지 의미에서 각성한 이래 최대의 위기에 직면했다.

임무 완수

콰득! 순간 용운은 목에 따끔한 아픔을 느꼈다. 그를 끌어당겨 안은 양웅이 목덜미에 날카로운 송곳니를 박은 것이다. 아픔은 점차 극심해졌다. 그냥 살이 찢긴 정도가 아니라 그 부근이 거의 마비되는 기분이었다.

'이 미친놈이, 옆에 두고 볼 테니 두려워하지 말라며!'

용운의 마음속 아우성을 듣기라도 한 듯 양웅이 낮고 거친 목소리로 말했다.

"용서해라. 도저히 참을 수가 없구나. 너처럼 아름다운 계집의 피 맛은 어떤지, 내 정말로 살짝 맛만 보겠다."

"으윽…."

용운은 이를 악물고 나직하게 신음했다.

지켜보던 석수가 낄낄 웃었다.

"아따 고년, 신음소리도 죽여주네. 형님이 퍽이나 맛만 보겠소."

다음 순간, 양웅이 경악하며 눈을 부릅떴다. 그는 기겁해서 피를 내뱉고는 외쳤다.

"우욱! 퉤퉤. 빌어먹을, 이건 여인의 피가 아니잖아!"

그때였다. 원래 모습으로 돌아온 용운은 천기, 시공권을 발동했다. 일정 시간 동안 시공을 봉하는 금단의 술. 주변의 모든 것이 즉시 움직임을 멈췄다.

'앞으로 59초.'

그는 미리 봐둔 장막의 검을 집어 양웅의 목에다 힘껏 내리쳤다. 그러나 첫소리와 함께 검날이 부러져버렸다. 정작 양웅의 목에는 긁힌 자국 하나 나지 않았다.

'이런.'

용운은 방법을 바꿔 양웅의 목을 부러뜨리려고 해보았다. 결과는 마찬가지였다. 보통 사람보다 훨씬 강해진 그의 완력으로도 어쩔 수가 없었다. 머리를 잡고 비틀어도, 팔꿈치로 찍어도 그의 목은 꿈쩍도 하지 않았다. 심지어 목을 조르는 것도 안 되었다. 용운은 마음이 급해졌다. 시간을 멈췄는데도 상대에게 타격을 입힐 수단이 없으리라고는 미처 생각지 못했다.

'곱게 죽이기는 글렀구나. 할 수 없군.'

용운은 부러진 검날을 들어 날카로운 끝 쪽을 양웅의 눈에다 힘껏 찔러 넣었다. 챙! 이어서 그는 이번에야말로 크게 놀랐다. 검날이 고무를 찌른 것처럼 조금 들어가더니 그대로 튕겨져 나왔기 때문이다.

'무슨… 망막조차 칼이 안 들어갈 정도로 강하다고?'

황당했다. 그새 남은 시간은 50초. 용운은 10초를 더 들여 양웅의 관자놀이를 난타한 다음 마무리로 낭심을 힘껏 걷어찼다. 그때 시공권을 해제했다. 그러자마자 양웅의 손이 뻗어와 그의 목을 움켜잡고 들어올렸다.

"컥!"

양웅은 한 손으로 용운의 목을 잡아서 들어올린 채로 제 몸을 내려다보며 중얼거렸다.

"음? 왜 여기저기 가렵지? 사내놈의 피를 마신 탓인가…. 관자놀이와 불알 밑이 유독 가렵군."

그의 말을 들은 용운은 아연해졌다. 이제 그의 공격은 보통 사람이라면 급소 아니라 갑옷 위로 때려도 즉사시킬 정도의 위력을 가졌다. 그런 공격을 관자놀이와 사타구니에 맞았는데 고작 가렵다니. 심지어 석수는 나서지도 않았다.

'이런 놈을 어떻게 상대하지?'

양웅은 용운의 목을 잡은 손에 서서히 힘을 주며 말했다.

"신기한 놈이로구나. 사내 주제에 감쪽같이 여자로, 게다가 그런 절세 미녀로 모습을 바꾸다니. 그 재주가 조금 아깝긴 하지만, 감히 날 능멸하고 사내의 피를 먹게 했으니 죽여야겠다."

석수도 성난 목소리로 거들었다.

"에잇, 그러고 보니 나도 사내놈 가슴을 주물럭거린 거잖아? 먹지도 못하는 거, 사지를 하나하나 다 찢어서 죽여버리죠, 형님!"

"재미있겠군. 그럴까?"

양웅이 다른 손으로 용운의 왼쪽 어깨를 잡았다. 그것만으로도 용운은 오싹해졌다. 전신의 세포가 이자에게서 떨어지라고 아우

성쳤다. 이런 일은 처음이었다. 관승과 싸웠을 때도 압박감이 이 정도는 아니었다. 용운은 반사적으로 시공권을 재발동했다. 그런데도 왼팔이 빠져 덜렁거렸다. 양웅의 손이 2초 정도 닿은 것만으로 어깨 관절이 빠졌다. 조금만 지체했다면 진짜로 팔이 뽑힐 뻔했다.

"크윽⋯."

그러나 목이 여전히 잡혀 있었다. 용운은 몸을 뒤틀었다. 놈에게서 벗어나려 해도 목을 잡은 손을 풀 수가 없었다. 이래서야 시간을 멈춘 게 무의미해진다.

'어쩔 수 없나.'

천기를 중복 발동하면 지속 시간이 급감한다. 하지만 당장은 이 방법밖에 떠오르지 않았다. 용운은 시공권을 유지한 상태에서 두 번째 천기를 발했다. 목표는 양웅의 머리였다.

천기 발동, 공파권(空破拳)!

공파권은 이름 그대로, 목표가 위치한 공간 자체를 파괴했다. 아무리 단단한 금속이라도 부술 수 있었다. 과연 양웅의 머리가 소리 없이 반으로 쪼개졌다. 대신 시공권의 남은 시간도 20여 초로 줄었다.

'후, 좋아. 한 놈 처리했고⋯. 석수는 장막과 너무 가까이에 있군. 좀 떨어뜨려놔야겠어. 아니, 아예 여길 벗어나자.'

용운은 장막에게 달려가, 그를 옆구리에 끼고 집무실 문을 건 어차며 뛰쳐나갔다. 그러고도 몇 초 더 달리다가 천기를 풀었다.

'해제. 앞으로 14초…. 이제 석수는 어떻게 쓰러뜨리지?'

잠시 어리둥절해하던 장막은 고개를 들고 용운을 보더니 눈을 크게 떴다.

"헉, 저, 전하?"

"쉿. 오랜만이에요, 맹 지사."

"전하께서 어떻게 여기에…."

"이 동네에서 여자들이 자꾸 사라진다기에 직접 해결하러 왔죠."

장막은 떨리는 목소리로 빠르게 말했다.

"전하, 다 제 잘못입니다. 제가 전공을 쌓을 욕심에 받아들인 자들이, 전하께서 그토록 경고하신 성혼교의 괴물들이었습니다. 이미 그들의 손에 수많은 수하들이 죽었습니다."

"저들이 여자의 피를 요구하지 않던가요?"

"…죽을죄를 지었습니다."

"그대가 여자들을 제공했군요."

용운의 어조가 싸늘해졌다. 장막은 몸까지 덜덜 떨기 시작했다.

"처음만 그랬습니다. 나중에는… 제 능력으로는 도저히 저들을 막을 수가 없었습니다. 실로 무서운 자들입니다. 저는 여기 버려두고 어서 돌아가셔서 대군을 이끌고 다시 와주십시오. 안 그러면 전하까지 위험해지십니다."

"하, 나를 너무 과소평가하는 거 아니에요? 이미 한 놈은 처리했…."

말하던 용운이 눈살을 찌푸리더니 멈춰 섰다. 집무실에서 대전으로 이어지는 복도 가운데였다. 저만치 앞에 양웅이 버티고 서 있었다. 부서졌던 머리는 멀쩡히 되돌아온 상태였다. 그가 이상하리만치 하얗고 날카로운 송곳니를 드러내며 섬뜩하게 웃었다.

"킬킬, 방금 거는 제법 아팠다."

"보통 그냥 아픈 정도로 끝나지 않을 텐데. 인간이긴 하냐?"

"이 몸은 인간을 넘어선 지 오래다. 그건 그렇고 어쩐지 신기한 짓을 하더라니. 장막 놈이 전하라 부르는 걸로 보아, 네가 바로 몬스터의 아들 진용운이구나. 이거, 생각도 못한 대어가 걸렸군."

"그쪽이야말로 진짜 몬스터인 것 같네."

등 뒤에서 석수가 그 말을 받았다.

"대단한데? 잠깐이긴 하지만 우리가 움직임을 따라잡지 못하다니. 어떻게 한 거지?"

용운은 장막을 내려놓고 전투태세를 취했다.

"아무래도 싸워야 할 것 같습니다. 조심해요."

"으으…. 예, 예에."

장막은 양팔로 머리를 감싸고 납작하게 엎드렸다. 용운의 관자놀이로 식은땀이 흘러내렸다. 상황이 나빴다. 막힌 공간을 벗어났더니, 이번에는 복도에서 앞뒤로 포위된 꼴이 되었다. 게다가 되도록 장막까지 보호해가며 싸워야 했다. 그보다 더한 문제는 머리를 부쉈는데도 상대가 되살아났다는 것이었다.

'말도 안 돼. 세상에 불사신 따위는 없어. 그건 섭리를 거스르는 짓이니까. 시간을 되돌릴 수 있는 아버지조차 결국 돌아가셨

느걸. 분명, 뭔가 내가 놓친 게 있을 거야.'

픽! 그 생각을 떠올리자마자 용운은 강렬한 충격을 받고 뒤로 날아갔다. 달려온 양웅이 어깨로 그를 들이받은 것이다.

"컥!"

단 한 차례의 공격에 가슴뼈가 내려앉았다. 피를 토하며 날아오는 용운을 뒤에서 기다리던 석수가 걷어찼다. 등을 차인 용운은 반대쪽 앞으로 붕 떴다가 고꾸라졌다. 날아가던 가속도까지 더해져 이번에는 더한 타격을 입었다. 단 두 번 맞았을 뿐인데 온몸이 으스러지는 듯 아팠다. 몸을 일으키자니 팔다리가 덜덜 떨렸다. 용운은 결국 한 움큼의 피를 토했다. 양웅과 석수가 그 모습을 보며 낄낄댔다.

"크하하, 천하의 유주왕도 별거 아니구나!"

"우리가 대단한 거요, 웅 형님."

"하하, 그런가?"

불행인지 다행인지 둘은 유희를 즐기고 있었다. 보통 사람은 손가락 하나만 까딱해도 죽는데, 어깨로 들이받고 발로 차도 일어서는 상대가 나타났으니 쉽게 죽이기 싫은 것이다. 간신히 일어선 용운은 둘을 노려보며 생각했다.

'정면 대결로는 도저히 승산이 없다. 시공권의 남은 시간은 10초가량. 어떻게든 방법을 찾아내서 그 안에 끝장내야 돼.'

순간 용운은 뭔가가 바뀌었음을 눈치챘다.

'밝아졌다.'

지사 집무실에 있었을 때보다 확실히 주변이 밝아져 있었다.

처음 와본 곳이라 구조는 모르지만, 구석진 곳에 위치한 집무실에 반해 복도는 바깥과 벽 하나만 사이에 두고 있는 듯했다. 따로 창문은 없었으나, 어디선가 햇빛이 새어들어와 희미하게 밝아진 것이다. 극히 좁은 틈으로 아주 약간의 햇빛만 들어온다 해도, 완전히 막힌 공간과는 비교할 수 없게 밝아진다.

'그리고 이번에는 보였어. 양웅의 움직임이.'

양웅이 돌격해와 어깨로 자신을 들이받는 광경을 봤다. 보고도 피하지는 못했지만, 아예 인지조차 못했던 아까와는 달랐다. 즉 그만큼 양웅이 느려진 것이다. 어째서?

'일약암강(日弱暗强).'

용운은 아까 대인통찰로 본 양웅과 석수의 천기 중 하나를 떠올렸다. 일약암강. 해에는 약하지만, 어둠에는 강하다. 햇빛을 받으면 약해지나 어두운 곳에서는 강해진다는 의미인 듯했다. 과연 두통을 무릅쓰고 다시 확인해보니, 둘의 무력은 각각 304, 285로 낮아진 상태였다. 그래도 여전히 무시무시한 수치지만 큰 폭으로 떨어진 건 사실이었다.

'그 원인이 이 희미한 햇빛이라면?'

주변을 약간 밝히는 정도의 햇빛으로도 수치가 저렇게 낮아졌는데, 직사광선을 받는다면 어떻게 될까? 천기의 초인적인 강함만큼 페널티 또한 클 터. 모르긴 해도 최소한 지금보다는 승산이 오를 터였다. 햇빛만 들어오게 할 수 있다면.

'시도해볼 만⋯.'

용운이 바로 옆의 나무 벽을 부수려고 주먹을 뻗었을 때였다.

턱! 순식간에 다가와 그 손을 붙잡은 양웅이 말했다.

"무슨 속셈이지? 애꿎은 벽은 왜 부수려는 거야?"

"…"

"네놈, 알았구나."

콱! 양웅이 손에 힘을 주는 순간, 용운의 주먹이 으깨졌다. 그는 견디지 못하고 비명을 질렀다.

"으악!"

"말해라. 우리 약점을 어떻게 알았지?"

"너희 약점이 뭔데?"

어디선가 건조한 목소리가 들려왔다. 석수는 일언반구도 없이 목소리 쪽으로 뛰었다. 슝! 그의 거구가 복도를 날다시피 하여 순식간에 목소리의 주인을 덮쳤다. 용운은 고통스러운 와중에도 목소리를 알아들었다. 마치 본래 제 목소리를 감추려는 것처럼 늘 약간 꾸민, 억양 없고 메마른 목소리. 흑영대원 4호, 원수화령이 여기 와 있었다.

'안 돼…'

용운을 용케 추격해온 모양이지만, 그의 무력 수준으로는 이들에게 한 주먹거리도 안 될 게 분명했다. 무력이 160대에 달하는 용운 자신조차 꼼짝도 못하고 있으니. 쾅! 다음 순간, 굉음과 함께 누군가가 바닥에 내리꽂혔다. 그 장본인은 놀랍게도 석수였다. 그는 거꾸로 떨어져 머리가 바닥에 깊숙이 박혀버렸다. 원수화령은 천장에 물구나무선 자세로 붙어 있었다. 그에게 석수가 달려든 순간, 아래로 걸어찬 결과였다.

'아니?'

용운도, 양웅도 크게 놀랐다. 용운은 저도 모르게 원수화령을 대인통찰로 확인했다. 그의 무력 수치가 368로 늘어 있었다.

'어떻게? 아!'

그리고 없던 항목들이 추가로 생겨나 있었다.

— 상태 이상, 진기폭발.

— 무력이 일시적으로 네 배 증가.

— 다른 모든 상태 이상 및 고통에 면역.

— 매 1분당 현재 생명력의 5퍼센트를 소모.

'진기폭발⋯.'

진기란 사람의 근원을 이루는 기를 의미했다. 따라서 진기를 다 소모하면 죽게 된다. 사람은 태어나서 죽을 때까지 이 진기를 조금씩 소모하여 삶을 영위한다. 진기의 양이 많으면 장수하고 적으면 단명한다. 원수화령은 그 진기를 일시에 끌어내버렸다. 그야말로 목숨과 맞바꿔 얻은 힘이었다.

"네, 네놈은 뭐⋯."

서걱! 당황해서 주춤거리던 양웅의 팔이 잘려 떨어졌다. 용운을 붙잡고 있던 쪽 팔이었다. 양웅이 그 사실을 깨달았을 때, 원수화령은 이미 용운을 가로채어 저만치 물러난 후였다.

초인적인 기억력을 가진 용운은 2호 같은 예외를 제외하곤 대부분 얼굴을 가린 채로 활동하는 흑영대원들 하나하나를 다 기억했다. 그중에서도 4호는 다소 특별했다. 능력이 뛰어나 중요한 임무를 여러 번 맡기도 했다. 십 년 가까이 지켜봐온 수하의 정체를 그는 이제야 깨달았다.

"4호, 아니…."

"제가 시간을 벌겠습니다. 그 틈에 달아나십시오, 전하."

"형이… 어떻게 여기 있어요?"

"…?"

원수화령은 양웅의 다른 쪽 손에 자신의 찢어진 복면이 쥐어진 걸 보았다. 그도 당하고만 있진 않았던 것이다. 원수화령의 광대뼈와 왼쪽 턱 근처가 찢겨 피가 흘렀다. 조금만 느렸으면 복면과 함께 얼굴까지 뜯겨나갈 뻔했다. 통증이 느껴지지 않았기에 상처를 입은 줄도 몰랐다. 그러고 보니 변장술도 행하지 않은 상태에서 복면이 벗겨져버렸다. 이는 곧….

"제 진짜 얼굴을 보셨군요."

"맙소사. 형이 원수화령이었어요?"

용운은 경악을 금치 못했다. 드러난 원수화령의 얼굴은 21세기의 대한민국에서 용운을 전담하던 경호원의 그것이었다. 국정원 제2팀 소속, 특수요원 이대성. 그게 원수화령의 원래 정체였다. 용운은 비로소 알 수 있었다. 가끔 그에게서 느껴지던 이상한 위화감들의 원인을. 머릿속에서 빠르게 생각이 정리되며 지금 상황이 이해되기 시작했다.

"그때, 근처에 있다가 말려들었군요. 그래서…."

"지금 그런 얘길 할 때가 아닙니다. 제겐 남은 시간이 얼마 없어요. 어서 달아나십시오."

— 달아나….

용운은 조정의 손에 치명상을 입은 채 중얼거리던 경호원의 마지막 모습이 떠올랐다. 이 사람은 죽지도 못하고 이 세계로 끌려와서까지 날 지키고 있었던 건가. 눈물이 핑 돌았다.

"크윽, 이 새끼들. 둘 다 죽여버린다."

바닥에 처박혔던 석수가 머리를 뽑아내고 몸을 일으켰다. 원수화령이 다급히 외쳤다.

"어서요!"

"벽을 부숴요."

"네?"

"저놈들은 태양빛이 약점이에요. 그러니까 벽을 부숴버려요!"

어느새 팔을 다시 붙인 양웅이 사나운 기세로 달려들었다.

"그렇게 놔둘 줄 아느냐!"

퍼퍼퍼퍼퍽! 양웅은 폭풍 같은 주먹을 퍼부었다. 원수화령은 무시무시한 그 공격을 양손 손바닥으로 일일이 받아내거나 흘렸다.

'음, 뭐랄까. 초인적인 강함이란 이런 기분이로군.'

주위가 굉장히 느리게 보였다. 양웅의 주먹이 몹시 빠르고 강하다는 건 알 수 있었다. 그러나 다 보였고 다 막을 수도 있었다. 심지어 동시에 다른 생각을 하는 것도 가능했다.

'여기까지 찾아오는 데 6분 정도 소모했고 도착한 뒤 잠시 싸

웠으니까….'

아마 앞으로 남은 시간은 12분 남짓.

"윽?"

양웅의 얼굴이 일그러졌다. 양손이 모두 원수화령에게 단단히 붙잡힌 것이다.

"그 정도면 시간은 충분해."

"안 돼!"

용운을 노린 석수가 원수화령을 지나쳐 달려가려 했으나, 그가 쭉 뻗은 옆차기에 맞아 벽에 처박혔다. 용운은 그사이 벽을 부쉈다. 확실히 하기 위해 양쪽에다가 무수히 구멍을 뚫어버렸다. 현재 시각은 현대의 단위로 오후 3시가량. 번쩍! 강렬한 햇살이 복도를 가득 메웠다.

"캬아아아아!"

"으아아아악!"

양웅과 석수가 동시에 고통에 몸부림쳤다. 원수화령은 양웅을 단단히 잡은 채로 놔주지 않았다. 그러면서 그의 몸이 최대한 햇빛을 받도록 비틀었다.

"제대로 일광욕 한번 하자고."

"으아아아아, 안 돼, 내, 내 힘이…."

양웅에게서 힘이 급격히 빠져나가는 게 느껴졌다. 원수화령은 이 기회를 놓치지 않았다. 양웅을 힘껏 끌어당겨 균형을 무너뜨린 다음, 옆구리의 소도를 뽑았다. 이어서 앞으로 엎어지는 그의 목을 그대로 쳐올렸다. 풋! 놀란 듯 눈을 치뜬 목이 허공을 날았다.

일이 어그러졌음을 깨달은 석수가 등을 돌리고 달아나려 했다.

'이제 7분, 아직은….'

막 원수화령이 그를 뒤쫓으려는 찰나였다.

"놈이 계속 햇빛을 받도록 해요."

그 목소리를 들었다고 느낀 순간, 이미 석수는 용운의 공격으로 등이 뚫린 채 쓰러져 있었다. 여기서 석수를 놓치면 언제 잡을 수 있을지 모른다. 이에 마지막 남은 시공권의 10초를 사용한 것이지만, 그런 사정을 알 리 없는 원수화령은 속으로 감탄했다.

'역시, 전하.'

그러다 문득 이상한 느낌에 아래를 내려다봤다. 양웅의 잘린 머리에서 촉수 같은 것이 뻗어나와 바다를 엉금엉금 기어오고 있었다. 다시 몸통과 붙으려고 시도하는 것이다. 용운이 왜 계속 햇빛을 받게 하라고 했는지 이해가 갔다. 놈은 아직 죽은 게 아니었다.

"진짜 괴물이었군."

원수화령은 머리를 발로 걷어차버린 다음, 양웅의 몸뚱이를 움직여 잘린 목의 단면에 햇볕을 직접 쪼이게 했다. 몸뚱이가 버둥거렸다. 저만치 떨어진 머리가 비명을 질렀다.

"끄아아아아아!"

햇빛을 받은 목의 단면이 녹아내렸다. 동시에 머리도 조금씩 녹기 시작했다.

'역시, 표면에 햇볕을 쪼이는 것만으로도 힘이 약해졌는데, 잘린 부위를 통해 빛이 내부로 침투하는 건 치명적이구나.'

석수도 비슷한 상황을 겪고 있었다. 용운이 그를 끌어당겨 등의 상처로 빛이 들어가게 만들었기 때문이다. 엎어진 채로 날뛰던 석수의 몸부림이 약해졌다. 양옹은 목에서부터, 석수는 등에서부터 녹아내리더니 급기야 확 불이 붙었다. 불은 두 괴인이 완전히 재가 될 때까지 꺼지지 않았다.

"후…. 끝난 것 같네요."

그 광경을 물끄러미 내려다보던 용운이 말했다. 한데 대답이 들려오지 않았다. 고개를 돌려보니 원수화령은 이미 바닥에 쓰러져 있었다.

"원수화령!"

용운은 다급히 달려가 그의 옆에 무릎을 꿇고 머리를 허벅지에 뉘었다. 원수화령, 아니 특수요원 대성이 반쯤 감았던 눈을 힘겹게 떴다.

"무지하게 아프군요, 전하."

"그 약을 쓴 거예요? 이번에 새로 보급한…."

"예. 어차피 놔뒀으면 얼마 못 갔을 치명상을 입었습니다. 개죽음하는 것보단 이게 낫지요."

"그래도 고통은 겪지 않을 수 있었잖아요…."

"괜찮습니다."

"왜, 말 안 했어요? 당신이 경호원 형이었다고."

대성은 다소 겸연쩍게, 힘없이 웃었다.

"뭐, 딱히 이유는 없습니다. 처음에는 제 임무를 다하지 못해서 놈에게 습격 받게 한 게 부끄러워서 숨겼고. 나중에는… 이 세계에 겨우 적응한 전하를 혼란스럽게 하고 싶지 않았습니다. 흑영 대원으로 사는 것도 제법 괜찮았고요. 그리고 그런 사실들을 숨기는 편이, 전하를 지켜드리고 임무를 수행하기에도 훨씬 좋았습니다. 시간을 거슬러 온 자는 하나로 충분합니다."

"형은 또 여기까지 와서도 나 때문에…."

"그게 제 운명인 모양이지요. 사실, 저는 한성재단에서 장학금을 지원받아 대학을 졸업했고 그 덕에 국정원까지 들어갔거든요."

"아, 그랬군요."

"첫 임무로 진한성 교수님의 자제분을 경호하라는 명을 받았을 때 생각했습니다. 제가 진 빚을 갚을 때가 왔다고요…."

대성의 목소리가 서서히 약해졌다.

"그건, 그냥… 형이 노력해서 된 거잖아요."

용운은 눈물을 뚝뚝 떨어뜨렸다. 그 모습을 보면서 대성은 흐릿해진 시선으로 미소 지었다. 동생아, 내 사랑하는 동생, 용운아.

"어쩌면 네 경호를 시작한 다음부터는 내가 너와 가장 오랜 시간을 보냈을 거야, 용운아. 어딜 가든 널 지켜봤으니까. 그러면서 그냥 임무 때문이 아니라… 교수님께 진 신세를 갚기 위해서가 아니라, 그 아이 자체가 좋아졌던 것 같습니다, 전하. 외롭지만 씩씩하게 살아내려고 애쓰고 그러면서도 비뚤어지지 않는 그 아이가요…. 같이 몰래 게임도 하고…. 괴롭히는 놈들에게서 지켜주기도 하면서…. 마치 그 아이가 제 동생이 된 것처럼…, 아니… 제 동생이었습니다."

대성은 이제 횡설수설하며 말하는 주체를 혼동하고 있었다. 용운은 그의 죽음이 임박했음을 깨달았다. 동시에 사소한 사실 한 가지를 더 알게 됐다. 사소하지만 가슴 저리게 하는 사실이었다.

'원수화령. 그게 형이었구나.'

언제부턴지 삼국지EX의 온라인 대전 모드에서 꼭 용운을 지원하던 한 게이머의 아이디. 제 세력이 망하는 한이 있어도 용운에게 모든 자원과 병력을 털어 지원해주던 아이디. 삼국지 온라인 모드에서 유일하게 등록된 친구. 그가 원수화령이었다. 그는 가상의 온라인 세계에서까지 용운을 지켜주려 한 것이다.

힘겹게 숨을 몰아쉬던 대성이 손을 뻗었다.

"요, 요원…."

용운은 대성의 손을 굳게 잡았다. 그리고 가느다랗게 뭔가를 중얼거리는 그의 입에 귀를 갖다 댔다.

"요원, 이대성…. 임무… 완수했습니다."

그게 마지막이었다. 대성은 더 이상 말이 없었다. 그는 평화로운 표정으로 두 번째의 진정한 죽음을 맞이한 것이다.

"형…!"

용운은 그의 시신 위에 엎드려 통곡했다. 멀리서 수많은 병사들이 달려오는 소리가 희미하게 들려왔다.

흑영대 제4호, 원수화령은 마지막까지 주군을 지켜내고 장렬히 전사했다.

17

다가오는 악의

용운은 원수화령, 대성의 무덤을 따로 만들지 않았다. 정확히는 만들 수가 없었다. 죽은 뒤 얼마 지나지 않아 육신이 풍화되어 사라졌기 때문이다. 용운은 서서히 흩어지는 그의 시신 앞에서 망연한 표정을 지었다. 저도 모르게 내민 손은 헛되이 허공을 훑었다.

'이건….'

위원회의 인물들이 사후 이렇게 되었는데, 나중에는 시신이 남는 이들도 생겨났다. 아직 그런 차이에 대한 정확한 이유는 몰랐다. 아마 이 세계와의 '긴밀성'에 달린 게 아닐까 하고 막연히 짐작할 뿐이었다. 대성은 마지막까지 이방인으로 남길 택한 것이다. 자신의 본래 임무를 잊지 않기 위해서 바람이 되었다. 마지막까지 그와 잘 어울린다고 용운은 생각했다.

대신 대성이 쓰던 소도와 복면, 의복 등이 남겨졌다. 용운은 그중에서 소도와 복면은 자신이 갖고 옷은 직접 태웠다. 그는 퍼져나가는 연기를 보며 대성을 추억했다.

'잘 가요, 형. 두 세계에 걸쳐 절 지켜줘서 정말 고마웠어요. 이제 편히 쉬세요.'

십 년의 세월, 하나씩 소중한 이들이 떠나간다. 이것만큼은 아무리 반복해도 익숙해지지 않았다. 이보다 아플 수 없으리라 생각했는데 매번 더 아팠다. 용운은 그 이별의 순간을 영원히 잊을 수 없다. 떠올릴 때마다 바로 그때처럼 생생히 재생된다. 이는 그에게 저주인 동시에 축복이기도 했다.

'아니, 난 이 고통에 익숙해지지 않도록 할 것이다. 이 아픔을 언제까지고 가슴에 새겨 그들을 기억해야 하니까.'

그 기억으로 하여금 그들의 희생을 헛되이 하지 않겠다고 용운은 다짐했다.

천강위의 2인, 양웅과 석수를 처리했으나 상곡군에는 깊은 상흔이 남았다. 무고한 백성들이 여럿 죽었고, 특히 부녀자들의 피해가 컸다. 누군가는 책임을 져야 했다. 이례적으로 가신들이 지켜보는 가운데 상곡성 대전에서 장막의 재판이 열렸다. 용운이 직접 그에게 판결을 내리기로 했다.

장막은 오랏줄로 묶여 있진 않았으나, 관복이 아닌 소복 차림에 무릎을 꿇은 초라한 모양새였다. 머리도 엉망으로 풀어헤쳐져 있었다. 대전은 물이라도 뿌린 듯 잠잠했다. 잠시 그를 내려다보던 용운이 입을 열었다.

"성혼단의 인물을 속아서 들일 수는 있습니다. 허나 알고서도 적극적으로 나서서 백성들을 보호하지 못하고 오히려 그들에게 협력한 것은 큰 죄입니다. 하다못해 은밀히 유주성으로 사람을 보내 알리려는 시도라도 했어야 합니다."

"송구합니다. 혹시나 들키면 죽을까봐⋯."

"그사이 수백 명의 백성이 목숨을 잃었습니다."

용운의 준엄한 말에 장막은 고개를 깊이 숙였다. 그의 부르트고 바싹 마른 입술이 떨렸다.

"드릴 말씀이 없습니다. 어떤 처벌이라도 달게 받겠습니다."

"⋯맹탁 님의 재산을 몰수하여 왕국에서 공식적으로 나오는 위로금에 더해 유족들에게 지급할 것입니다. 또한 맹탁 님의 식읍을 반으로 줄이고 주부로 폄좌(貶座, 허물로 인해 관직을 낮추는 일)하니, 대기하다가 신임 지사를 보좌하도록 하세요."

"옛?"

장막이 놀라서 저도 모르게 반문했다. 사형까지 각오한 그로서는 예상보다 처벌이 너무 가벼운 까닭이었다. 좌우에 늘어선 상곡성의 가신들 사이에서도 술렁임이 일었다. 장막과 가신들의 마음을 짐작한 용운이 말했다.

"중원에 비해 상대적으로 북쪽 끝의 험지라 성혼단의 도발이 없으리라 여긴 내 탓도 있습니다. 또 반역과 같이 죽음으로밖에 씻을 수 없는 죄도 있습니다만, 맹탁 님의 경우는 남은 생을 이곳의 백성들을 위해 일하시는 편이 그보다 나을 듯합니다."

장막은 숫제 대전 바닥에 이마를 대다시피 했다.

"반드시 그리하겠습니다."

"그리고 공적에 너무 연연하지 마세요. 전 한번 믿고 맡긴 사람을 끝까지 믿습니다. 절대 이유 없이 내치지 않아요."

"네…."

장막은 더 말을 잇지 못했다. 벌을 받고 있는데도 위로받는 기분이 드는 건 왜인가. 대전 바닥에 그의 눈물방울이 뚝 떨어졌다. 용운은 그 눈물 자국을 보며 생각했다.

'죽여서 일벌백계로 삼는 게 좋았을지도 모른다. 그러나 내 사람이 죽는 모습을 더는 보고 싶지 않다. 더구나 내가 내린 명령으로 직접.'

양웅과 석수가 정체를 들킨 후에는 아예 장막을 집무실에 가둬 놓다시피 하고 전횡을 휘둘렀다 하니, 불가항력적인 부분도 있었을 것이다. 그것보다 위원회에 대해 새삼 경각심이 일었다. 다수가 죽고 몇몇은 아군이 되기도 했으나, 아직 양웅이나 석수 같은 자들이 여럿 남아 있었다. 한동안 이 시대의 군웅들과 싸우느라 회에 대한 경계를 소홀히 한 감이 없지 않았다. 하지만 역시, 자신의 진정한 주적은 그들이라는 것을 용운은 깨달았다.

'장막을 지사로 임명한 것은 투항해온 제후급 인사를 우대한다는 것을 외부에 알리기 위한 목적도 있었다. 대신 반란을 일으켜도 별 위협이 안 되는 곳, 곡창지대거나 특산물이 나는 것도 아니어서 함락되어도 큰 타격이 없는 이 상곡군을 맡겼지. 한데 이곳을 통해 침투해올 줄은.'

어떤 의미에서는 허를 찔렸다. 병주가 이미 성혼단 천지가 되었다는 사실을 이제야 알았다. 이쪽으로는 흑영대원도 거의 파견하지 않아 입수되는 정보가 매우 적었다.

흑영대원은 계속 태어나는 달걀 같은 존재가 아니었다. 한 명을 키우는 데도 오랜 시간과 비용이 들었다. 그렇다 보니 자연히 더 중요한 쪽에 인원이 몰리는 경향이 있었다.

신임 병주목 온회가 성혼교의 열렬한 신도가 되었으리라곤 짐작조차 못했다. 이는 결국 스스로 온회를 쳐서 용운에게 인정받으려고 했던 장막의 욕심에 더해, 병주를 사이에 두고 있으니 유주 북서쪽은 안전하리라는 용운의 방심이 불러온 결과였다.

'이렇게 되면 유주 북서쪽의 전선도 전면 개편해야 한다.'

그나마 다행이라면, 장막이 정양군을 점령했다는 것이다. 그곳의 여자들이 다 죽긴 했지만.

'그 일에 대해서도 대책을 강구해야겠군.'

두 괴인이 날뛴 기간은 그리 길지 않았다. 그런데도 여파가 상당했다. 더 늦게 알았다면 어찌 됐을지 생각만 해도 아찔했다.

정양성은 병주목 온회를 견제할 수 있는 위치에 있었다. 익주의 송강이 출병한다 해도 병주를 거치지 않기 위해서는 장안, 낙양, 홍농을 비롯해 여러 관문을 차례로 지나야 한다. 원술의 구역이다. 즉 원술을 먼저 격파해야 가능한 일이었다.

'최정예병과 장수들이 모두 강남으로 향했으므로 지금 전쟁을 벌일 수는 없다. 우선 병주 인근의 경계를 확실히 하고 원술과 필요 이상의 긴장 상태를 만들지 않는 것 정도로 해둘까.'

상곡군의 일을 해결한 용운은 곧장 유주성으로 돌아갈까 하다가, 여기까지 온 김에 서관에 들러 학소와 여몽을 만나보기로 했다. 방위 정책의 변화를 알리고 전선을 더 서쪽으로 이동시켜야 했다. 돌아간 뒤 또 사람을 보내 처리하는 건 아무래도 비효율적이다.

'이쪽에도 흑영대원의 수를 더 늘려야겠어. 조금 무리해서라도. 아니, 대원 전체를 대폭 늘려야겠네. 쉽진 않겠지만….'

올 때는 둘이었는데, 이제 혼자가 되었다. 문득 채염이 보고 싶었다. 자신이 돌아가면 늘 그랬듯 환하면서도 조용한 웃음으로 맞아줄 그녀. 힘든 일을 겪고 나니 그 미소가 너무 그리웠다.

'그러고 보니 떠나올 때 뭔가 말을 하려다 만 것 같았는데…. 뭐였을까?'

다 듣고 올걸, 뭐가 그리 급하다고. 용운에게 이성이 뭔지 정확히 알기도 전의 첫사랑이 인간이었을 때의 성월이었다면, 이게 사랑인지 애착인지를 정확히 모르고 끌렸던 대상은 청몽이었다. 청몽 같은 경우, 그녀 쪽에서 용운을 사랑했기에 더 쉽게 마음이 갔다. 자신을 사랑해주는 이에게 마음을 열기도 쉬운 법이니까. 하지만 둔한 용운이라도 이젠 확실히 알 수 있었다. 이성으로서 진정한 의미로 처음 사랑한 여자는 바로 채문희, 그녀였다. 몸으로나 마음으로나.

'얼른 돌아가서 꼭 안고 싶다.'

부드럽고 따뜻한 그녀의 품을 떠올리자 용운은 쑥스러우면서도 살짝 흥분되었다. 이럴 때는 과다기억증후군이 좋기도 했다. 그녀의 촉감, 체향, 온도까지 하나도 빠짐없이 생생하게 떠오르기 때문이다. 용운은 한시라도 빨리 채염을 보기 위해서라도 서관으로 가는 걸음을 재촉했다.

유주성, 채염의 집에는 두 남자 손님이 와 있었다. 예의상 방문은 살짝 열어두었다. 청낭원 출신이자 화타의 제자인 의생의 말을 들은 전예는 깜짝 놀랐다.

"그게 정말이오?"

"그렇습니다. 아직 초기지만, 확실히 태맥(胎脈, 임신했을 때 잡히는 맥박)이 잡힙니다."

전예의 놀라움은 곧 뛸 듯한 기쁨으로 변했다.

"경하드립니다, 문희 님."

채염이 아픈 것 같다는 보고를 받고 걱정되어 왔다가 뜻하지 않은 소식을 들은 것이다.

'27, 28호 이 녀석들…. 하긴 둘 다 혼인은커녕 정분도 나본 적 없는 녀석들이니 회임 증상을 알 리가 있나. 그래서 문희 님이 아프다고 생각한 거군.'

얼굴을 발그레하게 물들인 채염이 수줍게 답했다.

"고맙습니다, 국양 님."

"하하, 이런 기쁜 소식이! 어서 전하께서 돌아오셨으면 좋겠습니다. 오시면 큰 연회를 베풀어야겠습니다."

채염은 당황해서 손을 내저었다.

"아니, 아직…. 그, 전하와 국양 님 말고는 알리고 싶지 않습니다. 아시다시피 저는…."

"아."

전예는 문득 자신의 실수를 깨달았다. 기쁨에 감정이 앞선 나머지 채염의 입장을 생각하지 못했다. 한마디로 그녀는 공식적으로는 용운과 아무 관계도 아니었다. 가까운 측근들이야 용운과 그녀가 정인 사이임을 알지만 둘은 혼인을 올리지 않았다. '왕후'라는 자리에 대한 주요 가신들의 경계와 온갖 반대 때문이었다.

"그럼, 저는 먼저 물러가보겠습니다."

어색한 분위기를 눈치챈 의생이 자리에서 일어섰다.

"수고하셨소. 오늘 일은 절대 비밀에 부쳐주시오."

"염려 마십시오."

청낭원의 사람들은 확실하게 신뢰할 만했다. 온전히 용운의 사람이나 마찬가지인 데다 환자에 대한 비밀 엄수의 의무부터 배우기 때문이다. 눈으로 의생을 배웅하던 전예는 앞으로의 일에 대해 잠깐 고민에 빠졌다.

'자, 갈 길이 먼데. 어느 쪽부터 손대야 할까.'

황제의 정부인이자 제국의 국모는 황후, 왕국의 국모는 왕후, 번국(제후국)의 국모와 특정 황족의 배필은 왕비라 칭한다. 일부 가신들이 채염을 왕후로 들이는 데 반대하는 주된 이유는 총 세 가지였다.

첫 번째는, 용운이 왕후를 들이려면 유주국이 황실로부터 왕국으로 인정받아야 하는데, 그 절차를 지키지 못했다는 것. 이는 주로 황제와 황실을 중시하는 유학자 및 선비들의 주장이었다. 즉 채염 아니라 어떤 여자라도 반대할 이들이다.

두 번째는, 단순한 정인이라면 문제가 없지만 왕후는 모름지기

가문 전체가 왕에게 도움이 되어야 하므로, 원술이나 유표 같은 강성한 제후의 딸 혹은 명문가의 딸을 맞아들여야 한다는 것. 채염 외에 배경이 든든한 다른 여인이라면 수용할 수도 있는 이들이다. 그나마 이들은 용운에게 충성을 바치는 자였다. 채염은 가문 자체는 나무랄 데 없었지만, 남은 사람이 그녀밖에 없다시피 한 게 문제였다. 즉 몰락한 가문이나 다름없게 된 것이다.

마지막 세 번째는, 왕후를 맞아들이는 일 자체는 찬성하나, 제 가문의 여식을 앉히기 위해 다른 여인— 채염을 반대하는 경우였다. 전예에게 가장 골치 아픈 부류이기도 했다. 앞선 두 가지 반대파는 정 안 되면 찍어 눌러도 되지만, 이들은 그러기가 어려웠다. 여식을 왕후로 앉히려 한다는 것은 곧 유주국 내에서 그만큼 강성한 세력을 가진 가문이라는 의미였다. 또한 왕후 자체에 찬성한다는 것은 용운을 열렬히 지지한다는 뜻이기도 했다. 용운을 적극 지지하는 동시에 세력도 강하니, 함부로 다룰 수 없는 게 당연했다.

'대표적인 예가 바로 사마 가문이지.'

사마 가문의 현 가주 사마방은 용운이 적극 밀어주는 3대 기관 중 하나인 태학의 학장이다. 사마의의 형 사마랑은 교육 관련 부서의 총책임자이면서, 그 스스로가 태학의 선생이기도 했다. 더구나 지금은 북평군 지사로 임명되어 가 있다. 북평군은 고구려와의 주요 통로이니 용운이 사마랑을 얼마나 신임하는지 알 수 있었다.

마지막으로 사마의는 새삼 설명할 필요도 없다. 유주국 전체를 통틀어 군략 부문의 2인자라 할 수 있는 부군사 겸 총군사 곽가의 제자였다. 아직 나이도 젊으니 앞길이 창창하기까지. 이처럼 여러 인재들을 배출했을 뿐만 아니라 용운에 대한 자금 지원도 상당하여, 사마 가문은 안팎에서 유주국을 대표하는 집안으로 인정받고 있었다.

원래 사마 가문은 용운이 왕후를 맞아들이는 데 찬성한다는 정도의 입장 표명만 했었다. 그러다 최근 들어 분위기가 급격히 바뀌었다. 사마방에게는 아들이 여덟 있었는데, 모두 재주가 뛰어나 '사마팔달'이라 불렸다. 유명한 쪽은 그 아들들이었지만 그에게는 딸도 하나 있었다.

'사마연.'

그녀를 떠올린 전예는 작게 한숨을 내쉬었다. 사마연이 올해 열일곱 살이 되었다. 그러자 갑자기 그녀를 용운의 반려로 하려는 움직임이 노골화된 것이다. 용운과 거의 이십 년 나이 차이가 나지만, 17세면 충분히 혼인을 하고도 남을 나이였다. 또 용운은 겉으로는 삼십 대 후반은커녕 이십 대 초반 정도로밖에 안 보였다. 더구나 왕이 왕후를 들이는 일이 아닌가. 스무 살 차이 아니라, 마흔 살 차이가 나도 그걸로 뭐라 할 사람은 없었다. 현대였다면 도둑놈 소리를 듣는 정도가 아니라 도덕적으로도 손가락질 받을 만한 일이었으나 이 시대에는 아무 문제가 되지 않았다.

'사람 자체는 나쁘지 않아. 가문이야 말할 것도 없고.'

전예는 사마연을 몇 번 본 적이 있었다. 귀여워하는 오라버니들 사이에서 밝고 곱게 컸다는 느낌이 들었다. 채염은 대체로 밝지만 가문이 당한 비극 탓인지, 어딘지 모르게 그늘진 느낌이 있었다. 거기에 비하면 사마연은 해맑은 쪽에 가까웠다. 서늘한 눈매에 몸매는 버드나무 가지처럼 늘씬하니 용모도 빼어났고 학문뿐만 아니라 무술도 제법 익혔다.

'문제는 전하의 마음이 어느 분께 향해 있느냐 하는 것이다.'

사마 가문이 이해가 안 가는 건 아니었다. 그들은 용운에게 해준 일들에 비해 별로 받은 게 없었다. 물론 예전에 용운의 조언을 따라 난을 피했고 가문의 여러 인물들이 요직에 앉아 있기도 했다. 그러나 그 대가로 그들은 가문 전체가 터전을 버리고 용운을 따라와 모든 것을 아낌없이 바쳤다. 사마 가문의 재력과 명성, 무수한 인재들은 업성에서뿐만 아니라 유주국이 빨리 자리 잡는데도 큰 역할을 했다. 그 모든 것들이 용운의 후계자가 쭉 정해지지 않는다면 물거품이 될 수도 있다. 당연히 혼인이라는 강력한 끈으로 이어두고 싶을 것이다.

'허나 그랬다간 유주국 내에서 그들을 견제할 세력이 아예 없어지는 게 문제다.'

전예가 잠깐 동안 자신만의 세계에 빠져 있을 때였다. 채염이 조심스럽게 그를 불렀다.

"국양 님…? 차가 식습니다."

"아아, 문희 님. 죄송합니다. 뭐 좀 생각하느라."

"저 때문에 고민이 느셨죠? 전하의 후계를 어떻게든 알려야 하는데, 제가 왕후 자리에 앉기에는 너무 부족하니까요."

그는 차를 마시다 말고 손사래를 쳤다.

"천만에요. 그런 것이 아닙니다. 반대를 위한 반대를 하는 자들이 있어서 문제지요."

채염은 차분하면서도 처연하게 웃었다.

"다들 전하를 생각해서 하는 반대겠지요."

전예는 그런 채염이 안쓰러웠다. 두 사람이 서로 깊이 사랑하게 됐다는 것은 가까이에서 지켜본 자신이 제일 잘 알 것이다. 거기에 이런저런 정치적인 문제들이 얽히니 두 사람만의 사랑으로 놔둘 수가 없게 됐다. 어쨌거나 이제 용운의 아이까지 가졌지 않은가. 전예는 그녀의 근심거리를 늘리기 싫었다. 모르긴 해도 임부와 아이에게도 좋지 않으리라.

"염려 마십시오. 전하께서는 문희 님만 마음에 품고 계십니다. 돌아오시는 즉시 정식으로 왕후에 책봉하는 일을 진행해보겠습니다."

"제게 과분한 일이지만 그래도 고맙습니다. 국양 님께는 늘 신세만 지네요."

"전하께서 은애하는 분을 보살피는 건 당연합니다."

전예의 말에 채염은 뺨을 살짝 붉혔다.

그때 문 밖에서 갑작스러운 소란이 일었다.

"안 됩니다. 지금 손님이 와 계셔서…."

"어허, 날 모르느냐? 나 양덕조다. 오라비가 동생을 좀 보겠다는데 왜 막는 것이냐? 그 손님이 누구기에?"

양수가 찾아와 시녀와 실랑이를 벌이고 있었다. 채염의 얼굴에 홍조 대신 당황한 기색이 떠올랐다.

"덕조 오라버니가 갑자기 왜⋯."

전예는 착 가라앉은 목소리로 물었다.

"문희 님, 아니 마마. 저자는 본래 이렇게 맘대로 자주 드나듭니까?"

마마라는 호칭과 전예의 질문. 여기에는 여러 가지 의미가 내포되어 있었다. 용운의 아이를 가진, 곧 왕후가 될 수도 있는 여인으로서 외간남자를 함부로 집에 들여서야 되겠냐는 간접적인 책망도 함께.

총명한 채염은 그 의미를 바로 알아들었다. 그녀는 당황하지 않고 조용히 고개를 저었다.

"처음 오라버니가 전하게 투항하여 지난 죄를 사면 받았다 했을 때, 오랜만이라 반가운 마음에 인사를 나눴습니다. 한데 그 후에도 예고 없이 자주 찾아오기에 분명하게 거절 표시를 했습니다. 전하의⋯ 아이를 가진 후에는 더더욱요."

"그런데도 무시하고 멋대로 왔다는 거군요?"

"예⋯."

"알겠습니다. 무례를 용서하십시오. 그리고 방 밖으로 나오지 말고 가만히 앉아 계십시오."

일어서는 전예의 입가로 묘한 웃음이 스쳤다.

'제 맘대로 온 거라 이거지?'

채염의 경호를 맡은 두 여자 흑영대원 27호와 28호는 진지하게 고민 중이었다. 바로 양수의 목을 따도 윗선에 추궁당하지 않을까 하는 고민이었다. 둘은 심각하게 전음을 주고받았다.

— 확, 질러버리고 보고하는 건 어때.

— 하지만 관승이라는 엄청난 장수가 투항해오면서 조건으로 내걸었다며. 저자를 함께 받아들여달라고. 그런데 함부로 해쳐도 될까?

— 끙…. 그런데 자꾸 문희 님께 지분거리잖아!

둘은 양수가 세 번째 찾아왔을 때부터 채염이 완곡하게 거부 의사를 표시하는 걸 봤다. 다섯 번째에는 천치라도 알아들을 정도로 확실하게 얘기하기까지 했다. 그런데도 무시하고 계속 찾아오더니 지금은 이를 막는 시녀에게 행패를 부리고 있었다.

"천한 것이, 감히 내가 어떤 가문 출신인 줄 알고 함부로 앞을 가로막는 거냐!"

양수가 시녀를 거칠게 을러댔다. 결국 화가 난 시녀도 언성을 높여 대꾸했다.

"가문과는 무관하게 분명 거절을 했음에도 여인 혼자 지내는 처소에 이렇듯 뻔질나게 찾아오는 게 제대로 된 사내가 할 일입니까?"

"뭐라고? 이년이…."

양수는 음습한 표정으로 옆구리의 검을 뽑았다.

"죽고 싶어 환장했구나."

시녀의 얼굴이 새파래졌다. 똑똑하지만 착하기만 한 아씨가 난감해하던 게 떠올라 쏘아주긴 했는데, 졸지에 명줄이 위태로워졌다. 막말로 명문가 사대부의 손에 시녀 하나 죽어나간다고 해서 신경 쓸 사람은 거의 없었다. 단, 유주국은 그런 부분이 많이 달랐지만, 타지에서 이주해오자마자 채염을 시중들게 된 시녀는 그런 사정을 잘 몰랐다. 시녀는 검을 치켜드는 양수를 보고 눈을 질끈 감았다.

― 안 되겠다.

27호와 28호가 눈짓을 주고받은 직후였다.

"정녕 죽고 싶으냐, 양덕조?"

겨울이 가까워진 만큼 싸늘해진 날씨보다 더욱 차가운 목소리가 앞마당에 울렸다. 그 음성이 검을 치켜든 양수의 팔을 붙잡았다.

"구, 국양?"

획! 바람처럼 나타나서 양수의 검을 맨손으로 잡아챈 전예가 말했다.

"변절자 주제에 전하께서 가엾게 여겨 받아주셨으면 처박혀 조용히 지낼 것이지, 대낮부터 시정잡배처럼 여인이나 집적거리는 것밖에 할 일이 없나? 그렇게 한가한가?"

27호와 28호는 하마터면 꺄악 하고 함성을 지를 뻔한 것을 겨우 참았다. 양수는 분노로 얼굴이 검붉어질 지경이었으나, 감히 전예에게는 함부로 하지 못했다. 순욱이 밝은 유주국의 2인자라면, 그는 어두운 부분의 1인자이자 절대자였다. 용운으로 하여금 어두운 세계까지 신경 쓰지 않도록 하는 게 그의 일이었으니까.

어둠은 온전히 전예만의 세상이었다. 전예는 용운의 그림자이자, 용운이 가진 악의와 추함을 형상화한 존재나 마찬가지였다. 전예가 있기에 용운은 능력 있지만 세금을 빼돌린 가신을 직접 손대지 않고 처벌할 수 있었다. 전예가 있기에 용운은 아끼는 이들을 의심하지 않을 수 있었다. 전예가 있음으로 해서 효과적인 대신 비열하기 짝이 없는 책략이나 첩보전을 시행할 수 있었다. 괜히 유주의 저승사자라 불리는 게 아니었다.

양수는 이를 악물고 간신히 대꾸했다.

"말씀이 과하십니다, 국양 님. 시정잡배라니요."

"사실만 말했을 뿐이다. 오늘 이후 함부로 문희 님의 집에 드나들지 마라. 경고다."

"하, 유주국에서는 남녀 사이의 일까지 강제합니까? 난 문희의 목숨을 구해준 은인이며 오래 알아온 남매나 마찬가지입니다. 하다못해 그녀가 유부녀도 아닌데 무슨 권리로? 살기 좋다 좋다 말은 많으면서, 정작 이런 기본적인 것까지 통제하는데 무슨 북부의 낙원이라는 겁니까?"

꼴에 배운 건 많아서 말은 청산유수였다. 전예는 양수를 당장에라도 쳐 죽이고 싶은 충동을 간신히 참고 있었다. 꼭 이 일 때문만이 아니더라도 그가 유주성 내의 여러 유력 인사들을 찾아다니며 수상한 움직임을 보이는 자체가 거슬렸다. 특히, 용운과 채염 그리고 양수 자신의 과거를 두고 은연중에 묘한 여운을 남기고 다녔다. 직접적으로 말하지는 않았지만, 마치 용운이 자신과 채염의 사이를 알고도 제 여자를 채갔다는 식의 어조였다. 그러면서 용운과 채염에게 동시에 흠집을 냈다. 이 또한 알게 모르게 채염이 왕후가 되는 데 반대 요소로 작용하고 있었다.

그 때문일까. 빈정대듯 느물거리는 양수의 기를 확 꺾어놓고 싶었다. 그의 얼굴이 좌절과 포기로 물드는 걸 보고 싶었다. 이에 전예는 그답지 않은 실수를 해버렸다.

"회임하셨다."

"…뭐요?"

말을 내뱉은 후에야 전예는 실수를 깨달았다.

'아차!'

그러나 이미 흘린 말을 주워 담을 수 없었다. 또한 한 번 들은 말을 대충 넘어갈 정도로 양수는 허술한 위인이 아니었다.

"방금 뭐라고 하셨습니까? 문희가… 회임했다고요? 혼인도 하지 않은 여자가 아이를 가졌다는 말입니까? 이거야말로 벌 받을 소리…."

어쩔 수 없다. 어차피 전예는 채염을 왕후로서 밀어주기로 작정했다. 중립을 지켜야 할 입장이지만, 그러기에는 그녀의 기반이 너무 약했다. 무엇보다 주인이 진심으로 사랑하는 여자였다. 여기서 그녀가 더 더럽혀지면 곤란했다.

"다 알면서 무슨 헛소리를 하는가? 당연히 전하의 아이다. 전하께서 문희 님을 어여삐 여겨 곁에 두시는 걸 알면서 그런 망발을 하는 건가? 아니면, 장차 왕후가 될 분을 문란하다고 폄하라도 하고 싶나?"

"…."

잠깐 굳었던 양수는 곧 표정을 풀고 말했다.

"그랬군요. 이거, 축하할 일입니다. 제가 그런 줄도 모르고 큰 결례를 했습니다. 진작 알았더라면 근처에 발길도 안 했을 것을."

"…알았으면 다음부터 주의하도록."

"명심하겠습니다."

"그리고 이 일은 당분간 공개하지 않을 것이니 함구하라. 밖에서 말이 나돈다면 네 소행이라 여기고 죄를 물을 터이니."

"예, 그러지요."

양수가 상쾌할 정도로 깨끗이 물러나자, 전예는 오히려 찜찜해졌다. 양수의 뒷모습이 사라진 뒤, 전예가 말했다.

"27, 28호."

두 대원은 즉시 모습을 드러냈다.

"옛, 대장님!"

"들었겠지? 문희 님의 경호 인원을 더 늘리고 싶지만, 쓸 만한 여자 대원이 너희 둘뿐이니 대신 더욱 경계를 강화하라."

"목숨 걸고 지키도록 하겠습니다!"

전예는 양수를 감시하는 인원도 더 늘려야겠다고 생각했다. 어쩐지 기분이 좋지 않았다. 아무리 '유주의 저승사자'라 불리는 전예라도 사람의 마음속까지 읽지는 못했다. 만약 그가 양수의 마음을 읽었다면 결코 그를 그냥 보내지 않았을 것이다. 문희의 집에서 멀어진 양수의 얼굴이 질투와 분노, 희열이 뒤섞여 기이하게 일그러졌다.

'드디어 찾았다.'

진용운에게 진정한 슬픔과 좌절을 안겨줄 수 있는 방법을. 양수가 보기에 진용운은 겉으로는 모든 이를 아끼고 돌보는 것 같았지만 사실 매우 냉정한 일면이 있었다. 일례로 돌아다니면서 주워 들은 청몽이라는 호위무사와의 관계가 그랬다. 한때 둘 사이에 염문설이 돌았는데, 어느 순간 확실하게 선을 그은 모양새였다. 남 생각할 것 없이 당장 양수 자신과의 일만 해도 마찬가지였다. 성혼단의 삭초라는 적장과 싸웠을 때, 나름 전공을 세웠다고 생각했는데 인정받지 못했다. 결정적으로 북부 전선의 수성전에서 정신적·체력적으로 한계에 달하도록 몰아붙여졌다.

'물론 내가 성혼단 쪽에 붙은 건 맞지만, 애초에 내키지 않는 변방 전선으로 강제로 보냈으니 그 사달이 난 거잖아.'

자신은 분명 책략에 소질이 있었지만, 그런 야전 참모 격에는 어울리지 않았다. 그보다 후방에서 조언하는 쪽이 적성에 맞았다. 사람을 잘 쓰기로 유명한 진용운이 그런 사실을 몰랐을 리 없었다.

'나를 문희와 떼어놓으려고 말이야.'

그런 상태에서 심신이 정상이긴 어려웠다. 그나마도 납치당하다시피 하여 회유된 것인데, 진용운은 자신을 배신자로 낙인찍은 뒤 구하려는 시도조차 하지 않았다.

'아니, 이제는 어쨌든 상관없다.'

어느 순간부터 머릿속이 안개가 낀 것처럼 어둡고 뿌연데, 다른 한편은 평소보다 더욱 생각이 잘 돌아갔다. 회유당한 것인지, 아니면 스스로의 선택이었는지도 이제는 헷갈렸다. 어디서부터 잘못되기 시작했는지도 알 수 없었다.

'분명, 나도 한때는 진용운을 우러러보며 진정한 주군 감이라 여긴 적이 있었는데.'

확실한 건 한 가지. 지위를 이용해 자신에게서 사랑하는 여인을 빼앗아가고 배신이라는 명목으로 제 허물을 묻어버린 위선자를, 고통 속에 무릎 꿇게 만들어야 편히 잠들 수 있을 듯했다. 그날 이후, 진정한 자신의 마음을 들여다본 날부터 하루도 편히 자본 적이 없었다. 그런 자가 성군이라며 칭송받을 때마다 양수는 속이 뒤틀려 견디기가 어려웠다.

여자만으로는 부족하다고 생각했다. 하지만 '제 아이를 가진 여자'라면 얘기가 다르다. 최고의 순간에 최악의 나락으로 떨어뜨려주리라. 그래서 그의 얼굴을, 그 선한 척하는 가증스러운 얼굴을, 너무도 아름다워서 더욱 치 떨리는 얼굴을 지금의 자신과 같은 표정으로 만들어주고 싶다고, 양수는 어둑한 제 방의 동경(銅鏡, 구리로 만든 거울)을 보며 진심으로 열망했다.

18

신급현 전투, 서막

양웅과 석수가 제거되었다는 소식은 곧 송강의 귀에 들어갔다. 정보를 알려준 것은 병주에서 보낸 간자들이었다.

"그 둘은 병마용군이 없어서 상대적으로 동태를 파악하기 어려웠는데, 병주목이 우리에게 붙은 덕에 빨리 알게 됐군."

송강은 크게 동요하지 않고 담담하게 말했다.

"장막의 자체 전력으로는 절대 불가능한 일이니…. 관승이 나서기라도 한 걸까요?"

병마용군 가영의 물음에 송강이 답했다.

"글쎄. 관승이 그자들을 경멸하긴 했지만, 일대일이라면 몰라도 피와 고기를 충분히 섭취한 그 둘을 한꺼번에 상대하기는 어려울 텐데. 아마 예상대로 진용운이 처리한 게 아닐까?"

진용운이 얼마나 강해졌는지는 이미 알고 있었다. 그 관승을 제압하여 이겼을 정도니까. 그래도 가영은 그가 혼자서 두 괴물을 죽였다는 사실이 믿기 어려웠다.

"좌우간 큰 전력을 잃었군요. 이렇게 빨리 처리할 줄은…. 별로 시간을 벌지 못한 것 같습니다."

송강은 천천히 고개를 저었다.

"뭐, 상관없어. 어차피 그 둘은 진용운이 잠시라도 자리를 비우도록 만들기 위한 패인 동시에, 유주국 각 성의 대응 능력이 어느 정도인가를 알아보기 위한 거였어. 궁기를 통해서 보니 그새 양수라는 자의 어둠이 더욱 깊어졌더군."

"호오, 그렇습니까."

"아마 진용운이 돌아갈 때쯤에는 일을 벌여줄 거야. 양웅과 석수의 파견은 애초에 세 가지 시련에도 들어 있지 않았어."

송강은 진용운을 진정한 왕으로 거듭나게 하기 위한 세 가지 시련을 스스로 계획하고 앞으로 차근차근 실행할 예정이었다. 좌자가 용운에게 경고한 시련이 바로 이것이다. 그 첫 번째는 '상실'의 시련이었다. 그가 가장 흔들릴 때가 언제였는가. 매번 곁의 소중한 이들을 잃었을 때였다. 특히, 이 세계에 온 직후부터 함께한 호위무사이며 나중에 병마용군으로 밝혀진 여자, 검후가 죽었을 때는 성정이 변하고 머리색이 바뀔 정도의 영향을 받았었다.

'감정적으로 지나치게 동요하는 것은 세상을 지배할 왕으로서 적합하지 못하다. 이를 이겨내거나, 아니면 완전히 무너질 뿐.'

그러나 용운이 소중히 여기는 이들은 이제 너무도 강해져버렸다. 원래 역사보다도 훨씬. 그들 스스로가 용운에 대한 충성심으로 단련을 거듭한 결과였다. 그 사실이 송강은 영 못마땅했다. 특히, 조운이나 여포 같은 자는 고위 천강위하고도 붙어볼 만했다. 이는 용운이 그들을 '잃도록' 하기가 어렵다는 뜻. 또한 그들은 대부분 대군 속에 있어서 표적으로 삼기가 더 까다로웠다.

"그래서 문관 쪽을 노리자니 그 전예라는 녀석이 철통같이 지키고 감시하고 있어서 영 거슬린다니까."

"이 시대의 인물이라는 게 믿기지 않을 정도로 요인 경호와 정보를 다루는 데 뛰어나더군요. 그나마 이제 유주 본성에는 성혼교 신도를 투입하기도 어렵게 되었습니다."

그런 과정에서 송강은 한 가지를 알게 되었다. 양수가 깨달은 것과 같은 용운의 일면이었다. 용운은 마음이 엄청 약한 것 같지만, 의외로 냉정한 부분이 있다는 것. 사천신녀야 원래 영혼으로 묶인 존재이니 제외. 그 밖에 진궁의 사후, 용운이 진정으로 아끼는 존재, 너무도 소중해서 잃기를 두려워할 정도의 인물은 의외로 몇 되지 않았다.

'그런 성정을 확실히 눈뜨게 해준다면. 아냐, 아예 잃을까 겁내는 대상 자체를 다 없애버린다면?'

과연 그때 진용운은 또 어떻게 변할까. 피도 눈물도 없는 진정한 의미에서의 정복자가 되어, 대륙뿐만 아니라 세계를 유린하는 아들을 본다면 진한성은 어떤 표정을 지을까. 결정적으로 그렇게 만든 세계가 결국 미래의 중화민국이 된다면? 첫 번째 시련의 실행을 앞둔 지금, 송강은 그 순간이 너무도 궁금하고 기대되었다.

용운이 손책에게 원군을 파견하고 유주에 출몰한 괴인들을 처리할 무렵.

중원에서 벌어지는 조조와 원술의 전쟁은 더욱더 한 치 앞을 내다보기 어려운 양상으로 빠져들고 있었다.

먼저 우세를 점하여 재미 본 쪽은 조조였다. 조조는 오용을 숙청하려다 그가 숨겨온 힘을 드러내는 바람에 허를 찔렸다. 오히려 오용의 공격으로 진등을 비롯한 가신들을 잃고 조조 자신도 위험에 처한 것이다. 다행히 허저의 분전 덕에 겨우 탈출했지만, 극도의 피로와 허탈감을 느꼈다. 업성에 있던 채염을 빼앗긴 일, 총군사였던 자가 알고 보니 아버지를 살해한 원수였다는 것, 원술과의 계속되는 전투 등 한꺼번에 들이닥친 고난들 탓이었다. 그는 배에 누운 채로 하염없이 떠내려가다가 한 어촌 마을에 닿았다. 거기서 두습이란 인재를 만나, 과거의 학살에 대해 반성하게 되고 그를 등용했다.

두습의 자는 자서(子緒)로, 인재가 많은 영천이 고향이었다. 영천 출신 인재를 열거해보자면 종요, 순욱, 순심, 순유, 곽도, 신평, 곽가, 진군, 사마휘, 서서 등 끝도 없으니 그야말로 인재의 땅이라 할 만했다. 그 인재들은 문관이나 책사가 대부분이었다. 정사에서의 두습은 본래 성품이 온화하고 야심이 없는 편이어서, 난을 피해 한동안 형주에서 지내며 따로 벼슬도 하지 않았다. 조조가 황제를 허도로 데려간 후에야 고향으로 돌아와서 임관, 서악현의 현령이 된다.

서악현은 남쪽의 변방 근처라 땅이 황폐하고 도적떼가 들끓었다. 두습은 최선을 다해 서악현을 정비하는 한편, 백성들을 돌보고 장정을 뽑아 치안을 유지했다. 이에 도적떼 만여 명이 서악현을 침공해오자, 두습은 최선을 다해 싸웠으나 워낙 전력 차이가 커 퇴각해야만 했다. 그 와중에 부하와 백성들 대부분이 죽고 다쳤지만, 누구 하나 두습을 배반하는 이가 없었다. 그 사실을 안 종요가 조조에게 표를 올려 두습의 승진을 천거하고 순욱도 그를 칭찬했다. 조조는 두습을 불러 왕찬, 화흠 등과 함께 시중에 임명했으며 크게 신임했다.

본래 역사와 많은 것이 달라졌으나, 서주에서 용운과 손잡은 왕찬과 달리, 두습은 결국 조조를 만나게 되었다. 용운이 먼저 손을 쓰지 않을 경우, 대체로 역사는 원래의 흐름을 따라가려는 성질이 있었다. 왕찬은 호연작, 진명 등 천강위의 인물들과 얽히는 바람에 또 조조와 어긋난 것이다. 순욱과 곽가에서 시작해 사마의까지, 원래 조조에게 갔어야 할 문관과 책사 대부분을 용운이 빼앗은 지금, 두습은 매우 귀한 인재였다.

두습은 조조와 오랫동안 대화하며 생각했다.

'식견이 높고 현명하면서도 과감하다. 무엇보다 인재를 쓰는데 있어 거리낌이 없다. 지나치게 격정적인 면만 주의한다면 이상적인 군주가 될 만하다.'

그는 자신이 조조를 제어하는 역할을 맡기로 결심했다. 앞으로 다시는 조조가 복양성에서의 대학살과 같은 실책을 저지르지 않도록 보좌하겠다고. 그게 곧 백성들을 편안하게 하는 길이었다. 조조는 두습을 얻은 일이 매우 기꺼웠다. 거기에 우금이 영릉현과 양국을 점령했음을 알게 되자 용기백배했다.

"하늘이 아직 이 조조를 버리지 않으셨구나!"

조조는 양성에서 그대로 동쪽으로 진격하여, 내친김에 패국까지 함락하려고 마음먹었다. 이를 위해 영릉성으로 우금을 불러들이고 그를 건의장군에 임명하는 한편, 달아난 오용과 동평 등을 찾는 일도 게을리 하지 않았다. 조조는 오랫동안 자신을 기만해온 그 둘에게 반드시 복수할 생각이었다.

다른 한편에서는 하후돈이 이끄는 정예부대가 원술의 근거지이자 심장부인 여남을 향해 치고 내려가고 있었다. 하후돈은 진류성에서 정립의 철벽같은 수비에 막혀 한동안 고전했었다. 그러나 유엽이 만든 공성병기인 정란과, 하후연, 조창 등 뛰어난 장수들의 활약으로 마침내 성을 빼앗았다. 하지만 정립은 퇴각하면서까지 화공을 펼쳐 조창에게 중상을 입히는 등 하후돈으로하여금 이를 갈게 만들었다.

남하하던 조조군은 그대로 개봉을 지나쳐, 위지현 인근에 진채를 꾸리고 잠시 휴식을 취했다. 그때 부장 하나가 지휘부 막사로 말을 달려와 하후돈에게 보고해왔다.

"대장군, 손관이 장패라는 자를 데려와 뵙길 청하고 있습니다."

"오오, 손관이! 작전이 성공한 것인가?"

하후돈은 뛸 듯이 기뻐하며 즉시 두 사람을 부르도록 했다. 잠시 후, 손관과 장패가 함께 막사로 들어왔다. 장패는 여포의 수하이자 의동생으로, 허창에서 원술군의 포로가 된 뒤 그대로 허창을 지키고 있었다. 그러나 이는 휘하에 거느린 수백 명 패거리들의 안위 때문일 뿐, 여포에 대한 그리움은 여전했다. 마치《삼국지》에서 유비의 생사를 몰랐던 관우가 잠시 조조에게 의탁했던 상황과 비슷했다.

그때 도겸 밑에서 함께 싸웠던 손관이라는 자가 찾아와 뜻밖의 제안을 했다. 바로 조조군이 허창을 칠 때 맞서 싸우지 말고 피해 달라는 것이었다. 대신 무사히 조조군 진영을 지나서 여포에게 돌아갈 수 있도록 해주겠다는 조건을 걸었다.

이것은 사실 허창의 방어선을 약화하고 진격작전을 돕기 위한 조조 측의 책략이었다. 고심하던 장패는 결국 그 제안을 수락했다. 사실상 수하들을 모두 데리고 원술 진영을 무사히 벗어날 가능성이 있는 마지막 기회였기 때문이다. 이런 사연으로 손관을 따라 북상하던 중 도중에 하후돈의 부대와 맞닥뜨린 것이다.

"하후 장군님을 뵙습니다."

손관의 포권에 하후돈은 흡족한 기색으로 그의 어깨를 두드렸다.

"손 장군, 정말 수고했소."

"아닙니다. 이 사람이 장패 선고입니다."

"반갑소이다. 나는 하후 원양이라 하오. 제안에 응해줘서 고맙소."

손관의 옆에 있던 장패가 사뭇 공손히 인사를 받았다.

"원술에게 사로잡혀 아군에게 돌아갈 날만 기다리고 있던 중 이 장 모를 좋게 보아 묘안을 제시해주셨으니 저야말로 감사할 따름입니다."

"흐음."

하후돈이 새삼 장패를 보니 늠름하고 기골이 장대하여 슬그머니 탐이 났다. 그는 은근한 말로 장패에게 회유를 시도했다.

"선고 공, 유주까지는 천 리가 넘는 먼 길이오. 우리 주공께서는 인재를 아끼시고 지난 일에 연연하지 않으니, 그러지 말고 우리와 손잡는 게 어떻소? 수락한다면 내 직권으로 바로 진류성을 그대에게 맡길 수도 있소."

듣고 있던 손관의 눈이 커졌다. 진류성을 맡긴다는 건 장패를 진류태수로 임명하겠다는 뜻. 더구나 갓 투항한 사람에게, 이는 실로 파격적인 제안이었다. 하후돈은 장패의 겉모습 외에 다른 것도 봤다. 원술에게 오래 사로잡혀 있었음에도 불구하고 끝내 넘어가지 않은 점. 천 리 길을 마다 않고 여포에게 돌아가려는 충성심. 제 사람들을 끝까지 거두려는 의리 등을 높게 평가한 것이다.

그러나 장패는 하후돈의 제의를 일언지하에 거절했다.

"그럴 거였으면 애초에 여기까지 오지도 않았을 것입니다. 그냥 허창에 주둔해 있다가 귀공의 부대가 진격해왔을 때쯤 군사를 일으켜 내응하는 편이 훨씬 나으니까요. 송구하나 이미 제 마음은 정해졌습니다."

그의 마음이 확고함을 보고 하후돈도 더 권하지 않았다.

"그렇군. 아쉽지만 어쩔 수 없구려. 오느라 힘들었을 테니 오늘 밤은 아군 진영에서 푹 쉬고 내일 일찍 출발하는 게 어떻소? 진류와 복양, 업성 쪽에도 미리 말해둘 테니 염려 마시오."

"호의에 감사드립니다."

아닌 게 아니라, 장패 일행은 원술군의 눈을 피하며 최대한 빨리 움직이느라 녹초가 되어 있었다. 허창을 떠난 직후부터 이제까지 거의 쉬지 않고 이동해온 것이다. 장패는 그 제안까지는 거절하지 않고 순순히 응하고서 물러갔다.

장패가 수하의 안내를 받아 자리를 떠난 후, 유엽이 하후돈에게 다가와서 말했다.

"제가 보아하니 장패의 기상이 예사롭지 않습니다. 따르는 자들 또한 비록 수는 적지만 하나같이 상당한 기세를 내뿜고 있었습니다. 저들이 여포에게 돌아가 합류하면 훗날 큰 화근이 될 것이니, 차라리 지금 제거하는 게 어떻습니까? 어차피 허창의 방어선을 약화시킨다는 목적은 달성했으니까요."

유엽은 업성과 경계가 맞닿은 지역을 다스리는 여포를 늘 경계했기에 나온 말이었다.

손관이 크게 분노하여 일갈했다.

"그러려거든 이 자리에서 이 손 모의 목을 먼저 치시오. 본인은 내 목숨을 담보로 선고(宣高, 장패의 자)의 안전을 보장했소. 그는 나와 주공의 이름을 믿고 제안에 응한 것인데, 어찌 그런 생각을 한단 말이오?"

하후돈은 내심 유엽의 제안에 솔깃했으나, 손관의 말 쪽에 더 명분이 있었다. 또 장패를 죽이는 것도 그다지 내키지 않았다. 그렇다고 유엽을 나무랄 수도 없었으므로 그는 손관을 다독이는 한편 좋은 말로 유엽의 제의를 거절했다.

"진정하게, 손 장군. 나 또한 이런 일로 주공의 신의에 금이 가도록 하고 싶지 않네. 선고는 약속대로 아군 진영을 무사히 통과할 걸세."

"감사합니다, 장군."

"그리고 자양(子揚), 주공을 생각하는 충심에서 한 말이라는 걸 알지만, 이런 상황에서는 적합하지 않은 계책인 듯싶소. 없던 일로 합시다."

"알겠습니다."

"밤이 늦었으니 이제 다들 돌아가보시오."

하후돈은 막사에서 모두를 내보낸 뒤, 천천히 생각을 정리했다. 원술이 바보가 아닌 이상 확실히 자기 사람이 된 것도 아닌 장패에게 허창을 온전히 맡겨둘 리는 없었다. 설령 그의 뜻이 그렇다 해도 화흠이나 가후가 방관하지 않을 것이다.

'장패에게 허창의 수비 임무를 맡긴 것은, 그를 묶어두기 위한 핑계임과 동시에 시간을 두고 회유하기 위한 것이겠지.'

그러나 알아본 바에 의하면 장패가 실질적으로 직접 부릴 수 있는 인원은 그 휘하의 패거리 수백일 뿐. 허창을 수비하는 군대의 진짜 지휘관은 따로 있었다.

'그렇다 해도 장패의 이탈은 심적으로도 혼란을 불러올 터. 허창의 부대가 쉽게 움직이기 어려워질 것이다. 일부라도 장패를 쫓아 북상해준다면 더 바랄 나위가 없고.'

이대로 여남을 공격해 손에 넣는다면? 하후돈은 그런 생각만 해도 기분이 짜릿했다. 그가 본 조조는 천하의 주인이 될 자격을 가진 유일한 남자였다. 지금까지 뭔가 이룰 듯하다가 이상하게 문전에서 가로막히곤 했다. 만약 조조가 여남을 손에 넣고 원술을 격파한다면, 북쪽의 진용운, 남쪽의 유표와 더불어 3강 체제를 이루게 된다. 천하의 주인으로 한 걸음 더 나아가는 것이다. 이 전쟁의 승리로, 이번에야말로 자신의 소중한 사촌이자 존경하는 주군인 남자에게 날개를 달아주겠다고 하후돈은 다짐했다.

허창의 부대를 통솔하는 장수는 원술의 수하인 진기(陳紀)였다. 정사에서는 199년경 조조와의 전투에서 대패한 뒤 붙잡혀 처형당하나, 원술과 조조의 전쟁이 이제야 다른 형태로 벌어짐에 따라 자연히 생존해 있었다. 진기는 며칠 전 비로소 장패의 탈주 사실을 알았다. 장패가 이미 하후돈과 접촉한 시점이었다. 진기와 장패는 본래 서로 왕래가 거의 없었던 데다 그다지 사이가 좋지도 않아서 알아차리는 게 더 늦었다.

진짜 지휘관은 진기 자신인데, 총책임자로는 장패가 임명된 어정쩡한 상황이다. 서로 어색하지 않을 수가 없었다. 진기가 장패에게 사람을 보낸 건 우연이었다. 진류성이 함락됐다는 소식이 들려왔기에 전선을 올려 개봉으로 원군을 보내야 할지에 대해 의논하기 위해서였다. 한데 찾아간 수하가 번번이 허탕을 치고 돌아왔다.

"아프다고?"

"예. 병에 걸려서 심하게 앓는답니다."

"흐음. 약재라도 보내줘야 하나."

처음에는 예사롭게 넘겼던 진기는 이런 일이 반복되자 점차 장패가 수상해졌다. 이때까지만 해도 설마 달아났으리라고는 생각지 못했다. 그저 꾀병을 핑계로 뭔가 수작 부리는 건가 하고 여겼을 뿐이다. 예를 들면, 출병하기 싫어서라거나.

결국 그는 자신이 직접 장패를 찾아가보기로 마음먹었다. 아무리 아프다 해도 반드시 얼굴이라도 보고 돌아올 생각이었다. 역시나 저택 입구를 지키던 장패의 수하들은 고집스레 같은 말을 반복했다.

"주공께서 많이 편찮으십니다."

"다음에 다시 와주십시오."

진기는 슬며시 짜증이 치밀었다.

"얼굴만 보고 돌아갈 것이니 비켜라."

"안 됩니다. 전염되는 병이라 위험할 수도 있습니다."

"그런 병이라면 더더욱 확인하고 의원이라도 보내야겠다."

"괜찮습니다. 저희가 알아서 하겠습니다."

진기는 갑자기 이상한 기분이 들었다. 장패의 저택은 수백 명의 수하들이 머무르기에 제법 규모가 큰 편이었다. 자연히 부리는 이들도 많아서 늘 시끌벅적하고 분주한 분위기였다. 한데 기척이 전혀 느껴지지 않았다. 마치 빈집처럼. 그 사실을 깨달은 순간, 진기는 검을 빼들었다.

"비키지 않는다면 죽이겠다."

그러자 눈짓을 주고받은 장패의 수하들이 진기를 향해 달려들었다. 비록 명장들만은 못해도 진기 또한 명색이 장수였다.

"놈들, 무슨 수작이냐!"

그는 장패의 수하들을 베어 쓰러뜨리고 대문 안으로 뛰어들었다.

"선고 님! 이 진기가 긴히 의논할 일이 있어 찾아왔소이다!"

대답은 들려오지 않았다. 저택 안은 괴괴했다. 쾅! 방문을 열어 젖힌 진기는 이를 악물었다. 방이 텅 비어 있었다. 한눈에 보기에도 사람이 살지 않은 지 제법 되었다.

'주공의 은혜를 저버리고 달아난 건가? 그래 봐야 독 안에 든 쥐다. 어디까지 가겠다고….'

진기는 장패를 찾기 위해 즉시 사방으로 병사를 풀었다. 장패의 무리가 수백에 달하며 달아난 방향도 정확히 모르다 보니 상당히 많은 수의 병사를 보내야 했다. 뜻밖의 소식이 날아온 건 그 무렵이었다.

"급보입니다!"

입에 거품을 문 말 한 마리가 진기의 저택 앞으로 날듯이 달려왔다.

"무슨 일인가?"

서신을 받아든 진기는 크게 놀랐다. 진류성을 격파한 조조의 대군이 곧장 남하 중이라는 소식이었다. 예상보다 훨씬 빨랐다.

'개봉성을 그냥 지나쳐버렸단 말인가?'

서신은 양하현에 도착한 정립이 보낸 것이었다.

— 곧, 문화(文和, 가후의 자) 님이 양하현에 당도할 것이다. 그 즉시 군사를 일으켜 함께 신급현으로 향할 것이니, 그대는 장패와 더불어 허창의 군사를 모조리 이끌고 먼저 움직이라. 결코 적군이 신급현을 통과하게 해서는 안 된다.

신급현은 허창과 양하현 사이에 위치했으며, 여남으로 향하는 길목에 있는 요지였다. 서신을 보고 난 진기는 골치가 아팠다. 장패가 달아난 건 그렇다 치고 조금만 빨리 연락을 받았어도 추격대를 파견하지 않았을 것 아닌가. 이제 다시 파발을 보내 그들을 모두 불러들이는 한편, 군량과 무기 등을 정비하여 출진하려면 아무리 적게 잡아도 닷새는 걸렸다.

'어쩔 수 없구나. 최대한 빨리 준비해서 출발하는 수밖에…'

서둘러 군량 상태부터 확인한 진기는 저도 모르게 눈을 부릅떴다. 곡식이 가득했어야 할 군량창고가 텅 비어 있었다. 알고 보니 상당한 양을 장패가 가져갔으며, 남은 것은 저택을 지키고 있던 수하들이 갖다 팔거나 태워버린 후였다. 그들은 장패와 다른 동료들의 도주를 원활히 해주기 위해 목숨 걸고 남은 자들이었다.

"으아아!"

진기는 격노하여, 장패의 저택 대문에서 죽은 자들 외에 사로잡은 수하들 몇을 모조리 도륙했다. 하지만 분이 조금 풀렸을 뿐, 군량 문제가 막막하기는 마찬가지였다. 이제 그는 결정해야만 했다. 양하현에서 오는 부대를 믿고 군량 없이 출격하거나, 여남에 군량을 요청하고 대기하거나, 이 소식을 양하현 쪽에 알리고 답신을 기다리는 방법 중에서.

'그러고 보니 정립 님은 양하현에서 이미 출발했을지도 모른다. 그렇다면 지금 사람을 보내도 엇갈릴 가능성이 높다. 차라리 여남 쪽에다가 빨리 군량을 요청하는 편이 낫겠다. 어차피 아군이 신급현에서 적을 맞아 싸운다 했으니, 미리 그쪽으로 보내두

게 해놓고 난 여기서 따로 출발하면 되지 않겠는가. 군량이 신급 현에 도착할 때쯤 나도 거기 닿을 테니 말이다.'

진기는 한참이나 끙끙댄 끝에 이런 결론을 내렸다. 나름 묘안 이라는 생각이 들었다. 그로서는 최선의 방책을 택한 것이지만, 이는 얼마 후 최악의 결과로 돌아왔다.

한편, 양하에서는 정립과 가후가 합류했다.

"고생하셨습니다."

가후는 정립이 진류성을 빼앗긴 일을 탓하기보다 그의 노고를 치하했다. 길게 늘어진 전선에서 수천의 병력으로 이곳저곳을 도발하다가, 갑자기 불쑥 나타난 강력한 부대로 하여금 진류성 을 집중 공격했다. 치밀하게 의도된 게 분명했다. 가후 자신이라 해도 대응하기 어려웠을 터였다. 정립은 수염을 쓰다듬으며 쓴 웃음을 지었다.

"허허, 주공께서 믿고 맡겨주셨는데 중요한 진류성을 빼앗겼 으니 면목이 없소."

"어찌 늘 이기기만 하겠습니까. 더구나 이번에 보니 조조가 마 음먹고 진류성을 두드린 듯합니다. 제대로 된 장수도 없는 상태 에서 그만큼이나 버틴 건 정립 님이었기에 가능했습니다."

가후의 말에 그의 뒤에 서 있던 무송이 가슴을 탕탕 쳤다.

"그러게! 나와 노지심만 있었어도 얘기가 달라졌을 텐데."

무송은 여인이지만 근육투성이인 데다 신장은 팔 척에 달했다. 그런 그녀가 가슴을 두드린다고 해서 딱히 민망해지지 않았다.

오히려 패기가 느껴졌다.

무송의 옆에서 노지심도 조용히 거들었다.

"동감."

그녀는 말이 별로 없었고 표정도 없어 무슨 생각을 하는지 알기 어려웠다. 다만, 두 사람 모두 상상을 초월하는 강력한 무인임은 확실했다. 둘을 전장에서 부려본 가후는, 일찍이 자신이 여포 밑에 있었을 때 이 두 사람이 함께했다면 지금쯤 천하를 제패했을지도 모르겠다고 생각했을 정도였다.

"원래 개봉에서 싸우게 되리라고 예상했으나, 적의 움직임이 예상보다 빨라서 전선을 내렸습니다. 뭐, 덕분에 허창의 부대와도 여유 있게 합류하게 되었으니 잘된 일이지요. 보급선도 짧아졌고 말입니다."

정립은 고개를 끄덕여 가후에게 동감을 표했다.

"그렇소이다. 이제 바로 신급현으로 출발해야겠소. 자고로 먼저 전장에 도착하여 준비하고 기다리는 쪽이 유리하니까 말이오."

"제 생각도 그와 같습니다."

가후는 필승을 예상했다. 자신과 정립의 지략에, 천강위급 장수 둘이 더해졌다. 성혼단에 입교한 그는 회의 존재와 천강위에 대해서도 알고 있었다. 그들의 힘은 패국 점령전 때 직접 눈으로 확인하기도 했다. 무송의 정권 한 방에 패성의 두터운 성문이 쪼개지는 걸 보면서, 책략을 무용지물로 만들 힘이란 것이 존재할지도 모르겠다는 망연함이 일었다. 장패가 이끄는 부대까지 힘을 합친다면 지려야 질 수가 없는 싸움이었다.

'조조, 무슨 생각으로 이렇게 막무가내로 움직이는지 모르겠지만, 그대를 과소평가하여 방심하지는 않을 것이다. 다만, 네 본대는 양성 쪽에 있음을 이미 알고 있다. 그러니 영릉과 양성을 차례로 함락했을 테지. 그쪽으로 눈을 돌리게 하고 별동대로 하여금 아군의 근거지인 남양을 치겠다는 수인가.'

가후는 희미하게 웃었다.

'시도는 좋았으나 조금 얄팍하고 무모했다. 별동대라곤 해도 제법 전력을 쏟아부은 모양이더군. 그것을 격파하면 타격이 상당할 테지. 그들을 궤멸시키는 걸 시작으로, 진류성도 다시 탈환하여 전세를 완전히 뒤엎어주마.'

가후와 정립은 곧 무송과 노지심을 앞세워 보무도 당당하게 신급현으로 진격해갔다. 거기서 하후돈이 이끄는 부대를 기다렸다가, 장패와 합류하여 맞아 싸울 생각이었다. 매복, 함정, 위보, 화공. 먼저 도착하면 써볼 계책은 얼마든지 있었다.

병력과 장수의 수는 조조군 쪽이, 책사 및 장수의 수준면에서는 원술군 쪽이 우세했다. 이 시점에서 조조군과 원술군은 각자한 가지씩 크게 오판했다. 조조군은 가후가 곧바로 패국에서 돌아와 이쪽 전선에 합류할 것을 미처 예상치 못했다. 바로 남양으로 진격 중인 부대의 최대 단점이자 약점이었다. 적의 영토 내에서 속도까지 우선시하다 보니 정보를 입수하는 데 취약하다는 것이었다. 좁은 범위의 정찰 수준이 아닌, 전선 전체에 걸친 정보가 없다. 아무리 유엽 등의 책사가 포함되어 있다고 해도, 들어오는 정보가 없는데 모든 걸 예측하기란 불가능했다.

원술군은 장패가 달아나 그로 인해 허창의 상당한 전력이 분산되었으며, 진기가 이끌고 올 삼만의 병력이 군량이 없다시피 한 상태임을 몰랐다. 또 장패가 허창에 머무르는 동안 생각보다 인심을 얻었다는 것도.

조조냐, 원술이냐.

중원의 한 축이 될 세력을 결정짓는 큰 전투가 곧 시작되려 하고 있었다.

19

첫 교전의 결과

장패는 조조군에 합류하긴 거부했지만, 대신 귀한 정보 몇 가지를 알려주었다. 바로 허창의 병력이 대부분 다른 지역으로 이동하리라는 것과, 자신이 그곳의 군량을 거의 없애버렸다는 것 등이었다.

'잘 대우해준 원술에겐 미안하지만, 난 어차피 봉선 형님께 돌아가야만 한다. 그럴 거라면 확실히 달아날 수 있도록 안전장치를 해두는 편이 나아. 인정에 휩쓸려 내 수하들을 위험에 처하게 할 수는 없으니.'

그가 허창을 비워주기만 바란 조조군에게는 결과적으로 예상치 못한 선물이 되었다.

"참으로 잘해주었네."

하후돈은 크게 기꺼워했다. 그는 보답으로 장패에게 좋은 말 수백 필과 식량을 하사했다. 또한 서신을 써서 직접 제 직인을 찍어주었다. 장패의 행위에 대한 나름의 보답이었다.

"아군 영역 내에서 그대들 일행의 신변을 보장하라는 내용일세."

업성에 도착할 시간을 더 앞당길 수 있게 됐으며 안전도 보장받은 장패는 몹시 기뻐했다. 그는 떠나기 직전, 하후돈을 향해 포권하며 말했다.

"이것으로 내 수하들이 다 무사하게 됐습니다. 언젠가 전장에서 적으로 마주할지도 모르지만, 이 은혜는 잊지 않겠습니다. 하후 장군."

"모쪼록 무사히 돌아가길 바라네."

죽여 없앨 상대가 아니고 서로 도움을 주고받았다면, 좋은 인상을 남기는 쪽이 이득이라는 게 하후돈의 생각이었다.

하후돈이 이끄는 조조군은 장패 일행과 일별한 후, 밤낮을 가리지 않고 진격했다. 만일을 대비해 후방을 경계했지만 따로 추격은 없었다. '개봉을 그냥 지나치면서 아군의 움직임이 알려졌을 것이다. 그런데도 쫓아오지 않는다는 것은 개봉에 여분의 병력이 없거나 다른 데서 집결 중이라는 뜻.'

이렇게 유엽은 판단했다. 장패가 말한 허창의 병력이 그 '다른 곳'으로 이동 중일 가능성이 컸다. 아마도 신급현으로.

'그렇다면 하루라도 빨리 도착하는 편이 이득.'

하후돈 또한 유엽의 의견이 옳다 여겨 진군을 서둘렀다. 그 결과, 불과 며칠 만에 신급현 북쪽 인근에 다다를 수 있었다. 조조군은 거기서 속도를 조금 늦추고 대열을 정비해가며 전진했다.

하후돈의 옆에서 말을 몰던 책사 유엽이 말했다.

"진류성 이후로는 별 저항 없이 남하해왔습니다만, 이는 힘을 모으기 위한 걸로 보입니다. 아무래도 신급현에 집결해 있을 것 같습니다."

황실의 일원이면서도 가장 어려웠던 시기에 조조를 택하여 충성해온 젊은 책사를 하후돈은 애정 어린 눈으로 바라보았다.

"허창과 양하 사이로 지나는 데다, 여남의 길목이니 거기서 방어태세를 갖추겠지. 계획대로 장패가 허창을 이탈해줬으니 우리에게 조금이라도 유리해졌을 터… 가후는 어디에 있나?"

가후가 여포를 떠나 원술에게 간 일은 다른 세력에도 적지 않은 파장을 일으켰다. 특히, 원술과 맞서 싸우는 중인 조조의 장수들은 가후의 움직임에 촉각을 곤두세웠다. 돌연 원술에게 진류성을 바쳐 여포를 궁지에 몰았으며, 빠른 속도로 여남 일대를 평정한 그의 실력은 이제 천하에 널리 알려져 있었다.

하후돈의 물음에 유엽은 난감하다는 듯 답했다.

"가장 최근에 들어온 정보는 원술이 패국을 칠 때 가후도 거기에 있었다는 것 정도입니다."

유엽에게도 가후는 넘어야 할 큰 산이었다. 조조군의 공격에 맞선 원술의 전략은, 전선을 넓게 펴서 적의 전력을 분산시키는 것이었다. 넓어지면 얇아지게 마련이지만, 한 곳이 뚫려도 양옆과 남쪽, 세 방향에서 둘러싸 막아내기 때문에 대응하기 까다로운 형태였다. 사실, 가후는 그 전략에 반대하는 입장이었다. 그러나 원술은 이거야말로 천하의 주인이 될 자에게 어울리는 장엄한 전략이라고 우겨 관철한 터였다. 그는 종종 이상한 데서 고집이 셌다. 원술이 다스리는 영토가 넓고 군량과 물자가 풍부하여 가능한 전략이기도 했다.

얼마 전, 가후는 이 '전선 확대 전략'을 극대화하기 위해 동쪽 끝에 위치한 패국을 공격했다. 패국상 진규는 조조가 근거지를 잃고 쫓겨 왔을 때, 그를 받아주어 재기를 도운 동맹이었다. 또한 진규의 아들 진등은 조조의 책사였으니, 원술에게 패국은 이래 저래 정벌 대상이었다.

진규는 존경받는 군주였다. 평소 선정을 편 덕에 성내의 백성 들과 수하들이 하나로 똘똘 뭉쳐 원술군에 저항했다. 그 결과는 불과 사흘 만의 완패였다. 조조의 원군이 도착하기도 전에 벌어 진 일이다. 그 전투에서 가후는 노지심과 무송의 무력을 십분 활 용, 냉혹할 정도로 철저하게 패국군을 격파했다. 진규는 붙잡혀 구금되고 수많은 병사들이 죽거나 포로가 되었다.

원술의 군부 내에서는 이런 가후의 전공을 경계하여, '그저 노 지심과 무송의 용맹에 기댔을 뿐이지 않은가'라며 폄하하는 여 론도 있었다. 노지심과 무송의 무력은 확실히 막강했다. 대신 둘 은 전술이라는 개념이 아예 없었다. 놔두면 눈앞의 적만 죽자고 쫓아갈 터였다. 또한 두 여자 장수는 통제도 쉽지 않았다. 자신보 다 약한 이들, 특히 남자를 얕보았기 때문이었다. 그래도 가후의 말은 순순히 따랐는데, 이는 그가 성혼단의 일원이기도 했지만, 하라는 대로 하면 신기하게도 힘이 덜 들면서 적군이 풍비박산 난 탓이 컸다. 둘의 무력에 의존하기 전, 애초에 가후가 아니면 그 무력을 제대로 쓰기 어려운 셈이었다.

가후가 그렇게 패국 점령을 마치고 쾌속 진군하여 이미 양하현에 와 있음을 하후돈이 이끄는 조조군은 미처 몰랐다. 원술의 영토 깊숙이 들어온 지 오래라, 밀정이나 파발과 접촉할 기회가 없었던 탓이다. 뒤에서 조금 떨어져 따라오던 하후연이 말했다.

"흐음, 한유(漢瑜, 진규의 자) 님이 잘 버텨주셔야 할 터인데."

진규는 주변의 우려에도 불구하고 조조를 받아주었다. 그의 호의는 결과적으로 조조가 재기한 바탕이 되었다. 이에 조조의 장수들은 진규를 각별히 여기고 있었다.

"한유 님은 지혜롭고 패국의 병사들도 굳세니, 분명 잘 막아내실 걸세."

하후돈이 하후연의 말에 대꾸한 직후였다. 커다란 함성과 함께 갑자기 뒤에서 한 무리의 군사가 나타났다. 분명 척후병을 보냈을 때만 해도 발견하지 못했던 군사들이었다.

"적군입니다!"

부장의 다급한 보고에 하후돈이 크게 외쳤다.

"당황하지 마라! 그래 봐야 소수의 복병일 뿐이다! 후미는 반전하여 침착하게 대응하라!"

확실히 원술군 복병은 수가 천 기 정도에 불과했다. 문제는 전원이 경기병이라는 거였다. 그들은 보병이나 운송부대가 밀집해 있는 조조군 후미를 재빨리 치고 빠지기를 반복했다. 얼마 지나지 않아 피해가 눈덩이처럼 불었다.

"쫓아라! 순, 너는 여기 있어라."

화가 치민 조인은 조순에게 통솔을 맡긴 뒤, 자신의 기병을 둘로 나눠 각각 왼쪽, 오른쪽으로 돌아서 뒤로 가게 했다. 기병들로

하여금 운송부대를 보호하는 한편, 적 복병을 양쪽에서 둘러싸 몰살해버릴 셈이었다. 한데 조인의 부대가 자리를 비우자마자 이번에는 전방에서 또 다른 원술군 부대가 출현했다. 유난히 큰 키의 장수를 앞세운 부대였는데, 그가 어찌나 용맹한지 앞을 막아설 자가 없었다. 무기도 들지 않은 맨주먹으로 싸우는 장수였다. 그가 지나갈 때마다 조조군 병사가 마치 썰물처럼 빠지며 길이 생겼다. 순식간에 전열이 와해되고 대열이 쪼개졌다.

"이런!"

보다 못한 하후돈이 뛰쳐나가 적장에게 달려들며 소리쳤다.

"나는 조조군의 분위장군 하후 원양이다. 네놈은 누구냐?"

닥치는 대로 주먹을 휘둘러 조조군 병사들을 날려버리던 원술군 장수가 말했다.

"오오, 그쪽이 하후돈인가. 난 무송이다."

"무송?"

쾅! 간단한 통성명 후에 공방을 주고받은 하후돈은 속으로 깜짝 놀랐다. 손에서 전해지는 반탄력이 엄청났기 때문이다. 대련할 때 느꼈던 허저의 힘, 그 이상이었다. 심지어 상대는 장갑만 낀 맨손으로 하후돈의 대도를 쳐냈다.

그러나 그를 더욱 놀라게 한 건 따로 있었다. 워낙 체구가 장대하여 멀리서는 몰랐는데, 가까이 와서 보니 확실히 알 수 있었다.

"아니? 설마, 그대는….."

하후돈의 시선이 황망한 듯 상대의 가슴께에 닿았다가 떨어졌다. 한 차례 연격을 퍼부어 하후돈을 물러나게 한 무송이 대꾸했다.

"그래. 나 여자다."

"대단하군. 여인의 몸으로 어찌 그런 무공을…."

"음, 뭐. 이 정도인가? 패국에서 싸웠던 상대들보다는 좀 낫지만, 조조군을 대표하는 장수치고는 실망이네."

하후돈은 상대가 여자라는 사실에 놀랐다가, 곧 뜻밖의 말에 주의를 기울였다.

"패국? 설마, 패국을 치고 왔다는 거냐?"

"어, 몰랐나? 맞아. 패성은 우리 손에 들어온 지 오래야."

"이런…."

패국이 떨어진 것도 놀랍지만, 그렇다면 가후 또한 이미 신급현에 도착했다는 뜻. 하후돈이 예기치 못한 소식에 당황할 때였다.

'허점.'

무송이 땅을 박차고 비호처럼 튀어나오며 주먹을 내뻗었다. 거대한 몸이 놀랄 정도의 탄성으로 움직였다. 움직임이 보이지도 않을 정도로 빨라서, 하후돈 주변에 있던 근위병들도 그녀를 막지 못했다. 그녀의 정권은 하후돈이 탄 전투마의 미간에 정통으로 꽂혔다. 퍽! 미간이 쑥 들어가며 양쪽 눈이 튀어나왔다. 끔찍한 꼴이 된 말은 비명 같은 울음소리를 내며 몸부림쳤다. 그 서슬에 하후돈은 말에서 떨어지고 말았다.

"제길!"

그는 재빨리 자세를 바로 하고 대도를 휘둘렀다. 곧장 돌진해 오는 무송을 저지하기 위해서였다.

"과연, 그런 상태에서도 반격을 해오다니. 대장군 자리를 거저

얹은 건 아니라 이건가?"

왼손 수도로 대도를 가볍게 부러뜨린 무송이, 연이어 오른손 주먹을 내질렀다.

"하지만 내 앞에서는 어림없다."

하후돈은 대도가 부러지는 순간 오금이 저렸다.

'이대로 끝인가.'

꽝! 묵직한 굉음이 울렸다. 뼈와 뼈가 부딪쳐 낸 소리였다.

"호오?"

무송이 흥미롭다는 기색으로 눈을 치떴다. 한 사내가 하후돈의 앞을 가로막고 뛰어들어, 제 주먹으로 무송의 주먹을 막은 것이다. 머리를 풀어헤친 채 상체에 온통 붕대를 감은, 마치 야수 같은 사내였다. 눈이 번들거리고 드러난 송곳니가 뾰족하여 더욱 그랬다. 그러나 힘의 차이는 분명했다. 무송은 멀쩡한 반면, 사내는 주먹을 맞부딪친 오른팔 팔뚝이 파열되어 피가 흘러나왔다. 잠깐 멍해졌던 하후돈이 사내의 이름을 불렀다.

"자, 자문(子文, 조창의 자)!"

그는 바로 조조의 넷째 아들, 조창 자문이었다. 조창은 진류성에 앞장서서 뛰어들었다가 정립(정욱)의 화공에 걸려 심각한 화상을 입었었다. 그러나 끝까지 원정에 동참하겠다고 고집을 부려, 수레를 타고 이동 중이었다. 그는 복병이 기습해왔을 때 수레에서 뛰어나와 닥치는 대로 적병을 쳐 죽이다가, 하후돈의 위기를 보고 끼어든 것이다.

"크윽!"

조창은 이를 악물었다. 앙다문 잇새로 피가 새어나왔다. 그는 주먹질로 곰도 때려잡을 수 있는 괴력의 소유자였다. 한데 여자의 주먹을 맞받은 순간 전신의 뼈가 뒤틀리는 것 같았다. 몸 상태가 정상이 아님을 감안해도 강적이었다. 쉽지 않겠다는 확신에 가까운 예감이 들었다.

"숙부님, 어서 달아나세요."

조창의 말에 하후돈은 고개를 저었다.

"다친 너를 혼자 두고, 더구나 총대장인 내가 적에게 등을 보일 수는 없다. 함께 싸우자꾸나. 여자를 상대로 합공하기 부끄럽다만 여자도 여자 나름이니."

그의 말에 무송이 피식 웃으며 대꾸했다.

"뭐야. 그거 나 흉보는 소리 같은데?"

하후돈은 답하는 대신, 부러진 대도를 버리고 누구의 것인지 모를 검 한 자루를 주워 들었다. 아까는 갑작스러운 공격과 무송이 발휘한 상상 이상의 괴력에 당황했다. 그러나 하후돈 또한 여러 아수라장을 헤치고 나온 역전의 맹장이었다. 거기에 조창의 가세로 더욱 용기가 솟았다. 그에게서 좀 전과 사뭇 다른 기세가 흘러나왔다. 조창 또한 고통을 이겨내며 자세를 잡고 무송을 노려보았다.

"간닷!"

그의 외침을 시작으로 무송과 조조군의 두 맹장이 격돌했다.

한편, 조조군 대열 후미에서도 비슷한 광경이 벌어지고 있었다. 조인은 다급히 말을 몰아 후미로 달려가는 중이었다. 곧 굉음과 함께 수레들이 허공으로 치솟았다. 사방에 조조군 병사들의 비명이 울려 퍼졌다. 그런 광경에 조인의 마음은 더욱 급해졌다.

'뭔가 엄청난 괴물이 설치고 있는 게 분명해.'

목적지에 거의 도달했을 때, 그의 시야에 한 소녀가 들어왔다. 제 키보다 큰 철선장을 든, 표정이 무심한 소녀였다. 머리는 옷과 같은 흰색 천을 두건처럼 말아서 감쌌다. 그 밖에 장포도, 바지도, 신발도 다 흰색이었다.

조인은 거칠어도 마음이 따뜻한 구석이 있었다. 철퇴로 무자비하게 적군을 때려죽이지만, 여자와 아이, 노인에게는 자비로웠다. 그는 이 험한 싸움터에 갑자기 작은 체구의 소녀가 나타난 데 깜짝 놀랐다. 이에 말에서 다급히 뛰어내려 허리를 굽히고 소녀와 눈높이를 맞춘 뒤 물었다.

"꼬마야, 넌 누구냐? 어째서 여기 있는 거냐? 이런 데 있으면 위험하다."

소녀도 조인을 물끄러미 바라보았다. 소녀는 보기만 해도 탄성이 나올 정도로 이목구비가 귀여웠다. 하지만 인형처럼 표정이 없었고 몇 가지 특이한 점이 있었다. 바로 앞에서 보니, 두건 아래로 흘러나온 머리카락은 눈처럼 흰 백발이었다. 피부는 그 머리카락보다 훨씬 더 하얬다. 여전히 무표정한 얼굴로 소녀가 대꾸했다.

"노지심."

"응?"

"여긴 싸우기 위해."

그때 쓰러져 있던 조조군의 병사 하나가 다급히 소리 질렀다.

"장군님, 그 계집이 바로 적장입니다!"

"뭐라고?"

놀란 조인이 병사 쪽을 봤다가 다시 노지심에게로 고개를 돌리는 순간, 철선장 끝이 회전하며 그의 명치로 파고들었다. 거기 맞은 조인의 거구가 뒤로 홀쩍 날아갔다. 한 손으로 가볍게 철선장을 든 노지심이 말했다.

"조조군 장군은 적."

다음 순간, 노지심의 눈에 살짝 놀란 기색이 떠올랐다.

"흐으으…"

나가떨어졌던 조인이 힘겨운 신음을 흘리면서 몸을 일으켰기 때문이다. 원래대로라면 가슴뼈가 박살나고 심장이 부서져서 죽어야 정상이었다. 일어선 조인은 머리 부분이 부서져 손잡이 끝만 남은 철퇴를 물끄러미 보다가 내던졌다. 철선장이 가슴에 꽂히기 직전, 반사적으로 철퇴를 이용해 막은 결과였다. 어른 주먹보다 큰 용두 부위로 막았는데, 속이 꽉 찬 쇳덩어리가 산산조각이 났다.

"오래 쓴 무기인데, 아깝군."

조인이 중얼거렸다. 소녀의 공격은 엄청났다. 막았는데도 충격이 남아서 갑옷의 명치 부위가 움푹 들어갔다. 욱신거리고 아렸다. 그러고 보니 들은 것도 같았다. 원술 쪽에 어린 계집의 모습을 한 장수가 있다는 얘기를. 그때는 그저 좀 어려 보이는 걸 가지고 과장했다고 여겼다. 실제로 이런 어린 소녀일 거라곤 상상도 못했다.

'실로 기이한 소녀로구나. 허나 적이라는 게 확실해진 이상 아무리 어린 계집이라 해도 용서할 수 없다.'

조인은 철퇴 대신 옆구리의 검을 뽑아 들었다. 마음을 가다듬었지만 상대의 모습을 볼 때마다 자꾸 전의가 식는 건 어쩔 수 없었다.

"대체 뭐냐? 꼬마 너."

"노지심."

"그러니까 원술의 수하냐?"

노지심은 고개를 저었다.

"아니야."

"아니라고? 그럼?"

"난 무송이 싸우는 상대와 싸워."

문득 뭔가 깨달은 조인이 그녀에게 슬금슬금 다가가면서 입을 열었다.

"무송은 또 누구지?"

"친구, 아니 언니."

"그러면 무송이 원술의 부하인 거냐?"

"아니야. 무송은 송강 님의 부하."

"오호. 그러면 너."

어느새 노지심의 바로 앞까지 와서 선 조인이 물었다.

"몇 살이냐?"

"……."

대꾸하려던 노지심은 다급히 철선장을 휘둘렀다. 그녀가 입을 벌림과 동시에 조인이 명치를 향해 날카로운 검격을 가해온 것이다. 챙! 쇠 부딪치는 소리와 함께 검이 튕겨났다. 그러나 막는 게 조금 늦었다. 노지심의 가슴께에 길게 베인 자국이 났다. 철선장은 길어서 그만큼 근거리 공격에 약했다. 그나마 초인적인 괴력을 가진 노지심이었기에 이 정도로 대응할 수 있었다. 다행히 겉옷 안에 얇은 사슬 갑옷을 걸치고 있어서 상처는 나지 않았다. 거치적거려서 싫다는 걸 무송이 억지로 입혀준 것이었다.

검을 거둬들이며 살짝 물러난 조인이 탄식했다.

"하, 그걸 막다니. 일격에 쓰러뜨리려 했건만."

"……."

"그나저나 역시 내 생각대로구나. 네 녀석, 묻는 말에는 다 대답 안 하고는 못 배기지?"

"……응."

노지심은 잠시 베인 자리를 내려다보고 있었다. 그러다 고개를 든 그녀의 얼굴에 처음으로 감정이 떠올랐다. 그것은 순수한 분노였다.

"무송이 준 옷, 망가뜨렸어. 용서 못해."

말은 어린아이의 그것 같았지만 풍기는 기세는 흉험 그 자체였다.

그 투기에 말문이 막힌 조인이 침음을 토했다.

"으음……."

"죽일 거야."

노지심의 철선장 끝이 조인에게 향한 직후였다.

천기 발동, 여래파쇄권(如來破碎拳)!

꽈르릉! 허공에서 반투명한, 거대한 주먹이 나타나 조인을 수직으로 내리찍었다.

"크헉!"

조인은 눈, 코, 귀, 입에서 피를 쏟으며 털썩 무릎을 꿇었다.

"이, 이게 대체?"

노지심이 살짝 짜증스러운 기색으로 내뱉었다.

"아직 살았어. 끈질겨."

분명 손으로 눌러 죽인 줄 알았던 벌레가 살아 있어서 불만스럽다는 투였다. 그녀가 결정타를 가하려고 한 걸음 다가섰을 때였다. 파파팟! 어디선가 세 대의 화살이 날아와 그녀의 발치에 꽂혔다. 놀란 노지심이 고개를 들어보니 저만치 뒤쪽에서 한 장수가 화살 세 대를 시위에 얹고 그녀를 겨눈 채였다.

"더 다가서면 죽는다, 요녀."

"요녀 아니야. 노지심…."

"닥치고 물러나라!"

하후연이 또 연이어 화살을 쏴붙였다. 노지심은 철선장을 휘둘러 화살을 쳐냈지만, 계속 막아낼 자신이 없었다.

'세 대가 다 다른 곳으로 날아와.'

한꺼번에 세 대의 화살을 정확히 쏘는 상대. 얼핏 보니 화살통에는 아직 화살이 그득했다.

'한 대라도 맞으면 엄청나게 아프겠지.'

아픈 건 싫었다. 마침 원술군 병사들이 퇴각하며 그녀에게 외쳤다.

"노 장군님! 한참 전에 후퇴 명령이 떨어졌습니다. 어서 피하십시오!"

"칫…."

노지심은 화영이 없어서 아쉽다고 생각했다. 화영만 있었다면 멀리서 화살을 날려대는 저 아저씨를 단숨에 죽여줬을 텐데. 그녀는 옆을 지나치던 원술군 기병 하나의 등 뒤에 훌쩍 올라타 그대로 도망쳤다.

하후연이 달려오며 고래고래 소리를 질렀다.

"어서 조 장군을 안전한 곳으로 모셔라!"

그사이 조인은 쓰러진 채 더 이상 움직이지 않고 있었다. 얼굴의 모든 구멍에서 피를 쏟아내는 것이 한눈에 보기에도 목숨이 위태로운 듯했다. 하후연은 그 옆에 무릎을 꿇고 앉아 중얼거렸다.

"안 됩니다, 자효(子孝, 조인의 자) 형님. 이렇게 돌아가실 순 없어요."

조조군 병사들은 서둘러 조인을 들것에 실어 옮겼다.

원술군은 물러났지만, 이 한 번의 교전으로 조조군은 상당한 피해를 입었다. 수레 여러 대가 부서지고 수백의 병사가 죽었다. 특히, 장수들이 중상을 입은 게 컸다. 부상을 무릅쓰고 무송과 싸운 조창은 화상이 도져 열이 펄펄 끓었다. 하후돈은 그녀의 주먹에 스친 것만으로 갈비뼈가 부러졌다. 그나마 중간에 무송이 갑자기 퇴각하지 않았다면 죽임을 당했을지도 몰랐다.

제일 상태가 심각한 장수는 조인이었다. 그는 거대한 주먹 형상이 내리치는 사술에 당했는데, 말 그대로 기식이 엄엄했다. 동행한 의원의 말에 따르면 전신의 뼈가 성한 곳이 없고 내장도 진탕됐다고 한다. 조조군은 어쩔 수 없이 조금 옆으로 비껴나, 근처에 물이 흐르는 평지에다 진채를 차렸다. 그러는 사이 해가 져서 경계병을 세우고 취사 준비를 했다.

밥을 짓는 조조군 병사들의 표정은 어두웠다. 불과 수백의 복병한테 톡톡히 당했다. 내심 얕보고 있던 원술군 병사들은 생각보다 강했다. 첫날이 이럴진대 앞으로는 얼마나 어려운 싸움이 될 것인가. 거기서 오는 두려움이 그들을 무겁게 짓눌렀다.

같은 시각, 가후는 약간의 당혹감을 맛보고 있었다.

"그러니까 허창에서 아직 병력과 군량이 도착하지 않았다고?"

가후의 물음에 수하가 고개를 끄덕였다.

"그렇습니다."

"이상하군. 조조군의 움직임을 우리보다 훨씬 더 빨리 알았을 터인데."

혹시 장패가 딴마음을 먹은 것인가? 그렇다고 하기에도 뭔가 이상했다. 장패는 부하 수백을 거느렸지만 군권은 없다. 만일의 사태를 대비해 해둔 안전장치였다. 허창의 병력을 통솔하는 장수는 진기다. 가후가 보기에 장패에게 한참 못 미치는 그릇이었다.

'설령 장패가 진기를 죽이고 병력을 탈취하려 했다 쳐도, 수만의 병사들이 순순히 그의 말을 듣지는 않았을 터.'

원술의 영역, 그중에서도 깊숙한 안쪽에서 반란을 일으켜봐야 갈 곳이 없음을 아는 까닭이다. 앞에서는 조조군이 내려오고 있고 사방은 원술의 영토였다. 기껏해야 산적으로 전락하기 일쑤였는데, 배불리 먹을 수 있고 비교적 대우가 좋은 원술의 정규군 자리를 포기할 동기가 없었다.

'뭔가 찜찜하군.'

가후가 허창으로 사람을 보내 알아보려 할 때였다. 전령이 가후의 막사로 뛰어들어와 보고했다.

"허창에서 출발한 병력이 다가오고 있습니다!"

"그럼 그렇지. 좀 늦어진 건가. 그래도 이 정도면 좋은 때에 도착한 것이다."

가후는 살짝 안도했다. 막상 신급현에 도착해 조조군을 살펴보니 병력 차가 너무 컸다. 이에 가후는 무송과 노지심을 앞세운 소수의 복병으로 치고 빠지는 작전을 구사했다. 조조군에게 타격을 주는 동시에 시간을 끌기 위해서였다. 하지만 이는 임시방편일 뿐, 결국 병력이 필요했다.

'이제 허창의 병력과 합류하여 조조군을 여유 있게 섬멸할 수 있을 것이다.'

가후는 진기 부대를 맞이하기 위해 막사를 나섰다.

한편, 조금 떨어진 주둔지에서는 무송이 노지심을 열심히 달래는 중이었다.

"괜찮아. 꿰매면 돼."

"새것 아니야. 자국 남아."

"꿰맨 자리 위에다 자수를 놓으면 되지!"

"자수… 못해."

"헛, 나도 못하는데. 그런데 이거 누가 그런 거야? 조조군에 네 옷을 찢을 정도의 실력자가 있었나?"

"조인… 이라고 했어."

"조인? 조조의 친척인가. 들어본 것 같기도 하고."

"옷 찢었어. 나쁜 놈인데, 착해."

무송이 고개를 갸웃거렸다.

"그건 또 무슨 소리냐?"

"적이라서 옷 찢었는데…. 그 전에 여기 있으면 위험하다고 걱정해줬어."

"뭐야, 신사 타입인가. 하긴 나도 내 타입이 하나 있긴 하더군. 마치 짐승 같은…. 마음에 들어서 조금 사정을 봐줬지."

무송은 히죽 웃었다. 노지심이 이상하다는 듯 말했다.

"무송, 짐승 좋아?"

"아니, 야성적이라는 말 모르냐?"

모닥불을 둘러싸고 앉은 원술군 병사들은 둘이 하는 양을 보다가 킥킥 웃었다. 영락없이 어린 동생과 잡담하는 언니의 모습이다. 중간에 알아들을 수 없는 단어들이 드문드문 섞여 있긴 하지만. 저런 두 여인이 전장에서 그토록 무시무시한 힘을 발휘한다는 게 믿기지 않았다. 둘은 병사들 사이에서 인기가 좋은 편이었다. 무송은 호쾌하고 소탈했으며 노지심은 말수는 적지만 귀여운 여동생 같았다. 무엇보다 모시는 장수가 강할수록 든든하다.

늙수그레한 병사 하나가 나서서 무송을 거들었다.

"노지심 장군님, 너무 심려치 마십시오. 찢어진 자리에 예쁜 달 모양 자수를 놓으면 색깔도 맞고 전혀 표도 안 날 겝니다. 제가 할 줄 압니다."

"…정말?"

"정말이고말고요."

삐죽거리던 노지심이 고개를 끄덕였다.

무송이 노지심의 머리를 쓰다듬으며 말했다.

"잘됐네."

병사들이 웃으면서 그녀를 향해 박수를 쳤다. 덩달아 기분 좋아진 무송이 큰 소리로 외쳤다.

"기분이다! 오늘 싸움에서도 이겼는데 실컷 먹고 마시라고! 가서 술과 고기를 있는 대로 내와라!"

"와아아아아!"

가후가 이끌고 온 부대가 별안간 축제 분위기에 빠져들려 할 때였다. 목소리만 들어도 꼬장꼬장할 것 같은 카랑카랑한 음색의 노호성이 밤의 허공에 울려 퍼졌다.

"지금 뭣들 하는 겐가!"

신급현 전투, 개막

"뭐 하는 짓들이냐고 물었다."

상대를 확인한 병사가 화들짝 놀라 말했다.

"헉, 총군사님…."

정립은 이기기 위해서는 수단과 방법을 가리지 않는 한편, 강직하고 엄정하기로 유명했다. 그 탓에 병사들도 그를 두려워하는 이가 많았다. 그는 모닥불 곁을 가로질러 성큼성큼 걸어와, 앉아 있는 무송과 노지심 앞에 섰다.

"이제 막 전투가 시작된 참인데, 뭐 하는 건가, 무송?"

무송은 귀찮은 기색이 역력한 투로 대꾸했다.

"아, 영감. 분위기 좋았는데 깽판이네. 거 적당히 합시다. 다 먹고살자고 하는 짓인데."

그녀의 삐딱한 태도에 정립이 눈을 치떴다.

"적당히? 조조군이 아군 영토를 침범한 상태에서 적당히 하자니. 그게 일군을 책임진 장수가 할 소린가?"

"아 씨, 진짜…."

무송에게 호통을 친 정립의 시선이 이번에는 노지심에게로 향했다.

"노 장군, 아까 분명 적의 후미를 친 기병들을 이끌고 먼저 빠지라고 전했음에도 끝까지 남아서 싸우는 건 뭔가?"

"하지만 옷이 잘렸는걸⋯."

"그깟 옷이 무슨 대수라고! 그대 때문에 퇴각이 늦어져서 귀한 기병들을 여럿 잃었네. 어리다고 해서 다 용서될 거라고 생각하면 큰 착각이야! 군법이 우스워 보이는가?"

"⋯."

노지심의 얼굴은 여전히 무표정한데, 큰 눈에 눈물이 살짝 고였다. 험악한 표정이 된 무송이 정립의 앞에 버티고 섰다. 그녀는 당장 멱살이라도 잡을 기세로 을러댔다.

"영감이 뭔데 노지심한테 이래라저래라야?"

정립은 무송의 험한 기세에도 눈 하나 깜빡하지 않았다.

"나는 그대들을 통솔하는 총군사다."

"착각하지 말라고. 난 너희 부하가 아니니까."

"그럼, 누구의 부하인가? 아니면 반란이라도 일으키겠다는 소린가?"

한쪽은 자신들을 이끄는 장수요, 다른 한쪽은 원술의 세력 전체에 위명이 자자한 노군사(老軍師)였다. 병사들은 감히 말릴 생각도 못하고 둘 사이에서 어쩔 줄 몰라 쩔쩔맸다. 마침 진기를 맞이하러 가던 가후가 이상한 분위기를 눈치채고 다가왔다.

"무송 장군, 중덕(仲德, 정립의 자) 님, 무슨 일입니까?"

"마침 잘 왔소, 문화. 내 이들을 군법 위반으로 엄히 다스리려 하오."

"두 사람이 무슨 일을 저질렀습니까?"

"한쪽은 멋대로 술과 고기를 풀어 군기를 어지럽힌 죄, 다른 한쪽은 퇴각 명령에 불응하여 아군을 사상케 한 죄요."

정론이다. 가후의 얼굴에 난감한 빛이 떠올랐다. 그는 이미 성혼단에 가담했기에, 그 간부나 지부장급에 해당되는 이들의 성정을 대충 알았다. 정상적인 이들도 있지만, 미치광이에 가까운 이들도 있었다. 이 무송과 노지심 정도면 매우 온건한 편이었다. 여기서 둘을 처벌해서 좋을 게 하나도 없었다.

무송이 화난 기색으로 나직하게 중얼거렸다.

"이따위 대접을 받으려고 원술 놈 밑에 있는 게 아니다. 진짜 반⋯."

가후가 얼른 그녀의 말을 막으면서 달랬다.

"잠깐 진정하십시오, 무송 장군."

"란이라도⋯. 응?"

"제가 얘기하겠습니다."

"그럼, 그러든가. 저 영감 짜증 나."

이어서 정립 쪽을 향한 그가 좋은 말로 달랬다.

"중덕 님, 저 두 사람은 그렇게 다뤄서는 안 됩니다."

"예외를 두라는 소린가? 방금도 듣지 않았나! 주공의 이름을 함부로 부르는 것도 모자라서, 반란이란 말을 입에 올리려고 했네."

"그 주공께서 허하신 일입니다. 일단 여기서는 제게 맡겨주십시오."

잠시 가후를 물끄러미 바라보던 정립이 말했다.

"실망스럽군. 군법이 바로 서야 군대가 기강을 갖추는 법."

차갑게 내뱉고 돌아서는 정립을 보며, 가후는 나직하게 한숨을 내쉬었다.

'성혼단과 관련된 부분을 빼고 저들에 대해 중덕 님에게 어떻게 설명해야 할지 모르겠군. 그 전부터 두 사람을 너무 풀어준다 여겨 불만을 품으신 것 같던데. 분명한 사실은, 냉정하게 말해 중덕 님이 없어도 이 싸움은 이길 수 있지만, 무송과 노지심 없이는 이기기 어렵다는 것이다.'

시작이 좋았다고 생각했는데, 예기치 못한 데서 문제가 발생하고 있었다.

"가후, 할아버지, 싫어."

"예, 노지심 님. 이제 신경 안 쓰셔도 됩니다."

가후는 연신 툴툴대는 무송과 노지심을 달래 들여보낸 다음, 병사들에게 명해 자리를 치웠다. 상황을 정리한 그는 진기를 맞이하러 나갔다. 대략 삼만 정도 되는 병력의 선두에서 진기가 다가오고 있었다. 가후는 그를 보며 생각했다.

'저 멍청한 얼굴은 여전하군.'

젊고 잘생겼지만, 뭔가 알맹이가 빠진 듯한 얼굴이다. 그래도 어쩐 일로 머리를 썼는지, 나름대로 야음을 틈타 합류했다는 점이 마음에 들었다.

"어서 오시오, 진 장군. 먼 길 오느라 수고하셨소."

"아, 예. 문화 님."

말에서 내린 진기는 쭈뼛거리며 가후의 인사를 받았다. 그의 태도를 보던 가후는 문득 뭔가 이상하다는 생각이 들었다. 진기는 원술의 총애를 받는 편이라 평소 언행이 매우 거만했다. 부탁을 받아 휘하의 병력을 다 이끌고 온 상황에서 이렇게 저자세로 나올 인물이 아니었다.

아니나 다를까, 이유가 있었다. 막사로 그를 데리고 들어와 정립과 함께 사정을 들은 가후는 깜짝 놀랐다.

"뭐라고! 허창의 군량을 모두 잃었단 말이오?"

"그, 제가 잃은 게 아니라 장패 놈이…."

정립은 수염을 쓰다듬으며 중얼거렸다.

"허창에는 우리 부대가 몇 년은 족히 먹을 수 있는 군량이 있었을 터인데."

"그, 그래서 제가 사방으로 군사를 보내 장패를 뒤쫓게 했습니다!"

그 말에 가후는 더욱 황망해하며 내뱉었다.

"장패 그자를 쫓아서 뭘 한단 말이오?"

"예? 허나 놈이 우리 군량을…."

진기의 머리는 그의 몇 십 배 속도로 사고하는 가후를 따라가지 못했다. 정립이 대신 그에게 찬찬히 설명을 해주었다.

"장패가 군량을 다 들고 달아난 게 아니라, 대부분은 태우고 나머지는 팔아치웠다고 하지 않았나. 그렇다면 그자를 붙잡아도 잃어버린 군량은 돌아오지 않는다는 거고."

"그, 그렇습니다."

"사방으로 군사를 보냈다면 필히 오만 곳에서 다 장패에 대해 캐묻고 다녔을 것이며, 그가 달아났다는 사실도 이미 널리 알려졌을 터. 그게 조조군의 귀에 들어가서 좋을 일이 없다."

"그런 것입니까?"

듣고 있던 가후가 입을 열었다.

"어쩌면 장패의 도주 자체가 조조군 쪽에서 벌인 수작일지도 모르오."

"그게 무슨⋯?"

"아무리 생각해봐도 장패의 행동이 이해가 가지 않소. 그가 주공에게 완전히 마음을 주지 않았다는 것쯤은 우리도 다 알고 있었소. 허나 이렇게 지금 갑자기 달아날 이유가 없소이다."

"언젠가 떠날 자였으니 싸움이 벌어진 틈에 달아난 게 아니겠습니까?"

"그자는 제 수하들을 끔찍이 아끼는 편이오. 그게 그의 장점이자 약점이오. 혼자서라면 충분히 몸을 빼냈겠지만, 수백에 이르는 수하들을 데리고 연주를 완전히 벗어나기란 결코 쉬운 일이 아니라는 거요. 한데 하필 난리가 벌어진 이 시점에서? 조조군과도 결코 우호적인 사이가 아니었다는 점을 감안하면 자살 행위나 마찬가지요."

정립이 천천히 고개를 끄덕였다.

"장패와 조조, 둘 사이에 뭔가 오갔다고 보는 게로군."

"거의 확실할 겁니다. 그럼 장패의 입장에서는 여포에게로 돌아갈 절호의 기회가 되는 것이고 조조 쪽에는 아군의 사기를 꺾음과 동시에, 장패라는 강력한 적 하나를 줄이는 셈이니까요. 그렇지 않고서야 그가 뭔가 잘못을 저지른 것도 아니고 그간 주공에게 받은 은혜가 있는데 군량까지 태워가며 달아날 이유가 없습니다."

"그럼, 장패에게 허창의 군사를 맡기지 않은 건 결과적으로 현명한 선택이었군. 같은 상황에서 필시 반란을 일으켰을 테니."

"동감입니다."

진기는 입을 헤벌린 채 가후와 정립의 대화를 듣고 있었다. 그는 그저 장패란 놈이 괘씸하게도 도망쳤다고만 생각했다. 같은 사람의 머리인데 어떻게 저기까지 생각이 미치는지 이해가 안 갔다.

"지금 삼만의 병력이 더해졌는데 추가된 군량은 없다는 얘기요?"

가후의 물음에 퍼뜩 정신을 차린 진기가 답했다.

"그건 그렇습니다만 곧 군량이 생길 것입니다."

"군량이 어떻게, 어디서 생긴다는 거요?"

"제가 출발하기 전에 미리 여남으로 사람을 보내두었습니다. 아군이 신급현에 도착할 때쯤 군량도 닿게 하라 닦달했으니 큰 타격은 없을…."

진기의 말은 가후의 호통에 가로막혔다.

"이자가! 지금 대체 무슨 짓을 한 것인가?"

가후는 늘 옅은 미소를 띠고 있어 속을 알기 어려운 사람이었다. 정립이 장수들을 꾸짖어 불만을 산 적은 종종 있었지만 가후가 아군에게, 더구나 장수에게 소리를 지른 적은 한 번도 없었다. 잠깐 어안이 벙벙해졌던 진기가 울컥해서 말했다.

"이자라니요. 말씀이 심하십니다. 나는⋯."

"주공은 지금 대부분의 병력을 이끌고 여음현에 주둔해 계신다. 심상치 않은 움직임을 보이는 유표를 압박함과 동시에, 여차하면 북상하여 조조군을 공격하기 위해서다. 자어(子魚, 화흠의 자)가 나머지 병력을 거느리고 익양에 집결해 있어, 여남은 지금 방위를 위한 최소한의 병력을 제외하곤 텅 빈 거나 마찬가지다. 그게 내가 패국을 점령하자마자 부랴부랴 달려온 이유란 말이다."

전선이 길고 얇은 만큼 어디가 뚫려도 바로 대응할 수 있도록 고루 퍼뜨려두지 않으면 안 된다. 영토 깊숙한 안쪽인 여남에 굳이 대군을 주둔시킬 이유가 없었다. 이에 대부분의 병력은 최전방이나 접경지역에 가 있는 상태였다.

"그러니 우리가 여기서 적을 막으면 되지 않습니까?"

진기의 반문에 정립이 또 가후 대신 답했다.

"이런 답답한 사람을 봤나. 그대는 허창의 군량이 다 털렸음을 뒤늦게 알고 마음이 급해졌겠지. 그 급한 마음은 고스란히 서신에 담겼을 테고. 주공의 총애를 받는 그대가 급히 재촉하며 얼러 댔으니, 여남에서는 최대한 서둘러 군량을 보내려 했을 터. 더구나 그대의 병력과 가후의 부대를 합쳐, 거의 사만에 달하는 병사의 군량일세."

"그러니까 미리 요청해야…."

"그 정도 물량을 운반하려면 최소 오천 이상의 호위 병력이 있어야 하나, 여남에는 지금 그런 병력이 없지."

"아…."

비로소 뭐가 잘못됐는지 깨달은 진기는 얼굴이 노래졌다.

길게 한숨을 쉬어 마음을 다스린 가후가 말했다.

"아직 무슨 일이 일어났다고 확정된 것은 아니니, 그 전까지는 신급현에서 버티면서 상황을 지켜봐야겠군요."

"제, 제가 병력을 이끌고 여남 쪽으로 가서 수송부대를 호위해 오겠습니다!"

서둘러 입을 연 진기에게 정립이 차갑게 말했다.

"그대는 그냥 가만히 있게."

"…."

"자, 어차피 지금 당장 뭔가를 할 수는 없소. 장군은 먼 길을 서둘러 오느라 피곤할 테니 물러가서 쉬시오. 이후의 일은 나와 중덕 님이 고민해보겠소."

가후는 진기를 다독여 내보내고 정립에게 말했다.

"일이 곤란하게 되었습니다."

"역시 조조군이 무턱대고 쳐들어온 게 아니었군."

"그렇다 해도 한때 주적이었던 여포의 수하까지 이용할 줄은…."

"조조는 이기기 위해서라면 수단과 방법을 가리지 않는 사내지."

"무기는 없어도 싸울 수 있지만, 배가 고프면 싸우지 못합니다. 앞으로 어찌하면 좋겠습니까?"

정립은 코웃음을 쳤다.

"자네 정도 되는 사람이 어설프게 연극을 하는군. 내 체면을 세워주려 하지 않아도 되네. 이미 답은 나와 있는 걸로 아는데."

"그럼 분위기도 좀 바꿀 겸 번갈아가며 말해볼까요?"

"그것도 나쁘지 않겠지."

"제가 먼저 말해보겠습니다. 우선, 무송과 노지심 둘 중 한 사람에게 소수의 병력을 주어 수송부대를 호위하러 보내야 합니다. 나머지 한 사람에게는 전방에서 적을 압박하게 하면서 전 병력을 동원해 총공세를 가합니다. 최대한 빠른 시간 내에 결판을 내야 합니다."

정립이 가후의 말을 받아 이었다.

"조조군이 격파되면 그것으로 승. 만약 저항이 완강하다면 눈치채지 못할 정도로 조금씩 전선을 물려, 최종적으로는 여남까지 후퇴한다."

"역시 그래야겠지요?"

"그대가 말했지 않나. 배가 고파서는 싸우지 못한다고. 허창의 군량이 사라진 지금, 여남마저 잃게 되면 끝장이네."

"그럼 중덕 님, 한 가지만 부탁드리겠습니다. 저는 중덕 님의 의사를 존중합니다만, 무송과 노지심에 대해서만은 제게 맡겨주십시오. 그래야 이번 전투에서 이길 수 있습니다."

"아무나 부릴 수 없는 자들이라 이건가? 뭐, 그러도록 하지. 주공에게 쓸 만한 장수가 부족함은 나도 알고 있네."

상대를 깊이 인정하고 있는 가후와 정립은 서로 마주 보고 천천히 고개를 끄덕였다.

그날 밤이 깊었을 무렵, 진기의 부대에서 병사 몇 명이 이탈했다. 가후와 정립에게 면박당한 진기가 사소한 군기 위반으로 병사들을 매질한 게 원인이었다. 그들은 망설임 없이 곧장 조조군 진채로 향했다. 진기가 군권을 쥐고 있다 하나, 주로 허창에 머무르면서 대소사를 처리한 쪽은 장패였다. 장패는 그 과정에서 적지 않은 인심을 얻었다. 특히, 수하들을 아끼면서도 소탈한 면이 크게 작용했다. 진기는 악한 자는 아니었으나 거만하여 병사들과 늘 거리를 두는 편이었다.

탈영병들은 장패와 특히 가깝게 지냈거나 신세를 진 자들이었다. 그래서 진기에게 더 모질게 맞았다고 여겼다. 그들은 성에 남아 있던 장패의 수하들이 처참하게 죽임당하는 모습을 보았다. 자신들 또한 언제 그런 꼴이 될지 몰랐다.

장패가 조조군의 사주를 받아 허창을 떠났다는 소문은 이미 파다하게 퍼져 있었다. 가후 등이 우려한 대로 진기가 보낸 추격대가 사방에서 그 일을 언급했기 때문이다. 이에 차라리 조조군에 투항하는 게 더 낫다는 판단이 섰다. 무엇보다 그들은 홀대당하지 않을 만한 정보를 들고 가는 중이었다.

투항해온 자들에 대한 보고는 위로 올라가, 곧 하후돈에게까지 이르렀다. 안 그래도 잠을 이루지 못하고 있던 하후돈은 즉각 유엽을 불러 의논한 뒤 막료들을 소집했다. 피곤하여 눈이 벌겋게 충혈된 이들이 사령관 막사에 모였다. 하후돈이 그들에게 말했다.

"장패를 통해 뿌린 씨의 수확이 예상 이상일 것 같소."

"그게 무슨 말씀입니까?"

소집 전 미리 상황을 들은 유엽이 설명했다.

"적장 진기의 수하 몇이 투항해왔습니다. 진기는 허창의 군권을 가진 자입니다."

이어지는 얘기를 듣던 장수들의 얼굴에 점차 화색이 감돌았다. 부상을 무릅쓰고 참여한 조창이 말했다.

"그럼, 지금 여남에서 적의 보급부대가 올라오고 있다는 소리군요. 이제 뭘 해야 할지는 저처럼 머리가 텅 빈 녀석도 알겠습니다, 숙부님."

고개를 끄덕인 하후돈이 마무리를 했다.

"게다가 허창은 지금 대부분의 병력이 빠져나와 전력의 공백이 생겼소. 그쪽으로 우회하여 남하하면서 적의 수송대를 찾아 탈취하거나, 여의치 않다면 공격해서 흩어버리기만 해도 이 싸움은 우리가 이긴 거나 마찬가지요. 그러자면…."

그의 말이 채 끝나기도 전에 누군가가 말했다.

"그 일은 제가 맡겠습니다."

마침 하후돈이 나서주길 제일 바라던 인물이 자원을 했다. 바로 하후연이었다. 신급현 어귀에 주둔한 적군이 알아채지 못하게 하면서 속도를 내는 것이 관건인 작전이다. 사흘이면 오백 리, 엿새에 천 리를 간다는 하후연이야말로 이 일의 적임자였다.

"부탁하네, 묘재."

"맡겨주십시오. 수송대를 치는 일쯤이야 제 휘하의 기병 오백으로도 충분하니, 지금 바로 준비해서 출발하겠습니다."

"투항해온 자들 중 하나를 데려가게. 남양으로 향하는 길에 도움이 될 게야."

"알겠습니다."

그때 한 사람이 더 끼어들었다. 조창이었다.

"저도 보내주십시오."

"안 된다."

하후돈은 한마디로 잘라 거절했다.

조창은 물러나지 않고 재차 청했다.

"묘재 숙부님을 폄하하는 건 결코 아닙니다만, 오늘 맞서 싸운 자들을 혼자 감당하시기에는 버겁습니다. 원양 숙부님도 이미 잘 아시지 않습니까."

"음…."

"누군가 옆에서 묘재 숙부님을 지켜줄 사람이 필요합니다. 어차피 저는 여기 남아 있어도 전면에 나서지 못하는 상태니, 수송부대를 기습하는 임무에라도 참여하고 싶습니다. 본대의 지휘는 순(조순)에게 맡기면 될 것입니다."

하후돈이 들어보니 과연 일리가 있었다. 조창과 자신, 둘이 맞섰어도 끝내 이기지 못한 여권사와 조인을 빈사상태로 만든 소녀 장수. 둘 중 한 사람만 나타나도 하후연이 감당하기에는 버거울 듯했다.

'조인에 이어 하후연까지 잃게 된다면 이 원정은 실패한 거나 다름없다.'

결국 그는 조창의 참전을 허락했다.

"알겠다. 네가 곁에서 묘재를 지켜라. 단, 절대 무리해서는 안 된다."

"맡겨주십시오."

하후연과 조창은 출진 준비를 위해 먼저 막사를 떠났다. 하후돈은 몇 가지 사안을 더 논의한 후 회의를 파했다.

"순은 우리 움직임을 적이 눈치채지 못하게 하면서 적당히 응해줘라. 저들의 기세에 눌려 감히 신급성으로 치고 들어가지 못하는 척하면 되겠지."

"명심하겠습니다."

잠시 후, 조조군 진영에서 한 개 부대가 떨어져 나왔다. 하후연이 이끄는 오백 기의 기병이었다.

"가자. 최대한 은밀하면서도 빠르게 움직여야 한다."

옆에서 말을 몰던 조창이 하후연에게 답했다.

"염려 마십시오, 숙부님. 어서 가서 놈들의 밥그릇을 엎어버립시다."

"훗, 넌 내가 지휘하는 부대의 최고 속도 행군을 못 겪어봤지? 말 등에서 울지나 말거라."

하후연의 부대는 허창을 향해 달리기 시작했다.

같은 시각, 가후는 무송과 노지심을 찾아가 설득하는 중이었다.

"분명 적군 또한 수송부대를 노릴 것입니다. 아군 전력에 공백이 생기지 않을 정도의 소수 병력으로, 적 별동대를 막아냄과 동시에 수송부대를 호위할 수 있는 사람은 두 분뿐입니다."

무송이 머리를 긁적이며 마지못해 말했다.

"그럼, 내가 가야겠네."

잠잠하던 노지심이 즉각 반발했다.

"싫어."

"하지만 노지심, 우리 둘 다 빠져버리면 이 허약한 원술군은 금세 무너질 거라고."

무송의 말에 가후는 쓴웃음을 지었다.

"부끄럽지만 사실입니다."

"가후, 똑똑해. 머리 쓰면 되잖아."

"사실상 전장은 정해졌고 남은 건 정면대결뿐이나 마찬가지입니다. 병력도, 장수도 열세인 상황에서는 딱히 머리를 써도 나올 게 없습니다. 여기까지 한데 뭉쳐온 자들이니 이간계도 안 통하고 거짓 정보를 흘려 후퇴하게 하는 것도 불가능. 주변 지형과 환경 또한 화공, 수공 등 모든 계책을 쓸 수 없는 모양새입니다."

가후는 책략에 어두운 무송과 노지심도 알아들을 수 있도록 차근차근 설명했다.

노지심은 울상이 되었다. 혼자 수송부대를 지키러 가기도, 남아서 싸우는 것도 싫었다. 그러나 수송부대 호위 쪽을 택하면 노지심이 직접 병력을 지휘해야 한다.

상황을 파악한 무송이 그녀를 달랬다.

"자, 노지심. 어쩔 수 없다. 여기 있으면 가후가 어떻게 싸워야 할지 알려줄 거야. 그 사이 나는 후딱 달려가서 수송부대를 데려올게. 곧 군량이 떨어진다는데, 배가 고파서는 싸울 수가 없잖아."

"밥⋯. 배고픈 것 싫어."

"그렇지? 하지만 노지심 혼자서는 그 사람들을 찾아서 데려오지 못하니까 내가 가야 하는 거야."

노지심은 눈물이 그렁해져서 마지못해 고개를 끄덕였다. 그 광경을 보던 가후는 속으로 작게 한숨을 내쉬었다. 바로 이것이 두 장수의 최대 약점이었다. 지금처럼 아주 특별한 경우가 아니고선 좀체 떨어지려 하지 않는다는 것. 특히, 노지심이 무송에게 의지하는 경향이 컸다.

'둘을 각자, 자유로이 부릴 수만 있다면 훨씬 전술의 자유도가 높아질 텐데.'

아쉬웠지만 모든 게 완벽할 수는 없는 법이었다. 장수 층이 취약한 원술군에 이런 실력자가 둘이나 와준 것만으로도 감사해야 할 지경이었다. 그때 무송이 가후에게 호탕하면서도 천진한 투로 물었다.

"어이, 그러니까 여남으로 가려면 내가 동쪽으로 가면 되는 거지?"

"⋯여남은 남쪽입니다만."

"아아, 미안. 난 방향은 통 모르겠더라."

"이쪽 지리에 밝은 병사 하나를 붙여드리겠습니다."

"응, 꼭 부탁할게."

듣고 있던 노지심이 울음을 그치고 쿡 웃었다.

"무송, 바보. 동쪽이면 여동."

"뭐라고! 노지심, 너도 이 동네 길 모르잖아."

결국 걱정되기는 둘 다 마찬가지였다.

무송은 하후연보다 제법 늦게 여남 쪽으로 출발했다. 승마에 서툴러 진군 속도도 더 느릴 터였다. 하지만 하후연의 부대는 허창 쪽으로 우회해서 가야 하기 때문에 그만큼 시간이 더 지체되었다. 정면에서는 신급현의 너른 평야지대를 배경으로 한 전면전이, 뒤에서는 수송부대를 놓고 벌이는 추격전이 시작된 것이다.

비슷한 시각, 다른 곳에서 벌어진 조조군과 원술군의 전투는 조조 측 압승으로 끝난 참이었다. 가후는 패국을 함락한 뒤 떠나오면서, 혜구(惠衢)라는 장수에게 성을 맡겼다. 중요한 성이라 마음 같아서는 노지심이나 무송, 둘 중 한 사람에게 맡기고 싶었다. 그러나 둘 다 아니면 안 되니 방도가 없었다. 장수 층이 얇음을 가후는 매번 절실히 느꼈다.

그나마 혜구는 패국에서 비교적 가까운 서주 낭야국 출신이라, 기후와 지리에 익숙하고 모병도 좀 더 수월하리라 여겨 그를 택한 것이다. 그러나 혜구의 능력으로는 이번 전투에서 눈을 떠서한창 물이 오른 우금을 감당하기 어려웠다. 싸움의 양상은 앞선 전투들과 비슷하게 흘러갔다. 우금은 빗발치는 화살도 겁내지 않고 맨 앞에 서서 병사들을 독려했다.

"진격하라! 적은 이미 기세를 잃었다!"

패성은 전투를 끝낸 지 얼마 되지 않아 성벽을 채 보수하지 못한 상태였다. 그중 한 곳으로 달려간 우금이 직접 성벽을 타고 오르니, 병사들은 흥분하여 너나 할 것 없이 성벽에 매달렸다. 용운이 그 자리에 있었다면, 우금이 발동한 최고 수준의 '분기' 특기를 봤을 것이다. 우금은 자신뿐만 아니라 반경 백 장에 이르는 아군 병사들의 투지를 불러일으킴과 동시에 실제로 무력도 상승시켰다. 반면, 수성 특기가 없는 혜구는 우금 부대의 맹렬한 공세 앞에 무너질 수밖에 없었다. 결국 그는 조조군 병사들의 창칼을 무더기로 맞고 비참하게 죽었다.

우금은 패성을 탈환하자마자 진규의 행방을 찾았다. 진규가 지하의 뇌옥에 구금되어 있다는 얘기를 들은 우금은 직접 뛰어내려가 옥을 부수고 그를 구했다. 진규는 쇠약해져 있었지만 다행히 생명에는 지장이 없었다. 양성에서 그 소식을 들은 조조는 기뻐함과 동시에 탄식했다.

"진공이 무사한 건 천만다행이나, 그에게 원룡(元龍, 진규의 아들, 진등의 자)의 죽음을 알릴 생각을 하니 내 손이 다 떨리는구나."

조조는 우금으로 하여금 그대로 패성을 지키게 하는 한편, 자신은 이전, 악진, 조홍 등을 거느리고 초현으로 향했다. 이에 그의 수하들은 백이면 백 모두 조조가 여남으로 향하리라 여겼다. 한데 초현을 점령한 뒤 거기서 며칠 머무르면서 정보를 수집한 조조는 뜻밖의 말을 했다.

"우리는 여기서 이대로 여음으로 향한다."

놀란 조홍이 반문했다.

"허나 형님, 거기는 십만에 이르는 원술의 본대가 주둔해 있습니다."

조조는 히죽 웃었다.

"그래서 여음으로 가는 것이다. 이제 슬슬, 이 전쟁을 끝낼 때가 됐다."

이것은 누구에게도 말하지 않은 조조의 패. 심지어 여남을 향해 진격 중인 하후돈 등도 모르는 사실이었다.

'원소가 죽은 지금, 원술은 자신이 원가의 유일한 후계자이며, 천자의 후견인이라는 사실에 크게 고무되어 있다. 그 자부심이 하늘을 찌를 정도로. 여남을 빼앗는 것 정도로는 놈을 근본적으로 무너뜨리기 어렵다.'

조조는 원술의 욕심 많은 얼굴을 떠올렸다. 그와는 오래전 원소와 벗으로 지내던 어린 시절부터 안 맞았다. 함께 어울려 다니긴 했으나 늘 조조와 원소를 질시했다. 소년이었을 때부터 벌써 원술에게는 어떤 음습함과 어두움이 있었다.

조조의 책략은 처음부터 이것이었다. 원술이 여남에서 떠나온 사이, 시선을 다른 데로 돌리고 자신이 직접 그를 쳐부수는 것. 곡창지대이자 근거지인 여남이 위태로워지면 원술은 분명 가후를 비롯한 정예를 그리로 보낼 터였다. 그렇다고 병력을 되돌려 직접 가진 않을 것이다. 그것은 천하제일인의 위엄에 어울리지 않으니까.

과연 원술은 거대한 병력을 모아 올라오다가 양성과 패성이 연이어 넘어가자 여음에서 주춤해 있었다. 거기서 조조를 압박하겠다는 생각이리라. 그게 원술과 조조의 가장 큰 차이점이었다. 조조였다면 망설이지 않고 직접 쳐들어갔을 것이다.

원술은 여남을 떠나오던 순간부터 전선 전체를 일제히 북진시켜, 조조의 세력을 한꺼번에 짓밟겠다는 기묘한 야망에 불타고 있었다. 넓게 펼쳐진 전선을 처음 접하자마자 느껴졌다. 조조는 그의 일그러진 야심이 보이는 듯했다. 그 그림에서 원술은 가장 뒤에 서서 전체를 관망하길 원했다.

'허나 널 끝장낼 사람은 결국 나다.'

조홍, 악진, 이전 등이 지휘하는 조조의 본대는 거대한 적이 도사리고 있는 여음을 향해 진격해가기 시작했다.

21

거대한 혼란의 시작

익주 서측, 금병산(錦炳山).

기주 및 연주에서는 조조와 원술의 전쟁이, 강동에서는 유표와 손책의 싸움이 치열하게 벌어지고 있었다. 하지만 이곳은 마치 다른 세상처럼 고요하고 평화로웠다.

그 금병산 깊은 곳, 앞이 뚫려 내부가 훤히 들여다보이는 허름한 움막에 한 여인이 비스듬히 누워 있었다. 여인은 붉은 경장을 입고 긴 머리를 늘어뜨렸다. 외모가 매우 아름다웠으나 나이를 가늠하기 어려운 여인이었다. 어찌 보면 아직 어린 소녀 같기도 하고 또 어찌 보면 세상 다 산 노파 같기도 했다. 머리카락이 오묘한 회색빛이라 더욱 그런 느낌을 주었다.

먼 하늘을 바라보고 있던 그녀가 중얼거렸다.

"우길이 떠나 죽음을 통제할 수 없게 되어, 마땅히 죽어야 할 자들이 살고, 살아 있어야 할 자들이 죽을 것이다. 좌자가 다시 잠들어 힘의 흐름을 조절하지 못하게 되었으니, 금지된 힘을 쓰는 자들이 활개를 칠 것이다. 남화노선은 아직 각성하지 못해 평화가 찾아오기 요원하다….”

여인은 일어나 앉으며 혼잣말을 이었다. 어쩌면 자기 자신에게 되뇌는 말 같기도 했다.

“세계를 흔드는 이계의 존재를 다른 시공으로 보낸 건 다행이었지만, 네 주시자 중 나 혼자 남았으니…. 더 이상 이 세계의 균형을 유지하기가 어렵겠구나. 장차 거대한 혼란이 일어날 것이다. 그리고 곧 그 혼란과 관계있는 손님들이 오겠구나.”

잠시 후, 부스럭거리는 소리가 가까워지더니, 두 인영이 마른 나무숲을 헤치고 모습을 드러냈다.

잘 다듬은 긴 턱수염을 가진 장년의 사내. 그리고 남자처럼 짧은 머리카락에 귀여운 얼굴을 한 소녀였다.

사내는 검정 무복에 같은 색의 장포를 덮어 입었고 소녀는 몸에 붙는 초록색 경장이었다. 겨울의 익주, 거기다 깊은 산속의 혹독한 추위를 감안하면 지나치게 가벼운 차림새였다. 그러나 둘 다 전혀 추위하거나 움츠러드는 기색이 없었다. 이는 곧 그들이 평범한 사람이 아님을 짐작하게 했다. 움막에 앉아 있는 여인을 본 짧은 머리의 소녀가 손가락질하며 외쳤다.

“앗, 저기 있다! 저기 있어요, 선생님. 드디어 찾았네요!”

“나도 봤다. 사람한테 함부로 삿대질하는 거 아니다, 청청.”

“앗, 죄송해요. 헤헷. 근데 사람 아니잖아요?”

‘청청(鶺靑)’이라 불린 소녀의 말에, 여인이 천천히 답했다.

“사람이 아닌 것은 아니다. 보통 사람과 다른 것일 뿐. 바로 그대들처럼.”

검정 무복의, 턱수염이 아름다운 사내가 정중한 투로 물었다.

"혹시 자허상인 님이십니까?"

"이미 다 알고 왔지 않은가?"

"자허상인 님께서도 저희가 올 걸 이미 아셨겠지요."

"그렇다네."

둘의 대화에 청청이 입술을 삐죽였다.

"칫. 말도 안 돼요. 그리고 저 여자는 젊어 보이는데 왜 선생님한테 반말이죠?"

"겉으로 보이는 게 다가 아니다, 청청. 조용히 있거라."

청청을 가볍게 꾸짖은 사내가 말했다.

"저는 주동이라 합니다. 자허상인 님께서 앞날을 보시는 능력을 가졌다기에 여쭙고 싶은 게 있어서 찾아왔습니다."

"…"

신비로운 여인, '자허상인'은 이름처럼 소리 없는 허허로운 웃음으로 대답을 대신했다.

사내의 이름은 미염공(美髥公) 주동(周仝), 천강 제12위다. 한때 10인의 변절자 중 하나로서 노준의의 편에 섰으나, 그가 진한성과 함께 죽었다고 알려진 뒤 송강에게 돌아간 자였다. 주동은 검술의 명수로 순수하게 검술의 기교적인 측면에서만 따지자면 위원회 최강이었다. 하지만 투쟁심이나 의무감이 다소 부족해 맡은 일만 처리하려는 면이 있었다. 그가 예전에 노준의를 택했던 것도 이 시대의 제후들에게 보내 싸우게 하는 송강의 방식이 부담스러워서였다.

송강은 별 책망 않고 그를 받아주었지만, 대신 한 가지 조건을 내걸었다. 바로 익주의 금병산 어딘가에 있는 자허상인이라는 신선을 찾아서 위원회의 앞날을 물어보라는 명이었다.

"그냥 물어보고 답을 듣기만 하면 됩니까?"

"그래요."

명령 끝에 송강이 이상한 말을 덧붙였다.

"답해주지 않거나 부정적인 답을 하면 죽이세요. 당신의 검술에 천기가 더해지면, 아무리 신선이라 해도 죽일 수 있겠죠."

"…이유를 여쭤봐도 되겠습니까?"

"그 존재는 미래를 보지만, 보는 것 자체가 미래에 영향을 끼치기도 하니까요. 예를 들어, 그 존재가 주동 당신이 곧 죽을 거라고 말했다면, 그것은 사실입니다. 허나 그 죽음은 그 존재가 말함으로써 더욱 가까워지는 겁니다. 그 존재를 없애버린다면, 10할이던 확률이 8, 아니 7할 정도까지로 줄어들겠지요."

"적중 가능성 10할인 겁니까…."

"그 존재가 입 밖으로 내어 한 말은 무조건 이뤄집니다."

송강이 단언했다. 이에 주동은 몇 개월 전부터 검 한 자루를 품고 금병산을 뒤진 끝에 겨우 이 자허상인이라는 존재를 찾아냈다. 자허상인이 할 예언에 대한 호기심도 있었지만, 이 임무를 성실히 수행하여 충성심을 증명하려는 의도도 있었다.

'이러니저러니 해도 한 번 배신했었으니까, 위원장은 절대 잊지 않을 것이다. 이게 처음이자 마지막 기회일지도 모른다.'

주동은 이런 생각으로 매서운 추위를 무릅쓰고 험한 산속을 헤매면서도 견뎌낸 것이다. 한데 막상 자허상인을 보자 의아한 마음이 들었다. 뭔가 초월적인 엄청난 존재일 거라고 마음의 준비를 했는데 생각보다―

'평범하군. 아름답긴 하나 어떤 기운도 느껴지지 않아.'

이런 생각을 하던 주동은 흠칫 놀랐다. 아무 기운도 느껴지지 않는다는 게 평범한가? 평범한 사람이라면 이 정도 가까이 왔을 때 아주 미약한 기라도 감지되어야 했다. 그러나 자허상인은 말 그대로 아무 기운도 흘리지 않고 있었다. 그렇다고 죽은 사람처럼 생기가 없는 건 아니다. 주변의 환경, 자연과 완벽하게 일치되어 기운이 도드라지지 않는 것이다. 주동은 비로소 진지하게 질문할 마음이 들었다.

"저는 위원회라는 조직에 속해 있습니다. 지금 유주왕 진용운이라는 자와 대적 중입니다. 또한 조직의 주요 인원들이 천하로 흩어져서 각자 왕이라 믿는 제후들을 돕고 있습니다. 원래 위원회의 목적은 미래에 이 나라를 세상의 주인으로, 유일한 제국으로 만드는 것이었습니다만…. 이제는 알 수 없게 되었습니다. 앞으로 어찌 되겠습니까?"

주동의 말에 옆에 있던 청청이 놀란 얼굴로 그를 쳐다보았다. 회의 일원이 그들의 목적과 사정을 타인에게 이렇게까지 상세하게 말하는 건 처음이었다. 더구나 그 의미를 정확히 이해하는지도 불확실한, 이 시대의 상대에게. 잠시 침묵을 지키던 자허상인이 마침내 입을 열었다.

"그대는 내가 답을 해주어도 죽으려 할 것이고 답해주지 않아도 그럴 것이다."

"답을 해줘도 죽이려 한다는 건 미래가 부정적이라는 뜻이겠군요."

"여러 갈래로 나뉘어 흐르던 물줄기가 하나로 합쳐져 거대한 강이 되니, 거기에 별이 빠져 빛을 잃으리라."

"…."

주동의 안색이 일변했다. 자신들의 힘의 근원이 별이라는 것 정도는 그도 잘 알고 있었다. 그 별이 빛을 잃는다 하니, 부정적인 예언임이 분명했다.

자허상인은 작정한 듯 계속 말을 이어갔다.

"푸른 나비는 세 번의 고초 끝에 자기 자신을 희생하여 고치를 찢고 날아오른다. 그 날개로 천하를 덮으려 하나, 마왕의 불길이 날개를 태워 큰 희생을 치르리. 돌아온 용이 천하에 위엄을 떨치고 으뜸가는 별은 통곡하리라. 백면서생이 외로운 여인을 만났을 때 마지막 혼란이 끝나니, 여덟 개의 문이 열리고 모든 것은 섭리대로 돌아갈 것…."

풋! 자허상인은 예언을 끝까지 말하지 못했다. 어느새 품에서 검을 꺼낸 주동이 음속에 가까운 속도로 그녀의 목을 베어버렸기 때문이다. 그는 목을 잃고 쓰러지는 자허상인을 보며 차가운 목소리로 내뱉었다.

"그 정도면 충분하다. 그 미래를 바꿔버릴 여지 정도는 남겨둬야겠지."

"으악, 선생님. 저것 보세요!"

청청이 놀라서 자허상인의 시신을 가리켰다. 잘린 목에서 솟구치던 피가 빠른 속도로 뭉근하게 덩어리지고 있었다. 그러더니 곧 덩어리는 어떤 형태를 이뤄 하늘로 날아올랐다. 바로 피처럼 붉은빛의 새였다. 급기야 목에서 곧바로 붉은 새들이 미친 듯 푸드덕거리며 쏟아져 나왔다. 여기에는 냉정한 주동도 놀라지 않을 수 없었다.

"이런, 이건 무슨 눈속임이냐!"

새떼는 한동안 더 쏟아져 나오다가 점차 수가 줄어들더니 마침내 멈췄다. 문득 보니 자허상인의 시신이 사라지고 그 자리에는 넓게 펴진 경장만이 남아 있었다. 주동은 섬뜩한 기분이 들었다. 그는 청청을 감싸듯 하며 함께 뒤로 멀찍이 물러났다.

"혜에."

좋아서 입을 헤벌리던 청청이 진지하게 물었다.

"선생님, 그 여자, 몸속에 피 대신 새가 흐른 걸까요?"

"…네가 한때나마 내 제자였다는 사실이 부끄럽구나."

주동은 탄식했지만, 청청의 터무니없는 말 덕분에 두려움은 좀 가셨다.

"그리고 보니 이 주변은 겨울인데도 과실이 열린 나무가 많고 물이 얼지 않았구나. 돌아가는 길에 먹을 식량이 다 떨어졌었는데 잘됐다. 청청아, 먹을 만한 걸 찾아서 좀 챙기거라. 나는 자허상인이 한 말을 잊기 전에 적어둬야겠다."

"옙, 선생님."

청청이 바삐 움직이며 과일을 따고 물을 긷는 사이, 주동은 지

필묵을 꺼내 자허상인의 예언을 적어내려가기 시작했다.

 며칠 뒤, 송강은 주동이 가져온 두루마리를 흥미롭게 읽고 있었다. 바로 자허상인의 예언이 적힌 두루마리였다.

 '문맥상 이 푸른 나비는 아무래도 진용운 같은데…. 왜 그를 하필 나비에다 비유하는지 모르겠군. 그나저나 세 번의 고초라는 건 역시 내가 진용운에게 선물하려는 시련이겠지? 그 얘길 한 대상은 나의 병마용군인 가영뿐인데 그걸 언급한 건 제법 놀랍군. 몸속에서 붉은 새떼가 쏟아져 나왔다고 했었나? 범상치 않은 최후 하며…. 설마 진짜 신선이었다는 건가?'

 예언은 전체적으로 비유적·은유적이라 의미를 바로 알아내기가 쉽지 않았다. 특히, 마왕, 용, 백면서생이 누구를 가리키는지 제일 궁금하면서도 단정하기가 어려웠다. 그러나 몇 가지 확실히 마음에 걸리는 부분은 있었다.

 '별이란 의심할 바 없이 나를 비롯한 회, 그중에서도 천강위를 뜻한다. 여러 갈래로 나뉘어 흐르던 물줄기가 하나로 합쳐져 거대한 강이 되니, 거기에 별이 빠져 빛을 잃으리라…. 분열되어 있는 천하가 통일되면 우릴 삼켜버린다는 거겠지. 역시 각 제후들에게 천강위를 나눠 보내 힘의 균형을 맞추게 한 건 결과적으로 잘한 일이었어. 그 물줄기가 합쳐지게 놔둬선 안 돼.'

 송강은 그간 자신의 천기를 이용해 쭉 유주성의 상황을 보고 있었다. 양수는 생각 이상으로 잘해주고 있었다. 정작 그는 아마 제 뜻대로 움직인다고 여길 테지만. 그가 하는 양을 지켜본 결과,

진용운이 없는 상태에서 조금만 더 일이 진행되면 첫 번째 시련이 완성될 듯했다. 다만, 그 과정에서 작은 변수가 생겼다. 진용운을 유주성에서 끌어내리려고 보낸 양웅과 석수가 예상보다 훨씬 빨리 당해버린 것이다.

'조금 더 시간이 필요한가.'

생각을 정리한 송강은 가영을 불렀다.

"가영, 서둘러 처리해줄 일이 있어."

"말씀하시지요."

"온회에게 사신을 보내. 그에게 시킬 일이 생겼거든."

"알겠습니다."

"아, 사신으로는 해진과 해보를 보내면 될 거야. 어차피 그 둘이 가야 했으니까. 간 김에 그대로 거기서 일하게 하면 돼."

"예. 두 분이 좋아하시겠군요. 즉시 전달하겠습니다."

잠시 후, 오랜만에 학살을 벌일 수 있으리라는 기대에 부푼 두 천강위가 병주를 향해 출발했다. 둘은 말 머리를 나란히 하고 북쪽으로 달렸다. 해진은 험상궂은 얼굴에 한쪽 눈 위로 긴 칼자국이 나 있었다. 그는 양 옆구리에 하나씩 한 쌍의 채찍을 찼다.

해보는 얼핏 봐서는 해진과 구분하기 어려울 정도로 닮았지만, 얼굴에 흉터가 없었다. 또 채찍 대신 두 개의 낫을 매달고 있었다.

형제의 특기는 요인 암살과 민간인 학살이었다. 현대에서는 주로 중국 공산당의 청부를 받아, 독립운동을 이끄는 소수민족 지도자들을 죽였다. 둘이 가장 자랑스러워하는 일은 티베트의 달라이 라마를 사고로 위장해 죽인 것이었다.

병마용군 가영이 말한 대로 신이 난 해보가 외쳤다.

"형, 위원장도 생각보다 사람 괜찮은 것 같지 않아? 노준의한 테 붙었던 우리를 받아준 데다 이렇게 실컷 날뛸 기회도 주니 말이야."

옆에서 말을 몰던 해진이 맞받았다.

"그러게. 생각해보면 노준의는 연청, 그 계집 같은 위구르족 노예를 싸고돌기나 했지, 딱히 잘한 일도 없잖아?"

"진한성이랑 같이 죽어준 건 고맙지만."

"혹시 둘이 잠자리 상대였던 거 아니야? 킬킬."

"아무튼 오랜만에 실컷 날뛰어보자고."

해진과 해보는 서로 외에 누구도 믿지 않았다. 오죽하면 병마용군을 만드는 일조차 거부했다. 정확히는, 딱히 부름에 응해줄 만한 영혼이 떠오르지 않아서였다. 둘은 부모를 몰랐고 친척이나 친구도 없었다. 어딘가에 버려져, 눈을 뜬 순간부터 함께였던 형제를 제외하곤. 형제는 함께 악착같이 살아남았고 절도, 강도, 방화, 강간, 살인 등 온갖 악행을 함께 행했다. 또한 그런 모든 범죄를 오직 소수민족 자치구에서만 저질렀다.

대상이 된 것은 중국 공산당에 비협조적이거나 반항심을 품은 자들이었다. 당의 입장에서는 가려운 곳을 알아서 긁어주는 격이었다. 자연히 수사도 소극적이었다. 그러자 참다못한 몇 개 소수민족이 연합해 자경단을 만들었고 형제는 곧 쫓기는 신세가 됐다. 이에 중국 공산당은 은밀히 사람을 보내, 둘에게 무기와 자금을 지원해주고 계약을 맺었다. 형제는 그 돈으로 총과 탄약, 부하를 샀다. 악명 높은 중국 소수민족 사냥꾼의 탄생이었다.

"좋은 시절이었지."

해진은 맞바람을 받으며 눈을 가느다랗게 떴다. 그는 자신이 태어나면서부터 어딘가 잘못되어 있었다는 길 본능적으로 느끼고 있었다. 대체 부모가 누구기에 이 모양인지는 알 수 없으나, 아마 보통 가정에서 태어났어도 어차피 정상적인 사회생활은 불가능했을 것이다. 거슬리는 자는 죽이고 원하는 건 빼앗아야 직성이 풀렸다. 북경 한가운데서 그렇게 살아갔다간 얼마 못 가 공안에게 붙잡혀 처형당했겠지만, 생존 본능이 욕구를 채우면서도 살 방법을 알려주었다. 또 그때처럼 날뛸 수 있다고 생각하니 형제는 마음이 설레었다.

그때 둘의 앞에 커다란 등짐을 짊어진 장년인이 나타났다. 초췌한 외양으로 보아 산속에서 길을 잃고 제법 오래 헤매 다닌 듯했다. 그는 해진, 해보를 보고 반색하여 손을 흔들었다.

"어이쿠, 살았구나. 잠시만 멈추고 좀 도와주시오!"

휘리릭! 대답 대신 해진의 손에서 날아간 채찍이 사내의 목을 휘감고 허공으로 들어올렸다. 뒤이어 해보의 낫이 목을 베고 지나갔다. 마치 한 몸인 것처럼 빠르고 자연스러운 합공. 쿵! 형제가 지나간 자리에 몸과 머리가 분리된 시신이 떨어져 나뒹굴었다. 둘은 미친 듯 낄낄댔다.

"들었냐? 크헬헬. 잠시 멈추고 도와달란다."

"도와주긴 했지. 기대한 도움과는 달랐겠지만."

양웅, 석수 콤비와는 또 다른 종류의 괴물. 두 개의 흉성(凶星)은 달리는 속도를 더욱 높였다.

석수와 양웅을 처치한 용운은 원수화령의 장례를 치른 뒤 서관으로 향했다. 학소와 여몽을 보내 방어 거점으로 만들게 한 곳이다. 역사서에서만 본 학소의 실력을 직접 확인한 뒤, 다음 행동을 결정하기 위해서였다. 만약 서쪽에서부터의 공격에 서관이 돌파당하면 그다음은 곧장 유주국의 도성이다. 따라서 서관은 매우 중요한 요지 중 하나였다.

'호오.'

서관 인근에 도착한 용운은 속으로 감탄했다. 아직 서관에 닿지도 않았는데, 상곡군과 확연히 다른 분위기가 느껴졌다. 경계가 삼엄하고 규율이 엄정한데도, 백성들은 오히려 활기차면서도 상곡군의 사람들보다 느긋해 보였다. 엄격한 경계와 규율이 그들을 억압하기 위한 게 아니라, 지켜주기 위한 것임을 아는 까닭이었다.

서관 주변에는 불과 두어 달 사이에 작지 않은 규모의 상설 시전이 만들어져 있었다. 치안이 안정되니 서관을 이용하는 상인들이 많아졌다. 그들을 대상으로 한 상업지대가 형성된 것이다. 이 상업지대는 앞으로 더 커질 가능성이 높았다. 그들 중에서 매번 시전을 차리거나 점포를 빌리기 번거로워 눌러사는 이들이 생겨날 테고 그들을 대상으로 한 가게가 또 만들어질 것이다. 일종의 작은 상업도시가 형성되기 시작하는 현장을 본 용운은 신기하면서도 감동했다.

'어쩐지, 관문밖에 없는 서관에서 갑자기 세금이 올라왔다기에 이상하다 했더니. 학소에게 수성의 능력 말고도 통치의 자질도 있었던가? 아니면, 이것은 여몽의 능력인가?'

원수화령을 잃고 울적하던 기분이 좀 나아졌다. 용운은 실태를 조금 더 알아보기로 마음먹었다. 그는 백무관의 변장술을 써서 평범한 중년 사내로 모습을 바꿨다. 그런 뒤 장사치로 위장해 시전으로 스며들었다. 객잔 한 곳에 자리 잡은 용운은 간단한 음식을 주문하고서 일하는 사람에게 말을 시켰다.

"여보게, 내가 서관을 오랜만에 이용해서 그러는데, 전에는 아무것도 없던 허허벌판이던 곳이 어찌 이리 갑자기 번화해졌나?"

어린 사내는 싹싹한 어조로 답했다.

"헤헤, 나리. 실은 이곳이 이렇게 바뀐 지 얼마 되지 않았습니다. 새로 중… 뭐더라?"

"중랑장?"

"예! 그 서관중랑장님이 오셨는데, 부임해 오시자마자 관문을 수리하고 주변의 도적과 산적 떼를 싹 쓸어버렸습죠. 지나치게 비싸던 통행세를 깎아주는 대신, 뇌물을 없애고 확실하게 걷어서 그 돈으로 다시 길과 집을 고쳤고요. 그러자 자연히 나리 같은 상인들이 몰려든 것입니다."

"그렇군. 대단한 사람이군."

"대단하고말고요! 사실, 유주성에서 병주로 가려면 서관을 지나는 게 제일 빠르고 편한데 지금까지는 제대로 활용을 못했거든요. 이게 다 중장랑님 덕이지요."

"중랑장."

"예예, 그분이요. 중장랑이면 어떻고 중랑장이면 어떻습니까. 덕분에 우리가 살 만해졌으니 됐지요."

사내는 마치 제 일처럼 신나서 학소를 칭찬했다.

'역시 학소의 능력은 진짜였군.'

용운은 흐뭇한 한편, 이 정도면 학소를 정양성으로 보내도 무방하리라 여겼다. 병주가 성혼단의 세력이 되었음을 안 이상 그냥 둬선 안 될 일이었다. 당장 정벌하기는 어려워도 최소한 공격에는 대비해야 했다.

그날 밤, 용운은 소리 없이 서관 내부로 숨어들었다. 학소는 밤늦게까지 집무실에서 일하는 중이었다. 그는 용운이 불쑥 나타나자 검집을 쥐었다가 상대를 확인하고 다시 놓았다.

"전하."

"오랜만입니다, 백도(伯度, 학소의 자). 갑자기 놀래켜서 미안해요. 그러지 말라고 해도 왕이 왔다고 하면 꼭 부산 떠는 사람들이 있어서."

"아닙니다. 얼마 전까지 자객들이 공격해오곤 해서 또 그건가 했습니다."

"자객이요?"

"제가…."

용운은 말이 느린 학소가 단어를 고르길 잠자코 기다렸다. 잠시 후, 그가 다시 말을 이었다.

"서관 주변에 자리 잡고 있던 도적 무리 몇 개를 없앴습니다. 그러자 원한을 품고 자객을 보낸 것입니다."

"그랬군요. 그뿐만 아니라 와서 보니 상권이 형성되고 백성들도 안심하고 잘 지내더군요. 정말 잘해주었어요."

"…."

"자명(子明, 여몽의 자)은 잘 있나요?"

"…과찬이십니다. 여자명은 잘 있습니다."

"그는 어때요? 도움이 좀 돼요?"

"영리하고 무공도 강합니다. 좀…."

"말이 많은 것만 빼면?"

학소는 살짝 눈썹을 찌푸리더니 고개를 끄덕였다. 여몽의 수다를 떠올리기만 해도 머리가 아픈 기색이었다.

"그럼, 그대가 생각하기에 서관을 여몽이 대신 맡는다면 잘해 낼 수 있을까요?"

학소는 왼손으로 턱을 어루만졌다. 평소보다 좀 더 신중하게 답해야 할 때 하는 버릇이었다. 자연히 그 질문에 대한 대답은 시간도 더 걸렸다. 용운은 그사이 집무실의 죽간을 이것저것 펴보기도 하고 몸을 풀기도 하면서 기다렸다.

'현대였으면 스마트폰이라도 보고 있겠구먼.'

마침내 학소가 무거운 입을 열었다.

"충분히 가능합니다."

"좋아요."

씩 웃은 용운이 말했다.

"여몽의 수다에서 벗어나게 해주죠. 그대를 중랑장 겸 신임 상곡지사로 임명하겠어요. 단, 부임지는 상곡군이 아니라 정양성이 될 겁니다. 거기서 방어태세를 취하면서 병주와 익주 쪽의 움직임을 주시해주세요."

학소의 눈이 조금 커졌다. 그는 또 잠시 침묵을 지켰다. 파격적인 인사에 놀란 건가, 하고 용운이 생각한 순간 학소가 말했다.

"지금 처리하던 업무는 끝내고 가도 되겠습니까?"

"하하, 그래요."

용운은 기꺼워하며 웃었다.

그때 집무실 문이 열리더니 익숙한 목소리가 들렸다.

"백도 님! 혹 주무십니까? 아, 평소 습관으로 봐서 아직 일하고 계실 것 같긴 하지만, 혹시나 해서요. 만약에 주무시고 계셨던 거면 죄송하니까요. 그런데 역시 깨어 계셨네요. 낮에 종일 병사들 조련하셨는데 안 피곤하십니까? 정말 체력 하나는 제가 도저히 못 따라가겠습니다. 아참, 다름이 아니라 뭐 좀 여쭤볼 게 있어서 찾아왔습니다. 어라? 전하, 여기에 어찌 계신 겁니까?"

그는 바로 여몽이었다. 학소가 고행하듯 눈을 지그시 감는 걸 보며 용운은 참지 못하고 웃었다.

"여전하네. 자명."

용운이 서관에서 학소와 여몽을 만날 무렵이었다. 유주성에서 파견된 흑영대원이 용운을 찾아 상곡군에 왔다. 급하게 전할 일이 있어서였다. 원래, 용운이 본성을 떠나 있는 동안 원수화령이 정기적으로 흑영대와 접촉하게 되어 있었다. 그러나 그가 죽고 용운이 행선지를 변경하면서 연락 체계에 구멍이 생겼다.

"아차, 길이 엇갈렸구나."

전예의 명으로 급보를 전하러 온 흑영대원은 낭패감에 당혹해했다. 용운이 서관으로 갔다는 말을 들은 그는 쉬지도 않고 곧장 그리로 향했다. 용운의 서관 행은 여러 일이 그렇듯 결과적으로 한 가지 면에서는 잘한 선택이고 다른 한 가지 면에서는 실수였다. 잘한 일이라는 것은, 학소를 곧바로 상곡지사로 임명함으로써 장막이 빠진 공백을 최소화했고 불과 며칠 뒤에 있을 병주목 온회의 침공을 막아냈다는 것. 실수한 점은, 그로 인해 유주성에서 벌어진 혼란에의 대처가 늦어졌다는 거였다.

용운은 서관에서 사흘 정도 머무른 뒤, 유주성으로 갈 채비를 했다. 학소는 그의 성격답게 용운의 눈치를 보거나 융숭히 대접하기는커녕 인수인계에 바빴다. 이에 용운도 작별인사랍시고 괜히 그의 시간을 빼앗기 싫어, 혼자 조용히 떠나려던 참이었다.

'이제 드디어 문희를 다시 볼 수 있겠구나.'

준비를 마친 용운이 감회에 젖어 있을 때였다. 그의 거처로 여몽이 헐레벌떡 달려와 문을 벌컥 열었다.

"전하! 전하! 여기 계십니까?"

"무슨 일인데 그렇게 급해?"

"적의 침공입니다!"

뜻밖의 말에 용운은 깜짝 놀랐다.

"뭐? 서관으로?"

"아니, 아닙니다. 정양성입니다. 정양성으로 병주목 온회가 오만의 병력을 이끌고 쳐들어오고 있다는 소식입니다. 마읍(병주 안문군에 속한 도시)에 보내두었던 오환족 간자 덕에 다행히 좀 빨리 알게 되긴 했지만, 준비해서 적을 맞이하기에는 촉박합니다. 학중랑장은 그 소식을 듣자마자 먼저 출발했습니다."

"혹시 온회가 거느린 장수의 이름도 들었어?"

"예. 형제라고 해서 기억에 남았습니다. 해진과 해보라고 하더군요."

용운은 멈칫했다. 익히 알고 있는 이름이었다.

'천강위.'

천강 제34위 양두사(兩頭蛇, 머리 둘 달린 뱀) 해진(解珍)과, 35위 쌍미갈(雙尾蝎, 꼬리 두 개 달린 전갈) 해보(解寶). 《수호지》에서도 역시 형제로 등장하며, 별호답게 흉포하고 거친 자들이었다. 유당에게서 들은 바에 의하면, 위원회의 해진과 해보 또한 잔인한 인간 사냥꾼이라고 했다. 특히, 현대에서 소수민족 사냥을 전문으로 하는 특수요원이었다고 들었다. 말이 요원이지 나라에서 허가한 살인청부업자, 인신매매범이나 마찬가지였다.

'그런 자가 둘.'

용운은 원래 온회 정도는 학소와 여몽이 충분히 막아내리라 보고 그대로 유주성으로 돌아가려 했다. 그러나 천강위가 둘이나 온다면 얘기가 달랐다. 더구나 해진과 해보는 형제인 까닭에 둘이 함께할 때 힘이 몇 배로 강해지는 자들이었다.

'모처럼 얻은 인재를 이런 싸움으로 잃을 수는 없지.'

용운은 이제 자신의 힘에 어느 정도 자신감을 갖고 있었다. 자만하진 않았지만, 관승을 이긴 것은 어지간한 천강위는 일대일로 잡을 수 있다는 의미였다. 가서 민폐만 된다면 또 모르겠으나, 대적할 힘을 갖고서도 회피하는 건 왕의 자세가 아니다. 그는 마음을 바꿔 정양성으로 가서 학소를 도와 적과 싸우기로 결심했다.

"말을 준비해줘. 자명."

"전하께서 직접 가시게요?"

"그래. 가봐야겠어."

"그래주시면 저야 좋지만, 도성에서 난리치지 않을까요? 특히, 순문약 영감이나 흑영대장이요. 그 둘한테는 전하도 꼼짝 못하시잖아요."

"여기엔 그 둘이 없잖아. 게다가 지금 대성으로 온다는 병주군은, 말이 병주군이지 사실상 성혼교인 부대야."

"그렇지요. 그래서 온회가 성혼교도가 됐다고 들었을 때 우려했던 것인데…."

"성혼교인들은 두려움을 모르고 죽음을 겁내지 않기 때문에 상대하기가 몇 배나 어려운 데다, 만약 그들이 대성을 빼앗는다면 거기 있던 백성들을 다 죽이고 말 거다. 가까이에서 백성들이 위험하다는 말을 듣고서도 모른 척하고 돌아갈 순 없지."

"흐헤헤, 과연 전하십니다. 청무관에 다닐 때부터 존경했습니다만, 새삼 평생 충성하겠습니다!"

"바쁘니까 그만 떠들고 얼른 말이나 끌고 와."

잠시 후, 용운은 여몽과 함께 대성을 향해 전속력으로 말을 몰왔다. 상곡성에서부터 온 흑영대원이 서관에 도착한 것은, 그로부터 약 세 시진(여섯 시간) 후였다.

"이런!"

흑영대원은 망연자실했다. 또 엇갈리다니. 이 연이은 엇갈림이 어쩐지 불길하다는 느낌이 들었다.

'방정맞은 생각을.'

흑영대원은 임무에 충실할 뿐, 사념은 금물이다. 그는 고개를 저어 잡념을 떨쳐낸 뒤, 다른 동료를 위해 표식을 남기고 다시 정양성으로 떠났다.

그 무렵, 유주국 본성에서는 엄청난 사태가 벌어지고 있었다.

"…이게 사실이냐?"

전예는 냉막한 목소리로 물으면서도 알고 있었다. 자신의 수하가 거짓되거나 미흡한 내용을 알려올 리가 없다는 것을. 더구나 이런 심각한 사안일 때는 더더욱 그랬다.

"그렇습니다."

수하도 복면 뒤에서 굳은 눈빛으로 답했다.

"…알았다. 나가보거라. 이 일은 절대 함구하도록."

"옛."

수하가 나간 뒤, 전예는 양손을 펴 얼굴을 묻고 긴 한숨을 내쉬었다. 어떤 일이든 냉철하게 처리하고 흔들리지 않는 그의 성격에 비춰볼 때, 지금의 행동은 상상 이상의 곤란한 일이 벌어졌다는 의미였다. 수하가 바친 것은 몇 장의 양피지였다. 그사이 양수의 움직임은 날이 갈수록 불온해졌다. 급기야 내성에서 반란을 일으키려는 정황이 포착되기까지 했다. 용운의 장수들은 유독 강했기에 그들이 대거 자리를 비운 지금이 기회라 판단한 것이리라.

전예는 일찌감치 이를 알고도 모른 척했다. 양수를 미끼로 이번 기회에 반용운 세력을 끌어내 숙청하려는 속셈에서였다. 전예가 생각하기에 용운의 처사는 너무 관대했다. 이제 한 번쯤 정리할 때가 됐다. 그런 와중에 이 양피지를 입수한 것이다.

전예는 다시 한 번 양피지를 차근차근 읽었다. 그래도 당연히, 적힌 내용은 변하지 않았다. 거기에는 양수와 적극적으로 접촉한 끝에, 반란에 동참하기로 약속한 이들의 이름이 적혀 있었다. 양수와 함께 작성한 연판장(여러 사람의 명단에 각자의 도장 또는 지장을 찍거나 서명을 하여 작성한 문서)의 내용을 수하가 몰래 베껴왔다.

'대부분은 예상 범위 내에 있던 자들이지만….'

문제는 그 연판장에 결코 있어서는 안 될 인물의 이름이 적혀 있다는 것이었다. 전예는 또 한 번 그 이름을 뚫어져라 응시했다.

순욱 문약

22

정양성 전투

연판장 맨 위에 적힌 이 이름이 주는 파장은 만만치 않을 터였다. 전예는 순욱에 대한 주군의 신뢰를 잘 알고 있었다. 이에 최소한 용운에게 알린 뒤 일을 처리하고 싶었다. 그러나 용운은 원수화령의 죽음을 알려온 것과 동시에 행선지를 변경했다. 그 탓에 전갈이 엇갈리고 말았다.

그사이 가운데서 주저하다가 순욱의 이름을 보고 반란을 결심하는 자들이 늘어갔다. 순욱은 본인의 의사와는 무관하게 많은 추종자를 거느리고 있었다. 일인지하 만인지상의 지위에 있으면서, 용운과는 달리 유학의 도리에 충실하고 황실에 충성하는 마음을 드러냈기 때문이다.

'그 순욱이 들고일어날 정도면 유주왕은 가망 없다.'

이렇게 생각하는 자들의 수가 시간이 지날수록 가파르게 늘어갈 터였다. 워낙 사안이 중대하고 다급하여, 전예는 유능한 4호의 죽음을 슬퍼할 겨를조차 없었다. 그나마 다행스러운 점이라면, 최염을 비롯한 다른 개국공신들이 가담하지 않았고 사마 가문에 속한 자의 이름도 없다는 것이었다.

전예는 연판장을 보며 곰곰이 생각했다.

'왜지? 왜 전하 치세의 평화로운 도성에 이토록 불만 세력이 많은 거지?'

표면적이자 가장 큰 이유는 역시, 용운이 사실상 황실의 영향력에서 벗어나 독자적인 노선을 걷고 있다는 것. 물론, 그런 움직임을 보이는 제후는 그 말고도 많았다. 아니, 사실 대부분의 군웅들이 그랬다. 황제를 보호하고 있음을 내세우는 원술은 물론, 조조, 유표, 손책 등 모두가 황권 복원이 아니라 독자 세력 구축과 강화에 더 힘쓰고 있었다.

'전하와 그들의 차이점은 겉으로라도 아닌 척 명분을 내세우거나 연극하지 않았다는 것이다.'

용운은 허울뿐인 황실에 대한 거짓 충성보다 어려울 때 자신을 도운 오환을 받아들이는 쪽을 택했다. 고구려에 대해 묘한 관심과 집착이 있긴 했지만, 최측근 가신들은 그런 점도 이해했다. 용운의 뿌리에 대해서 이미 들은 바 있기 때문이다.

'그렇다곤 해도 도무지 이해가 안 가는군.'

다 무너져가는 황실이란 게 그토록 중요한가? 자신들이 안전하게 각자의 지위에 걸맞은 부와 명예, 권력을 누릴 수 있는 것이 용운의 덕임을 모르는가? 황실에 무관심한 성군보다 황실을 명분으로 내세운, 원술 같은 암군이 낫다는 것인가?

그래도 전예는 차마 곧바로 손을 쓸 수 없었다. 다른 사람도 아닌 순욱이었다. 용운의 부재 시 모든 일을 그의 뜻대로 행하라 명했을 정도로 절대적인 신임을 받는 최측근이었다. 피를 나눈 형제나 마찬가지인 조운을 제외하면 제일 가까운 가신이라 할 만했다. 전예 자신과의 개인적 친분도 결코 가볍지 않았다.

'조금만 더 기다려보자. 그사이 전하께서 돌아오실 수도 있으니.'

그렇게 생각한 게 사흘 전이었다. 그리고 그 사흘 동안 십여 명이 더 양수 쪽에, 정확히는 순욱 쪽에 붙었다. 마침내 전예는 결단을 내렸다. 이대로 계속 일이 진행되게 놔둘 수는 없다. 그는 성내에 남아 있던 흑영대원 전원을 불러 명했다.

"명을 받으면 각자 담당한 자를 처리하라. 검은 글자로 적힌 이름들은 그 자리에서 처단. 붉은 글자로 적힌 이름들은 구금한다."

전예는 순욱의 이름을 붉은색으로 적어두었다. 제일 문제되는 것은 역시 기도위 관승이었다. 그녀는 엄청난 무력을 가진 데다 양수와 가까운 사이로 알려져 있었기 때문이다. 유주성에는 조운도, 여포도, 마초도, 장료도 없다. 남은 장수는 서황과 이통 정도였다. 사실, 외부의 위협세력은 모두 전쟁하기 바빠서 그 둘로도 충분하다고 생각했다.

'이런 일이 벌어질 거라고는…, 아니 그 일이 이렇게 커질 거라고는 미처 몰랐지.'

아직까지 관승은 별다른 움직임을 보이지 않고 있었다. 평소대로 도성을 순찰하고 군사를 훈련하는 등 성실히 임무를 수행했다. 양수와의 접촉 빈도나 시간도 평소와 비슷했다. 그렇다고 방심해선 안 되었다. 사람의 마음속을 알 순 없으니까. 전예는 서황을 불러 자초지종을 설명하고 도움을 청하기로 했다.

'그리고 한 가지 더.'

용운의 모습을 반대파들에게 드러낼 필요가 있었다. 그가 도성에 있는 것과 없는 것은 천지 차이였다. 백영이 아무리 용운과 같은 겉모습을 가졌지만, 아무래도 진짜와의 차이는 분명 존재했다. 아주 사소한 습관 같은 것들. 예를 들면 미세한 억양의 차이라거나 눈빛, 심지어 체취에서도. 채염이 용운과 백영을 분명히 구분해내는 게 그 증거였다. 완벽한 변신이 되려면, 모든 것을 기억한다는 채염조차 둘을 구분하지 못해야 한다.

그러나 거기에는 순욱, 곽가 등 대부분의 가신이 극렬히 반대했다. 용운을 절대적으로 지지하는 군부조차 그랬다. 너무 완벽하게 똑같을 경우, 만에 하나 불상사가 생길 수 있다는 이유에서였다. 백영의 충성심을 의심하진 않지만, 그녀를 이용하려는 사람이 나올 수도 있다. 이에 백영은 간혹 용운의 대리로 모습을 드러내긴 하나, 지나치게 자주 노출하진 않고 있었다. 노출되는 시간이 길어질수록 그 아주 작은 차이를 구분하는 자가 나올 가능성도 높아지기 때문이다.

'허나 지금이야말로 백영이 나서야 할 때다.'

저쪽에서 순욱의 이름으로 반대파를 동요시키고 있다면, 용운이 건재함을 보여 압박해야 했다. 안 그래도 최근 한동안 용운이 모습을 드러내지 않자, 병에 걸렸거나 자리를 비운 게 아니냐는 소문이 퍼지고 있었다. 전예는 그날, 용운의 모습을 한 백영으로 하여금 성내를 시찰하게 했다. 마차에 탄 백영은 온화하게 웃으며 백성들을 향해 손을 흔들었다.

"전하!"

"만수무강하세요, 전하!"

마차가 지나는 곳마다 백성들이 엎드려 환호했다. 과일이나 음식 등을 바치는 자도 무수했다. 적어도 백성들에게 있어서 용운은 어떤 황제와도 바꿀 수 없는 신과 같은 존재였다. 늘 전란에 시달리고 탐관오리한테 착취당하던 백성들에게 살 길을 열어준 유일한 통치자였다. 마차는 서황이 직접 몰았으며, 전예가 함께 탔다. 서황은 마부 노릇을 하는 와중에도 날카로운 눈빛으로 주변을 살폈다. 그의 품속에 있던 요원이 속삭였다.

"우와, 엄청 시끄러워요."

"전하를 잠깐이라도 보기 위해 나온 사람들이 길 양옆을 가득 메우고 있다오."

"전하는 엄청나게 사랑받고 있군요."

"그렇소."

서황은 답하면서 마음이 아렸다. 그는 용운의 밑에 들어오기 전 비교적 많은 일을 겪었다. 그가 느낀 바에 의하면 용운이야말로 성군이란 말이 어울리는 주군이었다. 간혹 상식에 어긋나는 기행을 벌이긴 하지만, 그런 행동으로 인해 누군가를 해하거나 백성을 괴롭게 만든 적은 한 번도 없었다. 그런데 그에게 반대하여 반란을 모의하는 세력이 있다고 한다. 심지어 용운이 과거의 잘못을 용서하고 다시 받아들인 양수가 그 세력의 중심에 있다고 했다. 전예에게서 처음 그 얘기를 들었을 때, 서황은 이를 갈

아불이며 주먹으로 탁자를 내리쳤다. 마음 같아서는 당장 양수에게 달려가 그를 쳐 죽이고 싶었다. 그러나 전예는 서황이 용운의 곁에 있어주길 당부했다.

"장군, 흥분해선 안 됩니다. 대부분의 장수들이 성을 비운 지금, 공명 님이 유주의 최강자입니다. 기도위는 아직 우리 사람이 된 지 얼마 안 된 데다, 양수와 연이 닿아 있어서 완전히 믿기 어렵고요. 그러니 장군께서 당분간 전하 곁을 떠나지 말아주셨으면 합니다."

"염려 마십시오. 기꺼이 그러겠습니다. 전하를 노리는 게 누구든 결코 이 서 모를 넘어서지 못할 것입니다."

서황은 그 길로 애병인 대부, 해골파쇄기까지 지참하여 용운을 호위하기 위해 나온 참이었다.

시전까지 한 바퀴 돌고 나자 백영이 전예에게 말했다.

"무슨 일이라도 생겼어요?"

"별일 아닙니다, 전하."

"갑자기 이렇게 시찰하는 일, 별로 없잖아요. 딱히 이유도 없는….."

"그만."

전예는 백영을 응시하며, 입술만 움직여 소리를 전했다.

"필요 이상으로 많은 걸 알려하지 마라. 너는 전하의 그림자 노릇에만 충실하면 돼. 그게 너의 존재 이유니까."

백영은 입을 다물고 고개를 끄덕였다.

잠시 후, 마차는 채염의 집 앞에 와서 섰다. 마차에서 내린 백영을 울타리 밖까지 나온 채염이 반가이 맞이했다. 누가 봐도 다정한 정인 간의 재회였다. 잠시 후, 둘은 함께 채염의 집 안으로 들어갔다.

멀리서 이를 지켜보던 양수가 눈을 번득였다.

'진용운, 왜 이렇게 성안에만 틀어박혀 있나 했더니 드디어 기어나왔구나. 채염을 매일 감시하고 있으면 네가 반드시 모습을 드러내리라고 짐작했다.'

그의 옆에 있던 쥐새끼 상의 사내가 말했다.

"이제부턴 내가 감시하겠소. 덕조 공은 돌아가서 좀 쉬시오. 은마가 돌아갈 기미가 보이면 바로 알릴 터이니."

"그러지요. 흑영대는 만만치 않은 자들이니 각별히 조심해야합니다."

"알겠소. 이래봬도 추적과 감시에는 이골이 난 터요."

쥐새끼 상의 사내는 외부에서 양수를 지원하는 세력에 속한 자였다. 거한회(擧漢會). 한 제국의 영화를 되찾으려는 자들의 모임이다. 일찍이 신도현에서 제갈량의 지혜를 빌려 용운의 암살을 시도하기도 한 조직이었다. 구성원은 원소의 멸족 이후 용운에게 위협감을 느낀 명문가의 자제들, 골수 진성 선비와 유학자들, 원소의 가문에 은혜를 입었던 식객과 그 지인들 등이었다. 거한회는 암살 실패 후 타격을 입고 지하에 숨어들었으나 다시 조금씩 꾸준히 세력을 늘려갔다. 그 결과, 몇 년이 지난 지금은 마침내 유주에 첩자를 들여보낼 정도에 이르렀다.

양수가 자리를 떠난 뒤, 쥐새끼 상의 사내는 채염의 저택을 응시하며 입맛을 다셨다.

"하, 고년 참. 미색이 아주 출중하던데. 저렇게 정숙한 척하면서 색기를 풀풀 풍기는 것들을 보면 유독 회가 동한단 말이야…."

자칭 감시의 전문가는 자신이 감시받고 있다는 사실은 꿈에도 몰랐다. 그의 중얼거림을 들은 흑영대원 18호의 눈빛이 매서워 졌다. 17호가 그녀에게 전음을 날렸다.

— 참아. 대장님께서 문희 님의 신변이 위태로워지기 전까지는 절대 나서지 말라고 하셨잖아.

— 알아. 그냥 저 자식 표정만 봐도 무슨 더러운 생각을 하는지 알 것 같아서 말이야.

— 흥, 나도 마음 같아서는 저놈이 문희 님을 위협하길 바랄 뿐 이다. 그걸 핑계로 아주 갈가리 찢어주게.

— 그런데 조금 이상하지 않아? 분명 전하께서 문희 님과 함께 방에 드셨잖아. 그런데 왜 대장은 '전하의 신변'이 아니라, '문희 님의 신변'이 위태로울 때라고 말했을까?

— 바보야, 그건 집 바로 앞에 저 무시무시한 서공명 장군이 있 으니까 그런 거지. 우리는 문희 님에게만 집중하면 된다, 이 뜻인 거야.

— 아, 그렇군.

17호와 18호는 마차 옆에 꼿꼿이 서서 자신들 쪽을 물끄러미 응시하는 서황을 보며 공감했다.

— 우리, 들켰나봐. 전음만 보냈을 뿐인데.

— 역시 무시무시한 분이라니까.

유주성의 분위기가 심상치 않게 돌아갈 무렵.

이런 사실을 꿈에도 모르는 용운은, 마침내 학소의 부대를 따라잡아 그와 합류했다. 용운이 도착했을 때, 학소의 부대는 마침 물가에 진을 치고 잠시 휴식 중이었다. 용운과 여몽을 본 병사가 기겁하여 둘을 학소에게로 안내했다. 학소는 물가에서 갑옷을 닦고 있었다.

"드디어 만났네요. 나도 정양성에 갈 겁니다."

용운의 말에 여몽이 얼른 덧붙였다.

"저도요! 아참, 백도 님. 이건 제가 우긴 게 아닙니다. 전하께서 꼭 가시겠다고 하여 어쩔 수 없이 합류한 겁니다. 혼자 보내드릴 수는 없으니까요. 정말입니다. 그래도 제가 무공도 좀 하고 머리도 좀 쓰니까, 역시 함께 가는 게 든든하겠지요? 속으로는 그렇게 생각하시는 거 다 압⋯."

"그만."

참다못한 용운의 제지에 여몽은 겨우 입을 다물었다.

유령이라도 나온 듯 용운을 한참이나 바라보던 학소가 느릿하게 말했다.

"곤란합니다."

"뭐가요?"

"전하까지 지켜드릴 여유가 없습니다."

"알아요. 장군은 염려 말고 성의 수비에만 전념해요."

"으음."

학소는 잠시 하늘을 보다 땅을 보다 하다가 재차 입을 열었다.

"그런데 또 만약 전하께 불상사가 생기면, 그것은 곧 유주국 전체의 패배이니 지켜드리지 않을 수도 없습니다."

"걱정 말아요. 내 한 몸 정도는 건사할 능력이 되니까."

학소는 말 대신, 키는 크지만 여리여리한 용운의 몸매를 의심스럽다는 듯 훑어보았다. 용운은 조금 울컥하는 기분이 들었다.

'어쭈, 이자가?'

그때 문득 한 가지 생각이 그의 뇌리를 스쳤다. 서관을 완전히 다르게 바꿔놓은 실력은 인정하지만, 학소 개인의 무력은 얼마나 될까? 대인통찰로 봤던 무력 수치는 82로 양호했다. 그러나 직접 일대일로 싸우는 건 또 달랐다.

"정 그렇게 불안하면 한번 시험해볼래요?"

무슨 뜻이냐는 듯 쳐다보는 학소에게 용운이 도발하듯 말했다.

"나와 한번 붙어보자고요."

"…봐드리지 않고요?"

용운의 관자놀이에 살짝 핏줄이 돋았다.

"봐줄 여유가 없을걸요."

여몽은 흥미진진하게 그 광경을 바라보고 있었다.

'이것 봐라? 전하의 신경을 은근히 긁는 가신은 또 처음인데?'

그는 자신이 그런 최초의 가신이라는 걸 전혀 모르고 있었다.

곧 막사 주변에 임시 비무장이 마련되었다. 병사들이 비무장을 둥글게 둘러서서 울타리 역할을 했다. 경애하는 왕의 모습을 가까이에서 볼 수 있게 된 데다, 모시는 장군과의 비무까지 보게 되니 병사들은 기대에 부풀어 있었다.

"듣기로는 전하의 무공이 하늘을 진동시키고 땅을 울릴 지경이라던데."

"에이, 저 섬섬옥수와 아름다운 얼굴을 보게. 그게 가당키나 한가? 전하께서는 그저 선정을 베푸시는 것만으로도 충분히 존경받을 만하네."

"어허, 이 사람. 같이 참전했던 친구한테서 분명히 들었다니까."

"나도 들었네. 그, 신도현 전투에 참전한 사람에게서 말일세. 전하는 수레 안에서 나오시지도 못했다더군."

두 병사는 그 둘이 각기 다른 사람임을 짐작조차 못했다. 웃통을 벗은 학소가 비무장 안에서 용운을 마주하고 섰다. 그가 택한 무기는 거대한 철봉─ 이라기보다 기둥에 가까운, 이상한 물건이었다. 아무 장식도, 무늬도 없는 크고 시커먼 쇠기둥. 얼핏 보기에 보통 사람은 휘두르기는커녕 들고 싸우는 것조차 어려울 듯했다. 한데 병사들이 함성을 지르는 걸 보니, 겉멋으로 들고 다니는 물건은 아닌 모양이었다.

"나왔다. 백도 장군님의 천주(天柱, 하늘의 기둥)!"

"저거로 도적떼를 여럿 작살내셨지."

용운은 병사들의 목소리를 들으며 학소에게 물었다.

"그게 무기예요? 그거로 괜찮겠어요?"

의아해하는 그를 향해 학소가 반문했다.

"전하야말로 정말 맨손으로 괜찮으시겠습니까?"

"원래 내 특기는 체술이거든요. 부하들 앞에서 망신당하지 않으려면 최선을 다해야 할 거예요."

"알겠습니다. 그럼, 바로 시작하겠습니다."

조금 전 용운은 스스로에게 굳게 다짐했다. 비무, 그것도 가신을 상대로 한 비무에서 결코 시공권을 비롯한 천기는 쓰지 않겠다고. 순수하게 본신의 육체적 능력과 무공만으로 싸울 셈이었다. 여포에게는 천기를 동원해서야 이겼지만, 무력 수치가 80 초반에 불과한 학소에게 그랬다가는 사천신녀가 비웃을 것이다. 망신이었다.

'물론 학소의 가치는 본신의 무력이 아니니까 그가 나한테 진다고 해서 평가를 깎을 생각은 없어. 위기 상황에서 스스로를 지킬 여력이 되는지 알아보려는 것뿐이지. 만약 생각 이상으로 약하다면 흑영대원이라도 하나 붙여줘야 하니까. 절대 그가 내 무공 실력을 무시하는 듯해서 화풀이하는 게 아니라고.'

그때였다. 잠깐 딴생각을 한 사이, 학소의 철봉이 바람을 가르며 날아왔다.

"헛!"

용운은 저도 모르게 숨을 짧게 들이켰다. 철봉에 담긴 기세가 심상치 않았다. 힘도, 속도도 엄청났다. 무력 82짜리가 휘두르는 위력이라곤 도저히 믿기 어려웠다. 무엇보다 워낙 굵고 길다 보니 행동반경이 제약되었다. 천주라는 이름 그대로 하늘에서 기둥이 내리꽂히는 듯한 기분이었다. 콰앙! 굉음과 함께 땅이 울렸다. 아슬아슬하게 피해낸 용운이 침을 삼켰다. 그가 서 있던 자리에 거대한 기둥이 족히 3분의 1은 파묻혀 있었고 주변이 깊게 파였다.

"으음, 백도. 방금 암살을 기도한 건가요?"

"최선을 다하라고 명하셔서 행했을 뿐입니다."

말하는 사이, 용운은 천기 '사물통찰'로 학소의 쇠기둥을 살폈다. 보통 물건이 아니라는 사실을 눈치챈 것이다.

여의금고저
如意金箍杵

가치 : 30

소유자 : 학소

경화가속 輕化加速
소유자의 신체를 강건하게 하고
무게를 순간적으로 줄이거나 늘이며
가속할 수 있다. 대부분의 공격을
막아내는 방어력을 가졌다.

부여 특기 :
본신철벽 本身鐵壁

눈앞에 떠오르는 내용을 본 그는 감탄했다.

'역시 유물이었어!'

유물이란, 신비한 힘을 가진 고대의 기물을 의미했다. 그 형태는 무기에서부터 장식품까지 다양했는데, 때로는 유적지 전체가 하나의 거대한 유물일 때도 있었다. 유물은 재질부터 거기 쓰이는 에너지까지 정체불명이라, 현대과학으로도 그 작동원리를 정확히 알 수 없었다.

21세기의 한국에 있을 때, 용운의 집에는 진한성이 들고 온 여러 가지 유물이 가득했다. 대부분은 힘을 잃었지만, 간혹 특정 조건을 충족하면 원래의 능력을 발휘하는 물건도 있었다. 그가 시공을 이동한 것도 그런 유물의 효과였다. 그것 외에도 주변에 몇 가지 유물이 존재했다. 예를 들어, 검후가 쓰던 총방도와 필단검도 유물이었다.

'어떤 충격도 방어해내는 총방도의 가치가 25이니, 30이라면 보통 물건이 아니네. 게다가 저 이름은 내 기억대로라면 손오공이 썼다던 여의봉의 원래 이름과 비슷한데…. 득템한 거였구나, 학소.'

일단 본신철벽이라는 방어 특기가 있는 걸 보니, 용운은 안심이 되었다. 전력을 다해도 되겠다고.

쿠웅!

그때, 거대한 북을 친 듯한 굉음과 함께 병사들이 이루고 있던 울타리 한쪽이 우르르 무너졌다. 학소가 날아와 거기 처박힌 탓이었다. 여의금고저를 든 채로. 충돌하기 직전에 무게를 가볍게 해서 망정이지, 하마터면 병사들이 여럿 다칠 뻔했다.

"이런!"

놀라서 달려온 용운이 학소에게 손을 내밀었다.

"괜찮아요? 힘을 과하게 써버렸네요."

여의금고저 표면에 용운의 손바닥 자국이 뚜렷이 보이다가 점차 사라졌다. 주변이 잠시 쥐 죽은 듯 조용해지더니, 곧 거대한 함성이 뒤를 이었다. 병사들이 내지른 것이었다.

"우와아아아!"

"전하 천세! 유주왕 천세!"

비록 지휘하던 장군이 패했지만, 자신들이 모시는 왕의 힘을 확인하자 희열이 일었다. 그 아름다우면서도 당당한 모습은 마치 전신(戰神)을 연상케 했다.

용운이 내민 손을 잡은 학소가 말했다.

"괜찮습니다. 제 무기로 막았습니다. 반동으로 날아가긴 했습니다만."

"이 정도면 내가 장군에게 방해되진 않겠죠?"

"으음…."

잠시 생각하던 학소가 느릿하게 말했다.

"성벽 한쪽 방어를 맡아주셔야겠습니다. 전하의 실력이면 큰 전력이 되니 썩힐 순 없습니다."

"하하하!"

용운의 실력을 알고도 놀라거나 두려워하기 전에 쓰임새를 먼저 생각한다. 크게 웃은 용운은 학소에게 다정히 어깨동무를 하고 함께 걸으며 물었다.

"그런데 그 기물(奇物)은 어디서 난 거예요?"

"몇 해 전, 고향 마을의 밭에 별이 떨어진 적이 있었습니다."

"별이요?"

"예. 그곳에 심은 농작물은 다 말라죽고 흙도 메말라서 별의 저주를 받았다는 소문이 돌았습니다. 곧 밭은 바위투성이의 못 쓰는 땅으로 변했고요. 거기를 일구다가 캐낸 것입니다."

"호오…. 유래가 범상치 않네요."

"단단하고 묵직한 것이 쓸 만할 것 같아서 보관해뒀습니다. 처음에는 팔뚝만 했는데 점차 커지더니 어느 날 집 벽을 뚫고 나가 있더군요."

"저런…."

"난감해서 이리저리 만져보다가 이 물건이 미세하게 제 기를 빨아들이는 듯한 기분을 느꼈습니다. 이에 기를 주입하면서 들어야겠다고 생각했더니 가벼워지는 게 아니겠습니까. 또 크기도 자유자재로 줄일 수 있었습니다. 이것을 손에 넣은 뒤, 언젠가 반드시 천하의 백성들을 위해 큰일을 하라는 하늘의 선물이라 여겨 천주라고 이름 붙인 것입니다."

학소의 말은 느리고 어눌했지만 울림이 있었다. 그러고 보니 지난번에 대인통찰로 봤을 때는 빈손이었던 모양이다. 지금 다시 확인해보자 확실히 변동이 있었다. 무력 수치에 15가 더해져 있었던 것이다.

'그렇다면 총무력은 97. 이 시대의 무장 누구와 붙어도 해볼 만한 수치가 된다. 자룡 형님이나 여포처럼 특별한 경우는 제외하고 말이지.'

학소는 우연히 얻은 유물을 제 것으로 만들었다. 장차 이런 유물들이 변수가 될 수도 있었다. 약간의 호기심과 자존심으로 시작한 일이 좋은 참고가 되었다.

'마초와 서황 등이 천강위에게서 빼앗은 유물을 쓰고 있다는 건 알고 있었지만, 학소처럼 애초에 자신이 가지고 있는 경우는 처음이다. 즉 이 시대의 사람도 유물의 활성화와 소유가 가능하다는 뜻. 사천신녀나 위원회만 유물을 가질 수 있는 게 아니었어. 앞으로는 적 장수가 유물을 가졌는지 꼭 확인하고 나도 틈나는 대로 유물을 모아봐야겠어.'

학소의 부대는 곧 전열을 정비하고 다시 진군을 시작했다. 용운과 여몽의 합류로 사기는 더욱 높아졌다. 며칠 후, 학소군은 마침내 정양성에 도착했다. 병력은 그리 많지 않았지만 위풍당당했다. 성을 지키고 있던 관리는 금세 울음이라도 터뜨릴 듯이 감격했다.

"적은 엄청난 대군에다, 최근 상곡군에 불상사가 일어났다고 들어서…. 구원하러 오시기 힘들 거라 생각했습니다. 그런데 이렇게 원군을…. 더구나 전하께서 친히 와주시다니!"

"그래도 달아나지 않고 끝까지 의무를 다해주어서 고마워요. 성의 현재 병력과 물자 등에 대해 정리해서 좀 가져다줘요."

"예, 옙!"

용운은 관리를 좋은 말로 치하해 보내고 학소, 여몽과 함께 망루에 올랐다. 멀리 온회가 이끄는 병주의 대군이 보였다. 좀 떨어진 곳에서 이미 진을 치고 있었다. 지켜보던 용운은 눈을 가늘게 뜨고 중얼거렸다.

"사만, 아니 적어도 오만은 되겠군."

그 오만의 가운데쯤에서 은은한 살기가 아지랑이처럼 치솟아 오르고 있었다. 아마도 두 천강위, 해진과 해보의 그것이리라. 용운의 왼쪽 옆에는 학소, 오른쪽 옆에는 여몽이 나란히 서서 적 진영을 주시하고 있었다.

얼마 후, 관리가 현황이 적힌 죽간을 가져왔다. 이를 먼저 읽은 용운은 눈살을 가볍게 찌푸리더니 학소에게 넘겨주었다. 그가 신중하게 읽은 후, 여몽도 죽간의 내용을 확인했다. 학소가 용운에게 말했다.

"병력도, 식량도 부족. 보급선마저 구축되지 않아서 절대적 열세입니다. 성에 의지해서 지키는 것도 금방 한계가 올 것 같습니다."

"한마디로 최악의 상황이라는 거군요."

뭔가 생각하던 여몽이 문득 입을 열었다.

"전하, 그런데 좀 이상합니다. 진영을 완벽하게 구성한 걸로 보아 병주군은 우리보다 훨씬 앞서 여기 도착한 게 분명합니다. 한데 왜 바로 들이치지 않았을까요? 그랬다면 지금쯤 성이 떨어졌을지도 모르는데 말입니다."

여몽의 의문에 용운이 추측한 바를 말했다.

"정양성에 식량도, 병사도 없다는 걸 알고 자멸하길 기다리는 게 아닐까? 아니면 항복하고 스스로 성문을 열길 기다리거나."

"성혼교는 그런 무리가 아님을 전하께서도 잘 아시지 않습니까."

"맞아, 그렇지."

둘이 대화하는 사이, 생각을 정리한 학소가 말했다.

"아무래도 시간을 끌려는 것 같습니다."

"시간을 끌어요? 왜, 무엇 때문에요? 더구나 저들이 유리한 상황인데."

"그것까지는 저도 모르겠습니다만, 저들은 억지로 기세를 억누르고 있습니다. 투기가 하늘을 찌를 듯이 꿈틀거리는데 정작 진형은⋯."

학소의 말에 진형을 알아본 여몽이 신음했다.

"그러고 보니 표풍진(飄風陣, 회오리 형태의 둔근 진형)? 저것은 적을 교란하거나 끌어들일 때 쓰는 진형이 아닙니까?"

"맞소. 적의 의도를 알기 어려우니 함부로 움직일 수가 없구려."

"그런데 저는 청무관에서 진법을 배웠습니다만, 백도 장군은 그런 걸 어디서 배우셨습니까? 표풍진을 한눈에 알아보는 사람은 별로 없는데요."

적이 곧바로 쳐들어오지 않을 것임을 안 여몽은 또 수다를 떨기 시작했다.

용운은 표풍진을 펼친 적군을 바라보며 생각했다.

'혹 내가 온 걸 알고 날 끌어들이려는 것인가? 성안에 틀어박혀 있지 말고 뛰어들어보라 이거야? 내가 그런 단순한 도발에 걸릴 리가 없잖아.'

뭔가 찜찜하긴 마찬가지였다. 분명 의도가 있는 듯한데 정확히 알 수 없으니. 그렇다고 마냥 넋 놓고 있을 처지도 아니었다.

"저들이 시간을 준다면 활용해야겠지요. 학소 장군은 지금 바로 병력을 적소에 배치하고 성벽의 상태를 살펴 필요한 곳은 보수해줘요. 동시에 화살과 깨진 바위 등도 모아서 수성전 준비도 해주고요."

"옛, 전하."

"여몽은 보급로를 확보할 방법을 찾아내. 상곡군에도 사람을 보내서 더 재촉하고. 식량은 다 모아서 배급하도록. 죽간의 내용대로라면 물도 부족한데, 지금은 비가 올 시기가 아니야. 성안에 우물이 있다는 건 수맥이 지난다는 뜻이니까 다른 우물을 하나 더 파도록 해봐."

"알겠습니다!"

학소와 여몽은 병주군을 맞아 싸우기 위해 바삐 움직이기 시작했다.

유주성의 혼란

"으음."

병주목 온회(溫恢)는 짧은 턱수염을 어루만지며 정양성 성벽을 가만히 바라보았다. 그리 높지 않은 성벽이지만, 깎아지른 구조와 성벽에 비해 넓은 해자가 은근히 성가셨다. 무엇보다 한때 그가 차지했던 성이다. 약점을 알지만 강점도 잘 알고 있었다.

'무턱대고 밀고 들어갔다간 피해가 커질 터.'

그는 삼십 대 초반의 문관으로, 이마가 넓고 얼굴빛이 맑아 덕이 있어 보였다. 다만, 눈빛이 다소 탁한 게 유일한 흠이었다. 부대를 물린 온회는 병사들을 든든히 먹이고 상대의 동태만 살폈다. 그러길 이틀째. 전열을 정비하고 나서나 했더니, 다시 관찰 중이었다. 그의 오른쪽 옆에 있던 해진이 답답하다는 투로 말했다.

"아니, 한참 전에 도착해놓고 왜 공격하지 않는 거요? 가뜩이나 날도 점점 추워지는데."

왼쪽 옆의 해보가 그 말을 거들었다.

"그러게. 지금이라도 출격을 명하면 형과 내가 성을 깨뜨려버리겠소."

해진과 해보는 당장이라도 뛰쳐나가고 싶은 듯 몸을 들썩였다. 그러거나 말거나, 온회는 천천히 고개를 저었다.

"안 됩니다."

"뭐? 어째서 안 된다는 거요!"

울컥 성질부리는 해보에게, 온회는 특유의 차분하고 온화한 말투로 설명했다.

"교조(송강)께서는 제게 최대한 시간을 끌어 유주왕을 여기 붙잡아두라고 하셨습니다. 공격해서 그자를 생포할 수 있다면 좋겠으나, 지위가 지위인 만큼 위태로운 기미가 보이면 즉시 몸을 빼내 달아날 것입니다. 정보에 의하면 업성에 단신으로 침입하여, 조조의 애첩인 채문희를 납치해갔다는 소문도 있습니다. 그런 자가 작정하고 달아날 경우 붙잡기는 거의 불가능할 터. 현 상태를 유지할 수 있다면 최대한 유지해야 합니다."

"하지만…."

"게다가 정양성은 겉보기에는 허술하나 보기보다 성벽이 튼튼합니다. 섣불리 공격하려 들었다간 큰 피해를 면치 못할 것입니다."

"끙…."

형제는 동시에 신음했다. 반박하기 어려웠다. 문득 떠나기 전에 송강이 한 말이 떠올랐다.

— 온회는 매우 공을 들여 위원회에 영입한 사람이니, 이 시대

의 인물이라고 무시하면 안 됩니다. 그의 뜻을 거스르지 마세요. 두 분의 지난 과오를 제가 잊지 않았음을 기억하시기 바랍니다.

그러고 보니 온회는 여기까지 오는 길에도 문관답지 않게 매우 능숙히 부대를 지휘했다. 이에 처음에는 내심 그를 얕보던 해진, 해보 형제도 시간이 갈수록 은근히 탄복하게 되었다.

정사에도 온회의 군사 능력에 대한 기록이 있다. 그가 조조의 가신으로 양주자사를 지낼 때였다. 조조가 그리로 장료와 악진을 보내며 이렇게 말했다.

"양주자사는 군사적인 일에는 통달하였으니, 모든 일을 그와 상의하고 행동하시오."

심지어 그 대상은 어지간한 책사 못지않은 통찰력을 가진 장료였다. 그 자신이 뛰어난 군사 전문가인 조조가 인정했을 정도니, 온회의 능력을 짐작할 수 있다.

지난번 장막에게 당한 패배는 장막이 원인이라기보다 그에게 붙어 있던 양웅과 석수 탓이었다. 그마저도 온회는 양웅과 석수를 버려두면 장막이 자멸하리라 보고 큰 피해 없이 후퇴했다. 비록 본신의 무력은 약했지만, 전장을 보는 안목과 군사 업무 처리 능력이 뛰어난 종류의 인간. 그것이 바로 병주목 온회였다.

온회는 해진과 해보를 계속 묶어두기 어렵다는 것을 깨달았다. 이에 둘을 불러 뭔가 귓속말을 하더니 지도의 한 지점을 가리켰다.

"오오!"

"좋아. 맡겨두시오."

불만 가득하던 둘의 얼굴에 비로소 화색이 돌았다. 형제는 곧 신이 나서 어디론가 달려갔다.

그로부터 며칠이 더 흘렀다. 이제 대치 중인 정양성의 유주군도 슬슬 의아함을 느끼고 있었다. 적이 훨씬 우세한 병력과 물자를 가졌음에도 곧장 공격해오지 않는 데 대한 의문이었다. 작은 도발과 소규모 교전 몇 번을 제외하곤 특별한 일 없이 날짜가 지났다. 그 와중에도 학소와 여몽은 맡은 임무를 착착 진행했다. 학소는 매일 성벽 안쪽을 직접 돌아보면서 수리하거나 보강해야 할 부분을 귀신같이 찾아 지적했다. 용운은 그를 보며 감탄해 마지않았다.

'난 건축 쪽은 잘 모르지만, 현대에서 초음파나 엑스선 투시장치 같은 걸 이용해 건물 내부를 확인한다는 얘길 얼핏 들은 적이 있는데, 꼭 그런 느낌이네. 저것도 수성 특기의 효과인 건가?'

궁금함을 참지 못한 그는 함께 시찰하던 중에 학소에게 넌지시 물었다.

"저, 백도."

"말씀하십시오."

"아까 지적한 그 부분은 겉보기에는 문제가 있는지 전혀 알 수 없었는데 뭘 보고 보강을 명한 거죠?"

한동안 생각하던 학소가 느릿하게 입을 열었다.

"느낌이… 옵니다."

"느낌이요?"

"예. 뭔가 어긋나 있다는, 거슬리는 느낌. 그런 게 느껴집니다."

"오호…."

본능적으로 알 수 있다는 건가. 이런 생각을 하던 용운은 이어진 학소의 말에 멈칫했다.

"예를 들면, 전하에게서도 말입니다."

"나?"

"예. 전하는 뭐랄까…. 처음 뵀을 때도 느꼈지만 참 신기한 분입니다."

"뭐가 신기해요?"

"전하는 이 세상의 틀에 들어맞지가 않습니다. 말로 설명하기는 어려운데, 꼭 맞게 조립되어 있는 이 세계에서 혼자 튀어나온 벽돌 같습니다."

"…."

"더 신기한 건 전하를 중심으로 그 균열이 이어져 있다는 것입니다. 처음에 제게 보내신 2호라는 자의 말에 응한 것도, 그에게서 느껴지는 어긋남에 흥미가 생겨서였습니다. 그걸 제자리에 맞춰보고 싶었습니다. 허나 이제 저도…."

학소는 희미한 미소를 머금었다.

"어긋나기 시작하더군요. 조금씩, 정해진 어떤 것에서부터 말입니다."

"괜찮은가요? 백도는 그런 걸 못 견뎌서 꼭 들어맞게 맞춰야 직성이 풀리는 거 아니었어요?"

"전 항상 궁금했습니다."

학소는 천천히 걸음을 옮기며 말을 이었다.

"저는 한눈에 어긋난 부위와 거기 꼭 맞는 조각까지 알아볼 수 있습니다. 그것을 제자리에 돌려놓아야 직성이 풀렸습니다. 전하만큼은 아니지만, 아주 가끔 어긋나 있는 자들을 봤습니다. 그들은 벽돌처럼 맞는 자리에 끼워 넣을 수 없는 것인지, 정해진 운명을 바꿀 수 없다면, 그 운명 자체가 어긋나 있는 사람은 영영 바로잡기 불가능한 것인지 말입니다."

"으음."

"원래 저는 평생 고향에서 농사나 지으면서 살 팔자라고 알고 있었습니다. 한데 2호를 만난 순간, 그 운명에서 살짝 벗어나 어긋나기 시작했고 전하를 뵌 순간에는 완전히 빠져나왔습니다. 전하로 인해 제가 맞춰진 곳에서 떨어져 나왔다는 사실이 매우 놀라웠고 또 궁금해졌습니다. 운명의 틀에서 새롭게 배열된 이 학소 백도라는 조각이, 장차 어디에 맞춰질지 말입니다."

학소는 그답지 않게 열변을 토했다. 여전히 말투는 느렸지만 평소보다 훨씬 대답이 빨랐고 내용 또한 심오했다.

"즉 조각이 맞는 자리는 하나뿐만이 아니다, 라는 것입니다. 제가 장황하게 늘어놓았군요."

용운은 용운대로 학소의 말에 신선한 충격을 느꼈다.

'이 사람은 내가 원래 여기 속한 사람이 아니었다는 것과, 나로 인해 역사가 바뀌고 있다는 것을 본능적으로 느끼고 있어. 또 자신의 운명이 변했다는 것도. 그리고 그 변한 운명은 변한 대로 제대로 흘러가게 만들길 원해서 내게 임관한 거야.'

두 사람이 각자의 상념에 잠겨 성벽을 돌아볼 때였다. 병사 하나가 허겁지겁 달려와 보고했다.

"전하! 급보입니다. 보급선을 구축하러 나갔던 자명(子明) 장군이 중상을 입고 실려 왔습니다."

"뭐라고?"

정양성의 가장 시급한 문제는 식량 확보였다. 성 자체가 다른 점령지에서 뚝 떨어져 나왔을 뿐 아니라, 주변에 마땅한 경작지도 없었다. 이에 여몽은 용운의 명을 받아 며칠 전부터 상곡군으로 이어지는 보급로 확보에 전념해왔다. 깜짝 놀라는 용운에게 학소가 말했다.

"어서 가보십시오. 저는 계속 성벽을 살펴보겠습니다."

용운은 고개를 끄덕이고 서둘러 여몽에게로 달려갔다.

"자명!"

여몽은 성 안쪽, 임시로 만든 거처에 있었다. 전신을 붕대로 칭칭 감은 채 창백한 낯빛으로 누워 있었다. 그 와중에도 용운을 보자마자 일어나려 애쓰며 말했다.

"전하, 별거 아닙니다. 심려를 끼쳐 죄송합니다."

적이 안심한 용운이 그를 달랬다.

"죄송하긴…. 무사히 돌아와서 불행 중 다행이지. 어떻게 된 거야?"

"아, 정말 쪽팔리게…. 놈들이 갑자기 기습해오는 바람에 꼼짝없이 당했습니다. 설마, 제가 설계한 보급로를 파악했을 줄은 몰랐네요. 절 공격해온 두 놈을 보니 사냥꾼 같은 차림에 굉장히 무식하게 생겼던데, 겉보기와는 달리 똑똑한 걸까요? 이 여몽의 계획을 파악했다니 말입니다. 아니면 역시 그쪽에 제법 뛰어난 책사가 있다거나. 그나저나 이제 빨리 새로운 보급로를 만들어야 할 텐데 큰일입니다. 이러다가 성내의 식량이 다 떨어지면…. 왜 그런 눈으로 보십니까?"

"후, 가만히 있으면 언제까지 떠드나 보려고."

"하핫, 저야 뭐 목을 치지 않는 한 건재합니다!"

'쪽팔리다'는 표현은 용운이 쓰기 시작하여 주변 가신들에게까지 전염된 말이었다. 중국어로 표현하면 어감이 조금 다르겠지만, 뭐로 번역되어 들리는지는 몰라도 다들 잘도 따라했다. 여몽은 그 유행어까지 써가면서 유감없이 수다를 떨었다.

'순욱은 저속한 말이라고 질색했지만 말이야, 하하. 아, 갑자기 순욱이 보고 싶네. 같은 성안에 있으면서도 너무 바빠서 못 본 지 꽤 됐어.'

하지만 용운은 그런 와중에도 알 수 있었다. 여몽이 자신을 격정시키지 않으려고 애써 더 떠든다는 것을. 말하는 동안 그의 파랗게 질린 입술은 떨렸고 얼굴에는 식은땀이 흐르고 있었다. 그래도 목숨에는 지장 없는 듯하니 어느 정도 마음이 놓였다.

"새 보급로 문제는 나도 고민해볼 테니 신경 쓰지 말고 쉬어. 빨리 나아야 내가 또 부려먹을 거 아냐."

"아이고! 벌써부터 그런 생각이시라니 역시 무서운 분…."

용운은 너스레를 떠는 여몽과 잠시 더 대화를 나눴다. 그러다 그가 지친 기색이 보여 거처를 나왔다. 아닌 게 아니라, 이제 정말 고민해야 할 때였다.

'여몽에게서 인상착의를 들어보니 그를 공격했다는 적장은 해진과 해보가 분명해. 그렇다면 살아서 빠져나온 것만으로도 다행이다. 문제는 저쪽에서 우리 수를 완벽하게 읽었을 뿐만 아니라, 예상과 달리 천강위를 공성에 쓰지 않고 독립 부대로 활용하여 아군을 압박해온다는 것…. 역시 온회, 그의 능력이 상당하다는 거겠지.'

여몽은 은밀히 군량을 확보하기 위해 우선 두 개의 가짜 보급로를 만들었다고 했다. 그리고 그것과 전혀 다른 경로로, 심지어 육로와 뱃길을 섞어 새로운 보급로를 이어나가는 중이었다. 그러다 도중에 매복해 있던 적의 기습을 받았다. 천하의 여몽도, 설마 거기에 적이 숨어 있으리라곤 전혀 예상치 못한 장소였다. 이는, 여몽의 생각을 완벽히 읽었거나 이 부근 지리를 확실하게 파악하고 있지 않으면 불가능한 일이었다.

'후자일 거라고 생각은 하지만, 뭔가 대책을 강구해야겠군.'

다시 성벽으로 돌아가던 용운은 성문 쪽에서부터 들리는 소란스러움을 감지했다.

'적의 공격인가?'

슉! 그의 몸이 쭉 늘어나듯 잔상을 남기며 순식간에 성벽까지 이동했다. 맨 먼저 침착하게 지휘하고 있는 학소가 보였다.

"왼쪽으로 오백 명, 이동하라. 맨 앞 열의 병사들은 방패를 머리 위로 들어라."

용운이 갑자기 옆에 불쑥 나타나자 멀뚱히 바라보던 그가 말했다.

"언제 오셨습니까?"

"방금요. 무슨 일이죠?"

"병주군이 갑자기 성벽을 공격해왔습니다만, 크게 걱정할 필요는 없을 듯합니다."

"왜요?"

"시늉만 하는 것입니다."

용운은 학소의 말을 듣고 적을 살펴봤으나, 그들이 이를 악물고 맹렬히 공격해온다는 사실만 확인했을 뿐이었다.

"…으으음. 난 잘 모르겠네요."

"전하는 안목이 뛰어나시니 금세 차이를 깨달으실 겁니다. 잘 보시면 필사적으로 덤벼오는 건 맨 앞 열의 병사들뿐. 뒤에서는 소리를 지르거나 하는 게 전부입니다. 아마 맨 앞에는 죄수나 포로를 배치했을 겁니다."

"아, 정말이네. 왜 그러는 걸까요?"

"아마 시간을 끌 뿐이라는 걸 들키지 않고 싶어서겠지요. 혹은…."

한동안 시간이 흘렀다. 결국 용운이 물었다.

"혹은, 뭐요?"

학소는 자신만만하지만 거만하지 않게 말했다.

"성을 지키는 자가 만만치 않음을 저쪽도 느꼈거나 말입니다."

해진, 해보 형제는 기습에서 돌아오자마자 온회를 찾아가 분통을 터뜨렸다.

"뭐 하는 거요? 우리가 보급로 쪽을 치는 동안 성벽을 무너뜨리겠다고 하지 않았소?"

온회는 침착하게 되물었다.

"보급로를 열던 적장은 어찌 됐습니까?"

"음, 그건…. 아깝게 놓쳤소. 그자가 어찌나 말이 많은지, 싸우는 내내 종알종알 떠들기에 울컥한 틈에 속임수를 써서 달아났소."

사실 해진과 해보는 여몽을 거의 다 잡았었다. 그러나 항복하겠다는 그의 현란한 말솜씨에 속아 넋을 놓고 있다가, 잠깐 방심한 틈에 놓쳐버린 것이다.

당시 상황은 이랬다. 해씨 형제는 온회가 점찍어준 보급로에서 잠복하고 있다가 여몽이 이끄는 부대가 다가오자마자 튀어나가 급습했다. 여몽은 있는 힘을 다해 싸웠지만 역부족이었다. 일대 일이라면 몰라도 천강위 둘을 상대할 자는 용운의 장수들 중에서도 몇 안 되었다. 그는 최대한 버티며 수하들을 달아나게 한 다음, 힘이 다해 사로잡힐 지경이 되자 검을 떨어뜨리고 말했다.

"두 분의 무공과 보급로를 읽어낸 혜안에 이 여몽은 진심으로 탄복했소. 지금 보니 풍모 또한 영웅의 그것이구려. 본인은 이미 검을 들 힘도 없으니 사정을 좀 봐주시오. 기꺼이 항복하리다. 전부터 성혼교의 위명은 익히 들어온 터요. 아직 제대로 싸움을 시작하지 않았으니, 우리가 원수진 것도 없지 않겠소?"

여몽의 말에 해진이 의심스럽다는 듯 물었다.

"여몽? 네가 여몽이라고?"

"다른 여몽이 없다면, 그렇소만. 저를 아시오?"

해진과 해보는 서로 얼굴을 마주 보았다. 두 사람은 무식했지만 그래도 중국인인지라《삼국지》에 대해서는 기본적으로 알고 있었다. 여몽은 그중에서도 이름과 행적을 기억하는 몇 안 되는 장수 중 하나였다.

"좋다. 이리 와라. 투항은 받아주겠지만, 결박해야겠다."

"당연하지요."

여몽은 양손을 늘어뜨리고 서슴없이 다가왔다. 그런데 해진, 해보의 앞에 이르자 별안간 요상한 외침과 함께 작은 주머니를 터뜨렸다.

"여몽 비전, 천지극염낭(天地極焰囊)!"

그것은 백무관에서 개발한 일종의 연막탄이었다. 수하들 중 누군가가 천강위와 마주쳤을 때를 대비하여 용운이 개발토록 명한 결과물이었다. 그것을 실전에서 쓰긴 여몽이 처음이었다. 백린 외에 감각을 흐리게 하는 독초, 고약한 악취를 풍기는 성분 등의 가루를 섞어 특수하게 만든 주머니에 넣은 물건이다. 하지만 '천지극염낭'이란 말에 해진, 해보는 자연히 불꽃과 폭발을 연상했다.

"큭? 이런 미친…."

"자폭하려는 거냐?"

둘은 반사적으로 팔을 들어 얼굴을 가리며 자세를 낮췄다. 그런 한편, 과연 여몽이라고 내심 탄복도 했다. 이런 상황에서도 끝까지 포기하지 않고 반격을 꾀하다니. 그때, 엄청난 악취와 눈이 따가워지는 연기가 시야를 가렸다. 매우 원시적이자 본능적인

이 공격에는 천강위 아니라 무신이 와도 인간인 이상 당할 터였다. 미리 알고 호흡을 멈추는 등 대비하지 않는 이상은.

해진과 해보가 눈을 뜨고 혼란에서 벗어났을 때, 이미 여몽은 멀찌감치 달아난 후였다. 형제는 아연해져서 얼굴을 마주 보았다. 눈물, 콧물로 범벅이 되어 엉망이었다.

'지금 설마….'

'공갈치고 달아난 건가?'

군신 관우를 궁지에 빠뜨린 오나라의 기둥. 그런 인물이 그따위 저열한 속임수를 쓰리라곤 상상조차 못했기에 속수무책으로 당하고 말았다. 다음에 보면 반드시 찢어 죽이겠다고 이를 갈았으나 이미 놓쳐버린 후였다.

"그것참, 아쉽습니다."

온회는 뭔가 꿰뚫어보는 듯한 어조로 조용히 말했다. 해진, 해보는 저도 모르게 시선을 돌렸다. 온회가 말채찍으로 성벽 쪽을 가리키며 화제를 전환했다.

"저걸 보십시오. 그자가 총지휘관인지는 모르겠으나, 상당한 실력자인 건 분명합니다. 향후 본교의 일에 큰 장애물이 될 것 같습니다."

종교의 힘은 마약과 같아서 여파가 실로 크다. 심지어 순교라는 이름으로 목숨까지 버린다. 그는 위원회가 아닌, 성혼교라는 종교에 충성을 바치는 것이었다. 회의 존재는 알지도 못했다. 따라서 해진과 해보 또한 장수인 동시에 교의 장로로 인식하고 있었다. 그렇다 보니 난폭하기 짝이 없는 해진, 해보 형제도 온회

앞에서는 언행을 다소 자제했다. 물론, 그들 스스로의 생각이 아니라 송강의 명령 때문이었다.

"저 성벽이 뭐 어떻단 말이오?"

해진의 물음에 온회가 답했다.

"처음 도착했을 때만 해도 지난번 전투의 여파인지 성벽에 허점이 좀 있었습니다. 거기가 정확하고 빠르게 메워지고 있습니다. 말 그대로, 눈 한 번 깜빡일 때마다 달라질 정도입니다."

"처음이랑 똑같은 것 같은데…? 아니, 그러니까 애초에 도착하자마자 공격했으면 좋았을 거 아니오!"

"같은 말을 반복하게 하시는군요. 그건 시간을 끌라는 교조님의 명에 어긋납니다. 그 틈에 유주왕이 달아나기에도 충분하고 말입니다."

"끄응!"

"시간을 끌면서도 손실은 누적되게 하여 궁극적으로는 성을 빼앗아야겠지요. 한데 생각보다 일이 쉽지 않을 듯하니, 적의 보급로를 철저히 차단해서 저들을 서서히 말려 죽여야 합니다."

한풀 꺾인 해보가 답했다.

"알았소. 그대가 예견했던 지점에서 정말 적을 만났으니, 앞으로도 쭉 믿고 따르리다."

"이해해주셔서 감사합니다."

사나운 두 마리 야수와 그들을 적절히 통제할 목줄을 쥔 조련사를 가진 병주군. 교활한 여우와 강철의 방패를 보유한 유주군. 서로의 강함을 알아본 두 세력은 정양성에서 긴 대치상태에 들어갔다. 다른 쪽에서는 전예의 서신을 품에 넣은 흑영대원이 전력을 다해 달려오고 있었다.

한편, 유주성의 상황은 시시각각 숨 가쁘게 돌아갔다. 험악한 기세의 치안대가 성 곳곳으로 무리지어 흩어졌다. 이를 본 백성들은 놀라거나 걱정스러운 표정을 지었다.

"저거, 치안대원들 아닌가?"

"그러게. 도적떼라도 나타난 건가, 무슨 일이람?"

오래전부터 치안대가 있긴 했지만, 대부분 범죄자를 잡거나 질서 유지에 힘쓰는 정도였다. 대낮에 지금처럼 조직적으로 움직인 적은 한 번도 없었다. 게다가 보이지 않는 곳에서는 흑영대도 함께 움직이고 있었다. 유주성이, 아니 용운이 세력을 일으킨 이래, 외부의 적이 아닌 내부자를 상대로 최대 규모의 소탕작전이 막 시작된 참이었다.

흑영대 체포조가 맨 먼저 들이닥친 곳은 양수의 집이었다. 채염의 집 근처에서 얼쩡거리던 그는 거한회의 인물과 교대한 뒤 그 자리를 떠났다. 이에 흑영대원들은 양수가 집으로 향했으리라 판단했지만 거기엔 아무도 없었다. 뿐만 아니라, 주변을 정리한 흔적마저 있었다. 제법 많은 양의 죽간과 양피지를 태운 재가 남아 있었고 살림살이도 거의 남아 있지 않았다. 양수를 전담하던 대원은 연락이 두절된 채 행방불명됐다. 그는 이미 화영의 손에 죽은 후였다.

'설마, 벌써 성 밖으로 달아난 건 아니겠지?'

흑영대 조장은 초조한 기색으로 명했다.

"지금부터 각자 흩어져 양수를 찾는 것을 최우선 임무로 하라. 서둘러 움직여라!"

곧 유주성 곳곳에서 유생 차림의 사내들이 포박당해 끌려가는 일이 벌어졌다. 용운의 치세에 불만을 품고 연판장에 서명한 자들이었다. 위장하여 잠입한 거한회의 간부들은 그 자리에서 처형당하기도 했다.

북부의 저승사자 혹은 유주왕의 그림자. 일단 칼을 뽑아든 전예의 대응은 가차 없었다. 하지만 순욱의 거처에서는 그조차 예상치 못한 이변이 벌어지고 있었다.

"저, 선배님. 이러시면 곤란합니다."

흑영대원 하나가 매우 난처한 기색으로 말했다. 순욱의 저택, 안방 문 바로 앞이었다. 순욱을 연행하러 온 흑영대원들을 단신으로 막아선 사내가 있었다. 언뜻 보기에는 평범한 외모에 보통 키와 체격. 평범함 그 자체인 그 남자는 흑영대의 2인자. 바로 흑영대원 2호였다. 흑영대의 창설 직후부터 몸담아, 정보부 소속임에도 불구하고 수많은 전쟁에 참여하여 혁혁한 공을 세웠다. 흑영대 안에서는 그야말로 전설적인 인물이었다.

그가 뜻밖에도 순욱의 체포를 방해하고 있는 것이다. 2호는 희미한 웃음을 띤 특유의 표정으로 말했다.

"곤란하다? 많이 컸구나. 네가 몇 호였지? 23, 아니 24호였나?"

"…."

"나는 2호다."

"허나 저는 1호이자 흑영대장이신 국양 님의 명으로 온 것입니다."

"나는 그보다 위에 계신 유일한 분의 명령으로 움직이는 거다."

"하지만…."

"가서 대장님께 전해라. 죄송하지만 꾸중은 나중에 듣겠다고. 이 일은 아주 오래전부터 전하게 부여받은 임무였다고 말이다."

그런 2호의 뒤에는 순욱이 가부좌를 튼 채 눈을 감고 앉아 있었다. 눈짓을 주고받은 흑영대원들이 비수를 빼들고 2호에게 달려들었다.

"기어이 벌주를 마시려는가?"

차갑게 내뱉은 2호는 비호처럼 움직이며 흑영대원들을 제압했다. 맨손인 그가 손을 한 번 움직일 때마다 흑영대원 하나가 나무토막처럼 뻣뻣이 굳어 쓰러졌다. 곧 열 명 넘는 흑영대원들이 순욱의 방문 앞에 어지러이 나뒹굴었다. 그중 죽은 자는 하나도 없었으니 2호의 실력을 짐작하게 했다.

"허어, 나 때문에 자네가 곤욕을 치르는구면."

순욱의 말에 2호는 부드럽게 대꾸했다.

"천만의 말씀입니다. 전하께서 내리신 밀명을 이제 이행할 뿐입니다."

"내가 반역 무리의 수괴라는 얘길 듣지 않았나? 그런데도 날 지키라는 명령을 따르는 것인가?"

"저희는 개인적인 감상에 따라 움직이지 않습니다만…."

잠시 침묵하던 2호가 말을 이었다.

"제가 보아온 문약 님은 결코 전하께 반역을 일으킬 분이 아닙니다. 불만이 있다면 대놓고 말씀드리면 그만이니까요. 굳이 이런 위험을 무릅쓸 이유가 없습니다."

"하지만 그 불만이, 전하께서 내게 약조하신 가장 중요한 사항을 어긴 데 대한 것이라면? 그래서 무력행사 외에는 도저히 방법이 없다면?"

"그렇다면 더더욱 말이 안 됩니다. 전하께서 그리고 그분의 장군들이 얼마나 강한지, 제일 잘 아시는 분이 바로 문약 님이지 않습니까."

"허허."

모호한 웃음을 지은 순욱이 말했다.

"고맙네, 위연."

"…그 이름, 오랜만에 듣습니다."

"전하와 나밖에 모르는 이름이라 했지. 기분 나쁜가? 어쩌면 이게 마지막일지도 모르니 불러보고 싶었다네."

"유비 현덕을 떠나와 흑영대에 들어올 때 버린 이름입니다. 그래도 생각보다 불쾌하진 않군요."

정사에서 유비 삼형제가 세상을 떠난 뒤, 촉나라를 떠받치던 두 기둥 중 하나가 되었던 장수. 제갈량 사후, 권력다툼 끝에 반역죄를 덮어쓰고 숙청당한 비운의 사내, 위연이 말했다.

양수는 바쁜 걸음으로 어디론가 향하고 있었다. 그가 가는 곳은 성벽 위의 한 망루였다. 다들 그가 달아난 건 알았지만, 성벽 위로 올라가리라고는 미처 생각지 못했다. 거기 올라봐야 도망칠 구멍도 없을 뿐 아니라, 중간중간 보초병들이 물샐 틈 없이 지키고 있었기 때문이다.

그러나 성벽 위는 허점이 생겨나 있었다. 양수가 가는 길마다 보초병들이 쓰러져 있었다. 양수에 앞서 누군가 올라온 흔적은 전혀 없었다. 보초병들의 몸에는 하나같이 급소에 화살이 박혀 있었다. 유주성의 보초병들은 둘씩 짝을 지어 밀어내기 식으로 성벽 위를 계속 순환했다. 따라서 한 조라도 이상이 생기면 곧바로 알아챌 수 있는 구조였다. 이를 막으려면 모든 보초병을 거의 동시에 격살해야 하는데 이는 사실상 불가능한 일이었다.

'그게 가능한 존재가 있었지.'

양수는 남쪽 성벽 끝, 망루 위에서 자신을 기다리던 한 여인을 대면하며 생각했다.

"수고하셨습니다, 화영 님."

화영은 냉담한 어조로 답했다.

"별일 아니었다. 그보다 진용운은?"

"제가 미리 알려드린 그 집에 들어가는 걸 확인했습니다."

남쪽 성벽은 채염의 집에서 가장 가까운 성벽이었다. 화영은 좀 전까지만 해도 시전의 한 객잔에 있었다. 그러다 치안대원들이 일제히 움직이는 걸 신호로 남쪽 성벽의 망루로 향했다. 그녀의 움직임은 초병들의 상식을 완전히 깼다. 성벽 위로 올라가기 위해서는 두 단계로 된 계단을 거쳐야 했다. 하지만 화영은 망루 바로 아래의 성벽을 딛고 뛰어올라, 곧장 망루 내부로 들어갔다.

그리고 거기서 연이은 속사로 모든 보초병들을 쓰러뜨렸다.

"교대까지 앞으로 대략 10분 남았다. 교대하러 온 자들도 다 죽이면 그만이지만, 그럼 결국 이변이 알려질 것이다. 대군이 몰려오면 귀찮아진다."

화영의 말에 양수는 고개를 끄덕였다.

"충분합니다. 곧 기회가 올 것입니다."

10분이라는 시간 단위는 생소했지만, 여유가 얼마 없음을 뜻한다는 건 문맥상 알 수 있었다.

"바로 저 집입니다."

화영은 양수가 가리키는 집을 뚫어져라 응시했다. 과연 언뜻 보기에는 평범하고 소박해 보였지만, 집 앞에 심상치 않은 기도를 풍기는 사내가 버티고 서 있었다. 일반 백성의 집을 저 정도의 무인이 지킬 리가 없다. 그럴 이유도 없고. 화영이 어딜 보는지 알아챈 양수가 말했다.

"저자는 진용운의 장수로 서황 공명이라고 합니다. 상당한 무공의 소유자입니다."

잠시 후, 골목 사이에서 한 사내가 튀어나오며 집 지붕 위로 횃불을 던졌다. 왜소한 체구의 쥐새끼 상 사내. 그는 양수와 교대한 거한회의 일원이었다.

"황실 만세! 거한회여, 영원하라! 하늘이 한 제국을 돕는다!"

양수의 귀에는 들리지 않았지만, 화영은 그 소리를 똑똑히 들었다. 문제의 사내는 횃불을 던진 직후, 곧바로 나타난 두 흑영대원의 비수에 맞아 즉사했다. 27호와 28호였다. 놀란 그녀들은 서

둘러 불을 끄려 했으나, 불은 순식간에 지붕 위로 번졌다. 저택을 지키던 서황도 당황하여 거기 동참하려 했다. 그러다 생각을 바꿔, 집 안으로 들어가더니 잠시 후 두 사람을 데리고 나왔다. 지적이고 아름다운 생김새의 여인과, 멀리서도 눈에 확 띄는 은발의 미공자. 바로 채염 문희와 유주왕 진용운이었다.

둘의 모습을 확인한 화영이 눈을 부릅떴다.

'진용운. 내가 택한 왕인 유비를 좌절시킨 적. 무엇보다 임충 님의 원수! 네놈을 드디어 만났구나.'

거대한 활을 세워 드는 화영을 향해 양수가 서둘러 말했다.

"잊지 마십시오! 진용운의 눈앞에서 저 여자, 그의 아이를 가진 채염 문희를 쏘아 죽이는 게 먼저입니다. 그게 저와 약조한 조건 입니다."

화영은 시위를 당기며 서늘하게 대꾸했다.

"순서 따위 상관없지 않느냐? 어차피 둘 다 죽일 것을."

이럴 줄 알았다. 양수는 다급히 설명했다.

"여자를 먼저 죽이는 편이 진용운에게 더욱 큰 고통을 줄 겁니다. 화영 님의 화살은 너무도 강력해서 단숨에 대상을 죽입니다. 멀리서 화살에 맞아 갑자기 죽어봐야 왜 죽는지도 모르고 고통 조차 못 느낀 채 죽을 뿐입니다. 그건 오히려 축복 받은 죽음에 가깝습니다."

"…네 말이 맞다."

화영의 시선이 채염에게로 향했다.

'여자와 아이를 죽이는 취미는 없으나, 네가 택한 사내가 진용운이었다는 게 너의 죄다. 여인이여, 네게 원한은 없지만 진용운의 좌절을 위해 죽어줘야겠다. 놈이 나락으로 떨어지는 꼴을 내 눈앞에서 본 뒤 죽이기 위해서. 그러려고 이 양수라는 추악한 자와 손까지 잡은 나다. 이 죄는 나중에 지옥에서 갚으마.'

끼이이익. 파앗!

무거운 소리에 이어 섬광이 일었다. 날카로운 소리가 울렸을 때 이미 화살은 그 자리에 없었다.

한번 노린 것은 결코 빗나가는 법이 없는 화영의 화살이 허공을 날았다.

(11권에 계속)

호접몽전 10

1판 1쇄 발행 2022년 3월 20일

지은이 최영진 | 펴낸이 윤혜준 | 편집장 구본근
디자인 오필민디자인 | 마케팅 권태환

펴낸곳 도서출판 폭스코너 | 출판등록 제2015-000059호(2015년 3월 11일)
주소 서울시 마포구 월드컵북로 400 문화콘텐츠센터 5층 9호(우 03925)
전화 02-3291-3397 | 팩스 02-3291-3338 | 이메일 foxcorner15@naver.com
페이스북 /foxcorner15 | 인스타그램 /foxcorner15

종이 일문지업(주) | 인쇄·제본 수이북스

ISBN 979-11-87514-81-7 04810